조선 여행에 떠도는 제국

지은이 서기재(徐己才, Seo, Gi-Jae)는 일본 나고야 대학 문학박사로 현재 건국대학교 아시아디아스포라연구소 연구원이다. 주요 저서로 『여행의 발견 타자의 표상』(공저), 『수신하는 제국』(공저), 『제국의 식민지 수신』(공저), 『조선인 일본어 소설연구』(공저), 역서로 『매매춘과 일본문학』, 『일본초등학교 수신서』(공역), 『조선총독부 초등학교수신서(1-5기)』(공역) 등이 있다.

조선 여행에 떠도는 제국

초판 인쇄 2011년 5월 25일 **초판 발행** 2011년 5월 30일
엮은이 서기재 **펴낸이** 박성모 **펴낸곳** 소명출판 **출판등록** 제13-522호
주소 서울시 서초구 서초동 1621-18 란빌딩 1층
전화 02-585-7840 **팩스** 02-585-7848
전자우편 somyong@korea.com **홈페이지** www.somyong.co.kr

값 25,000원
ISBN 978-89-5626-590-2 93810

이 책은 2007년 교육인적자원부의 재원으로 한국연구재단의 지원을 받아 수행된 연구임
(KRF-2007-327-A00617)

조선 여행에 떠도는 제국

Chosun Travel, Companying with the Imperialism

서기재

소명출판

|머리말|

욕망의 이야기로서의 근대, 그리고 '여행'

현대는 상대가 같은 민족이든 아니든 같은 '인간'으로 인식하고 사고하고 행동하는 시대로 변해가고 있다. 그러나 국가의 경계는 여전히 존재하고 이 틀을 기준으로 인간된 권리를 주장하는 것은 과거나 지금이나 별반 다를 바 없다.

2010년은 경술국치 100년이 되는 해였다. 다른 사건이었다면 한 세기를 지냈다는 의미에서 그 의미를 새기기 위한 행사라도 마련했을 텐데 나라를 잃은 경험은 역시 다시 생각하고 싶지 않은 사건이기에 가슴 속에 묻어두게 된다. 2010년 동계올림픽에서 한국의 김연아 선수는 일본의 아사다 마오를 앞서 금메달의 주인공이 되었다. 일본을 제치고 한 단 높이 올라선 그녀를 통해 애국가가 전 세계 사람들 앞에 울려 퍼질 때, 애국심이란 것을 생각해 왔던 그렇지 않던, 한국인들은 한국을 자랑스러워했을 것이다. 특히 일본과의 경쟁에서 이겨 울려 퍼지는 애국가에 대한 감동은 과거의 역사가 한국인에게 무형으로 새겨놓은 것이다.

이 때문에 그 동안 한국의 근대를 이야기 할 때, '식민지 수탈'이라는 떠올리고 싶지 않은 과거의 기억을 중심으로 취급해 왔던 것이 사실이다. 그 시기의 일본의 정치적 국가적 목표는 뚜렷했고 그 목표 하에 근대의 한국인과 일본인이 움직여야만 했기 때문이다. 거기에는 '개인'보다는 전체주의에 입각한 '국가'가 그 핵심에 자리 잡고 있었으며 일종의 종교와도 같은 효과를 가지고 있었던 것이 사실이다. 근대를 살았던 한국인과 일본인은 믿겨지지 않아도 천황을 '신'으로 믿어야만 했고, 그 '천황'이 세운 '국가'를 사랑해야만 했다. 그리고 이를 위하여 근대 한국인들은 일본식 문화를 받아들여야만 했다. 일본은 오랜 동안의 준비를 거친 후에 한국을 '일본'으로 만들고자 했다. 정치적인 선전이나 무력 등은 누구라도 거부하고 대항하지만, '문명'이나 '문화'를 앞세워 국가를 투명하게 만든다면 그것은 누구에게나 받아들여지기 쉬운 그리고 오히려 받아들이고 싶은 사항으로 변한다. 병합 앞에서 한국민족은 분개했고 어찌해야 할 바를 몰랐지만 일본은 '근대 문명'이라는 간판을 앞세우고 한국을 측정하고 판단하며 근대적 잣대에 미치지 못하는 조선의 문화를 보고 때로는 무력으로 들이대기도 하고, 때로는 애정을 앞세워 달래기도 하면서 일본화해 갔다. 그러나 일제가 범했던 가장 큰 잘못 중 하나는 한국이라는 토포스를 한 덩어리의 바위처럼 단일하게 생각하고 취급하여 조선에 살고 있는 한 사람 한 사람의 삶을 제대로 보지 않았다는 것이다. 한국을 차지하고자 하는 욕망은 '조선'

은 '이럴 것이다'라는 가정 하에 모두를 똑같은 단위로 취급하여 제국주의 팽창의 욕망의 대상으로 삼아 버리는 데에서 근대 한국의 문화가 제대로 이해되지 못했던 과거를 지니기도 한다.

당시 한국인이 일본인과 같은 '국민'을 요구 당하면서도 실제로 '국민' 취급을 받지 못했기에 언제나 겉도는 존재로서 지내야 했던 것은 말할 것도 없다. 그렇기 때문에 일제 시대를 거친 한국인들은 이 시기를 암흑의 시대라 부르고 나라가 존재하지 않았으므로 이 시기의 문화적 산물도 폄하하여 취급하려고하는 경향이 있다. 하지만 내 조부모나 증조부모가 그 시기에 살아있었고 어떤 형태로든 그 시기를 버텼기 때문에 오늘날의 한국이 존재하는 것이 아닐까? 어두웠던 한국의 근대에도 이 시대를 지탱해 주는 문화적 요소들이 존재한다. 한국에 있어서의 근대는 변화와 혁신이라는 큰 명제를 앞세우며 다가왔다. 근대가 뭔지를 생각해 보기도 전에 새로운 문화와 문물이 '외국인'들을 통해 들어왔다. 특히 일본은 무시하고 싶어도 그럴 수 없이 깊숙하게 한국의 근대 문명과 관련되어 갔다. 그리고 그들의 판단에 의해 한국에 필요한 것들을 설치되고 보수 개량되었다. 이는 한국에 사는 대중들 스스로가 욕구를 불러일으키고 이를 반영하는 형태로서의 근대가 아니다. 그러나 근대는 문화의 주도권을 가진 자들에 의해 빠르고 점진적으로 한국 사회로 침투해 갔다. 이러한 근대의 문화적 제상을 파악하기 위해 어떤 재료가 적합할 것인가? 이 책은 근대를 맛보게 해주었던 것들 가운데에 '여행'이라는 주제를 선택하였다.

'여행'은 이동이 핵심을 이루며 인류가 시작되면서부터 이동은 이루어졌다. 식량을 얻기 위하여 그리고 삶의 터전을 마련하기 위하여 이동은 필요했다. 즉 이동은 삶 그 자체였다고 보아도 과언이 아니다. 새로운 삶의 터전을 찾아 쉼 없이 이동하는 것이 인류의 역사인지도 모른다. 이러한 이동에 대한 발상은 근대 교통수단의 발달에 의해 그 전환점을 맞이한다. 과거 삶을 위한 이동이 자신이 지냈던 터전으로 돌아가지 않고 발견 이후 정착하는 형태였다면, 근대의 여행은 편리한 교통수단을 이용하여 여행지로 이동하였다가 다시 자기의 삶의 터전으로 돌아온다는 차이점이 있다. 그리고 오늘날 여행이 갖는 의미는 정신적 의미에서 새로운 삶의 터전 마련한다는 차원으로 변화되었다. 현대의 투어리즘 문화가 이러한 특성들을 희미하게 만드는 역할을 하며 경제적인 이윤을 목표로 삼고 있지만, 여하튼 여행은 '새로운 나'에 대한 욕구를 충족시키는 매우 중요한 수단 중 하나임에는 틀림없다. 한국의 근대 여행업의 출발 또한 누군가의 '새로운 나'를 확인하는 데에 있어 중요한 역할을 했다. 이는 안타깝게도 한국인 스스로에 의해 한국인의 자아를 확립하는데 사용했다고 하기보다는 타국의 언어로 타국의 사상을 덧입은 형태로 출발했고 진행되었다. 여기에 한국을 '욕망하는 자'가 존재했다. 이 욕망은 때로는 정치적인 색을 띠기도 하고 혹은 전혀 그렇지 않은 것처럼 가장하기도 하여 문화의 다방면에서 존재해 왔다.

일제의 한국에 대한 욕망은 먼저 한국을 지리적으로 알아야 한다는 새로운 욕망을 낳았고, 이미 병합 이전부터 한국 관련 지지(地誌)나 지도 등이 대량으로 발간되었다. 그야말로 한국 '땅'에 대한 특징을 주도면밀하게 조사 분석하여 관심 있는 독자들의 시선을 이끌었다. 이러한 욕망은 이곳으로 직접 가봐야 한다는 부담감을 낳게 된다. 진실을 확인하는 작업이 필요한 것이다. 따라서 철도가 만들어지게 되고 자동차가 다닐 수 있는 길이 열려야 했다. 그리고 사람들은 이러한 교통수단을 이용하여 이동하기 시작했다. 그리고 다른 세계를 발견한다. 그리고 자신의 '의지'에 따라서 경제적 여건이 허락하는 한 떠날 수 있는 여행지로 자리 잡히게 되었다. 그리고 일본인과 일본어를 아는 한국인 여행자가 보다 편리하게 여행할 수 있도록 여행안내서가 발행된다.

근대 이전의 여행이 '모험'이라는 단어로 대표되었다면 근대의 여행은 더 이상 '모험'이 지니는 위험성을 감수하지 않아도 된다는 특징이 있다. 때문에 여행 전 사전 지식을 얻는 것은 여행자가 가져야할 기본적인 사항이었다. 무엇을 타고 어디로 가서 어떤 것을 볼 것인가에 대한 계획은 여행서가 가이드해주는 것이었다. 때문에 근대 여행을 위한 가이드로서의 역할을 감당했던 책들은 근대의 욕망이 고스란히 담겨있다. 근대 관광지에서는 새로운 교통수단을 통해 많은 곳을 이동하면서 자연과 사람들을 볼 수 있으며, 그 사람들이 쓰는 언어, 음식, 그리고 주거환경도 살펴볼 수 있다. 그곳의 문화재를 통해 역사도 알 수 있고, 그에 따른 전통문화도 볼 수 있으며, 빠르게 변화하는 현재 진행형의 삶도 볼 수 있다. 이것을 가능하게 해주는 것이 여행안내서의 역할이다. 따라서 본서는 '근대의 한국의 여행'을 살펴보기 위해 여행안내서를 주요 텍스트로 삼고 있다.

여행안내서는 처음 제국 건설의 목표 속에서 탄생한다. 그러나 정치적인 색과 가능한 거리를 두려하며 인간의 개인적 욕망을 자극하는 데에 그 기술의 초점을 맞추어 간다. 여행자가 그곳에서 무엇을 느낄 수 있는지, 어떤 종류의 사람을 만날 수 있는지, 그리하여 어떤 자아를 획득할 수 있는지 등, 타지 문화의 전반적 상황을 개인적인 관심사로 끌어 올 수 있는 도구가 되었던 것이다. 더 이상 국가의 추진 정책의 일환이 아닌 여행자 내부적인 욕구를 반영한 것이 더 자연스러운 형태로 자리 잡혀 간다. 그리고 그 여행은 그 누구도 아닌 '나'의 욕망이라고 생각하는 것이다. 그러나 근대는 국가의 욕망이 나의 욕망이 되고 나의 욕망이 국가의 욕망과 겹쳐져 가는 반복 작용의 산물이다. 내가 무엇인가를 요구하기 전에 내가 생각지 못한 더 새로운 사상과 문물이 다가왔고 이것을 '나'를 발견하는 도구로 사용하는 순간, 근대라는 굴레에 자신을 엮어갈 수밖에 없는 현상을 낳게 된다. 본질적인 자신이 누군지도 모른 채 제조자가 같은 페르소나를 둘러쓰고 그것이 '나'라고 '믿으며' 살아가는 것이다. 그런 의미에서 근대는 욕망의 페르소나의 제작소이며 한국은 그리고 일본인도 그 대상물이 되었다는 점에는 이의가 없다.

이 책은 이러한 근대를 향한 욕망—일본으로 치자면 제국을 건설하기 위한 일환, 심상지리의 확대와 그것에 대한 실천일 것이고, 한국으로 본다면 구시대의 낡은 관습이나 생활을 버리고 새로운 문물과 문화 추구에 대한 욕망—이 '여행'이라는 형태로 어떻게 드러났는가를 살펴보고 있다. 실천의 장은 '근대 한국'인데 양자의 욕망이 존재하는 공간으로서의 인식에 바탕을 둔다. 또한 현대사회에 접어들어 이제 더 이상 주종 관계에서 벗어난 시점에서는 일본인의 한국여행의 또 다른 모습에 대하여도 살펴보고 있다.

2011년 3월
서기재

|차례|

머리말 3

제1장 관광의 역사와 한국 근대 관광의 위치

1. 한국 관광연구의 현재 17
2. 근대적 여행과 근대적 세계 19
3. 여행을 향한 욕망과 한국 24
4. 일본의 근대화와 여행의 역사 29
5. 한국 근대 관광의 문헌을 통한 접근 35
6. 전략적 관광으로 43

제2장 타자를 통하여 발견된 근대 한국

1. 욕망의 대상이 된 한국 47
2. 이방인에 의한 근대 한국 스케치 50
3. 서양인의 근대 한국 여행 55
4. 그들이 보았던 한국인 66
5. 서양인이 본 조선 속의 일본 75
6. 한국을 바라보는 주관과 객관 81

제3장

〈지도〉 소유와 한국 근대 '관광'

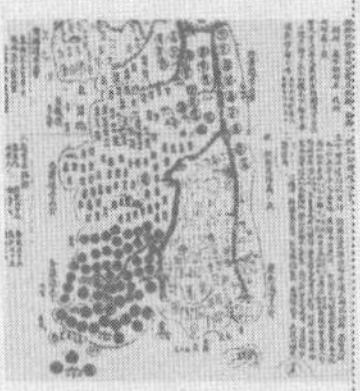

1. 경계의 붕괴—공간소유에 대한 갈망 83
2. 한국의 근대 지도의 정치성 86
3. 일본지도 측량사와 한국의 근대 91
4. 여행안내서와 지도의 전략성 97
5. 일지주유권과 지도 104
6. '근대'를 향한 감각 108

제4장

일본 근대의 '외지' 여행안내서

1. 여행안내서 출판과 담론 공간 111
2. 일본과 식민지 조선의 철도 113
3. 일본 근대 여행안내서와 대륙의 밀착성 117
4. 여행서의 출판동기와 여행하는 신체 121
5. 여행안내서 속의 '경성' 126
6. 재구축된 공간으로서의 '조선' 133

제5장

새로운 일본을 바라보는 필터로서의 식민지

1. 관광사업의 서막 137
2. 근대의 여행안내서에 대하여 139
3. 영어라는 필터에 걸러져 소개되는 조선 142
4. 일본어라는 필터에 걸러져 소개되는 조선 149
5. 근대의 여행과 '즐거움' 154
6. 새로운 '일본' 구경과 식민지 기분 159
7. 근대적 자아형성과 제국주의 164
8. 지리적 확대와 제국주의적 욕망 170

제6장 일본문학자 다카하마 교시의 '조선'

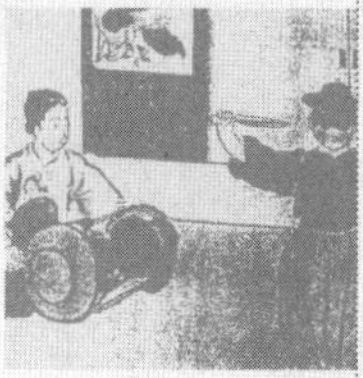

1. 다카하마 교시의 『朝鮮』 173
2. 근대 일본과 교시 문학의 위치 175
3. 통과하는 여행－조선풍경의 단편화 180
4. 향유하는 여행－식민지 여행의 '즐거움'과 '환상' 185
5. 관람하는 여행－관광지에 대한 특수한 의미부여 189
6. 실현하는 여행－'대동강 뱃놀이' 194
7. 특수와 평범 사이의 문학 198

제7장 전략으로서의 리얼리티와 '평양'

1. '외지' 여행의 의미 201
2. 다카하마 교시의 『조선』과 여행안내서의 평양 203
3. '평양'에 대한 새로운 의미부여 208
4. 소생(蘇る)하는 '평양' 214
5. 평양은 기생의 고장 220
6. 허구의 리얼리즘과 평양 225

제8장 금강산, 기이한 세계로의 초대

1. 한국 최고의 관광지 금강산 227
2. 금강산 관광의 의미 229
3. 일본 여행안내서를 통한 금강산으로의 초대 238
4. 전략적으로 노래되는 금강산 246
5. 기호로서의 '수양' 255
6. 수양과 취미의 관광지 금강산 260

제9장 일본 지식인 아베 요시시게, 조선을 거닐다

1. 아베 요시시게의 『청구잡기(靑丘雜記)』 265
2. '아름다운 폐허'에 손을 대지 말자! 268
3. 조선 문화의 '소유'와 '소통' 273
4. 아베와 다른 지식인들을 통해 본 조선인의 일상 279
5. '조선적'인 '관광지'에 대한 이상의 한계 285
6. 욕망이 만들어낸 환상 293

제10장 근대 관광 잡지 『관광조선』의 탄생

1. 전문 관광 잡지의 탄생 295
2. '대중성'을 향한 『관광조선』의 시도 298
3. 시각적 효과와 '여자' 306
4. 전략으로서의 『관광조선』 315
5. 『관광조선』의 '특집클럽' 326
6. 욕망의 굴레와 관광잡지 333

제11장 즐거움과 여유로의 현대 한일관광의 발자취

1. 일본인의 관광에서 투어리즘으로 335
2. 일본현대 관광의 계보와 「觀光白書」(1964~2007)를 통하여 본 일본인의 한국관광의 흐름 337
3. 현대 한국관광정책과 일본 344
4. 현대 일본의 한국 여행잡지 351
5. 「루루부」(1994-2009)를 통하여 본 한국여행 가이드 360
6. 한국에서 한국인에 대한 관심으로 367

제12장

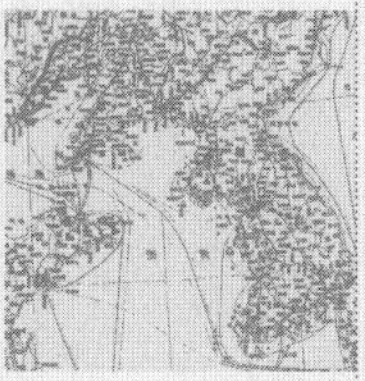

『아에라(AERA)』를 통해본 한국 '환상'

1. 한국에 대한 새로운 이미지와 '한류' 369
2. '한류'의 특수화에서 보편화로 371
3. '한류'를 매개로한 한국관광 텍스트 376
4. 일본인이 본 한국, 한국인-일본 잡지 『아에라』를 통해 383
5. 다음 세대로 가기 위하여 399

글을 처음 실은 곳 407

사진 및 그림의 출처 408

찾아보기 409

제1장

관광의 역사와 한국 근대 관광의 위치

1. 한국 관광연구의 현재

1989년 해외여행 자유화 이후, 20년도 지나지 않아 한국의 관광은 괄목할 만한 성장을 보였다. 관광산업은 굴뚝 없는 공장으로 여겨질 정도로, 자원이 귀해지는 현대에 이르러 더욱 각광을 받고 있다.[1] 한국은 1970년대 이후 경제적으로 급성장을 이루었고, 1988년 서울 올림픽을 거치면서 관광 분야에 있어 도약했으며, 2000년 이후 '한류'라는 이름하에 일본을 비롯한 아시아 지역에 문화를 통한 거센 물결을 일으키고 있다. 그리고 현재 한국 관광산업의 최대 시장 중 하나가 일본이다.

1 한국관광공사, 『한국을 팔아먹는 사람들』, 지안출판사, 2006, 서장.

드라마의 해외 노출과 관련 연예인에 대한 인기가 몰고 온 이러한 현상은, 연동적으로 다른 미디어에 대한 요구를 불러일으키는데, 이들은 양문화의 비슷함 / 다름의 미묘한 선상을 빠르게 달리고 있다. 이러한 '한류' 붐은 외국(일본을 비롯한 아시아지역)에 대한 한국 관광산업 증진에 지대한 영향력을 발휘했다. 그러나 '한류'를 생산하는 측이나 소비하는 측은 '지속 가능성'을 우려하고 있다. 왜냐하면 영상매체를 통하여 소위 '환상'을 품고 한국을 방문하는 관광객에게 대응할 수 있는 여건 부족과, 대응체계가 마련되지 못하고 주먹구구식이기 때문이다. 또한 인류학적 토대 위에 여러 시행착오를 거쳐 쌓아온 관광의 역사를 의미 단위로 읽는 연구가 턱없이 부족하고, 그에 따른 연구적 기반이 마련되지 못했음을 인정하지 않을 수 없다.

관광학의 한국 관련 연구는 주로 경제학적 측면에서 이루어져 왔다.[2] 그리고 관광개발과 관련해서는 초기에 지리학적 접근이 많았던 반면, 점차 지역개발학적 접근이 많아지고 있다.[3] 그리고 기초분야라 할 수 있는 역사학이나 인류학적 접근에 대한 시도가 미약하다는 지적은 관광학계의 선행연구가 일관되게 지적하고 있는 바이다.[4] 그 이유로, 관광학 연구는 응용학문으로 실천성을 중시하는 실용주의적 접근에 우선을 두기 때문일 것이다. 지금까지의 한국 관광의 역사에 대한 연구는 근대 이전과 이후로 나뉘어 기술되는 형태를 띠고 있으며, 그

2 인태정, 『관광의 사회학－한국관광의 형성과정』, 한울아카데미, 2007, p.17. 인태정에 의하면, 1970년대 말에는 관광개발과 관광정책, 관광법률에 대한 연구가 많았고, 1980년대는 관광정책과 관광산업분야, 1990년대에는 관광과 관련된 사회 문화적 요인들에 대한 연구, 민간관광업체에 대한 분석, 시장세분화에 따른 마케팅 조사 연구 등이 증가했다.

3 이연택, 「한국 관광학 연구의 현상과 과제－방법론적 고찰」, 『관광학 연구의 이해』, 일신사, 2002, p.15.

4 이광원, 『관광학원론』, 기문사, 1999, p.157.

중에서도 일제강점기는 극히 간단하게 설명되거나 간과되어 왔다. 그러나 이 시기의 자료들은 한국의 현대적 관광을 살펴보는 가교가 됨을 부정할 수 없다.

이에 이 장에서는 관광의 역사 속에서 한국의 근대 관광은 어떤 위치를 차지하고 있는지 근대 관광사라는 '외부적 접근'을 통하여 살펴보고자 한다.

2. 근대적 여행과 근대적 세계

오늘날 여행의 의미는 개인의 일상탈출에 대한 욕구와 미지의 세계를 향한 동경, 혹은 사회의 시선(여행 후 자신의 경험을 타인에게 알릴 수 있는 기회마련, 지적우위에 서고자 하는 욕망) 등으로 크게 정리할 수 있다. 미지의 세계에 대한 발견은 개인적 의지만으로는 거의라고 해도 좋을 정도로 불가능하다. 개인의 의지와 관련되는 것은 오로지 여행할 수 있을 정도의 건강한 상태인가와 여행 가능한 경제력 정도일 것이다. 여행자가 원하는 여행을 가능하게 하는 중요 요소로 금전적인 여유, 시간적인 여유, 교통수단의 배치, 숙박시설의 유무, 여행지의 안전, 먹을거리 등을 들 수 있다. 그렇다면 이러한 여행의 기원은 어디로 거슬러 올라가야 될까?

고대의 여행은 상업이나 종교상의 여행이 주류를 이루었으며, 그 외의 '관광여행'의 형태로 현대와 비슷한 여행이 행해지게 된 것은 그리스 시대라고 한다.[5] 이 시기의 여행은 귀족, 군인, 종교인, 철학자 등 일부 권력층과 부유층 계급을 중심으로 시작되었다. 이 시기는 여행자들이 이용할 숙박시설이 발달하지 못하여 주로 민박이나 성지의 신전을 이용하였다. 교통수단은 가축, 범선, 수레바퀴 등이 있었지만 주로 도보로 여행을 하였다. 그리고 로마 제정시대의 사회적 안정과 경제생활의 진보는 사람들의 오락 문화에 대한 욕망을 낳게 하고 권력자나 부유층 계급 사이에 '관광 욕구'가 싹트면서 '관광 현상'이 나타났다. 로마인들은 종교, 요양, 식도락, 예술 감상, 등산 등의 형태로 관광을 하였다. 폼페이의 유적에는 숙박, 술집, 레스토랑을 볼 수 있는데, 이는 대 제국 통치와 관리를 위한 교통의 발달과 밀접한 관련을 이루고 있다. 그리고 관광여행에 큰 자극을 준 것은 올림픽 경기로, 로마의 대전이었다.

로마제국 멸망 후, 중세 유럽의 관광은 약 1,000년간 암흑의 시대를 맞이한다. 중세사회에서는 사람들의 의식, 사고, 가치관에 종교적인 영향이 커서 엄격한 종교의 철학과 윤리가 모든 사람의 일상을 지배하였으므로 세속적인 탐닉에 대한 제재와 절제를 강조했다. 이 시기의 유럽의 사회조직은 혼란 상태에 빠지게 되고 사회는 토지에 묶여 움직일 수 없게 되었다. 정비된 도로는 황폐화되고 여행은 위험하고 인내를 요하는 것이 되었다. 이 시기는 오로지 종교 여행만 볼 수 있다. 숙박시설도 수도원이나 교회가 이용되었다. 12세기에 이르러서는 종교상의 여행도 쇠퇴하고, 신앙심 향상을 위한 여행도 감소하였다. 도시를 중심으로 한 자급자족 경제체제로 봉건적 관념의 지배에 의해 여행

5 이광원, 앞의 책, p.66.

은 배타적인 것이 되고 모든 이동행위는 극단적으로 제한되었다. 그러나 14세기 후반 베네치아의 마르코폴로가 실크로드를 거쳐 중국과 아시아를 여행하며 『동방견문록』을 저술함으로써 당시 사람들의 호기심과 모험심을 자극하기도 했다.

한편 르네상스에 의해 문화 활동이 활발해지고 여행활동에도 새로운 변화가 이루어진다. 중세시대와는 달리 인간중심의 가치관이 부여되고 자유사상이 태동하였다. 14세기에서 17세기까지 지속된 문예부흥 시기는 농업 생산성 향상과 도시의 부활, 교역의 증대, 신대륙의 발견, 예술 문학의 발전, 신기술의 발전 등 혁신적인 사회변화가 일어난 시대이다. 이시기의 여행의 주된 동기는 자신의 경험과 지식을 확대하고자 하는 욕망이었다.[6] 특히 이시기의 대항해와 지리상의 발견은 인간 정신세계의 변혁을 가져 왔으며, 이는 근대사회를 태동시킨 원동력이 되었다. 또한 지중해를 중심으로 했던 상권이 대서양을 횡단하여 신대륙까지 원거리 무역으로 확대됨에 따라 상업목적의 여행도 증가하였다. 17세기 중엽, 유럽에서는 중산주의(重産主義)가 각 국의 경제로 도입되면서 국내여행이 활발해졌다. 그러나 중산주의는 무역에 의해 국가적 이익을 얻으려 했기에 이윽고 각국은 자유스런 통상을 저지하려는 경향이 있어 중앙집권체제 강화에 의해 각국의 대립의식이 강해 상업상의 여행은 제한되었다.

18세기에 접어들면서는 종래의 종교적이며 초자연적인 사고에서 해방되면서 진취적인 사고와 사상이 합리주의와 실용주의로 나타났다. 그리고 이와 같은 새로운 사고의 영향을 받아 여가 및 여행에 대하

6 처크Y. 기이 · 에두아르도 파요스-솔라 편, 장병권 외역, 『현대관광론』, 일신사, 2002, p.25.

여 재평가가 이루어지고 이는 여행의 발전에 긍정적인 영향을 주었다. 이 시기에는 16세기 초에 나타나기 시작했던 그랜드투어가 활발히 진행되었다. 그랜드투어 참여자는 귀족, 문호, 시인, 귀족의 자녀들이었으며 대부분 영국사람이었다. 투어 참여 동기는 대부분 교육목적이었다. 18세기 후반에 이르러 교육목적보다 즐거움을 추구하기 위한 관광으로 변화하였다.

이처럼 산업혁명에 의해서 교통기관의 발달, 개인소득의 증가, 봉건제도의 붕괴 등으로 여행의 자유화가 다시 부활되었다. 생산방식이 인력에서 기계로 전환되면서 노동생산성이 급격히 향상되어 농촌문화에서 도시문화로 바뀌게 되고, 중산층의 빠른 성장, 높은 교육수준, 기계화 등으로 인한 여가시간 증가와 레크리에이션에 대한 수요증가, 교통수단 발달 등의 경제적 사회적 변혁은 전반적인 사회구조에 새롭게 나타났다. 1800년경 tourism이란 말이 생기는데, 영국인 사무엘 페기(Pwgge. S)라는 인물이 traveller(여행자)를 tourist라고 부르고, 1811년 영국의 *Sporting Magazine*이라는 잡지에 travel을 tourism이라고 표기한 데서 비롯되었다.[7] 1825년은 스턱톤 달알링 철도 개설, 철도의 발달로 유럽 내의 여행이 비약적으로 증가했다. 1840년경 본격적으로 선박여객 수송 영업이 행해져 미국인과 영국인의 유럽여행이 성행했으며, 1860년경이 되면서 정기 여객 운항선박 간의 잦은 경쟁으로 기술적 개량과 서비스가 향상되었다. 1904년 버스회사로는 처음으로 런던 세네갈 옴니버스사가 영업을 시작했다.

호텔은 18세기에 그 명칭이 프랑스에서 사용되기 시작하여 1850년

7 日本交通公社 編, 『現代觀光用語辭典』, 日本交通公社出版事業局, 1984, p.177.

에는 프랑스에 대규모 호텔이 도입되었고, 1880년 독일의 리츠가 신형태의 고급체인 호텔경영을 시작하여 호텔경영의 효시가 되었다. 숙박시설은 19세기 중엽 호화로운 호텔이 등장하기 전까지만 해도 중세적인 여관(Inn)과 같은 숙박시설이 대부분이었다. 이러한 19세기 경제력이 있는 신흥자본가의 등장, 관광객의 증가와 기호변화 등 사회 경제적인 발전을 배경으로 등장한 호텔은 종래의 가업적인 숙박업을 기업으로 전환시켰다. 그리고 호텔의 발전과 함께 영국의 존 머레이, 독일의 칼 베덱카에 의한 여행안내서 출판은 여행의 관광적 욕망을 끌어내는데 큰 공헌을 했다. 이리하여 19세기 중엽 여행업의 탄생을 보게 된다. 이 시기 영국의 토마스 쿡사가 처음으로 단체여행을 조직하고 철도회사의 승차권을 판매하기 시작하며, 1845년 관광목적의 단체여행을 조직한다. 쿡이 여행업자로 성공하게 된 것은 1851년 런던 박람회로, 그 후 유럽 각지에서 열리는 박람회는 여행의 보급과 여행의 대중화의 원동력이 되었다. 이 단계에서 근대적 여행은 급속도의 성장을 보이며 '대중' 속으로 관광이 침투되는 것을 볼 수 있다.[8] 제1차 세계대전으로 유럽에서 귀족계급이 사라지고 그 대신 산업혁명 이후 경제적 부를 축적한 북미의 부유층이 유럽의 휴양지를 찾아 국제관광을 하였다. 그리고 신흥 부유층의 수요에 맞추어 전시에 사용하던 군함을 여객선으로 개조하여 대서양을 횡단하였다. 도로교통에 있어서도 자동차 이용이 활발해졌으며, 이는 곧 주요한 교통수단으로 이용되면서 관광형태의

8 또한 1차 세계대전 이후부터는 경제회복 및 상호 이해를 위하여 국가적인 차원에서 정부가 관광에 관여하기 시작하였다. 그리고 1925년에는 관광관련 최초의 세계기구인 국제관광협회(ICOTO; International Congress of Official Tourist Traffic Association)가 설립되었다. 그러나 1929년 미국에서 시작된 대공황과 제2차 세계대전으로 국제관광은 급격히 감소했다. 이광원, 앞의 책, p.77.

변화와 이동의 편리성을 증대시켜 관광의 대중화에 큰 영향을 주었다. 그렇다면 이러한 세계사적 여행의 발전 속에서 한국의 근대적 관광은 어느 부분에 위치할 수 있을까?

3. 여행을 향한 욕망과 한국

한국의 역사가 시작된 이래 여행은 어떤 형태로든 이루어졌을 것이다. 이주나 노동을 위한 일시적인 체류가 아닌 순수 여행만을 살펴본다면 과거 국왕의 나들이, 관료들의 업무상 출장을 겸하여 행해지는 여행 등을 들 수 있을 것이다. 관광이라는 말의 어원은 주대(周代)에 쓰인 『역경』 속의 관국지광(觀國之光)에서 유래하며 타국 혹은 다른 토지의 정치 종교 풍속을 견학, 시찰하는 것이 그 의미이다.[9]

한국에서 '관광'이라는 단어가 처음 공식적 기록에서 보이는 것은 1115년 고려 예종 때 『고려사 세가권 14』에서다. 당시 초일류급 귀족과 그의 자제가 명산, 명사찰, 온천 등을 즐겼던 것으로 보인다. 전통사회에서는 과거를 보러가거나 중국에 유학을 가는 의미로 관광이라는 용어가 쓰였다. 또한 전통적 계급사회에는 노동을 천시하고 여가를 숭상하는 풍조가 있어, 품격 높은 여가생활을 영위하는 것은 지배계급의

9 가와무라 세이지, 서정교 역, 『관광경제학 입문』, 한올출판사, 2001, p.29.

상징이며, 이는 계급적 우월성을 상징하기도 했다.[10]

조선시대로 내려오면서 일부 평민 계층의 여행과 여가 활동이 보이기 시작한다. 그러나 당시의 교통수단인 말이나 가마는 소수 양반이나 이용할 수 있었으며 평민들은 도보로 여행을 했다. 오늘날 여행에 대한 욕망을 불러일으키는 매개체는 서적에 한정되지 않고 다양한 형태의 문화 콘텐츠가 존재한다. 그러나 과거는 여행에 대한 심리를 자극하고 여행을 돕는 매개체가 극히 제한적이었다. 따라서 여행을 할 수 있는 사람은 극소수였으며 그 중에서도 여자의 여행은 거의 불가능한 것이어서, 혼인과 더불어 신랑 집에 가는 길목이 그녀들의 여행의 대부분을 차지한다고 봐도 과언이 아니었다.

이처럼 과거에 한국에 존재한 사람들에게, 일상에서 벗어나고자 하는 욕구가 분명히 있었을 것임에도 불구하고 자신의 처소를 평생 떠나지 못했던 것에는 여행을 하고자 하는 다양한 욕구를 뒷받침할 수 있는 환경이 마련되어 있지 않았던 까닭일 것이다. 이러한 내용들이 근대적 여행인가 아닌가를 구별할 수 있는 결정적인 요인이라고 할 수 있다.

앞서 언급한 것처럼 여행이라는 것은 정신적 여유에서 비롯되는 것이며, 이는 인간의 삶에 있어 차원 높은 '가치추구'의 산물이다. 과거의 '가치추구'는 생계 걱정이 없는 양반들의 전유물이며, 서민들에게는 한없는 동경의 대상, 아니 감히 꿈꾸기도 어려운 것이었다. 이러한 '가치추구'가 일반인들에게까지 '가능'하게 만들어주었던 것이 근대적 학교교육이었으며, 이러한 교육은 정신적 여유를 찾고자 하는 '대중'을 이끌어낼 수 있는 가능성을 확대했다. 이는 '나'에 대한 새로운

10 인태정, 앞의 책, p.98.

발견과도 맞물리는 문제이다. 이런 근대적 주체로서의 자기발견과 자기 찾기의 시도는 거슬러 올라가면 양반사회, 소위 상위 클래스의 '지의 소유'에 대한 막연한 동경과도 연결될 것이며, 배우지 못한 주체가 받은 차별적 대우에 대한 극복을 위한 일종의 퍼포먼스로서도 여행의 의미가 있을 것이다.

한편 근대적 여행을 가능하게 하는 데에 있어 가장 큰 비중을 차지하는 것은 교통시설이다. 이전에는 말을 이용하거나 가마, 인력거, 혹은 도보로도 이루어졌다. 근대화에 따른 교통시설의 배치는 단순한 의도로 그냥 만들어졌을 리 만무하며, 최초의 그것은 여행과 무관한 것이기도 했다. 한국에 있어 근대적 교통시설의 배치는 경인선(1899)을 그 예로 들 수 있는데, 역시 정치와 산업이 그 목적이라 할 수 있다. 이는 일제의 제국주의적 세력 확장을 위한 야심의 표출이며, 이러한 정치적 목적 달성을 위해 자원이 필요했고, 한국 측에서는 근대화의 상징물과 같은 철도를 통하여 물자나 인력의 원활한 수송을 원했다. 철도의 발달은 인간이 자연의 순환적 리듬에서 벗어나 인공의 기계적 리듬에 호흡을 맞추게 된 계기를 마련하며, 이성과 합리성의 세계를 열었다.[11] 즉 철도는 근대화의 상징으로서 이동의 자유와 함께 시간으로부터의 자유를 통한 새로운 세계를 열 수 있는 가교로 자리 잡은 것이다. 이것은 새로운 욕망을 낳고 근대사회의 다양한 요구를 충족시켜 갔다.

이러한 철도의 발달에 따라 발생하는 새로운 요구로서 여행안내서 출간을 들 수 있다. 근대적 여행을 처음 시도했던 유럽사회의 여행이 그랬듯이 여행안내서의 출간은 독자로부터 관광적 욕망을 끌어내는

11 박천홍, 『매혹의 질주, 근대의 횡단』, 산처럼, 2002, p.8.

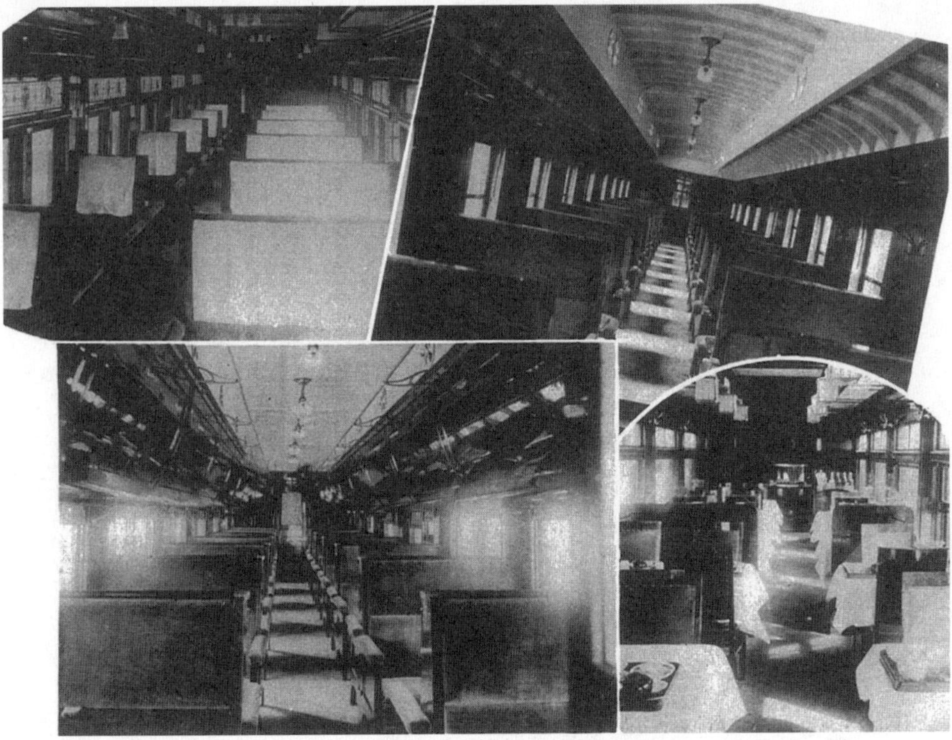

근대 열차 안의 풍경

데 큰 공헌을 했다. 그리고 여행자의 수요 증가에 따른 여행업의 탄생으로 여행자는 마음만 먹으면 일정금액을 지불하고 업체의 도움을 받아 비교적 안전한 여행을 할 수 있게 되었다.

한국의 근대적 관광에 대한 욕구가 대두되는 시기는 조선시대로, 병인양요(1866)와 신미양요(1871)로 인한 고종의 쇄국정책은 한층 강화되는 가운데, 전제적 개혁정치에 대한 불만의 고조, 외국과의 통상론이 대두되던 중 운양호 사건으로 강화도 조약에 따라 일본에게 부산, 인천, 원산만의 항구를 개항(1876)하게 된 것으로 거슬러 올라갈 수 있다. 이에 따라 김홍집을 일본 수신사로 파견(1881)하여 일본의 발전상을 살피게 하고, 이듬해 김홍집의 주장에 따라 박정양 등을 대표로 한 신사

유람단을 일본에 시찰케 했다.[12] 한편 같은 해에 김윤식을 영선사(領選使)로 삼아 양반출신의 학도들이 천진(天津)의 기기국(機器局)에서 유학을 하기도 했다. 청은 조선과 상민수륙무역장정(1882)을 체결한 후 조선 내에 주거 영업 여행의 자유를 획득했고, 미국과도 한미수호통상조약(1882)을 맺어 서구 유럽인들의 왕래가 빈번해졌다. 그리고 개항 이후 일본상인들의 급격한 증가는 숙소와 상업관의 증가를 가져왔다. 이처럼 제국주의 열강의 기세에 떠밀려 다양한 목적을 가진 외국인들의 여행이 조선 내에서 이루어지고, 1899년 경인철도부설권을 일본이 미국으로부터 매수하여 여행자들의 왕래를 촉진시켰다. 또한 인천에 우리나라 최초의 숙박시설인 대불호텔이 생겨나고 서울에는 일본풍의 여관들이 생겨나기 시작했다.[13]

그리고 1905년 경부선이, 1906년에는 경의선이 개통되었다. 1908년에는 외래 관광객을 위한 승차권 대리판매를 실시하였고 1909년에는 여행객의 편의를 도모하기 위한 각 지역에 명승지의 안내판이 등장하기도 했다. 그리고 1912년에는 일본의 본격적 조선 통치와 함께 일본여행협회 조선지사가 설립되며 최초의 근대 여행업이 시작되었다. 이어 1914년 일본교통공사의 한국지사가 개설되면서 해방 이전까지 일본의 관광산업의 일환으로 조선관광이 시행되었다.

한국에 있어 지금의 감각과 같은 관광업의 생성과 발달은 1988년 서울 올림픽 이후의 산물이라 해도 과언이 아니다. 그러나 과거로부터 근대에 걸친 수단계의 과정과 절차가 존재하지 않았다면 아마도 여행은 여전히 한국인의 의식 속에 편리하거나 즐겁다는 의식을 가져다주

12 오정환, 『관광학원론』, 기문사, 1999, p.63.
13 위의 책, pp.64~65.

지 못했을지도 모른다.

한국의 근대적 여행의 출발은 비록 일본이라는 질이 다른 문화를 통해 들어온 강제성을 띤 것이며, 당시의 주체적 수용자들은 오늘날의 사람들에 의해 매국노니 친일이니 하는 수식어가 붙었지만, 그 산물은 우리 곁에 남아있고, 당시 주체적으로 수용할 권리를 갖지 못했던 대중은 그것이 어떤 의도를 띤 것인지도 모른 채 받아들이고 이를 통하여 근대화를 실현하려 했다. 이런 복잡한 시대적 상황을 껴안은 한국 근대의 단면을 당시 출판된 한국 여행 관련 자료들이 보여주고 있는 것이다.

한국 여행관련 서적은 일본이라는 객체에 의해, 자의든 타의든 끊임없이 출판하게 된다. 일제라는 주체가 전도된 기술자와, 그에 따른 일본어 기술이 지금까지 근대 여행안내서의 연구적 조명이 이루어지지 못한 최대의 원인이라고 볼 수 있는데, 이 시기는 근대적 안내서의 '시작'이라는 점에서 주목하지 않을 수 없다. 그렇다면 한국의 근대적 관광이 어디쯤에 있는지를 살펴보기 위해 일본 관광의 역사를 살펴보지 않을 수 없다.

4. 일본의 근대화와 여행의 역사

일본의 여행의 시초는 일본의 고대 문서인 『만요슈(万葉集)』, 『고킨슈(古今集)』 등에서 찾아 볼 수 있다. 이 시기에는 귀족들의 행락여행을 제외하면 일반인들의 여행은 절대적 목적이 없는 한 어려운 것이었다. 가마쿠라시대(鎌倉, 1192~1333)에는 도로 정비가 시작되어 역마제도가 발달했고 아즈치 모모야마시대(安土桃山, 1573~1598)에는 서민여행이 가능해졌다. 에도(江戶, 1603~1868)기에는 봉건사회 안에서 여행이 제한되지만 도로정비가 진행되고 치안이 안정되고 화폐경제가 발달함으로써 여행조건이 비약적으로 발전했다. 특히 도카이도(東海道), 주신도(中仙道), 닛코도(日光道), 고슈도(甲州道), 오쿠슈도(奧州道), 고가이도(五街道)가 발달하고, 길가에는 숙박시설이 생겨 간편하게 머무를 수 있게 되었다. 이로써 위험이 적어지고, 화폐로 식사와 숙박 서비스를 받을 수 있어 여행이 매우 용이해졌다.

가마쿠라 시대에 일반 귀족이나 무사 층에서 시작된 이세진구(伊勢神宮) 신앙은 에도시기에 이르러 대중화되어, 일본 관광의 기초가 된 종교관광인 이세마이리(伊勢詣)가 넓은 계층에 걸쳐 관습화 대중화를 이루게 되었다. 18세기 후반 인구의 7~8%가 이세참배 여행객으로 대기할 정도였다.

메이지시대(明治, 1868~1912)에 들어서는 관소(關所)의 폐지에 의해 이동이 자유로워져, 상업상 종교상의 여행뿐만 아니라 현대적인 관광행위가 활발히 이루어졌다. 이 시기에 발생한 여행의 형태가 온천 여행, 해수욕 여행, 피서지 여행 등이다.

일본의 근대적 여행 알선업은 일본의 개국과 함께 일본을 방문하는 외교관과 일본에 체재하는 상인 등 외국인과의 교섭이나, 그들의 일본 내에서의 휴가활동, 외출활동에 어떻게 대응하고 규제하는가에 대한 대응책으로서 시작된다. 1879년 외국빈객 접대방법을 확립하기 위해 취조위원회가 일본 정부 내에 설치되었고, 1880년에는 로쿠메이칸(鹿

鳴舘)이 설립되며, 1893년에는 외국인 여행객을 적극적으로 받아들여 일본으로의 내유 증가를 꾀하려는 단체가 설립되었다.

일본 근대 여행업의 선구라고 할 수 있는 기관은 기힌카이(喜賓會, 1893년)며, 이 기힌카이가 탄생한 시기는 구미 선진국 상류사회에 있어서 세계일주 여행이 유행한 시기이기도 하다. 이 때 일본은 구미인에게 동양을 대표하는 주요 방문지로서, 이것이 일본 정부에 있어서는 일종의 외압으로 작용하여, 외국인 빈객접대의 제도화를 촉진하는 계기를 마련했다. 일본정부는 파리를 융성하게 한 접객이라는 산업에 착목하고, 일본을 서구와 같은 나라로 보이기 위하여 노력하기 시작했다. 그리고 일본의 근대적 학교제도와 맞물려 장래 국민교육을 직접 담당할 인물을 대상으로 수학여행이 실시되어 갔다. 1886년 동경사범학교의 원거리 소풍과 더불어 각 사범학교에서 단체 수학여행을 실시하게 된다.[14]

1912년에는 외국인 관광객 유치를 위해 재팬투어리스트뷰로(JTB)가 설립되어 일본 최초의 본격적인 여행알선업이 시작되었다. 그리고 1925년부터는 철도성(鐵道省)의 승차권 판매대행 업무를 시작하여 일본 각지에 안내소를 설치했다. 일본 여행의 보급은 1924년 여행잡지 『다비(旅)』의 창간과 기차 시각표 발행으로 이루어지며, 철도성 내에 사무국을 둔 일본여행문화협회(日本旅行文化協會)가 설립되어 여행관계단체의 중앙 연락기관의 역할을 담당하였다. 1920년대 오차다이(お茶代)폐지 운동은 후에 팁 폐지로 이어지기도 한다. 동시기 건전한 여

14 이는 1940년 문부성이 전시체제로 인한 수학여행 제한 통달이 있기까지 견학시설, 근대교육시설, 산업시설, 식민지 견학 등을 통해 문명장치와 식민자로서의 확인이라는 측면에서 꾸준히 이루어졌다. 그리고 전후 1950년에 다시 시작되어 현재까지 수학여행은 여러 여론 속에서도 지속되고 있다.

행문화 보급과 여행 도덕의 향상을 위해 일본여행클럽(日本旅行倶樂部), 동경아루코(東京アルカウ), 국민여행회(國民旅行會), 로카산악회(浪花山岳會), 고베애산협회(神戶愛山協會) 등이 설립되었다.[15] 1932년 JTB는 투어리스트 클럽(ツーリスト グラブ)이라는 조직을 발족하여 회원여행을 조직하여 보급하였다. 1934년에는 국철 시각표의 편집과 발행까지도 장악하는 대 조직을 이루고, 전시에 동아여행사(東亞旅行社, 후에 東亞交通公社)로 개칭 대동아공영권을 의식한 사명을 감당하며, 이 조직은 입영이나 소개(疏開), 근로봉사 등 전쟁관련 업무를 담당했다. 이는 패전 후 일본교통공사의 탄생으로 이어진다. 같은 1934년에는 꾸준히 지리학자와 임학자들에 의해 그 필요성이 제기되어 오던 '국립공원'이 탄생하며, 국립공원 지정으로 인해 자연관광이 일시 집중되기도 했다. 또 다른 면에서 즐거움을 찾으려는 풍조가 높아져 고사, 사적, 고미술, 민속, 전설, 천연기념물, 민요, 민예 등의 인문적 관광대상을 추구하는 전문적인 여행이 행해진다.

패전 후 각지 관광협회 관광 관계단체 및 관광개발 회사가 다시 설립, 1946년에는 '전일본관광연맹'이 설립되었다. 같은 해 11월 교토를 중심으로 제1회 국민체육대회가 열리며 국민적 여행이 실시되었다. 그리고 1957년 후반에는 일본의 고도 경제 성장으로 대중 소비시대를 맞이하여 관광이 폭발적으로 증대되었다. 1964년에는 일본에 있어 해외 관광목적 여행이 자유화되고, 1965년 관광기본법이 제정되었다. 1969년 무역 흑자에 의해 관광목적 여행자가 급격하게 늘어나고, 1975년경에는 사립학교에서 해외 수학여행이 실시되기도 하였다. 다음

15 白幡洋三郎,『旅行ノススメ』, 中公新書, 1996, pp.54~65.

〈표 1〉[16]을 통하여 근대 일본 관광의 역사적 변천을 살펴볼 수 있다.

〈표 1〉

시 기	관광에 관한 내용
나라(奈良) 시대	『日本書紀』, 『古事記』에 아리마(有馬), 도고(道後), 시라하마(白浜), 다마츠쿠리(玉造) 등의 온천에 관한 기술이 존재
헤이안(平安) 초기	귀족이 가츠라(桂), 오하라(大原), 우지(宇治) 등 도시 주변으로 행락(行樂)이나 보양을 목적으로 한 여행을 함
헤이안 말기	구마노모우데(熊野詣)가 융성
가마쿠라(鎌倉) 시대	이세(伊勢) 참배가 융성, 아타미(熱海), 하코네(箱根), 구사츠(草津) 온천 등이 전국적으로 알려짐
무로마치(室町) 시대(1590년 경)	이세신궁(伊勢神宮)에 100채가 넘는 숙박소(御師)가 존재
에도(江戸) 초기	일본3경 등장, 전국 온천지 효능 순위가 붙여짐
1650년 경	제1회 오가게마이리(이세신궁 천궁의 다음해를 말함). 이 무렵 여행자의 수는 전국에서 100만명 전후, 이후, 1705, 1771, 1830, 1867년에 오카게마이리가 발생, 특히 1830년은 500만명
1866년	해외도항금지령폐지
1868년	관소(關所)폐지
1871년	일본인의 국내 여행이 자유로워짐, 이와구라(岩倉)사절단 구미파견
1872년	태양력 채용에 의한 주휴제(週休制), 여름휴가 도입됨 신바시(新橋)－요코하마(横浜) 간 철도 영업개시
1873년	태정관(太政官) 포고에 의한 일본 공원제도 발족, 닛코가네야(日光金屋)호텔 개업, 이후 각지 리조트 호텔이 들어섬, 외국인이 닛코난타이산(日光男体山)을 등산
1877년	세이난(西南)전쟁 이후, 교통과 숙박이 정비됨, 이 무렵부터 외국인이 일본알프스를 등반함
1886년	동경사범학교의 장거리소풍(최초 수학여행)실시, 캐나다 선교사 A. C. 쇼우가 가루이자와(輕井澤)를 소개
1888년	문부대신의 훈령(訓令)에 의해 수학여행이 탄생
1889년	동해도선(新橋一神戸) 개통

16 〈표 1〉은 일본의 오제보호재단(尾瀬保護財団)이 『新時代の觀光戰略(上)』 日本觀光協會, 『數字でみる觀光』, 1996(社) 日本觀光協會, 『觀光概論』前田勇編, 「JTB新聞」 第692号; JTB, 鵜飼正樹 외편(2000), 『戰後日本の大衆文化』, 昭和堂, pp.266~267 등을 참고하여 필자가 재구성한 것이다.

1891년	영국의 W. 웨스턴이 일본알프스 등 일본의 산을 등반하기 시작함
1893년	일본 최초 외국인 유치 알선 기관으로서 동경상공회의소(東京商工會議所) 내에 기힌카이(喜賓會, 일본교통공사의 전신)가 설치됨
1894년	시가 시게다카(志賀重昂)의 『일본풍경론(日本風景論)』의 발간을 통해 자연의 아름다움에 대한 인식과 관심을 높임, W. 웨스턴이 『일본 알프스 등산과 탐험(日本アルプスの登山と探検)』을 런던에서 출판하여 일본의 산들이 소개됨
1903년	남신조에 의해 고야산(高野山参) 참배단, 이세(伊勢)참배단의 조직화에 의해 민간에 의한 근대 여행업이 싹틈, 주식회사 일본여행의 전신이 됨. 1900~10년대, 상류계급, 부자들의 풍속으로 신혼여행 실시(鎌倉, 江の島, 大磯 등)
1908년	아사히(朝日)신문사 주최 56명의 「세계일주」 여행이 행해짐.
1910년	고지마 우스이(小島烏水)의 『일본알프스(日本アルプス)』가 베스트셀러가 됨
1911년	오스트리아 군인에 의해 일본에 스키가 소개됨
1912년	기힌카이가 민간조직인 재팬투어리스트뷰로로 발전(접객외교 등이 주요 목적), 택시 등장
1924년	철도성의 후원으로 일본여행문화협회(후에 일본여행협회) 설립, 여행전문잡지『旅』간행, 『기차시각표』 발매
1928년	지역별 「유람권」 발매
1930년	가루이자와 별장 819채, 철도성의 후원으로 「월계여행(月掛旅行)」이 실시
1931년	국립공원법이 제정되어 일본국립공원제도 발족, 만주사변 이후 군인 상인의 대륙교통이 빈번해 짐
1935~6년	엔 폭락으로 일본 방문 여행객 증가, 일본 관광 붐
1940년	여행, 여객의 제한
1950년	문화재보호법 시행

앞서 기술하였듯이 일본의 근대적 여행업의 시작은 외국인 여행객의 국내유치에 대한 대응의 형태로 마련되었다. 즉 세계여행업의 역사 속의 서양인의 일본을 향한 관심과 그에 대한 대응에 일본의 여행업의 발달이 존재 한다고 봐도 과언이 아닌 것이다. 그리고 일본의 제국주의적 야욕에 의한 한반도와 대륙에 대한 관심은 이러한 근대적 관광의 기초를 다져가는 데에 있어 작용한다. 일본은 일본열도뿐만 아니라 동시에 한반도와 대륙을 서양에 전시하는 주체가 되려했던 것이다.

5. 한국 근대 관광의 문헌을 통한 접근

때문에 한국의 지리적 정보와 지도 및 관광지 안내 등이 자연스럽고도 필연적인 작업으로 진행되어 갈 수밖에 없게 된다. 일본인의 해외관광 단체여행의 조직은 1906년 「大阪朝日新聞」, 「東京朝日新聞」 양지에 "전례 없는 장거－만주 한국유람선의 출항(空前の壯擧－滿韓巡遊船の發向)"이라는 대대적인 광고가 신문을 큼직하게 장식했던 것이 계기가 된다.[17] 로셋타마루(ろせった丸)라는 3,800톤의 기선을 빌려, 만주와 한국을 유람하는 여행단을 조직하므로 참가자를 모집한다는 광고가 6월 22일자 신문에 나오고 그로부터 5일 후, 375명의 정원 만원으로 모집을 마친다는 광고가 나올 정도로, 당시로서는 높은 비용에도 불구하고 인기를 얻었다. 이미 그 이전부터 한국을 비롯한 대륙을 향한 대중의 관심이 이러한 단체여행모집을 통하여 증명된 셈이었다. 이 단체여행은 성공적으로 마쳐지고 이어서 8월에는 조선일일신문사(朝鮮日日新聞社)가 만주 한국·유람여행을 계획하고 요미우리신문사(讀賣新聞社)가 그 접수창구가 되어주는 비슷한 계획이 마련되기도 했다.[18]

이러한 분위기가 형성되기까지는 역시 한국을 비롯한 대륙을 향한 관심이 대중 사이에 유포되어 있어야 한다는 사실이 전제가 되는데, 다음 〈표 2〉[19]는 근대 일본인을 통해 제작된 조선관련 지리지나 여행

17 有山輝雄, 『海外觀光旅行の誕生』, 吉川弘文館, 2002, p.1.

18 위의 책, p.82.

19 〈표 2〉는 한국관련 서적 전문도서관인 四方文庫의 자료와 필자가 일본의 도서관을 통해 조사한 자료이다. 그리고 1910년 자료 중 일부는 최혜주, 『한국학논집』 44집(한양대학교 한국학연구소, 2008), p.89를 참고하였다.

서를 표로 나타낸 것이다.

〈표 2〉

년도	서명	제작자	제작 장소
1874	朝鮮事情	染崎延房	三書房
1875	朝鮮見聞錄	佐田白茅	玉山堂
1879	朝鮮歸好餘錄	石幡貞	日就社
1885	朝鮮記聞	鈴木信仁	博文館
1885	朝鮮京城奇談	小尾直藏	報告堂
1887	朝鮮八道誌	小松運	東京, 東山堂
1890	朝鮮	小田切萬壽之助	京城
1892	仁川事情	青山好惠	朝鮮新報社
1893	北征錄	末廣鐵腸	青木嵩山堂
1894	朝鮮雜記	本間久介	春祥堂書店
1894	朝鮮事情	久保田米僊	春陽堂
1894	新選 朝鮮地理誌	大田才次郎	東京, 博文舘
1894	支那朝鮮形勢錄	秋山四郎	東京, 公益商社
1894	朝鮮地誌要略 附八道地図	松本仁吉	大阪, 鐘美堂
1901	韓半島	信夫淳平	東京, 東京堂書店
1902	韓國案內	香月源太郎	青木嵩山堂
1904	清韓露渡航案內	桑村常之丞	東京, 小川尙榮堂
1904	韓國地理	矢津昌永	東京, 丸善
1904	最新韓國移住案內	山本庫太郎	民友社
1904	朝鮮渡航案內	天野誠齊	新橋堂
1904	ロシア・朝鮮・支那遠征奇談	長田秋濤	文錄堂
1905	韓國新地理	田渕友彦	東京, 博文舘
1905	裏面の韓國	沖田錦城	輝文館
1905	韓國及九州談	伊藤長次郎	東京
1906	平壤案內記	增谷安治	平壤 北韓實業興信所
1906	滿韓巡遊船	朝日新聞社編	東京
1906	最新の韓半島	塩崎誓月	青木嵩山堂
1906	韓國の事情	園城寺清	樂世社
1906	清韓遊踪	上村賣劍	東京堂

1906	七十八日遊記	德富蘇峰	民友社
1906	朝日新聞 滿韓巡遊記	石川周行	朝日新聞社
1906	韓國旅行報告書	堀內泰吉・竹內政一	神戶高等商業學校
1907	韓國漫遊案內	堀川遠	京城 盛文堂
1908	京釜鐵道案內	京釜鐵道株式會社	東京, 博文舘
1908	京城案內記	上村正己	京城 日韓書房
1908	濇水韓山 一名滿韓紀行	北村素堂	長野縣
1908	暗黑なる朝鮮	薄田斬雲	日韓書房
1908	ヨボ記	薄田斬雲	日韓書房
1909	韓國新地理	田淵友彦	東京, 博文舘
1909	滿韓のすすめ	左村八郎	樂世社
1910	續帝國大地誌 韓國南滿州	野口保興	東京 目黑書店
1910	滿韓巡錫錄	田中靈鑑	大阪
1910	間島產業調查書	韓國統監府臨時間島派出所殘務整理所	東京
1910	產業之栞	全羅北道廳	全州
1910	鎭南浦案內記	久松前平	鎭南浦新報社
1910	朝鮮名勝記 附朝鮮沿革大要・朝鮮概要	渡辺豪 二宮謙次郎	京城 朝鮮名勝記編纂所
1910	東朝鮮 一名元山案內	元山每日新聞社編	元山
1910	鴨綠江 滿州國境事情	大崎峰登	東京 兵林舘
1910	淸韓漫遊余瀝	勝田主計	澁谷村
1911	朝鮮半島	山道襄一	京城 町田文林堂
1911	滿韓觀光団誌	下野新聞主催栃木縣實業家滿韓觀光団	宇都宮
1911	朝鮮誌	吉田英三郎	京城 町田文林堂
1911	日本海之對岸 浦塩 北朝鮮巡航視察記	林靜治	新潟 積善組合
1912	京城發達史	京城居留民団役所	京城
1912	京仁通覽	福崎毅一	大阪
1912	最新朝鮮地誌	日韓書房編集部	京城
1913	*AN OFFCIAL GUIDE TO EASTERN ASIA*	鐵道院	
1913	新撰 京城案內(再販)	靑柳南冥	京城 朝鮮研究會
1913	仁川港設備一班	朝鮮總督府官房土木局	
1913	北朝鮮誌	山田天山 安藤北洋	大阪
1914	朝鮮金剛山探勝記	竹內直馬	東京 富士房

1914	釜山港設備一班 附 釜山港小史	朝鮮總督府官房土木局	
1915	最近京城案內記	青柳綱太郎	京城 朝鮮研究會
1915	朝鮮名勝詩選	成島鷲村	京城 桁文社
1915	北鮮紀行 付錄 北海紀行	佐々木米三郎	福井
1915	京城案內	京城協贊會	京城
1915	內外特選 金剛山實記	朴健會	龜屋商店
1915	朝鮮鐵道案內 附 金剛山探勝案內	南滿洲鐵道株式會社京城管理局	
1915	大陸修學旅行記	廣島高等師範學校	
1916	始政5年記念朝鮮物產共進會 京城協贊會報告	同會殘務取扱所	京城
1916	朝鮮の三大港	會田寅吉	仁川 巖松堂
1917	平壤風景論	小田原正人	京城 朝鮮研究會
1918	間島事情 附間島ニ置ケル水稻	南滿洲鐵道調查課	大連
1918	漢京一年	松本武正	仁川 朝鮮新聞社
1918	朝鮮鐵道旅行案內 付錄 金剛山探勝案內	南滿洲鐵道株式會社京城管理局	
1918	朝鮮金剛山探勝記	菊地幽芳	東京 洛陽堂
1918	新日本見物	金尾種次郎編	東京 金尾文淵堂
1918	朝鮮地誌資料	朝鮮總督府臨時土地調查局	京城
1919	朝鮮滿州支那案內	鐵道院(再版)	東京 丁未出版社
1919	滿鮮遊記	大町芳衛	大阪屋号書店
1920	新羅旧都 慶州誌	奥田悌	大阪府 玉村書店
1921	朝鮮鐵道旅行便覽	朝鮮總督府	
1921	鎭南浦	鎭南浦商業會議所	
1921	*PICTORIAL CHOSEN*	GOVERNMENT-GENERAL OF CHOSEN	
1922	仁川港案內	仁川稅關	京城
1922	滿州朝鮮支那のぞ記	小野賢一郎	
1923	ポケット京城案內	栗崎又男	京城 京城日報社
1923	清州沿革誌	大熊春峰	清州
1924	朝鮮鐵道旅行便覽	朝鮮總督府	京城
1924	慶州新羅古蹟めぐり	針替理平	大邱 白楊山莊
1924	咸北雜俎	川口卯橘	京城 京城濟世協會
1925	鮮滿支の初旅 韮の匂ひ	相賀安太郎	布佳ホノルル 日布時事社
1925	朝鮮 金剛山「山岳」第19年第2号	大平晟	東京 日本山岳會

1925	木浦案內	木浦商業會議所	木浦
1925	金剛小詩	成田碩內	京城 龜屋商店
1925	朝鮮諸國記	菊池謙讓	京城 大陸通信社
1926	金剛山探勝案內	竹本武正 加藤松林	
1926	朝鮮滿州旅行案內	滿鐵鮮滿案內所	東京
1926	日本海の商港 元山		元山府
1926	京城案內	京城府教育會	京城
1926	木浦大觀		木浦府
1926	滿鮮北支視察記	群馬縣小學校長	筆寫
1926	四季の朝鮮	龜岡榮吉	京城 朝鮮拓殖資料調査會
1927	咸鏡線	龜岡榮吉	京城 朝鮮拓殖資料調査會
1927	埼玉教育 第226号 滿鮮視察 記錄	埼玉縣教育會	浦和
1927	北鮮間島史	永井勝三	會寧
1927	視鮮漫錄	帝國鐵道協會	
1927	湖南宝庫 裡里案內 一名益山發展史	山下英爾	全北裡里
1927	鮮滿支素見	中山正善	丹波市 天理教教廳
1928	金剛礼讚	催南善	
1928	金剛山百勝	辻蒼石	大阪 金剛山百勝展覽會
1928	世界的名山金剛山探勝案內	朝鮮總督府鐵道局編	
1928	朝鮮見學修學旅行調查	京都帝國大學文學部史學科	漢城圖書株式會社
1928	平壤案內 其附近 新義州 安東	朝鮮總督府鐵道局	京城
1928	金剛山探勝案內	朝鮮總督府鐵道局	京城
1928	樂浪古蹟案內	金聖道編	平大同郡 私立三惠學校
1928	雄基案內	小室源路	雄基
1928	清津	室直二	清津 清津商業會議所
1928	朝鮮見學旅行予備調查	京都帝國大學部史學科	
1929	對話漫談 朝鮮ってどんなところ	高橋源太郎	日韓書房
1929	赴戰嶺水電工事 新興の咸南 附咸南沿革	藤本梅良	咸興
1929	史話伝說 朝鮮名勝紀行	近藤時司	東京 博文館
1929	案內書 大京城	有賀信一郎編	京城 朝鮮每日新聞社
1929	京城案內	吉村博	京城 朝鮮博覽會京城協贊會
1929	咸北府郡誌遺蹟及伝說集	永井勝三	會寧

1929	朝鮮巡遊雜記	山雅喜編	
1929	慶南略史	木村晴光	朝鮮博慶尙南道京城協贊會
1930	朝鮮博覽會京城協贊會報告書	同會編	京城
1930	鮮支巡礼行 附朝鮮海印寺 経板攻・往生淨土集	大屋德城	京都 東方文獻刊行會
1930	濟州道とその経濟	釜山商業會議所	釜山
1930	朝鮮紀行 月精寺華嚴寺海印寺	天沼俊一	京都
1930	新朝鮮風土記	師尾源藏	東京 万里閣書房
1931	全羅南道事情誌	染川覺太郎	木浦
1931	京城と仁川	萩森茂	京城 大陸情報社
1931	歷史の平壤	廣瀨憲二	平壤 平安南道教育會
1932	朝鮮滿州旅行案內	滿鮮案內所	東京
1932	忠淸南道發展史	安齊霞堂	大田邑 湖南日報社
1932	京城と金剛山	岡本曉翠	京城 京城眞美會
1932	滿蒙間島北鮮旅行記	末松偕一郎	東京 市町村雜誌社
1932	平壤小雜	平安南道	
1932	鮮滿地方視察報告	東京府教育研究會	
1933	建設途上の滿州國 2冊	關東軍參謀部	
1933	南鐵沿線史	片岡議	麗水邑 片岡商店
1933	鮮滿中國旅行手引	南滿洲鐵道東京支社	
1934	平安北道鄕土誌	平安北道教育會	
1934	大雄基之姿	雄基商工會	雄基邑
1934	安眠島一滿州樂土建設の指針	林省三	東京 日本力行會
1934	朝鮮遊記	穗穗重遠	東京 社會教育會
1934	金剛山探勝案內記	大熊瀧三朗	
1934	咸南國境高地帶巡行記	萩原彦三	咸興
1934	朝鮮旅行案內記	朝鮮總督府鐵道局	
1935	文部省推薦派遣教育家の見たる鮮 滿事情	同第8回視察員合著	大阪 福德生命保險株式會社
1935	春川風土記	河野蘇山	春川 朝鮮日日新聞社江原支社
1935	朝鮮所感 鮮滿支旅行第2信	秋守常太郎	大阪
1935	建設途上にある大羅津	羅津商工會	羅津邑
1935	群山開港前史	群山府	
1935	忠南鄕土誌	公州公立高等普通學校交友會	公州

1937	滿鮮雜錄	岩崎清七	東京 秋豊園出版部
1937	滿鮮雜記	中島正國	鎌倉
1937	咸北の横顔	咸鏡北道産業協會	大阪
1937	晋州概史及名勝古蹟	晋州郡觀光協會	晋州
1938	鮮・滿・支新興経済	小島精一	東京 春秋社
1938	咸南都市大觀	田上征夫	咸興
1938	北日本定期航路案內	北日本汽船株式會社	小樽
1938	鮮滿支視察旅行報告書	東京市派遣小學校長學事視察団	東京
1938	朝鮮滿洲旅の栞	滿鐵鮮滿案內所	東京 滿鐵東京支社
1938	北鮮滿洲北支の旅	佐々木忠右衛門	京城
1938	京城府市街地計畫 風致地區指定資料調查書	京城府	
1938	滿鮮誌一名鮮滿の旅		謄寫
1939	扶余を見るには！	扶余古蹟保存會	京城
1939	內鮮一体の靈地扶余	國民精神總動員朝鮮連盟	京城
1939	鮮滿地方出張視察報告書	木村富士	謄寫
1939	半島の印象 探勝漫畵 蒐印帖 / 池部鈺他4畵家	日本旅行協會朝鮮支部	京城
1939	朝鮮之觀光	林尙浩編	京城 朝鮮之觀光社
1939	朝鮮多島海旅行覺書	アチックーミューゼアム編	東京 丸善三田出張所
1939	西鮮地方	朝鮮總督府鐵道局	京城
1940	興亞の一翼 伸びゆく鎭南浦	鎭南浦商工會	鎭南浦
1941	朝鮮の旅	熊谷太三郎	福井
1942	博多港と朝鮮	福岡市役所商工課	福岡市
1942	朝鮮各道府邑面間里程表	朝鮮總督府司計課	京城
1952	對馬	湯淺克衛	東京

한국에 대한 관심은 먼저 한국을 막연한 소문으로가 아닌, 한국에 대한 상을 그릴 수 있는 구체적 형태를 필요로 하게 되는데, 지리서는 이러한 욕구를 충족시키는 데 매우 유효하게 작용한다. 그리고 가까운 이웃 나라의 규모, 땅의 생김새, 자원의 분포, 도시의 위치, 지명 등에 대한 정보는, 대상국의 이미지를 형성하는데 커다란 영향을 끼치게 되

었다. 덧붙여 일본인에 의한 한국 지도도 이미 18세기 중반부터 만들어지기 시작했고, 이 이후 측량에 의한 지도들도 연이어 일본어로 발행되게 된다. 〈표 2〉를 통하여 알 수 있듯이 러일전쟁기와 그 이후에 한국에 관한 지리서들의 출판이 활발해진다.

'근대인'으로서 거듭나고자했던 일본인에게 있어서의 이러한 수치와 통계, 지도를 동반한 지리서는 그들의 객관적인 한국에 대한 정보라는 지적욕구를 충족시키는 데 적당했던 것이다. 게다가 대륙에 관한 지리서 편찬 작업에는, 그 이전까지 서양인에 의해 보이는 객체였던 일본(인)에게 이제는 보는 주체로서의 여행이 가능하다는 것이 큰 동력으로 작용했던 것이다. 일본어로 기술되는 한국에 관한 지리서나 여행안내서는 한국인에게 있어 '일본어=근대'를 습득하는 통로라는 인식을 갖게 했다. 그리고 한자표기로부터 시작하여 일본식 표음으로 표기되는 한국의 지명이 한국인과 일본인에게 익숙해지는 상황을 이끌어 내기도 했다. 또한 지리서의 기술은 역사적 사실을 바탕으로 기술되는 것이 기본이므로, 한국의 고대 역사를 일본의 근대사에 자연스럽게 편입시키는 역할도 자료를 통하여 살펴볼 수 있다. 이를 반증하는 것으로, 관광지 설정에 있어서도, 만주와 한국의 관광지를 청일 · 러일전쟁의 전장을 견학하는 프로그램으로 편성함으로써 제국주의 신민으로서의 자부심을 만끽하도록 했다. 또한 여행자 자신이 만주와 한국을 여행하며 스스로에게 부여하는 '문명국민', '제국신민'이라는 이름은 여행을 더 즐거운 것으로 만들기도 했다. 때문에 처음 단체여행의 조직은 신문사의 광고란이라는 매개를 통하여 형성되었으나, 그 이후 연이어 육해군성의 지원을 받아, 여행이 거국적인 현상으로 발전해갔던 것이다. 따라서 근대 한국 여행은 단체관광여행 뿐만 아니라, 학생들을 위한 수학여행, 학교 교원을 위한 단체여행 등으로 이어지게 되었다. 대륙으로의 여행에 있어서는 위생에 관련한 사항을 철저히 알리고 질병에 걸리지 않도록 주의를 기울인 반면, 세계단체여행에 있어서는 절대로 일본인이 수치스러운 행동을 해서는 안 된다는 교육을 시켜 신흥국민으로서의 자의식 생성을 요구하기도 했다.

한국의 관광지는 일본인 여행객, 혹은 서구의 여행객을 위하여 조직되고, 정비되는 형태로 만들어져 갔다. 그들은 지도와 지리서를 작성하여 각 지역의 지리적 실태와 인구분포 도시발달 정도 등을 파악하며, 반도를 잇는 교통시설을 정비하여 도시와 도시를 잇는 작업을 실시하였으며, 각 역을 중심으로 관광지 조성을 꾀하였다. 이러한 작업이 한국인에게 있어서는 '근대화'의 과정으로 받아들여졌으며, 정리되고 편리해진 관광시설은 비판과 무비판의 선상에서 고민하고 갈등하는 가운데 점차 근대사회로의 변화로 인식되며 흡수되기 시작했다.

6. 전략적 관광으로

1909년 4월부터 5월에 걸쳐서 경성일보사의 주최로 한국의 관광단 114 명이 일본을 방문했다. 관광 목적은 정치적인 측면이 강했고, 구성원은 반일적인 성향이 강한 대한협회회원이 80% 이상을 차지하고 있었다. 일본 측은 표면적으로는 특별히 연출된 쇼를 통하여 한국관광단을 환영하는 듯했으나, 거기에는 반일·혐일적인 한국의 정계나 관계의 사람들에게 일본의 강대함을 과시하려는 의도가 있었다.[20] 한국인이 이때 관광했던 것은 여행주체가 짜놓은 대로 일본의 문명을 감상하는 것이었다. 한국의 단체 해외관광여행은 이미 병합 이전에 제국주의의 주체의 의도에 따라 조직되고 운영되었다.

외국인에게 한국어를 자연스럽게 말하게 하고 쓰게 하고 생각하게 하기 위해서는 얼마만큼의 노력과 에너지가 필요할까? 일제는 하나의 섬도 아닌 대륙을 향해 '일본화'라는 욕망을 발산하였다. 이 계획을 실현하기 위해 한국을 비롯한 중국 대륙, 동남아시아를 향하여 치밀하게 계획을 세워 주도권을 쥐려했다. 청일·러일전쟁의 승리는 이러한 계획에 박차를 가할 수 있는 원동력이 되었고, 당시에 동원할 수 있는 온갖 미디어를 통해 일본 제국주의의 담론을 유포하기도 했다.

당시 대중의 마음을 움직인 것은 정치적 선전이나 강압적인 제재보다는 근대화에 대한 대중의 관심이다. 지식을 쌓고, 정보를 얻으며, 때로는 그 정보를 이용하여 '즐거움'을 '누리는' 관광행위를 원하는 대중을 양산하고, 대중이 그것을 요구하도록 유도하는 경로를 포착하는 것은 정치적 권력 이상의 파급효과를 기대할 수 있는 것이다. 근대화나 진보를 원했던 한국인들은 제국주의 욕망의 대상물이었으나, 그들의 근대화를 향한 욕망자체를 친일이라고 비난할 수만을 없을 것이며, 타국의 주체에 의해 유도된 것이기는 하나 그들의 발자취를 탐구하며 분석하는 행위를 한국의 근대문화사 연구에 있어 배제할 수 없는 것이다. '한류'의 시대에 존재하는 한일의 문화적 교류관계에 있어 기존의

20 有山輝雄, 앞의 책, p.158.

뿌리박혀 있던 대립과 부정적 역사관의 답습이나 이에 따른 회피가 아닌, 이러한 자료들의 검토는 근대화를 향한 객관적인 수치를 살펴보는 데 있어 유용하며, 주체가 전도된 한국 근대 관광이 보여주는 실상과 허상을 파악하고 바로잡는 데 중요한 역할을 담당할 것이다.

제2장

타자를 통하여 발견된 근대 한국

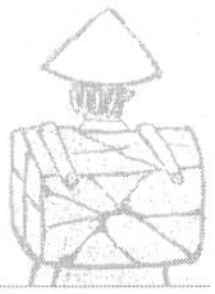

1. 욕망의 대상이 된 한국

한국인 스스로가 자신을 객관화하는 작업의 역사는 어떻게 진행되어 왔을까? 스스로를 바라보기 위해서는 '거울'이 필요할 것인데, 한국은 그 '거울'을 가지게 되기까지 더딘 작업을 거치는 동안 자기 스스로를 바로 비춰보지 못하고 다른 이의 '거울'을 통해 비춰낼 수밖에 없었다. '문화적 우위' '유구한 역사' '자랑스러운 문화유산'으로 대표되는 한국의 고대사는 한국인에게 있어 훈장과도 같은 것이었으며 거기에 대한 자부심은 누구도 범접할 수 없다. 그러나 동시대에 존재했던 '민중' '개인'에 대한 시선이 부재하다는 것은 안타까운 일이기도 하며 한국의 '문화'가 한 발 더 나아갈 수 있는 것에 대한 걸림돌이 되기도 했다.

'근대'의 의미는 '인간의 발견'이라는 데에 가장 큰 가치를 둔다. 이

세상에 존재하는 인간은 누구나 '주인공'이 될 수 있다는 의식의 발견, 설사 실제로는 나서 죽을 때까지 한 번도 주인공이 되지 못할지라도 '주인공의 가능성'이 모든 인간에게 있다는 권리 획득은 근대가 안겨다준 선물이자 책임이 된 것이다. 개화기의 한국은 이러한 '근대'를 맞이해야만 하는 상황에 서있었다. 뚜렷한 목표나 야망이 있는 타자로서의 시선과, 같은 정서를 가지고 같은 역사를 지니며 생활한 동일민족이 서로를 바라보는 시선은 사뭇 다를 것이다. 그러나 지혜가 있으나 발휘하는 것을 주저했던 당시의 지식인들의 머뭇거림은 이미 타자를 통해 한국의 깊숙한 곳까지 객관화 혹은 왜곡의 시선들을 생성하게 했다.

근대화의 물결 속에 아직 서로를, 그리고 자신을 객관화해 보기도 전에 이미 한국인은 다른 나라 사람들을 통해 삶과 문화와 역사와 사회가 기술되고 있었다. 이에 대한 내용은 최근에 소개되고 있는 당시 외국인들 기록의 소개와 번역물을 통하여 알 수 있다. 이사벨라 버드 비숍(1994)의 『한국과 그 이웃나라들』, 신복룡(2002)의 『이방인이 본 조선 다시읽기』,[1] 아손 그렙스트(2005)의 『스웨덴 기자 아손, 100년 전 한국을 걷다』, 백성현 · 이한우(2006)의 『파란 눈에 비친 하얀 조선』,[2] 경기도 박물관의 『먼 나라 꼬레－이폴리트 프랑뎅의 기억속으로』[3] 등 구한말 한국을 여

1 신복룡, 『이방인이 본 조선 다시읽기』, 풀빛, 2002. 여기에서는 20편이 넘는 서양인의 조선에 대한 기술을 살펴볼 수 있다. 『하멜표류기』(1668)에서 시작하여 뒤알드의 『조선전』(1741); 홀, 『조선서해탐사기』(1818); 그리피스, 『은자의 나라 한국』(1882); 칼스, 『조선풍물지』(1888); 오페르트, 『금단의 나라 조선』(1880); 로웰, 『고요한 아침의 나라』(1888); 켐프, 『조선의 모습』(1911); 길모어, 『서울 풍물지』(1892); 새비지 랜도어, 『고요한 아침의 나라』(1895); 비숍, 『조선과 그 이웃나라들』(1897); 언더우드, 『상투의 나라』(1904); 알렌, 『조선견문기』(1908); 매켄지, 『대한제국의 비극』(1908); 게일, 『전환기의 조선』(1909); 와그너, 『한국의 아동생활』(1911); 드레이크, 『일제 시대의 조선 생활상』(1930) 등의 외국인이 바라본 조선 견문기를 다양한 사진과 함께 소개한다.

2 백성현 · 이한우, 『파란 눈에 비친 하얀 조선』, 새날, 2006.

행했던 서양인들의 기술과 사진이 대중에게 소개되고 있다. 게다가 당시 제작되었던 영화도 볼 수 있다.[4] 그리고 앞서 소개한 신복룡의 『이방인이 본 조선 다시읽기』에서 소개하는 23권의 책은 1999년부터 '한말 외국인 기록' 시리즈로 출간된 방대한 번역 작업으로, 여기에는 구한말의 서양인의 눈을 통해 비춰진 한국과 한국인이 존재한다.[5]

이 장에서는 '여행자'로서 서양인은 근대 한국을 어떻게 해석하고 평가하는지를 살펴보고자 한다. 여기에서는 일본이 본격적으로 한국을 통치하기 시작한 1910년 이전의 서양인의 글을 중점적으로 살펴보며, 한국 근대화 초기의 주역기기도 하고 문화 전달자이기도 했던 이들의 한국 여행이 어떤 의미를 갖는지에 대하여도 살펴보고자 한다.

국가적이든 개인적이든 이들 역시 '목적'과 '야망'을 품고 한국으로 건너왔으며 그들의 시선은 몇 가지의 반사경을 거친 뒤 나온 것이기도 했다. 이렇게 한국의 근대는 스스로 '근대'를 욕망하기도 전에 타인의 욕망의 대상이 되어갔다. 그리고 한 가지 덧붙이면 그들은 한국을 알기 위해 여러 가지 자료를 살펴보았는데, 이러한 자료의 상당수가 일본인과 일본을 통하여 입수된 것이었다. 그들은 이미 조선 여행의 통로를

3 이폴리트 프랑뎅, 『먼 나라 꼬레(Coree)－이폴리트 프랑뎅(Hippolyte Frandin)의 기억속으로』, 경인문화사, 2003.

4 KBS역사 스페셜(2009년 2월 21일)을 통하여 독일인 신부인 노르베르트 베버(1870~1956)가 1925년 조선 여행 중 금강산에서 구입해 2005년 10월 성베네딕트 왜관 수도원으로 돌려준 정선의 그림에 대한 소개와 그의 여행의 기록한다. 베버신부는 1911년 한국을 처음 방문하여 수장의 사진을 남기기도 했으며, 1925년의 두 번째 여행은 독일－프랑스－싱가폴－필리핀－일본을 거쳐 한국에 방문했다.

5 서양여행기의 연구현황에 대하여는, 김현숙, 「서양인 여행기에 표상된 '공존·공생'의 조선 사회상」(『여행의 발견 타자의 표상』, 민속원, 2010), pp.120~121에서 알 수 있다. 여기에서는 서양인의 눈을 통하여 본 한국의 사회문화현상과 그들의 오리엔탈리즘적 성격과 특성에 대해 논하는 것이 주류이다. 이 가운데 '여행자'라는 시선에 좀더 중점을 두어 논하려는 것이 이번 장의 목적이다.

일본을 통해 마련했고 조선에 대한 학술적 지식도 일본으로 건너간 한국 관련 책들이나 일본인이 기술한 담론을 배경으로 기록했다. 이러한 사실을 바탕으로 구한말 한국을 여행했던 서양인들의 기록을 살펴보며 그들의 조선 여행의 방법과 의미, 그리고 그들이 발견한 혹은 창조해 낸 한국 및 한국인이 어떻게 존재하는지 살펴보고자 한다.

2. 이방인에 의한 근대 한국 스케치

한국의 근대화를 일본과 관련지어 이야기 하는 것에 대해 한국인으로서 왠지 석연치 않게 느끼는 것이 사실이다. 여기에는 '근대화'라는 단어가 주는 이미지로서 진보와 발달, 그리고 문화를 상징하는 측면보다는 과거 36년간의 식민지 지배 체제, 억압과 수탈 그리고 민족말살 등의 이미지가 겹치기 때문일 것이다. 이러한 상반된 이미지의 교차는 '한국의 근대'를 이해하는 데 장애 요소로 작용하는 것이 사실이다. 그러나 서양인에 의한 한국의 근대화에 대하여는 그리 심한 반감을 일으키지는 않는다. 오리엔탈리즘의 반영이라는 측면을 깊게 포함하기는 하지만 무력과 억압이 아닌 선교나 외교 혹은 여행을 통하여 전달된 문화이기 때문일 것이다. 그러나 양자 모두 '목적' 혹은 '야심'이 있었다. 서구인들의 목적에는 종교의 전파, 외교상의 이권, 조선의 미개발 자원에 대한 소유욕, 개인의 지적욕구의 충족 등 개인적이거나, 정적이거나, 합법적인 형태로 존재했다. 그러나 일제에 의한 그것은 같은 근대화라 할지라도 그 목적에 제국주의 건설이 극히 노골적으로 때로는 폭력적으로 드러났다. 여기에서 근대문명의 '전달 양상'이 어떤 식으로 전개되었는지에 따라서 전달 주체에 대한 인식 수준이 판이하게 달라지는 것을 알 수 있다.

객관적 대상으로서 한국의 지역과 문화 그리고 민족을 바라보기 시작한 것은 서구인에 의해서였다. 가장 초기 형태의 견문기라 할 수 있는 『하멜표류기』는 1653년 하멜이 일본 나가사키로 가던 도중 태풍을 만나 제주 앞바다에 표착하여, 조선에서 13년간 나포되었던 생활을 기록한 것이다. 조선에서의 생활을 회상하여 기록하기는 하나 그들의 관심은 조선에서 탈출하는 것이었기 때문에 여행자로서의 시각이기 보다는 새로운 문화를 접하는 충격으로서의 '조선'이 그려졌다. 그 이후 프랑스의 신부인 뒤알드가 조선 여행을 다녀 온 여행자들의 구전을 수집하여 48페이지 분량으로 써낸 것이 『조선전』으로, 『중국사』(전4권)의 제4권의 한 장에 실려 있다. 책의 구성을 통하여도 알 수 있지만, 한국은 중국의 속국이며, 그러한 점을 강조한 '기자조선'으로서의 의미부여, 한국의 풍속에 대한 간단한 소개, 한국의 풍부한 물산에 대해 소개하고 있다. 그 후 독일 상인인 오페르트가 도굴을 위하여 한국에 들어와 실패하고 돌아가 기록한 『금단의 나라 조선』(1880)이 근대 한국 소개에 많은 영향을 끼치기도 한다. 오페르트는 도굴을 목적으로 한국에 들어오나, 『금단의 나라 조선』은 한국의 역사나 언어, 풍습, 제도 등에 대한 깊은 이해를 바탕으로 기술하고 있어, 18세기 초의 서양인에게 비친 한국의 모습이 상세히 그려져 있다고 볼 수 있다.[6] 근대화된 서양인 주체에 의해 발견된 한국은 그들의 호기심과 '자애'어린 눈빛에 투사되어 있으며, 근대화와는 왠지 어울리지 않는 당시 조선인의 모습이 그들에게 신기한 발견의 형태로 존재한다. 서양 여행자들의 기술은, 자신이 다른 사람들이 모르는 새로운 세계를 발견하고 거기에서 느끼는 '이국정서(exoticism)'의 획득에 대한 자신감과 경이로움을 생생하게 책에 담고 싶어 했다. 자신이 지닌 탐험정신을 맘껏 발휘할 수 있었던 장소로서의 조선은 서양인들에게 동양의 '신비로움'을 가장한 오리엔탈리즘 형성에 일조하는 장소로서 존재하기도 했다.

그들은 여행지로서의 한국이 만만하지 않다는 것을 수 곳에서 강조한다. 1882년 미국에서 출판된 그리피스의 『은자의 나라 한국』의 머리말에서는 "한국을 여행하는 사람들은 극지방의 불모지를 통과하려는 탐험가나 여행자가 겪는 것과 꼭 같은 위험을 겪게 된다"[7] 고 언급한다. 그리고 조선은 여행을 하기 위해 세계에서 가장 불편한 장소로 이야기되기도 한다. 또한 자신들이 쓴 이런 여행서가 구미의 학자들과 선교사들 그리고 학생들에게 유용한 정보로서 재생산되고 있다는 가치를 설명하기도 한다.[8] 그리피스는 근대 초기의 한국을 여행하며 한국을 '은자의 나라'라고 명명하였다. 그래서 한국인도 모르게 한국은 은자의 나라로 비춰지며 은자의 모습들로 대표되었다. 여기에서 주목할 점은, 그리피스가 이 저서의 객관성을 유지할 수 있는 근거로 많은 자료를 참고했으며, 자신의 주관적인 지식이 아닌 한국에 대하여 '안다고

6 신복룡, 앞의 책.

7 W. E 그리피스(William E. Griffis), 신복룡 역주, 『은자의 나라 한국 – 한말 외국인 기록 3』, 집문당, 1999, p.13의 원저자 초판 머리말(원서는 1907년작).

8 그 후 24년 동안 이 책은 독자들의 호기심을 불러일으키는 이외에도 구미 각국의 학자와 학생들에게 매우 유용하게 쓰여졌을 뿐만 아니라 한국을 찾아오는 선교사들이나 새로운 입국자들에게도 초판에 수록된 일반적인 정보를 읽힘으로써 이 책은 한국 내에서도 공헌을 하고 있다. 그리피스, 앞의 책, p.13.

여겨지는' 인물들의 도움을 받았다는 기술이다. 그의 한국에 대한 정보 제공은 '비한국인'으로부터였으며, 그 중 일본인의 영향력이 상당했다. 그는 수많은 일본인을 자신이 아끼는 제자로 두고 있었으며 일본의 도시를 돌아다니며 조선에 관한 자료를 입수하고 있었다.

이 책의 대부분은 1877년부터 1880년 사이에 씌었으며 그 뒤 주제의 기술은 프랑스 선교사들이 쓴 한국어 문법과 사전 외에도 로스(Rev. John Ross)가 쓴 『한국(Corea)』과 『한국입문(Corea Primer)』에 의하여 보완되었다. 이들 음운서의 도움으로 나는 한국어를 이해할 수 있었고 더 나아가서는 의문나는 점을 밝히는데 필요한 자료를 얻을 수가 있었다. 나는 특히 한국인의 민속과 사회생활 그리고 기독교에 관해서는 달레(Charles Dallet)의 『한국교회사(Histoire de L'Eglise de Coree)』에서 많은 것을 인용했다. 서문 다음에 수록되어있는 「참고문헌」은 내가 다소간 빚을 진 저술들의 목록이다.

많은 친구들이 편지와 충고를 통해서 나를 도와주었는데, 그 중에서도 나는 우선 나의 옛 제자인 하세가와(長谷川), 히라이(平井), 하라구치(原口), 마쓰이(松井), 이마다테(今館) 그리고 최근 사귄 일본인 친구인 오기미(荻美)와 기무라(木村)에 대해서도 감사하지 않을 수 없다. 그러나 아! 슬프다 야예(K. Yaye)와 에키(江木)는 이미 이 세상에서는 나의 감사의 말을 들을 수 없게 되었다. 그들의 관심은 논란의 여지가 있던 몇 가지 사실들에 대한 논의뿐만 아니라 교토와 도쿄의 서점을 돌아다니며 가치 있는 기초자료들을 얻게 해준 데에서 잘 나타나고 있다.[9]

9 위의 책, p.17.

이상은 단적인 예이지만, 그들이 리얼하게 한국인을 보고 그려낸 것 외에는 한국의 역사, 사회, 문화에 대한 정보와 자료를 섭렵하기 위해서는 한국인이 아닌 다른 타자들을 통한 정보에 의존하는 경우가 많았다는 것을 알 수 있다. 한국의 고문서도 이미 일본에 건너간 상태에서 재발견되는 경우도 많았다. 당시 일본은 동아시아에서 가장 영향력 있는 인쇄산업을 보유하고 있다고 자부하였으며 일본 자체 내에서 한국 관련의 많은 출판물을 생산하고 있었고, 청일전쟁(1894년) 직후 5년 동안 일본의 한국관련 서적 출판은 한반도 자체보다 많았다.[10] 그리고 그리피스는 순수 한국어에 의한 자료의 빈약함을 호소하기도 한다.

> 조선과 일본 학자들의 기록에 의거하여 조사한 애스톤(W. Aston)씨는 그 언문이 창제된 것은「15세기 전반기 이후」라고 믿고 있다. 그러나 이와 같이 자기민족의 문자 체제가 창제되었음에도 불구하고 중국의 완숙한 철학과 문화의 영향력은 너무도 심각하여 한때 조선 사람들은 원문으로서는 원전과 꼭 같은 자국어본을 만들어내는 것이 분명히 무리한 것이라고 생각했다. 한글은 감수성이 예민한 지식인들을 자극함으로써 모든 원전을 표기하는 데에 아무런 소용이 없었다. 조선의 학자들은 자기 민족의 언어 문화를 비하했다. 그 결과로 수세기가 지난 오늘날에도 조선에는 이름을 붙일 만한 문학작품이 없다. 다만 극소수의 작품들이 한문이나 일본어로 씌어있을 따름이다.[11]

그리고 한국인이 아닌 타국인의 욕망을 수렴한 형태로서 표상해 내는 한국의 이미지는 '은자의 나라(the Hermit Nation)'라는 것이었다. 이후

10 앙드레 슈미드, 정여울 역,『제국 그 사이의 한국』(1985~1919), 휴머니스트, 2007, p.72.
11 그리피스, 앞의 책, p.435.

출판되는 조선에 관한 외국인의 기록에서 보이는 그리피스의 저서에 대한 인용은 이 책이 한국을 방문하는 서양인들에게 있어 중요한 정보지로서 작용했다는 것을 시사한다. 여기에는 아마도 한국인의 모습이 서양인들에게 들끓는 '욕망'에 대해 초탈한 것처럼 보이는 것에 대한 막연한 환상과도 같은 것이 존재할 것이며 이 환상이 머지않아 깨질 것이라는 불안감이 섞여 있는 것이다.

3. 서양인의 근대 한국 여행

한국 여행에 있어 종교적으로나 정치적으로 목적성을 띠지 않는 여행가로서의 기술이라 하면 지리학자이자 여행가이던 이사벨라 버드 비숍의 『조선과 그 이웃나라들』(1897)을 꼽을 수 있다. 이는 일제에 의해 본격적인 여행안내서가 만들어지기 이전에 서양인이 기록한 것 중 가장 실증적이고 현장감이 드러난 책이라고 볼 수 있다. 그녀는 문학과 철학에 심취하였으며, 40세가 넘어서는 지리학을 공부하여 일본의 홋카이도와 그 주변의 오지를 방문하여 귀국 후 두 권의 연구서(『알려지지 않은 일본』, 1880; 『황금의 체르소니즈와 그곳에 이르는 길』, 1883)를 펴낸다. 그리고 그 이후 중동과 인도여행을 마친 다음, 65세였던 1894년에 일본의 요코하마와 나가사키를 거쳐 한국에 들어온다. 그녀의 한국여행에 관한 여행기는 그녀의 여행기 중 가장 오랜 현지답사와 문헌연구를 통하여 이루어진 것이다.[12] 그리고 그녀는 일본의 여객선을 이용하여 일본에서 한국으로 들어오고 있고, 여행 중 일본인들의 도움을 받고 있다.[13] 비숍의 이 여행기에는 1894년의 청일전쟁이 임박한 무렵의 한국에 내에서의 일본의 점령상을 보여주고 있다.[14] 여기에서는 청일전쟁 당시 일제의 한국점령의 모습을 생생하게 전해주기도 하지만, 또 한 가지는 일본이 한국의 지리적 상황을 이미 수십 년 전부터 정밀하게 파악하여 한국의 지도를 치밀하게 작성하고 있었다는 사실도 알 수 있다. 일제의 지도 작성이 군사적 목적이라는 것은 너무나도 자명하지만, 이러한 지도는 얼마 지나지 않아 관광지 소개에 유용하게 사용되었다.

비숍의 여행은 근대적 여행과 거리가 먼 것이었다. 그녀는 수로로는 배를 이용하였고, 육로는 말을 타고 한국인 가이드와 함께 다니면서 여행하였다. 숙소는 여관을 이용하기도 하나 주로 한국인 가이드를 매개로 한 민가를 이용했다. 그 후 10여 년이 지난 후 헐버트의 조선에 대한 기록에서도 한국에 여관이나 호텔이 없는 것을 이상히 여기는 내용(『대한제국멸망사』, 1906)이 실려 있는 것을 볼 수 있다.[15] 그리고 한국의 형편없는 도로 시설에 대하여도 언급한다. 길 모어는 『서울 풍물지』를

12 이사벨라 버드 비숍, 이인화 역, 『한국과 그 이웃나라들』, 도서출판 살림, 1994.

13 "2월 5일 나는 대단히 아쉬워하며 서울을 떠났다. 일본인들이 '진릭샤'라고 부르는 인력거를 불러 주었는데"(위의 책, p.311)

14 "석달 동안 6천 명의 군대가 상륙했다. 일본우편선박회사의 증기선이 병력운송선 15척으로 활약하기 위해 그들의 항로로부터 징발되었다. 일본군은 곧 서울 길에 접한 통로인 갑과 수도의 강나루인 마포를 점유했고 막강한 군사력으로 서울 위의 우거진 둔덕인 남산에 눌러 앉았고 그 위치로부터 궁궐과 수도 둘 다를 호령했다. (…중략…) 일본 육군성 참모본부는 정확한 한국지도를 그려왔고 마초(馬草)와 양식에 대한 보고서와 강의 폭과 깊이에 대한 측량을 확보했고, 사전에 석 달 동안 한국의 쌀을 매점해오고 있었다."(위의 책, p.214)

15 신복룡, 앞의 책, p.147.

통해 한국을 여행하기 위한 교통수단으로 가마와 말과 당나귀를 들며 일본과 비교하여 여행하기에 매우 불편하다는 설명을 하고 있다.

> 조선에서의 여행에는 세 가지 방법이 있다. 가마를 타는 것이 일반적이고 다음은 말이나 당나귀를 타는 방법이고 다음은 걸어가는 방법이다. 물론 대중교통수단은 없다. 일본에서는 구루마와 인력거가 공공교통수단이다. 조선에서는 이것을 대신할 것들이 없다. 외국인들은 각자 자기의 가마를 가지고 있으며 한 달씩 짐꾼을 고용하기도 한다.[16]

> 조선의 교통수단은 빈약하기 그지없다. 도로는 나쁘고 교량도 드물다. 주요한 교통수단은 소와 작지만 힘이 센 말이다. 수레는 보잘 것 없이 만들어져 있다. 선박은 극히 원시적이며 전마선과 나룻배는 초라하기만 하다.[17]

앞서의 비숍도, 다른 서양 여행자들도, 모두 이미 일본 여행을 경험한 사람들임을 알 수 있다. 같은 동양권에서 한국의 비교 대상은 그들이 먼저 체험한 일본일 수밖에 없었고 일본 여행에 비해 조선에서의 여행이 '불편'하다는 인상을 주는 것은 당연했다. 그러나 1900년대 들어서는 여행자들의 기록에서 변화가 보이는 것을 알 수 있다. 조선 내의 교통 시설은 여전히 불편하지만 일본을 통해 이런 불편들이 해소되기 시작했다는 기술이 첨가되어가는 것이다. 헐버트는 『대한제국 멸

16 G.W. 길모어(George W Gilmore), 신복룡 역, 『서울풍물지 – 한말 외국인 기록 17』, 집문당, 1999, p.213.

17 묄렌도르프(Paul Gedrge von Moellendorff), 신복룡 · 김운경 역주, 『묄렌도르프자전(외) – 한말외국인 기록 9』, 집문당, 1999, p.134.

선교사의 여행

장승

망사』에서 다음과 같이 기술한다.

한국에는 도로시설이 그처럼 형편없기 때문에 여름의 장마철이 되면 임시로 만들어 놓은 다리는 물속에 잠기고 조그마한 냇물도 격류로 변하며 배를 이용한 경우가 아니고서는 모든 여행이나 교통이 두절된다는 것은 놀라운 일이 아니다. 이때가 되면 한국인들은 먼 길을 떠나지 않는다. 따라서 모내기를 한 벼를 살펴보아야 하는 농부가 아니면 이때는 마냥 게으름만 피우는 계절이다. 일반적으로 이때에는 집에 머물러 있으면서 참외나 과일이나 그 밖의 모든 것을 마냥 먹어치운다.

경부선과 경인선, 그리고 일본인들이 경영하는 선박회사를 제외한다면 한국의 운송기관은 아직도 원시적이기 때문에 몇 가지 이외에는 모두가 수세기를 통해 내려온 방법 그대로이다.[18]

여행에 이용될 수 있는 여러 가지의 방법이 있음에도 불구하고 대부분은 걸어서 여행한다는 점을 지적하지 않을 수 없다. 한국인들은 매우 잘 걷는 민족이다. 이 나라에 찾아오는 모든 외국인들은 한국인들이 걸어가는 모습 속에서 꼿꼿하게 서서 짐을 나른다든가 발걸음이 경쾌하다든가 또는 걸음걸이가 우아하다는 데에 한 번 쯤은 놀라게 된다. (…중략…) 해안선에는 무수히 많은 섬들이 있어서 배편을 이용한 여행을 해봄직 하지만 육로를 이용하는 여행이 더 빠르고 안전하다는 것을 알기 때문이다. (…중략…) 그러나 일본인들이 정기 여객선을 운행하기 시작한 이래 한국인들은 배를 이용하는 여행이 얼마나 빠르고 편안하며 값이 싼가를 안후로 요즈음의 연안 여객선은 이곳의 주민들로 붐비고 있

18 H.B. 헐버트, 신복룡 역, 『대한제국멸망사－한말 외국인 기록 1』, 집문당, 1999, p.302.

다. 이들은 규모가 작은 구형이다. 이들의 대부분은 일본에서 쓸 수가 없게 되자 물의가 일어나지 않고 검사도 비교적 소홀한 한국에로 도입된 것이라는 점은 의심할 나위도 없다. 승객 정원에 대해서는 아무런 제한도 없는 것 같다.[19]

알렌도 그의 『조선견문기』를 통해 일본인의 영향으로 발달된 조선의 교통수단에 대해 자세하게 설명하면서 과거에 비해 조선을 여행하기가 얼마나 편리해졌는지 소개한다. 그리고 빠르게 달리는 기차 밖으로 보이는 조선인은 이러한 변화와는 조금도 어울리지 않는 '은둔자'로서 비치는 것이다.

예전 같으면 요코하마나 고베로부터 제물포로가려면 4~6일이 걸렸는데 오늘날에는 많이 바뀌었다. 미국에서 조선을 가는 동안 겪어야 하는 고충 중에서 제일 견디기 어려운 것은 그 케케묵은 일본의 소형 연안 선박을 타는 일이었는데, 요즘은 그렇지 않다. 왜냐하면 도쿄나 요코하마에서 기차를 타고 시모노세키에 도착하여 엄청나게 크고 편안한 기선으로 하룻밤 사이에 부산에 도착하면 다시 기차를 타고 서울이나 제물포에 도달할 수 있기 때문이다.

부산에서는 미국인들이 미국의 기차를 본떠서 표준 규격으로 부설한 철도를 타고 하루면 서울에 닿을 수가 있다. 식당으로 가면 믿고 먹을 만한 식사가 나오고 쾌적하게 달리는 기차 밖을 내다보면 먼 산허리에 자리잡고 있는 고색창연한 사원이며, 멀찌가니 보이는 그림 같은 마을 풍경이며, 여기저기 언덕위에 흰옷을 입고 앉아있는 주민의 모습, 그리고 길다란 담뱃대 위로 속절없이 피어오르는 담배 연기가 보인다. 그들의 표정을 보니 자기들의 땅으로부터 그

19 위의 책, p.314.

> 조용하던 은둔을 빼앗아 갔고 오랫동안 가꾸지 않아 잡초만 무성하던 도로가 북돋워지도록 한 외국인들의 괄목할 만한 개혁에 대하여는 아무런 흥미도 엿보이지 않는다.[20]

그리고 비숍의 기술을 통하여 여행 중 그들이 사용하는 경비는 엔화로 통용되어 불편함 없이 지불할 수 있었다는 내용도 살펴볼 수 있다.

> 그러나 일본의 영향 아래에서 은으로 만들어진 엔화는 서서히 한국의 경제 내부로 침투하고 있었다. 때문에 나는 새로 주조된 한국의 주화의 견본조차 본 일이 없음에도 불구하고 전번의 여행처럼 돈을 한 짐 싸들고 다녀야 한다거나 거슬러 받을 엔화가 없어서 곤란에 처하는 불편 없이 모든 여관에서 쉽게 통용되는 커다란 엔 은화를 사용하면 되었다.[21]

새비지 랜도어는 당시의 중국인 경영 스튜어트 호텔, 헝가리인 소유 한국호텔, 일본인 소유의 대불호텔을 소개하며 그 중에서 일본인 호텔에 대해 새 건물에 현대적인 종업원 등을 예로 들어 칭찬하고 있다.[22] 그 외 서울에 있는 대부분의 숙박지에 대하여는 "서울에는 매우 지저분한 토속 주막집은 있었지만 호텔이라고는 없었다"[23]라고 하며 러시아인 친구를 만나 그의 집에 기거할 수 있었다고 한다. 그러면서 조선

20 H.N. 알렌(Horace. N. Allen), 신복룡 역주, 『조선견문기-한말외국인 기록 4』, 집문당, 1999, pp.49~50.

21 비숍, 앞의 책, p.351.

22 A. H. 새비지랜도어(A. Henry Savage-Landor), 신복룡·장우영 역주, 『고요한 아침의 나라 조선-한말외국인 기록 19』, 집문당, 1999, p.28.

23 위의 책, p.51.

조선의 강도

의 여인숙의 끔찍함과 친구가 없을 때의 고단함을 설명한다.

나는 4년 전의 일에 관해 이야기하는 중인데, 조선의 수도를 방문하는 여행자들이 경험하는 커다란 어려움은 만약 그가 친구의 집에 머물도록 초대받지 않았을 경우에 숙박할 장소를 찾는 것이다. 군인들과 날품팔이꾼들을 위한 가장 수준 낮은 주점은 도박꾼과 강도의 소굴이다. 이곳을 제외하면 호텔은커녕 여인숙조차도 없다. (…중략…)

조선의 여인숙은 몇 개 되지도 않지만 최하층 찌꺼기 같은 인생을 사는 하층 사람들만이 이용한다. 강도 싸움, 혹은 살인이 일어날 때마다 당신은 이와 같은 악의 소굴 중 한 곳에서 그런 일이 발생했다고 확신해도 좋다.[24]

그렇다면 그들은 소위 조선의 관광지를 어떻게 보고 있는가? 당시 서양 여행자들에게는 조선 사람이 관광거리였다. 그들은 거지, 여자, 지게꾼, 남자, 어린이, 국왕, 왕비 등 신기하게 보이는 조선인의 모습을 전한다. 왕궁이나 유적에 대하여도 설명하기는 하지만 그것은 진귀함이나 존중의 관념이 보이지 않는 형태로 일본의 그것과 무참하게 비교되거나 중국에 대한 종속성이 강조된다.

24 위의 책, p.92.

조선의 유적

도시로서 서울의 매력은 별로 없다. 서울에는 건물이 거의 없고 거리에는 오물이 넘쳐나며 세계 곳곳을 유람하는 여행자들의 이목을 끌만한 명소도 없다. 서울의 도시 미관은 엉망이며 볼거리가 전혀 없다. 만약 당신이 독특하고 진기한 것을 찾으려 한다면 도시는 당신에게 별다른 흥미를 줄 수 없을 것이다.[25]

「거대한 종」이 있는 곳에서 작고 좁은 꼬불꼬불한 길을 따라 내려가다가 보면 그리 멀지 않은 거리에 확실히 매우 오래된 예술 작품이 있는 장소에 도착하게 된다. 그것은 견고한 대리석으로 만들어진 탑으로서 꼭대기까지 줄곧 아름다운 조각으로 장식되었다. 나는 이 탑이 중국에 기원을 둔 것이라고 생각했다.[26]

25 위의 책, p.92.

조선의 유적

이처럼 지역이나 도시, 문화재로서의 매력이나 의미는 그들에게 강한 인상을 주지 못했던 것이다. 새비지 랜도어는 유적으로 왕궁, 성벽, 남산, 기자암, 일본인 마을, 북경로(北京路), 봉화, 물장수, 수문장 등에 대하여 기술하고 있는데 그 내용은 독자의 흥미를 끌만큼의 흡인력을 가지지 못한다. 그리고 헐버트는 한국 여행에서 단군 사당, 경주, 첨성대, 분황사탑, 조선의 성벽, 돌다리, 절, 금강산, 미륵, 고인돌 등을 소개하는데, "극동의 모든 건축양식은 그것을 전체적으로 개축하리 만큼 철저하게 보수하지 않고서는 100년 이상 존속할 수가 없다"[27]며 기념

26 위의 책, p.108.
27 헐버트, 앞의 책, p.345.

물에 대한 예찬이나 감상의 면보다는 보수나 개축의 면을 염려하고 있다. 후에 관광 상품으로 전면적으로 소개되는 기생에 관해서는 "기생은 하층계급들이 얼마나 비참하게 살아가는가를 보여주는 시요, 그림이다. (…중략…) 사회적으로 볼 때 그들의 신분은 너무도 낮다. 기생은 그 자체가 가난과 노역의 소산이다"[28]라고 하며, 기생이 조선의 양반과 '자기도취적이고 살진 관리'들을 기쁘게 하는 존재라는 것을 부각시킨다. 그녀들은 조선의 사회악으로서 가엾은 존재로 비춰지기도 한다.[29] 이는 그들의 기독교적 교리에 입각한 기술이자 일본인과 달리 기생을 관광 상품으로 생각하고 있지 않았다는 것에 대한 반영이다.

비숍은 서울과 그곳의 문화 유적에 대해 다음과 같이 기술하고 있다.

> 모든 한국인의 마음은 서울에 있다. 지방 관리들은 수도에 따로 저택을 갖고 있으며 연중 많은 기간 부임지의 직무를 경시해도 된다고 믿고 있다. 대부분의 토지 소유자들은 수도에 살고 있는 부재 지주들이며 그들은 지대를 받기 위해 지방으로부터 민중들을 쥐어짠다. 여행 중의 음식값과 숙박료를 댈 수 있는 사람은 누구나 일 년 중에 한 번이나 두 번 서울로 걸어오며, 어느 계급일지라도 서울에 사는 사람들은 단 몇 주라도 서울을 떠나 살기를 원치 않는다. 한국인들에게 서울은 오직 그 속에서만 살아갈 만한 삶의 가치가 있는 곳으로 여겨진다. 그러나 서울에는 어떠한 예술작품도 없으며 고대 유물도 거의 없고, 공중의 광장도, 아주 드물게 벌어지는 '거둥'(임금님의 거동—필자 주)을 제외하면 어떠한 행사도 극장도 없다. 서울에는 다른 도시들이 소유하고 있는 문화적인 매력이 결핍되어 있다. 오래된 도시이건만 서울엔 어떠한 유적도 도

28 그리피스, 앞의 책, p.374.
29 새비지 랜도어, 앞의 책, p.78.

서관도 문단도 없다. 최근까지 다른 대체물 없이 계속된 종교에 대한 무관심은 사원들을 전혀 남겨놓지 않았고, 여전히 영향력을 갖고 있는 미신들로 인해 시내엔 단 하나의 묘지도 없다.[30]

십년 남짓 후에 일본에 의해 한국 최대 관광지로 거듭나게 되는 서울의 당시 모습을 비숍은 절망에 가까운 어조로 이야기한다. 이 때문에 서양인들이 가장 생생하게 전달하고 있는 것은 역사나 문화가 아닌 서민들의 삶의 현장이었다. 한국 서민들의 삶을 먼발치에서 혹은 가까이에서 관찰하며 자신의 생각을 기술해 간 것이 아마도 서구의 독자들의 흥미를 유발시키는 대목이 아닐까? 그들의 모험심을 자극하고 호기심을 충족시킬 만한 내용들이 한국인의 삶 속에 있었던 것이다.

4. 그들이 보았던 한국인

그들은 '한국인'이라는 매개를 통하여 한국을 살펴보고자 했다. 여기에는 언어의 불소통이라는 '장애'가 있었지만 오히려 이 장애를 통해 그들은 근대 한국을 여과 없이 투사하려 했다. 그러나 한국인을 최대한 선입견을 가지지 않고 본다고 하더라도 서양에 만연되어 있는 오리엔탈

30 비숍, 앞의 책, p.79.

리즘적 시각을 벗어나지 못하는 것이 한계이다. '문명'을 선취한 자로서의 동양을 바라보는 서양인 여행자의 시선은 중국이나 일본을 포함하여 그들이 극복하기 어려운 시점이었다. 아무리 그들이 '애정'이라는 단어로 포장을 하며 '같은 인간'이라는 입장에서 기술한다 하더라도 기술의 주체라는 입장은 이미 기술의 객체를 평가하고 판단할 수 있다는 권리가 부여되었다는 사실을 알리는 것이기도 한 것이다.

> 이 책에 기록된 여러 가지 사실은 필자가 개인적 관찰에서 얻은 것이거나 아니면 한국인 또는 한국 저작에서 직접 얻은 것이다. (…중략…) 이 책은 한국이 심한 역경에 빠져 있을 때 종종 악의에 찬 외세 의해 시달림만 받을 뿐 옳은 평가를 받아 본 적이 없는 한 국가와 민족의 독자들에게 관심을 불러일으키기 위해 씌어진 사랑의 열매이다.[31]

헐버트는 역사에 대하여는 자신의 저서 『한국사(History of Korea)』를 요약한 것이라고 하며 이 책을 쓰기 위해 양반부터 죄수에 이르기까지 도움을 받았다고 한다. 목차는 서설, 역사, 산업, 문화와 예술, 사회제도, 결론의 6편으로 구성되어 있다. 그리고 그는 이 책을 사랑의 열매라고 표현하며, 옳은 평가를 받아 본 적이 없는 이들에 대한 관심을 촉구하는 내용을 싣는다. 그들은 한국인이 근본적인 '인간'의 측면에서 다르지 않다는 것을 강조한다. 당시 서양인들에게 오리엔탈리즘은 만연해 있었고 이러한 상황에서 중국인, 일본인과의 비교는 도토리키재기이기는 하나 한국인의 '기질'에 있어서 다른 동양인들과의 차이에

31 헐버트, 앞의 책, 머리말, p.17.

의미부여 하는 모습을 볼 수 있다.

조선 여성

동양인과 서양인의 차이란 대체로 환경과 생활조건에서 오는 피상적인 것이며 그 기질에 있어서 근본적으로 다르지 않다는 것을 알게 될 것이다. 그러나 한국인에게 접근하여 그들과 같은 의견에 도달하는 것은 일본인이나 중국인의 경우보다 더 용이하다고 말할 수는 있다.[32]

한국인들에게는 냉정과 정열이 함께 갖추어져 있다. 평온 속에서 냉정을 잃지 않을 수 도 있으며 격노할 줄도 안다. 앵글로 색슨족이 그토록 강인한 것은 바로 이 두 가지의 상이하면서도 모순되지 않는 기질이 융화된 까닭이다.[33]

헐버트가 칭찬하는 한국인은 '서양인과 그리 다르지 않은' 존재, 서양인만큼 역량을 발휘할 수 있는 존재라는 의식이다. 그들은 조선의 고유한 민족의식, 사상, 생활철학을 보고 싶어 했지만 결국은 비교대상으로서 서양을 벗어나지 못한 상태에서의 평가나 판단에 그치고 있는 것이다. 종종 서양인들은 중국과 일본에 비교하여 조선인의 우월성을 언급하기도 한다. 비숍은 한국인에 대한 첫인상을 다음과 같이 설명한다.

32 헐버트, 앞의 책, p.53.
33 위의 책, p.54.

한국인들은 참신한 인상을 주었다. 그들은 중국인과도 일본인과도 닮지 않은 반면에 그 두 민족보다 훨씬 잘생겼다. 한국인의 체격은 일본인보다 훨씬 좋다. 평균 신장은 163.4센티미터이지만 부피가 큰 흰 옷 때문에 키는 더 커 보인다.[34]

기생의 춤

그러나 그들의 평가자 · 해석자로서의 기술은 결국 조선인에게 무엇이 부족하여 개화기 조선의 난국을 맞이하게 되었는지에 대한 이야기로 귀결하게 된다. 그들이 일관되게 이야기하는 것은 '독립성이 없는 한국인'에 대한 개탄이다. 헐버트는 극동에서의 필요한 두뇌력이 한국에 존재할 수 있다는 내용을 독립성과 관련하여 이야기한다.

한국인들이 앵글로 색슨족과 흡사한 기질에 사로잡혀 있다면 오늘날과 같은 지적 도덕적 침체는 어디서 연유된 것일까? 그 까닭은 다름이 아니라 한국이 국가로서 성장하는 6~7세기 동안에 독립노선을 지향하여 이를 달성할 수 있었으면서도 중화문화의 과중한 부담이 한국을 악몽처럼 짓누르고 있었기 때문이다. (…중략…) 그때부터 지금에 이르기까지 **한국은 중화사상의 노예가 되었으며 자주성과 독자성을 잃었던 것이다.** 한국은 중국 사상을 모방하는 것만이 지상의 소망이었기 때문에 이 한정된 수평선 너머의 모든 장관을 하나도

34 비숍, 앞의 책, p.35.

볼 수가 없었다. 본성을 보나 능력 면에서 볼 때에 한국인은 고도의 지적인 능력이 있는 민족이지만 천박하게도 남들이 시키면 시키는 대로 가르치면 가르치는 대로 행동한다. 만약 한국이 그와 같은 환경에서 벗어나서 독립하여 순리적으로 발전할 수 있는 기회를 갖게 된다면 우리 미국은 극동에서 필요로 하는 두뇌력을 이곳 한 곳에서만도 얻을 수 있을 것이다.[35]

또한 알렌도 무기력한 한국인을 안타까운 시선으로 바라본다.

불쌍한 조선 사람이여! 그대들은 너무도 오랫동안 무사안일의 세월을 보냈다. 아마도 조선 땅이 남의 나라에 의해 망한 것이 아니라 지진과 화산에 의해 폐허가 됐더라면 조선은 벌써 고요한 잠 속에서 깨어났을 지도 모른다. 그러나 조선 백성들이 잠자고 꿈꾸고 세상사에 개의치 않는 동안에 조선의 오랜 적인 일본인은 지금 당신들이 보고 있는 낯선 서양 사람들의 기술을 배우기에 분주했으며 당신들의 선왕이 쌓은 저 요새로 뚫린 옛길을 기어오르고 있다. 기술을 배운 후에 일본인들은 지난날 자기들에게 문명을 전해 준 스승의 나라를 정복했으며 원기 왕성해진 지난날의 제자가 당신의 국토를 넘보는 자체에 한때는 선생이었으나 지금은 늙어빠진 퇴역이 된 현 왕조에게 여러분은 무엇을 더 이상 기대할 수 있겠는가?

이제 잠을 자고 있을 때가 아니다. 꿈의 시대가 지나갔고 이제는 날카로운 생존 경쟁 속에서 생존을 위한 투쟁이 닥쳐오고 있다.[36]

비숍은 자신의 여행기를 마무리해 가는 과정에서 한국인이 당시 어

35 헐버트, 앞의 책, p.56.
36 H.N. 알렌, 앞의 책, p.58.

떤 모습으로 존재하는 지에 대해 다음과 같이 이야기한다. 그녀는 처음 한국을 방문했을 때 가졌던 '혐오감'이 여행을 통하여 '애정'으로 바뀌고 깊은 관심을 가질 수 있게 되었다고 하면서 러시아와 일본이 한국의 운명을 놓고 서로 대결한 상태에서 한국을 떠난다는 것을 유감스럽게 생각한다며 친구가 된 한국인들과 헤어지는 안타까움을 토로했다.[37] 그리고 그녀도 역시 한국인의 독립심의 부족에 대해 다음과 같이 이야기한다.

> 독자는 나라는 대리인을 통해 한국의 내지(內地)를 여행하고 소작농들 사이에 살면서 그들의 산업, 매매를 통한 행상, 얼마간의 가정적인 습관, 그리고 그들이 사로잡혀있는 미신들을 보았다. 그리고 관리와 귀족의 가혹한 세금 징수하에서 소작농들이 고통받고 있는 것을 얼마간 알게 되었다. 독자는 약하고 나태하고 가난하고 어디까지나 의존적인 그러나 마음 편히 지내는 한국 국민들을 보았다. 독자는 이제 홀로 지탱할 수 없는 이 나라의 전망 그리고 두 개의 강대국이 몹시 탐내는 영토의 가치를 어느 정도까지 판단할 수 있을 것이다.[38]

한국인이 독립을 어찌 바라지 않았을 것이며 독립을 위해 노력하지 않았을 것인가! 그들이 여행하는 동안에도 독립을 위해 고민하는 한국인들은 존재했다. 그러나 그들이 본 '한국 민중'의 모습은 나라가 어디로 향하는지 그리고 스스로가 어디로 가야 할지를 분간하지 못하고 저항할 힘을 기르지 못한 채 거대한 흐름에 서서히 빨려 들어가는 모습으로 비춰졌던 것이다.

---

37 비숍, 앞의 책, p.522.
38 위의 책, p.509.

조선의 공예

또한 그들은 세세한 민중의 생활을 묘사하는 것도 놓치지 않고 있다. 그들은 종종 스케치를 통해 언어가 다 전달하지 못한 부분을 독자에게 제시하기도 한다. 한국의 산천, 남녀노소, 마을 풍경, 민속놀이, 전통의례 등을 현장감 있게 재현하려고 애썼다. 시기적으로는 일제 시대 중후반에 접어드나 독일인 신부 노르베르트 베버가 1930년에 제작한 〈고요한 아침의 나라에서〉[39]라는 다큐멘타리 영화는 당시 한국인과 풍경, 그리고 관광지의 모습을 생생하게 볼 수 있는 자료가 되기도 한다. 그는 "사라지려는 마지막 순간에 포착했다 …… 어떤 자료들은 영원히 찾아 볼 수 없을 것이다"라는 말로 한국의 미래를 절망하며 한국의 전통풍속과 서민들의 동영상을 자료로 남기고 있다. 그는 이미 1911년 경부터 한국의 산수를 풍경화로 그려내는 작업도 하고 있

39 KBS스페셜(2010년 2월 21일) 방송을 통해 「노르베르트 베버 신부」라는 제목으로 영화 〈고요한 아침의 나라에서〉를 소개하고 있다. 이 영화는 1925년 한국을 촬영한 것으로 116분의 흑백 무성영화이다. 베버 본인이 직접 등장하여 이탈리아와 한국을 비교하며 지도를 그리며 설명하기도 한다.

었다. 그러나 역시 한국 민족의 미래에 대하여 어둡게 전망하고 사라질 지 모르는 한국의 전통문화에 대한 박물화의 작업을 진행했던 것이다.

그들의 그림과 글은 조선인이 미개한 면, 즉 미신을 의지하고 과학적 사고를 하지 않는 것, 하수도가 발달하지 못하여 악취가 나며, 사람들이 비위생적이며, 여성은 빨래의 노예가 되어 있다는 점 등을 이야기하며 호기심어린 눈으로 조선인을 바라보고 있다. 그리고 한국인들이 재미있다는 것을 알리기도 하며, 활기 있는 한국 장터의 모습,[40] 미국인 선교사의 집으로 자신을 안내해준 '재미있는 소년',[41] 임금의 행차 등을 구경하는 데에 있어서도 그 분위기를 타자의 입장에서 세세히 묘사한다. 그리고 청일전쟁 직후의 폐허가 된 마을을 돌아보면서 외국인들로 인해 폐허가 된 후 외국인을 꺼리는 한국인에 대해서도 묘사하기도 한다. 비슷한 시기의 일본인의 조선견문기와 비교한다면 같은 조선인의 일상을 접한다 하더라도 일본인의 기술은 미개한 측면을 더 강조하고 있다. 당시 외국 여행이 가능한 수준의 서양인이든 일본인이든 미개발된 조선이 눈에 띄는 것은 당연한 일이었을 것인데 일본인의 여행기는 유독 '미개'를 강조한다는 특징이 있다.[42] 이는 긍정적으로 말하면 개발의 의지가 강하게 드러나는 것에 대한 반영이기도 하며 다른 한편으로는 지배를 위한 '차별'적 감정이 개재되어 있다고 볼 수 있다.

서양인들의 여행기는 기술하는 주체와 읽는 주체가 대부분이 같은 문화권의 사람들이었다. 당시 조선에도 영어나 네덜란드어를 사용할 수 있

40 비숍, 앞의 책, p.354.

41 위의 책, p.357.

42 최혜주, 「『朝鮮西伯利紀行』(1894)에 보이는 야즈 쇼에이(矢津昌永)의 조선인식」, 『한국학논집』 44집, 한양대 한국학연구소, 2008.11, pp.76~79를 참고함. 이 논문에서도 야즈의 조선관의 특징을 조선멸시, 일선동조, 타율성, 식민지적합 등으로 제시한다.

물장수

빨래터

는 조선인은 특권계층의 일부였다. 이러한 여행기들은 모두 서구인에 의해 '생산-소비-재생산'이 이루어졌으며, 호기심을 유발하여 조선으로 향하기 위한 가이드북으로서의 기능은 매우 떨어진다고 볼 수 있다. 호기심을 유발하더라도 '모험'을 하기 위한 호기심이지 근대적 '관광'으로서의 의미는 포함되어 있지 않다. 그리고 또 한 가지는 소멸해가는 고유한 문화를 '마지막'으로 확인 한다는 의미에서 여행의 가치를 찾기도 한다.

그렇다면 한국의 관광의 역사를 되돌아 볼 때 관광을 위한 근대적 여행안내서는 어떤 형태로 존재하는 것일까? 앞서 언급했던 것처럼 여행하는 주체로서의 생산자, 그 여행자가 답사한 곳을 가보고자 하는 독자의 심리를 유발하여 여행지로 떠나게 하는 소비, 그리고 이러한 여행자들을 통하여 또 다른 여행자들을 생산해내는 재생산이 이루어지기에는 좀 더 시간이 필요했다. 이러한 시스템 형성은 앞서 비숍의 예견대로 제국주의적 욕망에 의해 일찍이 한국 지도제작에 힘써 왔던 일본인들의 손에 의해 이루어지게 된다.

5. 서양인이 본 조선 속의 일본

서양인들은 근대 한국의 정치에 대하여는 일본과 중국 사이에서 우왕좌왕하는 모습으로, 문화에 대해서는 신비와 경이의 감정으로 여행을 했음을 알 수 있다. 한국의 근대화에 대한 비숍의 기술이 당시 한국 근대화의 행방을 알려주고 있는데 그 기술은 다음과 같다.

> 그런 식으로 낡은 질서는 일본인 고문관의 압력 아래 매일 매일 바뀌어 갔고, 대체로 그 변화는 더 개선되는 방향으로 이루어졌다. 그러나 수많은 개혁 조치가 포고되거나 고려되고 있는 중이었는데도 불구하고 아직 모든 것이 시험적이고 혼란하기만 하였다. 한국은 중국이 더 이상 개입할 수 없도록 일본에 의해 주도된 개혁에 발맞추어야 할지, 아니면 그들에게 적극적으로 대항해야 할지를 고심하면서 중국과 일본 사이에 끼여 우왕좌왕하고 있었다.[43]

이와 같은 서구 독자들을 향한 조선 소개는 한국의 근대가 도래하고 있음을 알리는 역할을 하며, 서구 여행가들의 호기심을 불러일으키기에는 적합한 형태로 존재하였다. 비숍의 『조선과 그 이웃나라들』은 1898년 1월 세인트 제임스 신문사에서 두 권의 책으로 출판된 뒤 그녀가 생존해 있을 당시까지 11판이 팔렸다.[44]

스웨덴의 기자 아손 그렙스트는 1904년 조선으로 가는 길에 대해 다음과 같이 묘사한다.

43 비숍, 앞의 책, p.309.
44 비숍, 앞의 책, p.539.

> 크리스마스도 저물어간다. 화창했던 오후의 담청색 하늘이 침침한 회색으로 물들고 반짝반짝 눈부시던 바다는 그 빛을 잃었다. 일본의 산들의 윤곽이 아직도 희미하게 그 모습을 드러내고 있는 동쪽으로는 가장자리가 희끗희끗한 서너 조각의 시커먼 구름들이 육중하게 포진하고 있어 마치 거대한 피라미드를 연상케 한다. (…중략…) 나는 나가사키에서 출발하여 대한해협을 건너 부산으로 가는 일본유선(日本郵船) 소속의 증기선 니토마루에 타고 있었다. 이 여행은 실제로 반나절 이상을 항해하였으나 아직 절반도 오지 못한 상태이다. 전시이기 때문이다.[45]

아손은 일본에서 몇 주간을 보내고 나서 조선으로 건너오게 된다. 그는 일본에서 전장의 취재 장소로서 적당한 곳으로서 한국을 소개받게 된다.[46] 한국을 소개해 준 장교는 러일전쟁 후 조선의 운명은 일본에 달려있기 때문에 "일본에 합병되기 바로 전의 코레아의 모습"을 보게 될 것이고, 그것은 "세계에서 가장 오래되고 가장 근원적인 문화 민족들 중 하나"[47]라며 일본에 의한 개발이 이루어지기 이전의 한국 관광지에 대한 매력을 이야기해 준다. 아손의 기술은 그야 말로 근대 이전의 조선인의 생활을 알게 한다. 그리고 거기에는 일본병사, 일본상인, 일본가옥, 일본인이 조선의 풍경을 분단한다.

이처럼 이들 외국인들의 기록 속에는 어김없이 일본과 일본인에 대한 기술이 병행되어 있다. 근대 한국을 마음으로 사랑하고 도움을 주고자 했던 서양인도, 머리로 이해하고 진보를 외치던 서양인도 그들의

---

45 아손 그렙스트, 김상열 역, 『스웨덴 기자 아손, 백년전 한국을 걷다』, 책과 함께, 2005, p.19.
46 아손 그렙스트, 앞의 책, p.22.
47 위의 책, p.22.

한국에 대한 이해의 통로에는 일본이 존재했다. 한국을 방문하기 위해서 대부분의 서양인은 일본을 경유한다. 때문에 일본의 정경을 어느 정도 익히고 한국으로 들어온 그들의 눈에 비친 첫인상은 일본풍이라는 것이다. 모험을 할 각오로 한국의 실제적 정경을 보려고 노력하지 않는다면 이들은 일본인이 닦아놓은 길과 일본풍의 집을 중심으로 여행을 하게 될 것이다. 비숍은 서울로 들어가기 위한 관문인 제물포와 부산의 모습을 보고 다음과 같이 이야기한다.

> 독자들은 아마 한국인은 제물포어디에 있는가 라고 의아해 할 것이다. 사실 난 그들을 잊어버렸다. 왜냐하면 그들의 비중은 얼마 되지 않기 때문이다. 일본인 거주지가 서울로 가는 큰 길의 거의 전부를 차지하고 있으며 한국인의 마을은 그 바깥에 위치한다.[48]

> 어느 면으로 보나 부산의 거주지는 일본풍이다.5,508명의 일본 인구이외에도 8천명에 달하는 일본인 어부들의 유동인구가 존재한다. 일본 총영사관은 세련된 유럽식 가옥에 기거하고 있다. 은행 기관들은 도쿄의 일본제일 은행에 의해 설립되었으며 우편전신업무 또한 일본인들에 의해 갖추어졌다. 일본인들은 거주지를 청결하게 할 뿐만 아니라 한국에 알려지지 않았던 산업들을 소개하기도 했는데, 그 산업들은 기계에 의한 탈곡과 정미 고래잡이 상어지느러미와 광삼의 요리 어분비료제조업 등이다. 특히 고약한 냄새가 나는 마지막의 산업은 엄청난 양이 일본으로 수출되고 있다.

이쯤에서 성급한 독자들은 투덜거리며 항의 할 것 같다. "도대체 한국인은

48 비숍, 앞의 책, p.43.

어디 있단 말이냐? 난 일본인들에 관해 알고 싶은 게 아니잖아!" 나 또한 일본인들에 관하여 쓰고 싶지 않다. 그러나 현실이란 냉혹한 것이며 내가 말하고 있는 것은 부산의 부정할 수 없는 현실이다.[49]

비숍은 '냉혹한 현실'로 한국에서 먼저 눈에 띄는 일본식 풍경과 일본인을 지적했다. 일본을 그리고 싶은 것이 아니라 한국에서 보이는 그대로 설명하다 보니 일본이 보인다는 것이다. 그리고 수십 년을 걸쳐 이러한 현상이 지속되고 있다는 것도 언급한다. 헐버트가 설명하는 다음의 내용도 개화기 20년 동안 한국이 일본을 매개로 하여 어떻게 변화했는가를 설명하고 있다.

만약 20년 전 한국을 방문한 어느 여행자가 1906년에 다시 이곳을 방문하게 된다면 그는 대외 문호개장에서 빚어진 물질적 변화에 적이 놀랄 것이다.(…중략…) 일본의 무력과 자본은 부산이라는 보잘것없는 어촌을 수도시설 전기시설, 널찍한 호텔, 은행 박물관, 그리고 당당한 설비를 갖춘 변화한 도시로 변모시키었다. 그 보다 더 소규모의 도시 원산, 목포, 군산의 경우도 마찬가지라고 말할 수 있다.[50]

이처럼 일본의 무력과 자본이 한국을 편리한 도시로 변화시켰다고 한다. 이러한 상황들은 그들이 한국의 문화나 사회의 관계에 대해 이야기하지 않을 수 없게 하는데, 그리피스는 다음과 같이 이야기한다.

---

49 위의 책, p.34.
50 헐버트, 앞의 책, p.523.

한국사를 서술함에 있어서 일본을 제외한다는 것은 영국의 중세사를 쓰면서 프랑스를 제외하는 것만큼이나 불가능한 일이다. 일본의 역사를 읽노라면 순수한 일본민족의 연원에 관한 자료들이 대부분은 직접 서쪽으로 그 머리를 두고 있을 뿐만 아니라 일본의 신화의 원천은 송화강 계곡이나 장백산맥의 그늘에서 발견되고 있다. 최초로 일본에 정착한 사람들은 부여족과 마찬가지로 물고기의 등을 타고 물을 건너서 초보적인 문자와 문명을 가지고 온다.[51]

그리피스의 글은 일본 문명의 근원을 한국에 두고 있으며 그러므로 두 민족의 관련성이 깊음 또한 설명한다. 게일도 한국과 일본의 괴리를 이야기하면서도 일본인들의 식민지 통치에 즈음한 한국과 일본의 상황에 대해 다음과 같이 이야기한다.

우리가 고려해야할 요소는 곧 일본이다. 왜냐하면 퇴위한 황제와 그의 백성들은 모두 일본을 몹시도 싫어했기 때문이다. 아주 옛날로부터 그들은 일본을 왜노(倭奴) 도(島) 왜(倭)놈 이라는 모욕적인 용어로써 지칭했던 반면에 일본은 한국인들을 한객(韓客)이라고 불렀다. 아무도 그들을 융화시킬 수 없었다. 종교는 어떤가? 일본인들은 부처와 신도에 기도했던 반면에 한국인은 공자를 숭배했다. 일본은 무를 숭상하는 데 반해 조선은 문을 숭상하기 때문에 일본을 경멸했다.[52]

또한 교육 문제도 한때 무식한 섬나라의 야만인들이라고 생각되었던 일본인

51 그리피스, 앞의 책, p.94.
52 J.S. 게일(James S. Gale), 신복룡 역주, 『전환기의 조선 – 한말 외국인 기록 5』, 집문당, 1999, p.39.

들의 수중에 들어갔다. 그들은 학습 과정과 장학금, 학제, 교사, 그리고 학문분야에 관계되는 모든 것에 대해 결정을 내린다.[53]

일본에 의해 식민지화되기 이전 서양인들의 눈에 비친 한국의 모습에는 이미 일본이 존재해 있었다. 서양인들은 조선에 거주했던 일본인에 대해 긍정적이었으며 그들에게 비친 조선에 거주하는 일본인들은 여전히 일본을 그리워하고 자신의 고향으로 가고 싶어 하며,[54] 성실하지만 조선에 적응하기에는 거리가 많이 있는 존재였다. 이처럼 함께 있어도 다른 민족이며 다름을 인정하지 않으면 공존할 수 없었던 것이 양민족이었다. 병합 이후 '같은 일본인'이 되어야 한다는 제국주의적 욕망에 대한 시도가 얼마나 비현실적이었던 것인가를 이미 병합 이전에 서양 여행자들을 통해 보여주었던 것이다.

53 위의 책, p.55.

54 일본의 하인들은 조선 사람들보다 훈련이 덜 요구된다. 일본인은 계몽이 잘 되어있기 때문에 그들이 모시는 가족의 개별적 취향을 보여주지 않은 채로 별로 훈련을 하지 않아도 필요한 모든 것을 할 수 있을 만큼 충분한 경험을 가지고 있는 사람들을 확보하는 것은 어려운 일이 아니다. 이들은 역시 유능했고 일도 훨씬 잘했으며 조선인 두 배의 수보다 더 확실하게 일을 한다. 이 사람들의 주된 결점은 향수병으로 괴로워한다는 것이다. 그리고 갑자기 부적당한 시기에 떠난다는 것이다. 조선에서 경험한 바에 의하면 누구도 오랫동안 일본인의 도움을 받을 수 없었다.(길모어, 앞의 책, p.212)

6. 한국을 바라보는 주관과 객관

그들이 본 한국은 과연 주관일까 객관일까? 서양인은 한국의 서민의 삶을 구석구석 보려고 했다. 그리고 그들은 추측한다. 이를 위한 자료는 권력계층이나 일본인에 의해 해석되어진 문서를 이용한다. 그리고 문헌에 없는 나머지는 그들의 서양적 기준의 자로 재어 평가하고 해석한다. 그리고 떠오르는 대로 감정을 삽입한다. 그렇지만 과연 당시 한국의 서민들의 생각은 어땠을까? 그들은 인생을 어떻게 살았을까? 외국인이 주변에 보이기 시작하고, 신기한 차림에 신기한 말을 사용하며 주변을 마치 권세자처럼 돌아다니는데 그것을 바라봤던 한국인은 어떻게 생각했으며 평가하고 해석하며 판단했을까? 우리는 당시 평범한 사람들의 생각을 알기 어렵다. 외국인이 찍어놓은 사진으로도 써놓은 글로도 당시 한국 서민의 속내를 알기에는 턱없이 부족하다. '기술하는자 / 기술당하는자'의 이중 구조 속에서 스스로를 표현할 도구를 갖지 못했고 기술할 수 있는 기회를 얻기 어려웠던 이 시기는 누군가가 자신을 '대신' 이야기해주는 형태로 시대가 존재한다. 서양인이 대신 이야기 해 준 한국의 근대 초기는 신기하지만 무력한 한국, 그리고 일본의 그림자가 너무도 선명하게 드리워진 한국이라는 점이다.

현재 우리는 당시의 한국인에 대하여 그들의 표정으로 그들의 차림으로 그들이 서 있는 주변 환경으로 그 안에 들어있는 진실을 추측한다. 그러므로 기술의 주체가 될 수 있고 되어야 한다는 것에 대한 중요성은, 스스로를 방어할 수 있는 기본을 마련하는 것이며 누구의 강요가 아닌 선택적인 자신을 만들어 갈 수 있다는 점을 알 수 있게 한다.

제3장

〈지도〉 소유와 한국 근대 '관광'

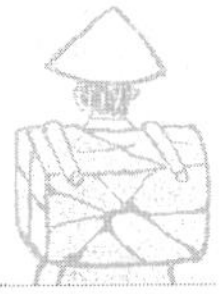

1. 경계의 붕괴–공간소유에 대한 갈망

관광의 역사를 살펴볼 때, 관광은 '자기고양'과 밀접하게 관련되어 있음을 알 수 있다. 서구의 그랜드투어가 그랬던 것처럼, 근대적 관광은 지식으로만 알고 있는 세계를, 경험을 통해 외연 확장의 통로를 찾게 하는 수단이었던 것이다. 그러나 이러한 자아 확장을 위한 여행은, 근대 이전의 한국인에게 있어서 극소수 엘리트 계급에 한정된 것이었다. 근대에 접어들어서의 여행과 관광은 자기 자신의 외연 확장과 더불어 자신이 누구인가를 규정짓는 작용이 수반된다. 그것은 큰 틀로서는 서양에 대해 어떻게 비춰지고 있는지와 깊은 관련을 맺으며, 시대적인 특수성을 껴안고 있다. 이는 한일 관광의 역사가 지니는 특수성이라고도 말할 수 있다.

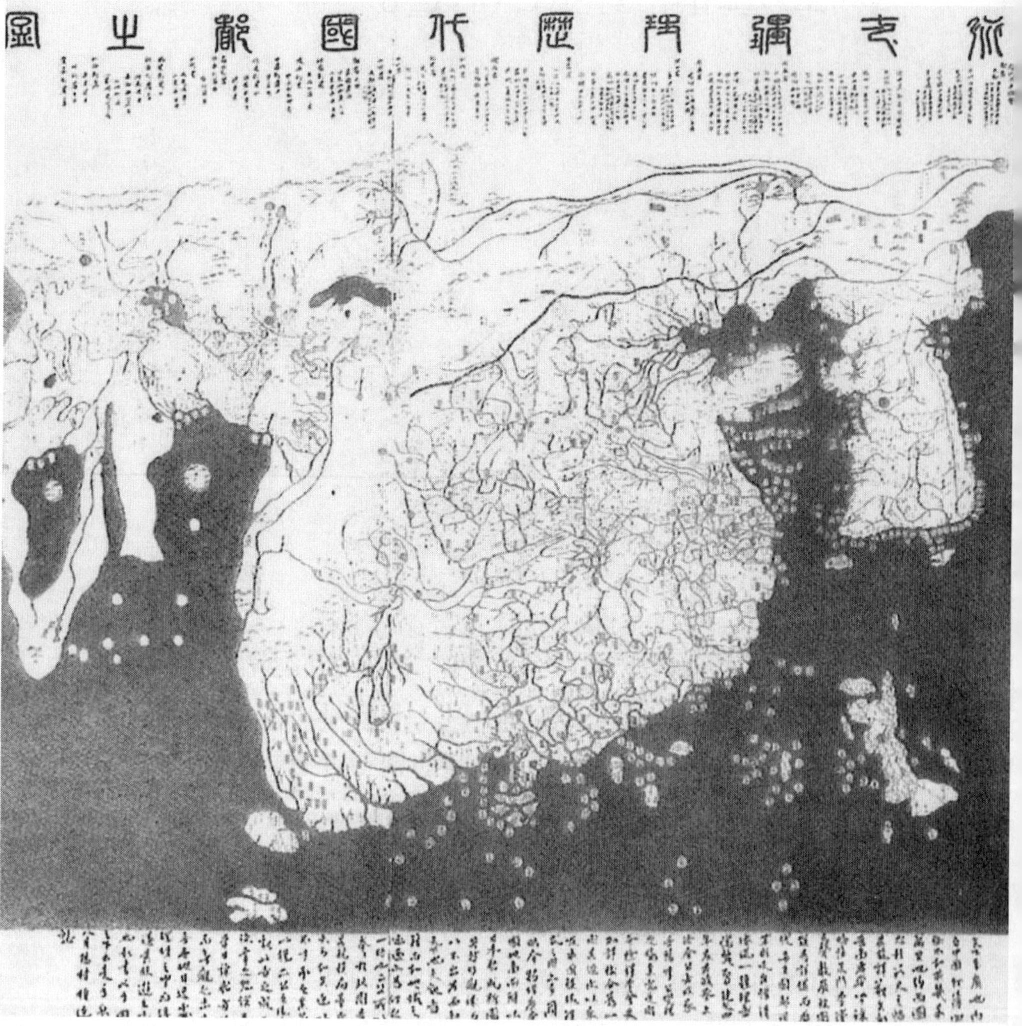

혼일강리역대국도지도 채색필사본

관광은 확실히 '경계'를 무너뜨리는 데 지대한 역할을 한다. 인간은 누구나 경계의 문제를 놓고 고민하고, 이를 통하여 경계를 지어나가며, 이를 뛰어넘어 새로운 경계를 만든다. 이처럼 여행은 경계를 뛰어넘을 수 있는 계기를 마련해 준다. 그렇다면 경계를 넘기 위한 상징물로는 어떤 것을 들 수 있을까? 사람은 자신의 경계를 무너뜨리기 위해 교육을 받거나, 학습을 하거나, 독서를 하거나, 외국어를 배우거나, 다른 지역을 여행하기도 한다. 매스 미디어가 발달한 지금은 이 이외에도 자신의 경계를 무너뜨리기 위한 다양한 매개체가 존재하게 된다. 이렇게 다양한 '경계해체'의 요소 중 근대에 있어 상징적인 것으로 '지도의 소유'를 들 수 있겠다. 사람들은 거의 무의식적으로 여행을 할 때 자신이 가고자 하는 곳의 지도를 살펴보게 된다. 여행지에 대한 지리적 조망을 통해 자신이 어디로 벗어나는 지에대한 인식과 기쁨을 동시에 맛보기 위함이다. 이는 자신의 일상을 벗어나기 위한 첫 번째 단계라고 할 수 있다. 그리고 지도는 실제로 여행지에서도 자신이 가는 경로를 명확히 하는 데 유용하게 작용한다. 또한 일상의 경계에서, 국가의 경계에서 빠져나왔다는 실감을 가장 먼저 전달하는 도구라고도 할 수 있는 것이다. 일상을 벗어나기 위한 도구로서의 지도가 여행자의 손에 쥐어지기까지는 근대가 오기까지 기다려야 했다. 이러한 의미에서 근대의 지도는 개인을 향한 다양한 정치성을 확보하며 출판 판매되었다. 단순히 감상하기 위한 지도가 아닌 이를 통해 역동적으로 움직일 수 있는 지도를 소유해가기 시작했던 것이다.

이 장에서는 한국에 있어서 개인이 소유하고 즐기기 위한 지도가 어떻게 정착되어 가는지 살펴보기 위하여 근대적 지도사와 당시 여행안내기 속의 지도가 지니는 의미를 고찰하고자 한다.

2. 한국의 근대 지도의 정치성

지금은 지도가 여행자에게 있어서 일상이 되어버렸지만 근대 이전 한국에 있어서의 지도는 국가 소유의 보물이자 국사기밀이기도 했기에, 비 일상이었고 대중의 관심의 대상이 아니었다. 당시 정확한 축적에 의한 지도는 국가적 세력 마련의 기반을 의미하였으며, 그림 지도인 동국여지승람식지도가 나라와 각 지방에 대한 '이미지' 제공의 역할을 해왔다. 즉 민간인에게 있어서 지도의 의미는 실생활에 '이용'하기 위한 지도로서의 성격을 거의 갖지 못했다고 볼 수 있다.

그 역사를 살펴보면, 우리나라의 지도는 285년 진(晋)의 진수(陣壽)가 편찬한『삼국지』지리지에, 읍락국가 및 삼국시대로 이르는 동안의 지역 분포와 사회 경제상황을 자세하게 기록하고 있다.[1] 그리고 고려 사신이 〈봉역도(封域圖)〉를 당나라에 바쳤다는 내용이『삼국사기』와『구당서(舊唐書)』에 기술되어 있는 것으로 보아 고구려 영류왕 이전부터 지도가 있었다는 것을 알 수 있다.[2] 조선 초기의 지도 작성은 새 왕조가 한양으로 도읍을 정하면서 한양을 중심으로 한 관용통신 조직인 우역제도가 재편성되고 중앙집권적 관료 정치가 정비되어 가는 과정에서 정치적 군사적인 목적으로 만들어지게 되었다. 군사적 목적이 아닌 지도는 축적에 관계없이 종이의 생김새에 맞추어 그려져 독립된 지도의 개념보다는 대체적인 현황파악의 그림으로 인식되었다. 권근에 의해 제작된 1402년의 〈혼일강리역대국지도〉는 우리나라 최초의 세

1 方東仁,『韓國地圖의 歷史』, 신구문화사, 2001, p.21.(이 책 p.84, 87, 88의 지도 출처)
2 위의 책, p.22.

계지도라 볼 수 있다.

우리나라의 지도는 측량식 지도와 동국여지승람식 지도로 나눌 수 있는데, 측량식 지도는 이회(〈8도도〉 1402년 제작, 미전)－정척·양성지(〈동국지도〉 1424~1432)－정척(〈양계지도〉 1451)－양성지(〈8도지리지〉 1476)－정상기〈동국대지도〉)－김정호(〈청구도〉, 〈대동여지도〉 1861)를 거치면서 발전 양상을 보인다.

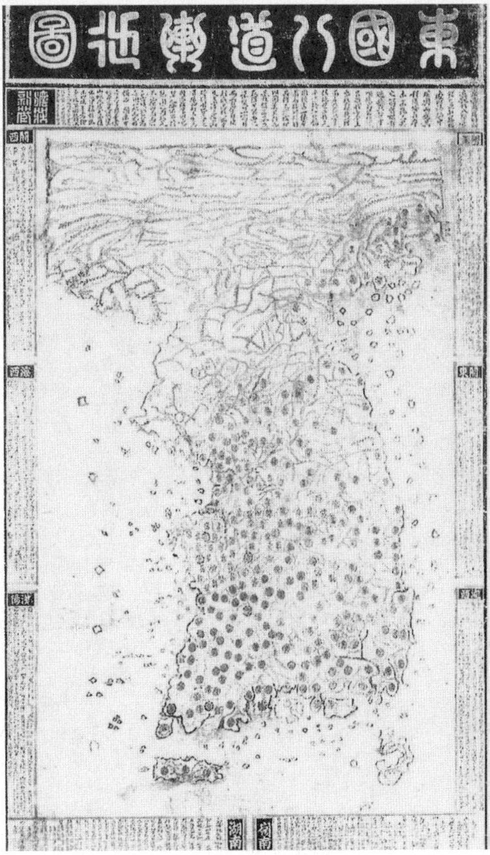

동국팔도여지도

동국여지승람식 지도는 1478년 양성지가 편찬한 〈8도지리지〉와 서거정의 『동문선』을 합쳐 만들어진다. 이는 55권의 경도로 각 도별로 나누어 처음에는 8도 총도를 삽입하고, 각 도의 첫머리에 해당 도의 전도가 1장씩 들어있다. 해당도의 개괄적인 연혁과 관읍, 수령의 관등과 서울까지의 거리, 군사편제 연혁, 관원 수, 풍속, 성씨, 제사와 관계있는 건물 소재지, 능이나 묘의 소재, 궁실, 고을에 딸린 여러 관청건물, 학교 주요 산물, 효자, 열녀, 역대인물, 성곽, 산천, 누각과 정자, 사원, 역원, 봉구, 교량, 명현의 사적, 유명 인물들의 시문, 고사, 고전 등을 망라하고 있다.[3] 이러한 여지승람식 지도는 조선 말기까지 널리 펴져 오히려 근대 지도로서 정점을 이룬 김정호의 지도는 빛을 보지 못했다. 그 이유로 한

3 위의 책, p.95.

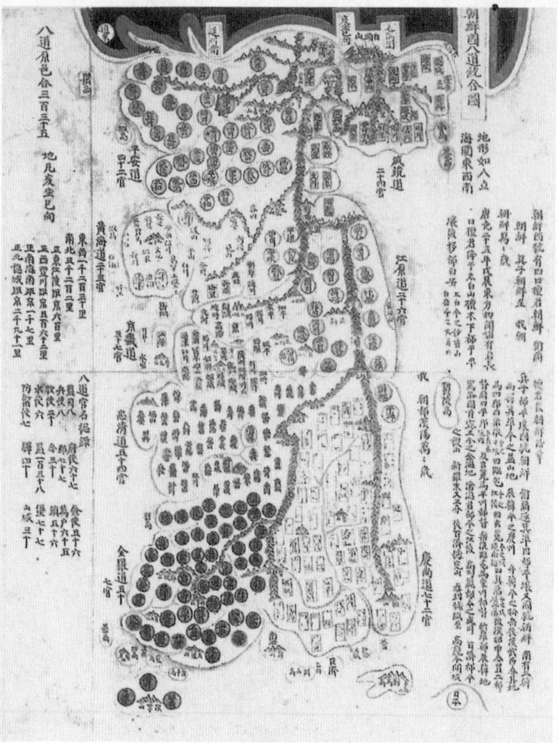

조선팔도 통합도 채색필사본

국에서 실측지도는 몇몇 학자들의 손에 의해 이루어 졌고, 일반인의 지리지와 지도 소장이 법으로 엄격히 금지되었다는 것을 들 수 있다. 조선시대의 지지와 지도는 일본에 대하여는 한 층 엄격히 금제되었다. 양성지의 동국지도 제작 후 전국적인 지도 제작이 없었고, 여지승람식 지도가 유행됨으로써 정상기의 〈8도도〉가 나오기까지 250년 동안은 지도의 금제시대였다고 할 수 있다.

한국을 비롯한 동양의 지리에 대한 새로운 인식은 서양의 선교사들에 의해 이루어진다. 마르코 폴로의 『동방견문록』은 프톨레미적 세계관의 영향으로 동아시아에 대한 지리적 이해가 왜곡되었던 유럽인에게 중국과 일본을 알리는 데 공헌했다. 1522년의 트레첼의 『지리학』에서는 『동방견문록』의 지리적 정조를 반영하여 둥근 섬으로 일본이 그려진다. 1570년부터 1612년까지 31회의 개정판을 거듭하여 유럽 7개 국어로 번역된 오르텔리우스의 『세계의 무대』에는 중국과 일본은 독립적으로 묘사했으나, 아직 한반도에 대한 지리적 개념이 서지 않았다. 1602년의 마테오리치의 〈곤여만국전도〉로 인해 경위도의 회도법과 실제측량, 5대주에 대한 개념, 지구는 둥글다는 인식 등을 중국 일반사대부들에게 불러일으키게 되고 이러한 영향이 한국에도 밀려오게 된다.[4] 그는 한국을 반도국으로 표현했으나 유럽에서는 한국이 섬나라이거나 오이모양의 지리적 형태를 띠고 있다고 생각했으며, 이런 생각은 17세기 중반까지 지속되었다. 오스트리아 출신 선교사 마르티노 마르티나에 의한 1653년의 『신중국지도총람』은 17세기 중반 이후 유럽지도 제작자들이 갖고 있던 동아시아에 대한 지리적 이해를 불식시켰고, 1655년 판 『신중국지도총람』은 중국의 전역을 상세하게 소개하고 한국이 반도라는 것을 강조했다. 이처럼 세계 지도사의 한국에 대한 지리적 인식은 거의 17세기 중반에 와서야 확립되어 간 것을 알 수 있다. 1653년 동인도회사 소속 스패로 호크호가 제주도 연안에 좌초하면서 하멜을 포함한 36명의 유럽인들이 조선 영토에 입국하고 한국은 일본이나 중국과는 또 다른 세계를 알게 되면서 수용과 배척의 갈림길에 놓이게 되고, 배척에 무게를 두게 되면서 지도사에 있어서도 측량지도의 발전의 부진이라는 영향을 미치게 된다. 김정호의 〈대동여지도〉(1861)보다 15년 앞서 만들어진 지도인 〈조선전도〉(1846)는 1855년 프랑스 리용의 『지리학회보』에 실려 서양에 한반도의 모습을 알리기도 했다. 이 지도는 한반도의 명확한 모습을 드러내고 있으나 축적사항이나 세부적인 지명 등이 나타나 있지 않아 전체적인 지형을 조감하는 정도의 내용을 지니고 있다.

그 후 김정호의 지도는 그 크기와 과학적 근거에 의한 제도방식, 축적 상태, 실용적인 구획과 편람이 용이하고, 전국을 버금가는 세밀한 구성을 가지나, 당시 여지승람식 지도의 유행으로 빛을 보지 못하게

4 김상근, 『세계지도의 역사와 한반도의 발견』, 살림, 2004, pp.18~20.

된다. 그리고 한국의 지도사에서는 김정호의 〈대동여지도〉이후의 지도에 대하여는 특별히 언급하고 있지 않다. 이는 이 이후 일본의 한국에 대한 간섭과 제국주의적 야욕 확산에 의한 주도권 싸움이 시작되어 국가적인 지도 제작에 있어서의 주도권도 상실해 갔기 때문이라 할 수 있다. 지도는 영토와 사회적 질서를 결합하고 있어 본성상 이질적인 실체와 사건, 위치, 현상들을 결합함으로써 다른 방법으로는 보이지 않는 패턴들을 볼 수 있게 해준다.[5] 한국의 근대사는 '제국주의적 야욕'이라는 이질적인 현상과 맞물리게 되면서, 지도의 제작에서부터 발행 유포에 이르기까지 식민자의 욕망의 패턴에 의해 형성되어 갔다. 객관적인 사실을 바탕으로 만들어가는 것이 지도이기 때문에 여기에는 식민지적 상황과 한국의 근대화가 맞물려 있다. 지도가 국가와 밀접한 관계를 가져왔던 것을 볼 때 한국의 지도에 대한 기술도 식민지 상황이 지니는 이데올로기적인 접근을 피할 수 없고 그러므로 한국의 근대 문화와 관련한 고찰이 그다지 이루어지지 못했다. 때문에 한국 지도의 역사는 일반적으로 김정호의 〈대동여지도〉로 피날레를 장식한다. 그러나 그 이후 지도는 필요자의 요구에 따라 군사나 정치적인 측면이 아닌 면에서도 꾸준히 진행, 확산되는 현상을 살펴볼 수 있는데 그것은 일제시기와 맞물린다. 그러므로 여기에서 피식민지의 상황에서 만들어지게 되는 한국의 근대지도를 살펴보기 위하여 일본의 지도사를 알아보는 것은 필연적인 작업이 아닐 수 없다.

5 제레미 블랙, 박광식 역, 『지도, 권력의 얼굴』, 심산, 2006, p.32.

3. 일본지도 측량사와 한국의 근대

일본에서 현존하는 가장 오래된 지도로는 751년의 〈동대사영근강국수연촌간전도(東大寺領近江國水沼村墾田図)〉라는 그림지도이다. 그 후 헤이안 시대(平安, 794~1192)의 〈교키도(行基図)〉가 일본열도의 형태나 지방의 위치를 알려주는데 큰 몫을 담당하며, 이와 비슷한 지도가 에도 초기까지 제작되었다. 1570년 외국무역이 개방되자 포르투갈을 비롯한 네덜란드와 영국의 상인들이 일본에 정착하고 1600년 이후부터 일본의 상선 개발을 도왔다. 스페인과 포르투갈에서 온 예수교 신부는, 수학이나 천문학, 공학, 광산학 같은 실질적인 과목을 일본인에게 가르쳤다. 1637년 시마바라(島原)의 난이 일어나기 전까지는 이런 서양의 실용 학문이 비교적 자유롭게 침투되었다. 일본인들이 전통적으로 갖고 있던 지도제작의 개념은 일본과 중국 인도의 세 불교문화권으로만 구성된 것이었다. 그러나 서구인이 제작한 지도는 일본인에게 훨씬 더 광범위한 세상이 있다는 것을 알게 했고, 머지않아 지방의 화가들은 1607년 카에리우스 제작의 대형 벽걸이용 지도의 영향을 받아, 부유한 고객들을 만족시키기 위해 지도를 병풍에 복제하기 시작했다. 마테오리치의 〈곤여만국전도(坤與萬國全圖)〉가 1603년 일본에 소개되어 일본에서 광범위하게 복제되고 재판되었다. 1792년에는 시바 고칸(司馬江漢)에 의해 18세기 초에 암스테르담에서 발행된 세계지도의 복제본인 〈지구전도(地球全圖)〉가 일본에 소개된다. 그리고 1810년 새로 개정된 일본지도인 다카하시 가게야스(高橋景保)의 〈신정만국전도(新訂萬國全圖)〉가 모습을 드러내 당시의 지리적 발견의 사실들을 소개하고 있다.[6] 이러한 에도기의 서양에서 온 천문학과 측량술이 일본의 지도사에 큰 영향을 주게 되는데, 대표적인 것으로 1821년의 〈이노도(伊能図)〉를 들 수 있다. 이는 과학적이고 정확한 실측에 의해 만들어졌고, 동네, 마을, 지명 등이 상세하게 기술되며 방위선도 기입된다. 이는 메이지시대 이후 일본지도제작에까지 이용되었다. 이 이후 일본은 제국주의적 야욕의 발산의 일환으로 한국에 있어서 측량 사업을 벌였고, 한국의 각 지방의 지리적 정보가 요구되었다. 그리하여 일본지도제작 측량 사업 속에 한국의 근대를 밀어넣게 되었던 것이다.

일본은 메이지유신 이후 1869년에 민부성 호적지도계에서 지적측량을 개시하여 1871년 영국식 측량을 배워 군용지도 작성을 준비 한다.[7] 그리고 1873년에 이노도를 기초로 한 〈대일본전도(大日本全図)〉를 간행하고, 같은 해에 영국인의 도움으로 홋카이도 측량을 개시한다. 이는 변방의 지리적 정비를 통한 국가적 정비를 위한 것으로 여겨진다. 1875년에는 전국 국경의 측량을 개시하고 서양식 지도의 기호를 표준화하는 작업을 하게 되며 그 이듬해에는 측량법의 정의를 내린다. 1882년에는 측량을 프랑스식에서 독일식으로 바꾸며, 1884년에는 워싱톤에서 열린 만국측지회의(万國測図會議)에 출석하여 그리닛지를 최초 자오선으로 결정하고, 그 다음해에 지형측량교칙을 제정하고 국제미터조약연맹에 가입한다. 1886년에는 일왕의 명령에 의해 본초 자오선과 표준시를 결정하고 그 이듬해에는 일본의 2만분의 1 지도가 공개

6 존 클라크 외, 김성은 역, 『역사상 가장 주목할 만한 100가지 지도박물관』, 웅진지식하우스, 2007, pp.191~197.

7 일본 측량사와 관계된 내용은 우에니시 가츠야(上西勝也)의 홈페이지를 참고하였다. http//uenishiol.at.ifoseek.co.jp

되고 지도의 위탁판매가 실시된다. 이 시점에서 정확한 측량에 의한 일본지도가 군대에서 뿐만 아니라 일반인들에게까지 전달될 수 있게 된 것이다. 일본의 측량 사업은 국제적인 공통기준에 맞추어 군사적 목적과 함께 해를 거듭할수록 정확성을 더해갔다. 이러한 지도사업에 일본의 제국주의적 식민지 개발 사업이 연계되며, 1897년에는 타이완 측량이 개시되게 된다. 제도 제작과정에서 타이완의 지명은 일본에 의한 측량 및 지도 제작과 함께 일본식 지명 표기가 이루어진다.

그렇다면 일본의 한국 지형에 대한 관심과 작업은 언제부터일까? 일본에서 확인할 수 있는 지도 중 동국여지승람식 지도는 이미 18세기 중반 이후에 확인되기도 한다.[8] 1876년에는 일본 육군참모국에서 발행한 〈조선전도(朝鮮全圖)〉가 간행된다. 이는 대형지도로서 위도와 경도를 표시하고 한국의 지형을 매우 상세히 나타낸 지도이다. 이는 또한 청일전쟁이 있었던 1894년에 재판되기도 한다. 1882년에는 후쿠시로 고마타로(福城駒多朗)에 의한 〈조선국세도(朝鮮國細図)〉라는 동국여지승람식 지도가 동경에서 발행되기도 했다(이하 언급되는 일본발행 한국지도의 발행 정보는 〈표1〉 참고). 이는 채색도로서 초기의 지도에 비하면 각 지방의 구분이 뚜렷하고 산맥의 위치 등이 두드러진다. 1894년은 청일전쟁이 일어난 해로 〈청일한삼국신지도 부 시가 및 각 항도(日清韓三國新地図 附市街及各港図)〉를 비롯한 한국의 상세도가 오사카에서 스즈키 마사오(鈴木政雄)에 의해 출판된다. 아직은 축적에 의한 지도가 소개되지 않으나, 1903년경에 이르면 150만분의 1의 〈조선여지전도(朝鮮輿地全図)〉가 발행된다. 그리고 1910년이 되면 오사카마이니치(大

---

8 林子平의 〈朝鮮八道之図〉(1785)는 東都日本橋須原屋市兵衛에서 만들어진 채색도로 동국여지승람식 지도이다.

阪每日) 신문사에서 제작한 〈조선교통전도 부 경성부 제10부지도(朝鮮交通全図 附京城府第十府地図)〉가 발행되기도 한다. 이는 교통로와 한국의 지명을 상세하게 기록한(한자와 가타카나 사용) 10,000분의 1 지도로, 지도의 여백에는 평양, 경성, 인천, 부산, 목포, 진남포, 대구, 군산, 마산 등 도시의 행정적 구분도까지 같이 싣고 있다. 이 후로는 식민지 통치와 함께 주로 조선총독부에서 각 지역의 축적에 따른 상세한 지도를 활발하게 제작한다. 이러한 분위기는 1920년 1차 세계대전 이후 남양제도의 측량을 개시하는 작업, 1931년 만주 측량 등을 하게 되면서 식민지 지리적 확대를 위한 지리적 정보 확보와 일본식 해석 등을 진행해 나갔다.

근대 국가는 명확한 영토를 가진 영역국가이고 따라서 정확한 지도 제작은 근대 국가에서 통치를 위한 중요한 과제였다. 이는 국력향상 및 국가경영과 밀접한 관련이 있는 사업으로 간주되었다. 지도의 모상(模像)은 단순히 그것이 모사하는 현실을 전체로서 인식하는 것과 관련이 있을 뿐만 아니라 국가권력을 비롯한 사회 제도의 존립이나 기능에도 관련되어 있다.[9] 일본의 서구에 의한 세계의 발견은 세계 속의 일본을 깨닫게 했으며, 이는 다시 이상과 같은 지리적 확장으로의 욕망을 부추겨서 타이완을 비롯한 조선, 남양제도, 만주 등의 측량 사업을 개시하게 되는 계기를 마련했다고 볼 수 있다. 이러한 일본도 1941년이 되면 전시체제 하에서 지도 판매를 중단하게 되고 지도제작과를 폐지하게 되는 경위를 맞게 된다. 그리고 패전 이후 1946년 GHQ의 명령에 의해 다시 지도제작 사업이 개시된다.

9 와카바야시 미키오, 정선태 역, 『지도의 상상력』, 산처럼, 2006, p.31.

〈표 1〉 근대 일본의 조선 관련 지도자료 목록 예시

연도	지도명	제작자	제작 장소	기타
1785	朝鮮八道之図	林子平	東都日本橋 須原屋市兵衛	図寫彩色
1882	朝鮮國細図	福城駒多朗	東京	袋入彩色
1894	朝鮮全図	陸軍參謀局	東京 宇津木信夫	陸軍文庫御出版, 1876年
1894	朝鮮國王城之図	貫井吉三	東京	石版刷
1894	日淸韓三國新地図 附市街及各港図	鈴木政雄	大阪	
1903	朝鮮輿地全図	地理硏究會	大阪	1/150万
1903	韓國京城全図 附釜山日本居留地及大邱市街全図	京釜鐵道株式會社	東京 折本	1/1万
1904	滿韓新図	博文舘	東京	1/500万
1904	滿韓地図 附亞細亞及歐羅巴略図	時事新報社	東京	5版
1907	最近韓國釜山港市街明細全図	置塩隆親	釜山 柳田石版印刷所	
1908	仁川市街図 韓國全図 京城略図	日韓商業興信所	大阪 精華社	
1910	朝鮮交通全図 附京城府第十府地図	大阪每日新聞社	大阪	1/1万
1910	實測踏査最近韓國全図	日韓書房	日韓書房編集部編纂	
1910	實測詳密韓國全図	日韓書房	日韓書房編集部編纂	
1910	京城龍山市街全図	日韓書房		
1912	全羅南道天郡勢一班			1/50万, 折本(접책,이하 동)
1913	慶尙北道道勢一班			1/40万(折本)
1913	木浦市街図			1/12000
1914	府郡廢合 朝鮮新地図	朝鮮總督府	京城 京城日報社	1/80万
1914	鎭海市街全図	吉田市次郎	釜山 吉田博文堂	1/4200
1918	最新朝鮮案內	朝鮮總督府		
1918	新義州及安東	朝鮮總督府	東京 陸地測量部	色刷 1/1万
1921	元山地図	朝鮮總督府	大正7年測量	1/20万
1921	朝鮮鐵道略図	朝鮮總督府		1/150万
1925	京城市街図	朝鮮總督府	小林又七 東京 京城	1/7500
1926	朝鮮里程全図 京城市街全図	十字屋	大阪	1/120万 1/1万
1926	鳳山郡 沙里院面勢槪要 附沙里院市街図	白揚社	元山	

1926	蔚山郡郡勢一班	慶尙北道蔚山郡		折本
1928	北青郡勢一班	北青郡略図		折本
1934	北朝鮮案內	南滿州鐵道株式會社		北朝鮮鐵道管理局(折本)
1934	釜山府勢概況	釜山府		折本
1935	北漢山	陸地測量部	大正4年測図 昭和4年修正	1 / 25000
1936	最新 朝鮮経済地図	朝鮮總督府鐵道局	色刷	1 / 150万
1937	百濟の旧都 夫餘古跡名勝案內	夫餘古跡保存會	京城	折本
1939	掌中 朝鮮全図	木埼純一製図	東京 伊林書店	15版 折疊式

일본은 1887년 지도 판매개시로부터 전시체제에 들어서면서 판매를 중지할 때까지, 지도는 개인이 소유하고 이용할 수 있는 문화적 도구의 역할을 담당했다. 앞서 살펴본 바와 같이 근대의 지도는 국가통치를 위해 중요한 요소였다. 그러면서 그 안에 속해있는 '국민'은 국가적 경영의 의도에 따라서 움직였을 것이다. 지도가 제작 주체에게 있어서는 군사적으로 혹은 국가 통치를 위한 수단으로 사용되었다고 한다면, '국민'에게 있어서는 '개인'의 욕망을 충족시키는 매개로 작용한다. 이처럼 지도의 보급은 타지역에 대한 인식과 함께 '이동'에 대한 욕구를 불러일으키는 요인을 제공한다. 여기에다가 여행안내서 출간은 독자들에게 있어 근대적 이동의 욕망을 채우는 데 큰 몫을 담당하였다.

4. 여행안내서와 지도의 전략성

일본은 개국과 함께 외국인을 접대하기 위한 대응책으로서 근대적 여행 알선업을 시작하였다. 근대 여행업의 선구라고 할 수 있는 기관은 기힌카이(喜賓會, 1893년)며, 이 기힌카이가 탄생한 시기는 구미 선진국 상류사회에 있어서 세계일주 여행이 유행한 시기이기도 하다. 이 때 일본은 서구에 동양을 대표하는 주요 방문지로, 일본 정부에 있어서는 일종의 외압으로 작용하여 외국인 빈객접대의 제도화를 촉진하는 계기를 마련했다. 일본정부는 파리를 융성하게 한 접객이라는 산업에 착목하고, 일본을 서구와 같은 나라로 보이기 위하여 노력하기 시작했다. 1871년 일본인의 국내여행이 자유화된 이후 철도 영업의 확대와 더불어 교통과 숙박의 정비가 이루어진다. 이를 배경으로 시가 시게다카(志賀重昂)의 『일본풍경론(日本風景論)』(1894)이 출판되어 독자에게 자연의 아름다움에 대한 인식과 자연여행을 촉발하는 계기를 마련했고, 이어 고지마 우스이(小島烏水)의 『일본알프스(日本アルプス)』(1910)가 베스트셀러가 되면서 일본인의 여행심리를 자극했으나, 이러한 책들은 바로 행동에 나서기 위한 정보지로서의 역할을 충분히 수행하지는 못했다.[10] 이는 일단 자연을 배경으로 한 일부 지역이 대상이며, 체계적인 지도나 지역 설명이 구비되지 못한 데에 이유가 있다. 1912년에는 외국인 관광객 유치를 위해 재팬투어리스트뷰로(JTB)가 설립되어 일본 최초의 본격적인 여행 알선업이 시작되었다. 이어서 1913년에 서구인을

10 白幡洋三郎, 『旅行ノススメ』, 中公新書, 1996, pp.17~51.

상대로 한 조선의 상세지도가 그려진 영문판 여행안내서가 간행되며, 그 뒤를 이어 1919년, 앞서 영문판을 기초로 한 일본어판 여행안내서에 조선의 정밀한 지도가 소개 및 판매된다. 이리하여 일본인에게 정확한 지리적 감각과 상세한 내용을 가지고 지도책을 들고 조선 여행을 떠날 수 있는 계기가 마련된 것이라고 할 수 있다. 이처럼 관광 즉 개인의 이동욕망을 충족시키기 위한 지도 소유에 이르기까지는 많은 시간이 소요되어야 했고, 한국에 있어 여행을 위한 근대적 지도도 이 시점에 배치되어 있다.

세계관광의 역사를 살펴봐도 알 수 있듯이 종교 관광이나 상업적 관광이 아닌 근대적 관광은 역시 '자기 발견'과 '자기 고양'이 그 목표이며, 이는 곧 '자기' 경계의 해체와도 관련된다고 볼 수 있다. 나와 타인과의 동질성이란 끈을 가지고 있으면서, 한편으로는 나와 타인을 구분하고자 하는 근대 이후의 '자기' 의식이 여행을 촉발하는 계기가 되었다. 그리고 지도는 현실의 선택적 재현이다. 실물이 표현하고 있는 것에 비하면 지도는 대단히 작은 것이어서 선택적이며 정치성이 포함될 수밖에 없었다. 유럽사회에서도 경계는 19세기가 되면서 제국주의의 확장의 속도나 범위의 확대에 따라 더욱 그 중요성이 강조되며, 유럽 안에서의 국경선은 대중을 겨냥한 이데올로기에서 중요한 역할을 하게 되고 다수의 교실에 지도가 걸리게 되는 계기를 마련했다.[11] 그리고 1차 세계대전 이후 관광산업 발달로 인해 국제관광 활성화와 관광행위 대중화가 이루어진다. 유럽의 여러 국가는 국가적 차원에서의 관광정책 추진으로 여행의 대중화가 이루어진다. 유럽에서 세계일주 여

11 제레미 블랙, 앞의 책, pp.222~223.

행이 융성해 지는 것은 1870년대로, 토마스 쿡은 1873년 일본의 요코하마에 가게 된다. 그리하여 1879년 일본에서는 외국 빈객 접대 방법을 확립하기 위한 취조위원회가 설치되고, 이듬 해 로쿠메이칸(鹿鳴館)이 설치된다. 이처럼 세계일주 여행의 융성은 일본에 있어서 일종의 외압으로 작용했다. 이러한 근대를 향한 움직임은 일본 본섬뿐만 아니라 일본이라 '여겼던' 한반도에 있어서도 동시에 작용했던 것은 말할 것도 없다. 한반도에 있어 지도의 제작과 관리가 국가의 주요한 사업이었기에 민간인이 지도를 제작하거나 보관하는 것은 금기시 했다.

그렇다면 지도를 개인이 소유하고 이용할 수 있게 된 것은 한국인에게 있어서는 어느 시점에서부터일까? 1910년 9월 27일자 『매일신보(每日申報)』에는 일한서방(日韓書房)의 책 광고 중에 『최근조선요람(最近朝鮮要覽, 朝鮮雜誌社編纂)』, 『조선지리(朝鮮地理, 朝鮮雜誌社編纂)』, 『경성안내기(京城案內記, 韓國總理大臣秘書官上村正己著)』, 『실측답사최근한국전도(實測踏查最近韓國全図, 日韓書房編集部編纂)』, 『실측상밀한국전도(實測詳密韓國全図, 日韓書房編集部編纂)』, 『경성용산시가전도(京城龍山市街全図)』 등을 살펴볼 수 있다. 이 광고는 이 해 말까지 꾸준히 신문을 통해 볼 수 있다. 그 이후 같은지 11년 1월 이후에는 고토쿠서관(廣德書館)발행의 『초등대한지리(初等大韓地理)』, 『와유금강(臥游金剛)』, 『신선측량학(新撰測量學)』이 광고란에 보이며, 이어서 같은 해 4월 28일에는 보성관(普成館)의 『세계일람(世界一覽)』, 『만국지리(萬國地理)』 등의 책이 광고된다. 이처럼 병합과 함께 위생학, 심리학, 법률학, 박물학, 역사학, 물리학, 정치학, 지리학 등 각계의 기본 개념을 설정하는 저서들이 대량으로 쏟아져 나오고, 실측에 의한 지도도 이 시기에 근대 한국의 독자들에게 소개된다. 일본이 러일전쟁에 승리한 1905년 이후 을사조약을 기점으로

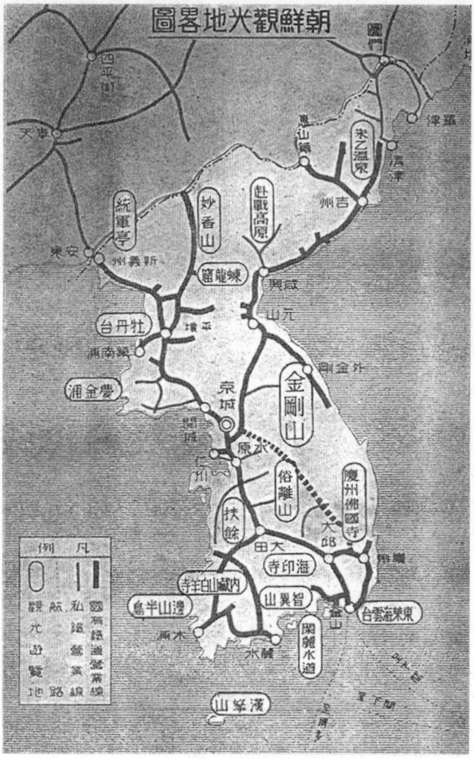

조선 관광지도

한국에 대한 다방면의 권리를 행사하게 되고 1907년에는 한국에 있어 대대적인 측량 사업을 개시하였다. 따라서 한국의 지리는 서구식 측량법을 도입한 일본의 잣대에 의해 측량되었고, 한국에 있어 근대식 지도가 대량으로 양산되게 된다.

이러한 사회적 분위기는 개인이 지도를 소유하고 이용할 수 있는 실마리를 제공한다. 신문과 잡지를 통하여 한국의 정확한 지리적 내용을 소유할 수 있게 된 근대 한국인에게는, 이를 이용하여 행동을 취할 수 있는 이동욕구를 가지게 되는 것은 당연한 일이었다.

일본에서는 지도 제작과 더불어 지지나 기행, 여행안내서 제작이 실시된다. 이른 시기로는 1887년의 『조선팔도지(朝鮮八道誌)』가 고마츠운(小松運)에 의해 동경의 동산당(東山堂)에서 출판되었다. 이후 청일전쟁이 있던 1894년에는 조선의 지역적 정보나 지리적 형세에 대한 내용의 책들이 동경과 오사카에서 다량 출판되기도 한다.[12] 이렇게 일본인에 의한 일본어의 한국 근대 지리서나 여행안내서는 한일병합이 되던 1910년 이전에도 매년 꾸준히 발행된다. 그리고 1914년경부터 철도지도가 제작되어 활용되었다. 1918년 남만주철도주식회사 경성관리국에

12 예를 들면, 『新選朝鮮地理誌』(大田才次郎 東京, 博文舘, 1894), 『支那朝鮮形勢錄』(秋山四郎, 東京 : 公益商社, 1894), 『朝鮮地誌要略附八道地図』(松本仁吉, 大阪 : 鐘美堂, 1894).

서 출간한 『조선철도여행안내(朝鮮鐵道旅行案內)』에서는 소개하는 각 지역의 지도를 철도역을 중심으로 장마다 설정하여 구체적인 위치와 지형을 소개하며, 교통로를 중심으로 한 관광지에 대해 알리고 있다. 그리고 이듬해 본격적인 여행안내서를 자처하는 『조선만주지나안내(朝鮮滿州支那案內)』가 철도원에서 발행된다. 이 책은 동경 테이비출판사(丁未出版社)에서 출판되었으며, 그 이전의 지역적이었거나 추상적이었던 여행기의 한계를 극복하여 근대적인 세련미를 덧입힌 여행 가이드북이라고 할 수 있다. 이는 일반 독자를 상정하며, 한국의 주요 도시 및 주요 교통로가 발달한 지역의 풍물을 살펴보게 하기 위하여 휴대할 수 있을 정도의 사이즈로 만들어 여행에 이용할 수 있게 한다. 주목할 점은 이 책은 이미 1913년 서구 유럽을 대상으로 *AN OFFICIAL GUIDE TO EASTERN ASIA*라는 이름으로 출판된 것을 기초로, 일본인과 조선인 만주 중국인을 상대로 일본어로 편찬한 것이라는 점이다. 즉 1913년 일본을 통해 외국인에게 한국의 근대식 지도와 관광하기에 적합한 여행지가 공개된 다음 이어서 출판된 것이다. 『조선만주지나안내』는 정가 5엔의 판매용 안내서이다. 이 책은 일본어가 가능하고 여행을 할 경제적 여유를 가진 사람이면 소유 가능한 책이었다. 이 책은 1919년 9월에 인쇄, 10월에 발행된 것으로, 같은 해는 3월의 3・1운동 후 조선민족의 강한 독립의지가 일본에 전달된 시기이기도 하며, 사이토 마코토(齋藤實)가 신임 조선총독으로 부임하여 '문화의 창달과 민력의 충실'을 시정방침으로 하는 '문화통치'로 바뀌게 되는 시점이기도 하다.[13] '문화로 다스리는 조선'이라는 슬로건은 이러한 여행안내서 발행에 있어서도 촉

13 한영우, 『다시 찾는 우리의 역사』, 경세원, 2008, p.531.

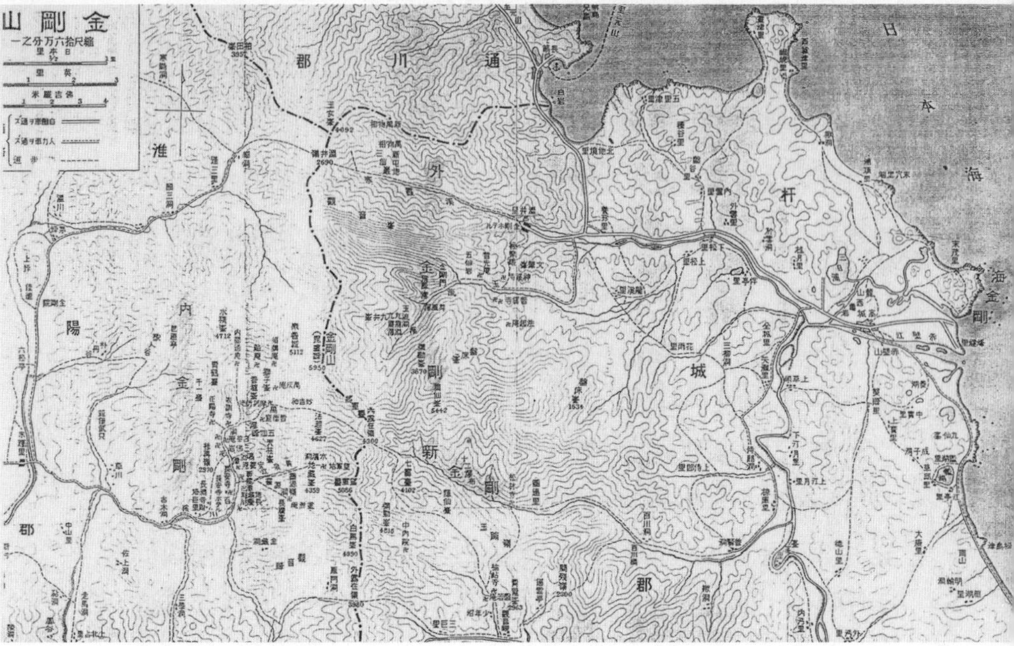

금강산 안내도

진제가 되었다. 이로써 지도와 그와 관련된 관광지를 설명하는 한국 관광안내서가 여행하고자 하는 개인에게 주어지게 된 것이다. 철도원에서는 꾸준히 일본어로 된 일본 조선 만주 중국 지도를 소개하며 관광객들에게 지역정보를 제공하였다. 1923년 조선총독부 편찬의 『조선철도여행편람(朝鮮鐵道旅行便覽)』에서도 철도를 중심으로 한 한국지도가 소개되기도 한다.

이처럼 한국인이 미처 자신의 국가의 경계를 개인의 의식 속에 그려보기도 전에 일본인 개인 여행자의 손에는 한국지도와 자세한 지명, 지형이 소개되어 여행지를 취사선택할 수 있게 되었다.

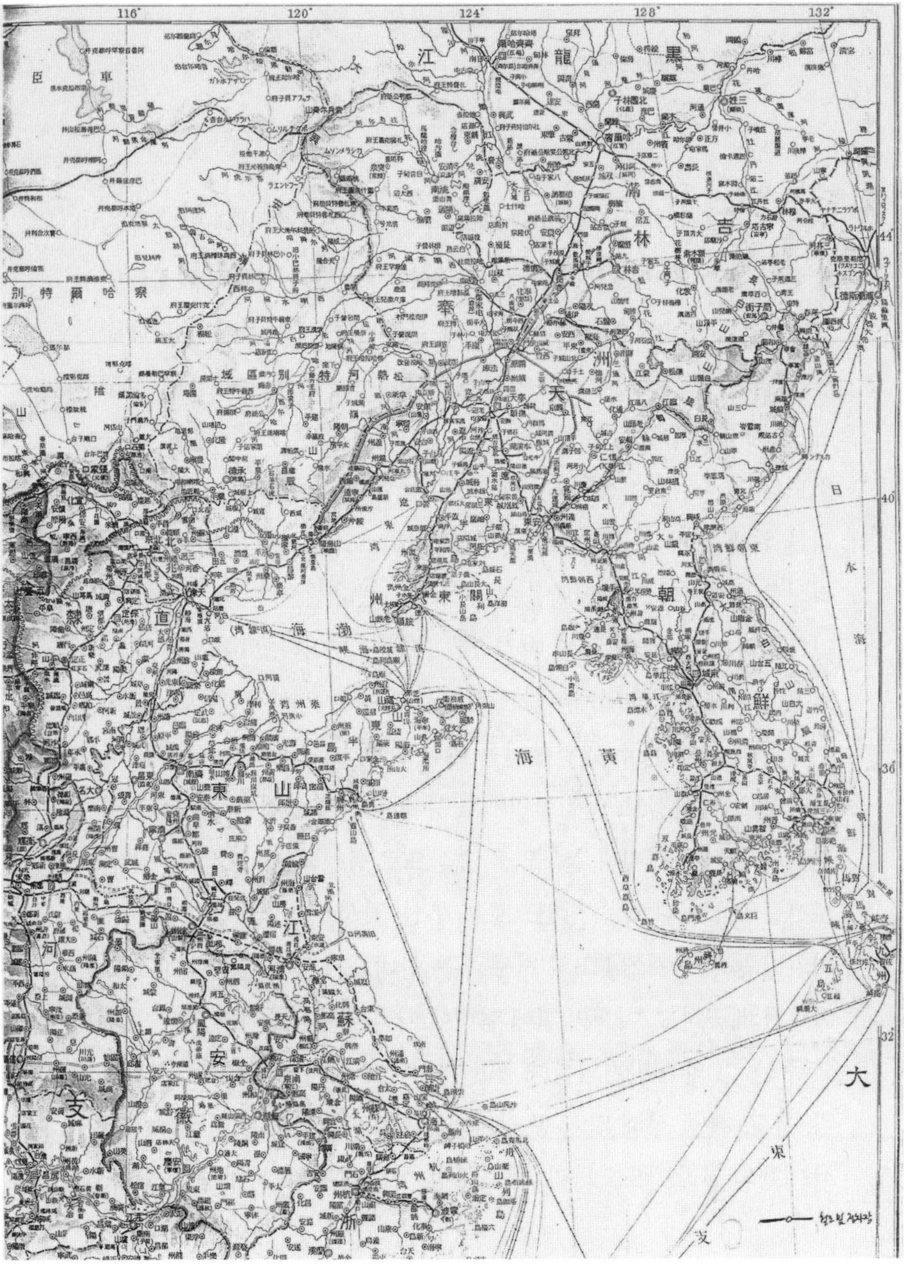

일본에서 조선 만주 중국을 가기 위한 지도

5. 일지주유권과 지도

앞서 언급한 서구 유럽의 근대적 여행의 특징은 일본에 있어서도 비슷한 양상을 보이는데, 조선에서도 일본 제국주의 정책과 맞물리면서 일지주유권(日支周遊券) 판매 사업이 실시된다. 이는 부산경유, 대련경유, 홍콩경유, 청진(淸津, 북한)경유, 인천경유, 천진(天津)경유, 청도경유, 상해경유 등으로 나뉜다. 이는 일본에서 조선, 만주 및 중국 주요 철도의 연선 각지를 일주하고 복귀하는 형태로, 환상주유여행자의 편리를 위해 표의 유효기간을 4개월로 하고 노선에 따라 철도운임 30%, 기선운임 20%의 할인혜택을 제공하기도 했다.[14] 이는 서구의 일부 엘리트층의 교양관광으로도 여겨졌던 그랜드 투어나, 토마스 쿡사나 유럽 민간여행단체의 단체여행 조직 활동과도 같은 성격을 띠고 있다.

이처럼 근대 한국 및 일본인을 위한 관광, 시찰 및 견학여행을 위한 지리정보, 열차정보, 운임할인제도 등 여행객을 상정한 관광시스템이 한국의 소위 관광지나 철도역을 중심으로 형성되고 있었다. 안내업자로서는 조선이나 만주 방면으로는 부산, 경성, 봉천, 대련, 여순, 장춘, 하얼빈 등의 각지에 JTB의 지부 혹은 안내소가 있어서 여행에 필요한 자료를 제공하고, 여객의 판매 형태에 따라서 주유계획의 입안 안내자의 주선, 그 외 제반편의를 제공을 꾀한다고 되어 있다. 중국여행은 북경, 청도, 제남, 상해 및 홍콩 각지에는 JTB안내소 또는 대리점이 있어서 여행의 편리를 도모하며, 더욱 북경, 상해, 홍콩 각지에는 Tomas Cook

14 鐵道院, 『朝鮮滿州支那案內』, 1919, p.5, 總.

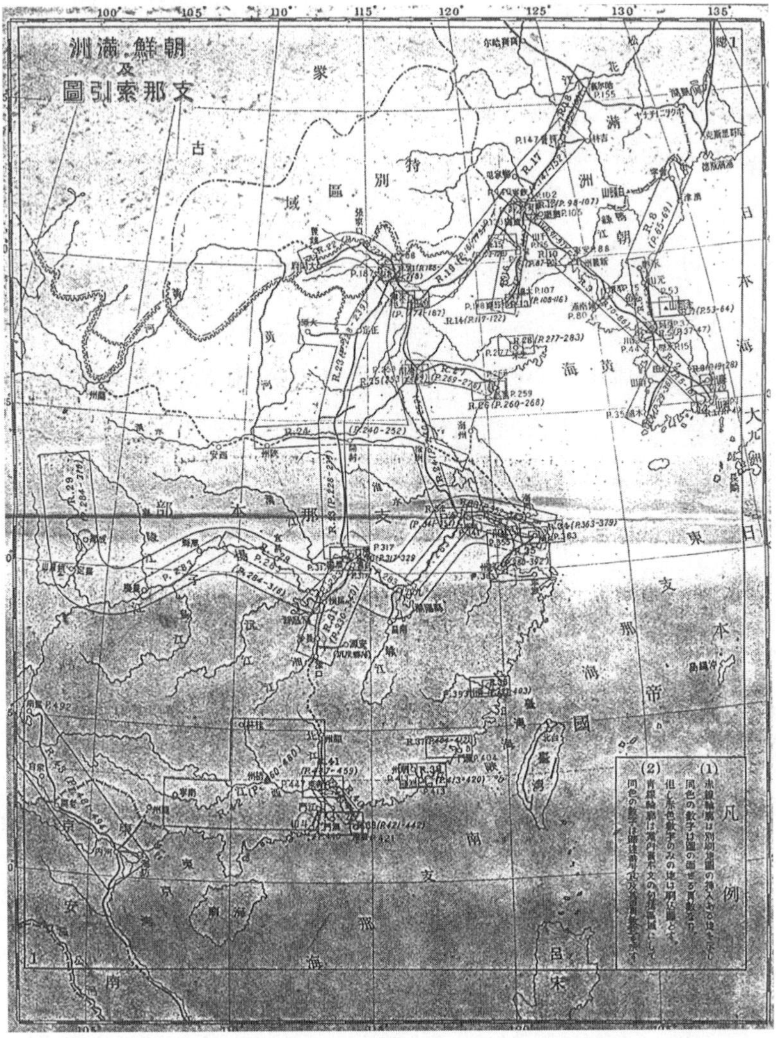

여행 색인지도

& Son. 및 The International Sleeping Car Co.(만국침대차공사)의 지점 및 대리점이 있어서 내외여행자를 위해 기선 및 철도표의 대리판매, 그 외 여행사의 필요한 업무를 대신했다. 영어와 중국지역 내 통역은 토마스 쿡사

가 주로 담당하고, 일본어와 중국어 안내자는 각지에 퍼져있는 일본인들이 담당했다. 일지주유권의 조선관광 일정을 살펴보면 다음과 같다. 18일간의 여행으로,

> 1일; 시모노세키－부산(관부연락선), 부산 혹은 동래온천 1박, 2일; 부산－대구(기차)－경주(경철 또는 자동차), 3일; 경주관광, 4일; 경주 반나절 관광 후 대구 경유 대전, 5일; 대전－목포 또는 군산(시내관광), 6일; 목포 또는 군산－경성(기차, 대전경유), 7일; 경성체재(시내 외 및 인천관광), 8일; 경성－원산(기차), 9일; 금강산 유람을 위해 원산으로 감, 장전 경유 온정리, 10~11일; 온정리를 기지로 하여 외금강 탐승, 12일; 온이리－장안사(산행), 13~14일; 장안사를 기지로서 내금강 유람, 15일; 장안사－말휘리(인력거), 말휘리－평강(자동차), 평강－경성(기차), 16일; 경성－ 개성(하차, 관광)－평양, 17일; 평양(부근 관광)－진남포, 18일; 진남포－평양－신의주－안동(시내관광)[15]

으로 이어진다.

이러한 조선관광은 봄과 가을에 여행하기 좋다는 설명도 덧붙어 있다. 이 18일의 조선 관광 이후는 안동에서 출발하여 만주의 봉황성에서 본계호로 이동하는 2주일간의 만주 관광일정으로 접어든다. 그 후, 5종류의 중국일정에서 택일을 하는데, 10일간의 봉천, 북경, 대동부 등의 관광, 10일간의 천진 남경 관광코스, 10일간의 북경에서 남경 관광, 5일간의 남경과 항주를 잇는 관광, 2주간의 상해 홍콩을 연결하는 관광코스가 마련되어 있다.

15 위의 책, pp.17~18, 總.

이 책의 범례에는 다음과 같이 기술되어 있다.

본서 지방 안내기 배열은 책 첫 부분의 색인지도가 나타내는 것처럼 맨 처음 상륙 지점을 부산으로 가정하여 거기에서부터 순차적으로 조선 내지에 들어가 안동현(安東縣)에서 만철 연선의 남북을 다 돌고 하얼빈에 이르고, 봉천으로 돌아가 경봉선에서 북 중국 각지를 경유하여 양자강 연안 각지에 들어갔다 나오고, 거기에서 상해부터 해로 남중국 연안 및 항을 지나서 홍콩, 광동 및 운남 방면에 이르는 순서가 채택되어 있다. 더구나 경로의 채택은 원래부터 독자의 임의이므로 목적지 순서는 각자의 편의대로 정하여 이용해 주기 바란다.[16]

이처럼 관광지 설정과 지도를 중심으로 한 이용은 구미의 여행형태를 답습하면서 일본은 물론이거니와 한국과 중국을 소개하는 주체로서의 의식을 뚜렷이 나타내고 있다. 이를 때로는 주도하기도 하고 보조하기도 하는 매개체로서 '지도'의 역할은 지대하다 할 수 있다. 독자는 맨 처음 여행의 계획을 세울 때 전체적인 상을 지도를 통하여 확인하고 거기에 새겨진 제국주의의 상징물로서의 교통로를 확인하며, 서구식으로 구성된 현대식 숙박소를 상상하며, 자신의 여행지를 설정한다. 여행안내서가 전체도 및 각 장의 첫머리에 제시한 지도를 통하여 드러내는 전면적이고도 상징적인 여행지에 대한 내용은 독자에게 있어 여행에 대한 즐거움을 불러일으킨다. 앞서 언급한 자기 확장의 논리를 펼칠 수 있는 공간으로서 관광지라고 인식하는 것이다. 관광지에 대한 기술은 지명에서부터 세부적 설명에 이르기까지 일본 주도적으

16 위의 책, p.4, 目次.

로 기술된다. 여기에는 어김없이 지배 / 피지배의 관계가 형성된다. 한국 혹은 일본 독자들은 그 의도를 알아채기도 혹은 무의식적으로 받아들이기도 했을 테지만, 역시 '지도'를 소유하여 심상지리를 획득하고 관광을 통해 '근대를 읽는다'는 공통인식이 독자에게 작용했던 것만은 부인할 수 없는 것이다.

6. '근대'를 향한 감각

일본에 있어서 근대 이전과 근대를 구별하는 기준점이 되는 것은 외국인 여행자에 의한 '발견'이 큰 요소로 작용했다. 평상시에 '관광지'에 대한 인식이 없고 삶의 일부라고 생각되었던 장소를, 외국인은 그 나라의 '특징'으로 끌어내고 의미부여를 한다. 그래서 더욱 자국인이 아닌 외국인에 의한 '관광지'의 발견이라는 것은 큰 의의를 지닌다. 일본의 관광업도 메이지 유신과 함께 관소폐지, 태양력사용, 여름휴가, 공원제도 등은 근대화의 물결 속에서 서양인 관광객 유치를 준비하는 것에서 출발했다. 이처럼 근대의 관광개발과 관광지 조성의 동기는 자국민이라기보다는 외국인 유치를 위한 시도이고 노력이었다.

때문에 한국 근대 관광지 선정에 있어서도 유럽이나 미국인들에게 소개될 동양의 이미지 형성이라는 내국인으로서의 입장과 새롭게 같은 내국으로 편입되었지만 문화와 언어가 다른 식민지의 관광지를 끌어낸다는 더블 스탠더드가 작용하고 있다는 특수한 현상을 낳게 했다. 여기에서 지도는 보다 근대적이고 객관적이라는 인식을 독자에게 부여하고 여행의 세계로 독자를 끌어들이는 역할을 했다. 일본의 독자에게 있어서는 일본의 제국주의의 확대를 맛볼 수 있는 기회를 제공하고, 조선이 더 이상 미지의 세계가 아니고 지도상의 지명을 근대 교통수단을 이용하여 가고자 하는 곳을 여행할 수 있는 계기로 작용했다. 그리고 한국인 독자에게는 '근대식'으로 새롭게 단장된 관광지를 체험하며, 정비되고 규격화된 지리적 지식을 바탕으로 여행하는 '근대인'으로서의 접근이 가능했던 것이다.

제4장

일본 근대의 '외지' 여행안내서

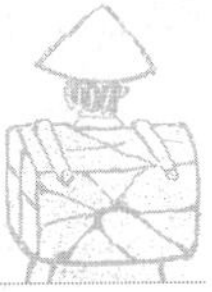

1. 여행안내서 출판과 담론 공간

일본 근대에 있어서 식민지 조선의 문화는 어떻게 수용, 해석되었던 것일까? 1910년 이전부터, 일본의 담론공간 속에서의 조선은 '우리 일본의 것' 이었다. 그리고 한일합방 이후 일본 제국주의의 욕망이 현실화 된 시점에서, 바야흐로 조선이 담론 공간에서만 욕망되어지는 영역이 아니라, 일본의 일부가 되었다는 실감을 전해줄 미디어가 요구되었다. 일본 국민의 조선 소유에 대한 실감은 제국 일본 측의 최대의 과제로 부상하였고, 그와 같은 요구에 대응할 수 있는 미디어의 선택이 급선무가 되었다. 신문이나 잡지를 통해 '외지(外地: 조선, 만주, 타이완 등의 일본통치 관할지)'에 대해 종종 소개되었지만, 독자들은 더 강렬한 리얼리티를 선호하게 되었다. 여기에 여행안내서나 기행문은 리얼리티에 가득 찬 조선을 표상하기 위해 적극적으로 이용되었다.

이 시기의 출판 상황을 살펴보면, 잡지나 기행문에 관한 서적출판은 1918년에 446건이었던 것이, 1926년이 되면 1,180건으로 상승하고, 사회나 역사서의 출판건수를 상회하고 있는 것을 알 수 있다.[1] 또 1924년에는 『다비(旅)』라는 잡지도 창간되어 "건전한 여행취미의 육성, 여행에 관한 안내, 거기에 나아가 내지 조선 만주, 지나(중국)에 있어서 인정, 풍습의 소개 등 모든 방면에서 일본인 본래의 성정을 보수 육성하려는"[2] 목적을 드러냈다. 이는 일본인에게 있어서 내지(內地)뿐만이 아니라 외지여행에 대한 관심을 불러 일으켰다. 또 같은 잡지에서 사카모토 세이고로(坂本政五郎)는, 일본국민에게는 조선이나 만주의 경제적 문화적 개발의 사명이 있어, 그 때문에 여행을 통해서 그 사명을 달성해야 한다고 말하고 있다. 그리고 "금후로는 크게 일본인의 여행을 싫어하는 버릇을 타파하는 데에 있어서 크게 만주 방면의 여행을 고취하고 싶다"[3]고 하면서 특히 조선 만주 여행에 적극성을 보일 것을 주장하고 있다.

이처럼 제국주의 주체의 외지에 대한 관심은 내지인에게 여행을 촉구하는 형태로 드러나 있다. 따라서 외지에 대한 기술은 내지인이 가장 공감하며 접근할 만한 성격을 띠지 않을 수 없었다. 그리고 앞서 인용한 사카모토의 말처럼, 외지여행에 공감하지 않는 자를 이단시하는 형태로도 제시되었다. 건전한 여행을 통하여 일본인의 성정을 바르게 육성한다는 것은 무엇을 의미하는 것일까? 그것이 여행, 특히 외지여

1 『日本書誌學大系1 日本出版文化史』, 青裳堂書店, 1938.
2 『旅』 3月号, 日本旅行協會, 1924, p.3.
3 위의 책, p.61.

행과 어떤 관련성을 이루고 있는 것일까?

이 장에서는 일본 근대의 외지 여행사업이 가지는 본질적인 의미를 파악하기 위하여, 먼저 철도 발달의 역사를 제시하고, 이러한 교통발달과 관련하여 간행된 각종 미디어의 역할을 살펴보며, 당시 여행에 가담했던 여행자들의 기록이 실질적으로 일본인의 성정에 미친 영향 등을 알아보고, 나아가서는 당시 조선 관광지로서 '경성'이라는 도시의 제시된 양상을 살펴보고자 한다.

2. 일본과 식민지 조선의 철도

러일전쟁은 일본의 진로에 있어 커다란 전환기를 맞이하게 했다. 메이지유신 이래, 근대화의 노선을 추진해 온 일본이 청일전쟁에 의해 아시아 중에서는 유일하게 식민지 영유국(領有國)이 되고, 더욱이 아시아 대륙으로의 진출을 기획하여 러시아와 대립한 결과, 만주에 있어서의 권리를 쟁탈하게 된 것이 이 전쟁이었다. 이 전쟁 후 일본은 요동반도를 포함한 만주 남반부를 그 세력 하에 두고, 더욱이 조선에 있어서의 결정적인 지배권을 확립했다. 이처럼 러일전쟁은 일본이 아시아에 있어서 지배의 방향을 정하는 계기가 되었던 것이다. 1900년의 의화단 사건이래 일본의 아시아에서의 국제적 지위는 영국의 아시아 지배를 대행하는 형태로 확립했으며, 1902년 영일동맹(英日同盟)을 통해

이 사실을 양국이 승인하고 서로 아시아에 있어서의 권익을 보장하는 약속을 했던 것이다.[4]

이러한 상황에서 조선의 철도 건설 및 경영은, 1901년 경부철도 주식회사의 건설 이래 일본 정부의 강력한 지원으로 이루어졌다. 특히, 이 철도가 가지는 군사적 기능에 대한 일본군부의 기대는 매우 컸고, 러일전쟁 직전 1903년 12월 28일에는 칙령 제291호에 의해 경부철도의 달성이 명령될 정도였다. 그리고 1906년 3월 '철도국유법'의 공포와 동시에 경부철도의 매수도 법률로 공포되어(1906년 법령 제18호), 국유철도와 동일의 방식으로 관리되게 되었다.[5]

이것과 병행하여 러일전쟁 중에는 일본군의 임시군용철도감부(臨時軍用鐵道監部)에 의해 경성과 의주간의 철도가 군용철도로서 건설되었다. 이 철도들은, 경인철도를 합하여, 1906년 2월 1일 통감부가 개청(開廳)됨에 따라 한국의 내정에 대한 지배권이 확립되자, 6월 30일 통감철도국이 설치되어, 이 기관이 한국에 있어서의 철도 경영 · 관리를 담당하게 된다.

한편 포츠머드 강화조약에서 러시아에서 인수한 동청철도(東淸鐵道) 대련 · 장춘 간 및 부속지선과 설비는 1905년 12월 22일 요동반도의 조차권과 함께 일본에 이관(移管)되었다. 1906년 6월 8일 일본정부는 이 철도 경영에 해당하는 칙령 제142호에 의해 만주철도주식회사의 설립을 결정하고, 정부출자의 주식회사가 여기에 설립되게 되었다. 이 남만주 철도 주식회사, 즉 만철은 만주에 진출하려고 하는 일본 자본을 채워줌과 동시에 연선에 설정된 방대한 부속지(付屬地)를 교두보

4 『日本國有鐵道百年史5』, 日本國有鐵道編, 1974, p.5.

5 위의 책, p.9.

로하여 만주 남반부에 대한 군사적 지배권을 확립하는 수단이 되기도 했던 것이다. 또한 1908년에는 철도 국유에 어울리는 조직의 필요성에 의해 철도원이 설치되어, 남만주 철도 주식회사의 총재 고토 심페이(高藤新平)가 체신대신(遞信大臣)이 되었다. 그리고 철도원은 체신성(遞信省)에서 분리되어 내각 직속이 되었다. 이것에 동반하여 종래의 체신성 철도국 및 제국철도청은 폐지되어 감독 및 업무기관은 철도원(鐵道院)으로 통합되었다. 철도원은 국유철도의 관리 운영과 사설철도 및 남만주철도의 감독에 해당하는 것이 그 관할 사항으로, 정부의 철도정책 및 그 실행의 최고기관으로서 종래에 없었던 강력한 권한을 가지게 되었다.[6]

그리고 만철의 본격적인 경영이 궤도에 오르고 만주에 대한 경제적 · 군사적 지배는 더욱 강화되게 되었다. 이는 1906년 4월 28일 경의선이 전부 개통되고, 또한 1911년 11월 1일 신의주 안동 사이를 연결하는 압록강 교량의 완성에 의해, 만주 봉천(奉天)간의 직통운행이 가능해지자 더욱이 그 의의를 더하게 되었다. 즉, 직통운전의 개시에 의해 시모노세키(下關) · 부산 간의 연락항로를 중개로 하여 일본의 내지와 조선 만주와의 철도에 의한 연락 운송의 체계가 확립하게 되었던 것이다.[7]

이처럼 조선 · 만주에 있어서 일본정부의 철도 경영은 먼저 이로 인해 조선 만주에 대한 진출의 디딤돌을 완성한 것이 되고, 또한 이 지역을 통해 중국 및 러시아를 시작으로 하는 다른 여러 지역과 국제연락운수(國際連絡運輸)의 태세를 성립시키는 계기를 촉진시켰다. 또한 러일전쟁 이후의 경제적 발전이 가져온 사회구조의 변화도 또 철도에 대

6 위의 책, p.19.
7 위의 책, p.10.

하여 커다란 영향을 주는 요인이 되었다. 즉 생산력의 비약적 발전, 특히 중공업 부분의 급속한 성장은 도시를 중심으로 하여 공장 사업장의 집중을 가져오게 되고, 필연적으로 도시에 대한 인구의 집중현상이 일어났다. 그리고 도시에 있어서는, 대량운송이 가능한 철도가 통근 그 외의 다양한 면에서 새로운 역할을 담당하게 되었다. 또 이와 같은 조건은 동시에 대도시간의 여객운송에 대한 수요를 유발하는 결과를 낳아 커다란 운송수요가 일어나게 되었다. 이 운송수요는 또 국민 일반의 생활수준의 향상에 의해서도 일어났다. 도시의 중산계급의 형성은 평균적인 생활수준을 끌어올리고, 또 교육제도나 저널리즘의 보급을 동반하여 생활의식을 시작으로 하여 모든 문화적 생활을 넓게 보급시키게 되었다. 이러한 것에서 생활 필수품을 시작으로 하는 운송수요는 여객운송의 면에서도 관광과 그 외의 것을 위한 운송이나 단체운송의 면에서도 새로운 분야를 개척해갔다.

이러한 일본 국내사정은 일본 내지여행을 촉진하는 것에 머물지 않고 숙박을 동반한 장거리 여행을 권장하게 했다. 당시 숙박을 동반한 장거리 여행으로서는 외지여행을 권장하고 있었는데, 예를 들어 만철에서 내지의 일부 지식인들과 문학자들을 초청하여 여행을 하게 하고 여행기를 남기게 하거나, 수학여행의 형태로 젊은이들을 외지로 향하게 했다. 이러한 움직임은 여행안내서의 발간을 재촉하는 요인이 되었다. 그러므로 다음 절에서는, 외지여행의 권장이라는 근대적 특수상황이 일본 국내에서 어떻게 소화되고 있는지를 살펴보고자 한다.

3. 일본 근대 여행안내서와 대륙의 밀착성

다이쇼(大正, 1912~1926)기 이후 일본에서는 여행안내서 간행 붐이 일어났다. 그 원인으로 앞서 언급한 것처럼, 제국주의 전쟁에 의해 일본이 일시적인 경기회복의 기회를 얻어 여행이 유행하게된 것을 들 수 있다. 거기에다가 앞서 언급한 철도국유법의 시행 이후 국지적인 철도진흥을 목적으로 공포된 경편철도법(輕便鐵道法) 동 보조법을 시작으로 전국 각지에 중소 철도회사가 배출되었다는 사정이 있었다. 젊은이들 사이에서는 '신내지(新內地)'가 된 '외지'에 대한 정보를 얻고 싶다는 의식이 일어나기 시작했고 여행안내의 독자가 증가했다. 철도청 운수국장이었던 가케히 쇼타로(筧正太郎)는, 『여행예찬(旅行礼讚)』의 서문에서,

> 여행은 사람의 생활의 하나의 요건이 되었다. 여행은 문명인의 특징이라고 할 수 있다. 여행은 우리들에게 유쾌함을 가져다 준다. 흥미를 불러일으킨다. 그러나 여행에 있어 부주의함으로 인해 여행의 흥미가 사라지는 경우도 많다. 모든 일에 예비지식이 필요한 것인데, 특히 여행에 있어서는 예비지식이 무엇보다도 필요하다. 미리 여행할 지방의 사정을 알고 있으면 한층 흥미가 더해지는 것이다.[8]

그는 여행이 사람의 생활에 있어 하나의 요건이며 문명인의 특징이라고 하면서 그와 같은 여행을 하려면 사전지식이 필요하다고 강조하고 있다. 그리고 같은 책에서 다니구치 리카(谷口利花)도 다음과 말한다.

8 谷口利花, 『旅行礼讚』, 實業日本社, 1928, 서문.

여행의 제4 조건은 「목적지에 대한 지식의 준비」이다. 돈은 많이 가지고 있지 않아도 사용하는 데는 크게 문제가 되지 않으나 여행지에 대한 지식을 가지고 있지 않으면 무의미한 여행으로 끝나 버릴 우려가 있다. 이름이 있는 산이나 명소, 구적, 신사, 불각 그러한 것들의 역사나 유래 전설 등에 대하여 미리 대강의 지식을 준비해 두면 실제로 가서 흥취와 유쾌함을 충분히 얻을 수 있다.[9]

이처럼 여행을 할 때에는 돈보다 여행지에 대한 정보를 충분히 섭렵하는 것이 무엇보다도 중요하다고 말하고 있다. 여행안내서는 여행하는 자에게 여행지에 대한 예비지식을 전달해 주는 것에 의하여 그 장소에 대한 이미지를 생성해 내는 역할을 했다.

여행안내서는 안내하는 지역이 중심으로 기술된다. 1910년 한일합방 이후 '신내지'의 등장에 의해 일본인의 조선에 대한 관심은 높아가고 그와 같은 현상과 연동하여 여행안내서 간행의 붐을 일으켜, '외지'에 대한 여행안내서 간행을 촉진시켰다. 새롭게 영입된 영토로서의 조선은 제국주의를 주창하였던 일본측에서는 중요한 의미를 띤 곳이 아닐 수 없었다. 그리하여 조선에 대한 전문적 안내가 필요하게 되었던 것이다.

예를 들어 1913년에 간행된 『철도연선유람안내(鐵道沿線遊覽案內)』에는 주로 일본의 내지를 소개하면서, 부록으로 조선, 만주, 타이완 등을 소개하고 있다. 같은 해 철도원(鐵道院)에서 서양에 일본을 소개하기 위하여, 일본, 조선, 만주, 지나(支那)를 소개한 '여행안내서'인 *AN OFFICIAL GUIDE TO EASTERN ASIA*[10]가 구미의 독자에 대하여 특히 동양의 국내사정과 풍

9 위의 책, pp.11~12.

10 *AN OFFICIAL GUIDE TO ASIA Vol. 1 MANCHURIA AND CHOSEN*, 鐵道院, 1913.

속을 해설하기 위한 동양관광지침(東洋觀光指針)으로서 간행된다.[11]

이러한 식민지 관광에 대한 소개와 개발은 식민지 정부에 경제적인 이윤을 줌과 동시에 문화의 주도권을 장악하고, 결과적으로는 통치의 정당성을 확보하는 수단으로 이용되었다. 『조선제국기(朝鮮諸國記)』에는 "명승 구 유적을 소개하고 거기에 있는 사람과 지역, 그리고 풍속을 세상에 알리고자 한다"[12]는 취지를 밝히며 여행안내서 기술의 주체가 되어 관광지를 결정해 갔다. 관광지 선정에 있어서는 일본과의 역사적인 관계성을 전면적으로 드러냈다. 예를 들어 "부산은 나가사키(長崎) 문화에 의해 열렸다. 그 때문에 부산의 풍속은 나가사키의 마을과 비슷하다"[13]고 하며 일본의 역사에 조선을 편입시키고 있음을 알 수 있다. 즉, 일본의 역사적 기술에 조선을 편입시킴으로서 이곳이 일본의 신영토가 되었다는 관념보다는 일본사와 깊이 관련되어 있어 역사의 연장선상에 있다는 사실을 인식시키는 것이다. 부산이나 경성과 같은 조선의 주요도시와 관련한 역사적 기술은 도시의 주요부를 잇는 네트워크로서 철도에 관한 자세한 설명이 '외지' 조선과 '내지' 일본을 밀착시켰다.

> 요즘 우리 내지와 조선 지나 방면과의 교통이 점점 밀접해 짐에 따라 각 방면에 대한 안내서의 필요성이 점점 시급해지고 있다. (…중략…) 본서에 있어서는 가능한 일반적인 기사를 생략하고 독자에게 바로 각 지방의 주요도시 및 주요 교통로에 대한 풍물의 실체와 현상에 접하게 하는 것을 취지로 삼는다. 물론 그 모든 곳을 망라한다는 것은 일개의 작은 책으로는 불가능하기 때문에, 비교

11 위의 책, pp.209~259.
12 菊地謙讓, 『朝鮮諸國記』, 1925, p.4.
13 위의 책, p.185.

적 교통편이 갖추어지고, 만인이 탐승하기에 적합한 곳을 선택하기로 했다.[14]

위의 예문에서 이야기하는 '실체와 현상', '만인이 탐승하기에 적합한 곳'이라는 설명은, 이어져 소개되는 일본 제국이 지정하는 조선의 관광지가 관광의 요지(要地)라는 이미지를 부각시키며, 관광지로서의 객관성을 확보하고 있는 것처럼 보이게 한다. 이러한 담론은 여행자들에게 있어서, '외지' 여행의 가치를 인식시키고, 여행에 대한 안심감을 끌어내며, 미지의 세계에 대한 부정적인 인식을 제거하여, '외지' 여행을 즐길 수 있는 차원으로까지 끌어올린다. 이와 같은 여행의 '즐거움'을 이끌어내기 위해서는 교통기관의 설비나 숙박시설의 구비가 필수적이었다. 고이 마코토(五井信)는 철도의 발달, 식자력의 향상과 미디어의 확대에 의한 독자 수의 증가, 그리고 독자의 지적 욕망이 원인이 되어, 1900년경부터 『태양(太陽)』의 지리란(地理欄)에 대한 관심이 높아갔다고 지적하고 있다.[15] 이러한 사회적인 경향이 여행안내서 출판에 다각적인 기회를 제공하였다. 특히, 여행안내서는 책을 읽는 행위와 실제로 여행을 한다는 '행위'가 수반되기 쉽고, 혹시 실제로 여행하지 못하는 자에게도 '외지'에 대한 정보를 제공하는 등 유효하게 작용하였다고 볼 수 있다. 그렇다면 여행서가 제시하고 있는 출판의 목적은 무엇이며, 실지로 여행자들은 어떤 여행을 하며, 외지를 바라보았을까?

14 龜岡榮吉, 『四季の朝鮮』, 朝鮮拓殖資料調査會, 1926, 서문.

15 五井信, 「表象される〈日本〉－雜誌『太陽』の地理欄」, 金子明雄・高橋修・吉田司雄 編, 『ディスクールの帝國－明治三十年代の文化研究』, 新曜社, 2000, p.247.

4. 여행서의 출판동기와 여행하는 신체

먼저 여행안내서를 출판하는 측의 출판동기와 여행하는 신체에 대하여 살펴보고자 한다. 주로 여행서를 출판하는 측은 제국주의 건설의 주체측이다. 예를 들어 1913년에 간행된 『사계의 조선(四季の朝鮮)』은 조선척식자료조사회(朝鮮拓植資料調査會)에서, 그리고 1923년의 『조선철도여행편람(朝鮮鐵道旅行便覽)』은 조선총독부(朝鮮總督府)에서, 또한 1913년의 『신선경성안내(新選京城案內)』는 경성부조선연구회(京城府朝鮮研究會)에서, 그 외에도 1926년의 『경성안내(京城案內)』는 경성부교육회(京城府教育會), 1919년의 『조선만주지나안내(朝鮮滿州支那案內)』는 철도원(鐵道院)에서 간행되었다. 그리고 이러한 여행안내서들은 서두의 부분에 안내기의 출판동기를 기술하는데, 다음 인용에서 그 내용들을 살펴보고자 한다.

> ① 처음에 이것을 기획하는 것은, 13도의 산업을 기록하고, 숨겨진 공로자를 물색하고 명예로운 현인을 널리 소개하고 그곳의 명승구적을 소개하고 그곳의 사람과 지방과 풍속을 세상에 널리 알리고자함이라.[16]

> ② 단지 기존에 간행된 영문판은 구미의 독자에 대해, 특히 동양의 국장풍속등을 해설할 필요가 있어 총론적인 기술이 지면을 많이 차지했는데, 우리나라 일반여객에게는 반드시 필요하게끔 가능한 일반적 내용을 생략하고 독자로

16 菊地謙讓, 앞의 책, p.4.

하여금 바로 각 지방의 주요도시 및 주요 교통로에 있어서 교통로를 중심으로 한 지역의 실체현상에 접하게 할 수 있도록 하고, 또 한 장 인쇄에 활자의 선택 그 외에 있어서도 사정이 허락되는 한 지면압축을 궁리하여 이로써 열람하기에도 휴대하기에도 간편하게 하려고 했다.[17]

③ 하루에 경성을 구경하는 사람들의 일정이다. 물론 불충분을 피할 수 없으나 하루의 일정으로서는 어쩔 수 없다. 제2는 경성을 좀 깊이 알려는 사람들이 다소 조사연구를 하여 산업, 경제, 금융, 문화가 어떤가를 알 필요를 나타내는 것이기에, 그 정도에 따라서 일수는 조정 가능하다. 제3의 1은 서부의 교외라고 할 수 있는 용산방면을 소개하고 제3의 2는 동부의 교외를 안내하는 것으로 날짜를 잡기에 따라서 취사선택할 수 있다.[18]

④ 물론 이 모두를 망라하기에는 한 권의 책으로는 불가능하기 때문에 비교적 교통편이 갖추어져 있고, 만인이 탐승하기에 적당한 곳을 고르려고 했던 것이다.[19]

①에서는 조선의 명승구적을 소개하고 널리 알리고자 하는 취지를 밝히고 있는데, 이를 통하여 명승구적을 지정하고 알리는 주체가 일본(일본인)임을 선명하게 드러내고 있다. 그리고 ②에서는 여행서의 독자로서 일본 내지의 일반 여행객, 즉 좀 더 대중적인 형태로 구성되었음을 언급하며, 한 지역의 실체 현상을 소개하고 있다고 기술하고 있다.

17 『朝鮮滿州支那案內』, 鐵道院, 1919, 서문.
18 『京城案內』, 京城府教育會, 1926, p.7.
19 龜岡榮吉, 앞의 책, p.6.

즉 가장 리얼한 형태의 조선을 독자에게 맛보게 해주겠다는 설명과 좀 더 실용적인 책이 되기 위해 열람과 휴대를 겸할 수 있게 구성했다는 점을 강조하고 있다. 이는 보다 대중을 겨냥한 체제와 구성으로 철도원이 구성한 이 여행서가 지극히 일반적이고도 객관적임을 가장하며 다수의 독자를 겨냥했다고 볼 수 있다. ③에서는 경성을 일정에 따라 구분하여 안내하고 있는 책인데, 굵은 글씨 부분이 시사해주는 것처럼 여행서 임에도 불구하고 산업 경제 금융 문화의 문제까지 자세히 설명하고 있다. ④에서는 조선이 일본에 의해 교통편이 정비되어 가고 있음을 알리며 그와 병행하여 만인이 탐승하기에 편리한 지역을 소개하겠다고 하고 있다. 이는 여행안내서의 독자를 어떤 특정인에 한정하는 것이 아니라 '만인'이라는 단어를 사용함으로 누구나 쉽게 접할 수 있는 책으로 제시하고 있으며, 또한 이 책에서는 철도에 대한 안내를 부록으로 소개하면서 여행자들의 여행에 대한 실천적 부분을 강조하고 있다. 이처럼 '제국'은 조선에 대한 설명이 객관적이고도 실체적임을 가장하며 스스로를 조선지배의 주체로 삼고 있는 것을 알 수 있다.

또한 근대에는 수많은 문학자와 지식인들이 외지여행을 시도했다. 다니자키 준이치로(谷崎潤一郎)는 1918년 홀로 조선 만주를 거쳐 중국 각지의 여행을 했다. 그의 「소주기행(蘇州紀行)」[20]에는 "철도원의 가이드북과 지도에 의거하여" 여행했다는 기술이 있다. 그리고 다니자키는 「조선잡감(朝鮮雜感)」[21]에서 기차 안에서 본 조선의 풍경을 칭찬하고, 그것에 대해 "순전한 일본화의 빛깔"이라고 비유하고 있다. 그의 조선에 대한 감동은, 조선 속에서 '일본'을 발견했다는 데에 있었다.

20 『中央公論』 2月号, 中央公論社, 1919.

21 『谷崎潤一郎 全集 第二二巻』, 中央公論社, 1968.8, p.61.

1919년 창간된 종합잡지 『개조(改造)』에는 일본 국내외의 여행기나 기행문이 자주 게재되었다. 그 중에서도 외지에 대한 높은 관심도를 보이며 중국이나 만주 조선에 대한 여행기도 적극적으로 기고하고 있는 것을 볼 수 있다. 1925년 8월호에는 기노시타 모쿠타로(木下杢太郎)의 수개월에 걸친 조선과 중국 각지의 여행기인 「지나남북기(支那南北記)」가 실려있다.[22] 『개조』의 1926년 5월호에 도쿠토미 소호(德富蘇峰)는 "이 「지나남북기」를 한 번 읽고, 상당히 유쾌한 감정을 얻었다"고 하며, 그 내용상의 재미나 기술방법에 있어서 "오가이(鷗外) 박사보다도 더 사람을 끌어들이는 능력을 지니고 있다"[23]고 극찬하고 있다. 그리고 『개조』의 1927년 3월호에는 와카야마 보쿠스이(若山牧水)의 「조선기행(朝鮮紀行)」이 실려 있는데, 이 기행문 속에는 조선의 가옥에 대한 설명이나 조선의 어린이와 노인의 모습이 그려져 있다. 또 죽림동(竹林洞)에 거주하는 일본인의 저택을 방문하여 '여보(ヨボ)'들에게 대접을 받으며 꿈과 같은 시간을 보냈다는 기술도 있다. 그의 여행은 다니자키와 마찬가지로 안내인이 동반하며, 여행안내기에 나온 지도 등을 참고하며 명승지를 찾아다니고 있다.[24]

이 외에도 시라카바파(白樺派)의 동인으로는 아리시마 이쿠마(有島生馬)가 1915년에 조선과 중국을 여행하고 있다. 또 이쿠마의 형인 아리시마 다케오(有島武郎)도 비록 실현하지는 못했으나 1922년 만철독서회(滿鐵讀書會)로부터 중국여행을 초대받는다. 시라카바파의 동인 중에 가장 빈번히 조선을 왕래했던 사람은 야나기 무네요시(柳宗悅)이

22 『改造』 8月号, 改造社, 1925, p.82.
23 위의 책, 5月号, 1926, 페이지 미상.
24 위의 책, 12月号, 1927, p.9.

다. 야나기의 「그의 조선여행(彼の朝鮮旅行)」에는 "진심 어린 환영회"에 "조선 사람들의 정"[25]을 느꼈다고 묘사되어 있다. 여기에서 그려져 있는 조선은 "행복한 세계"라는 표현을 구사할 정도로 기대감에 넘치는 장소로서 표상 되어 있다. 야나기 무네요시는 「그의 조선여행」 외에도 『개조』에 「조선의 친구에게 보내는 책(朝鮮の友に贈る書)」, 「적화에 대하여(赤化に就て)」 등 조선에 관한 기사를 다수 싣고 있다.[26] 시가 나오야도 시라카바파에 참가하면서 외지와 직접적인 관계는 가지지 않았다고는 하나, 앞서 인용한 『개조』의 문예란에 『암야행로(暗夜行路)』의 대부분의 내용을 1921년부터 1928년에 걸쳐서 연재하고 있다. 작자의 직접적인 조선여행이 없었지만 이 장편에서는 주인공인 도키토 겐사쿠(時任謙作)의 조선여행이 그려져 있는 것이다.

근대의 문학자들은 각자 여행안내서를 지참하면서 조선이나 만주, 중국여행을 하고, 자신들의 여행 경험을 기행문의 형태로 세상에 내놓고 독자들로 하여금 여행에 대한 의욕을 불러 일으켰다. 이와 같은 순환을 통하여 생성되어지는 여행에 대한 담론은 『암야행로』와 같은 소설의 일부분에 채용되어 독자의 공감을 일으키기도 한 것이다. 시가도 행동하는 독자의 한 사람 이었던 것이며, 또 새로운 독자를 낳는 데도 일역을 담당했다.

이상과 같이 조선의 여행자들은 자의든 타의든 대륙여행을 실시하고 있다. 그리고 그들이 조선여행에서 빠짐없이 거쳐 가는 도시가 있다. 그 곳은 '경성'인 것이다. 그렇다면 경성의 여행지로서의 위치는 어떤 것일까를 다음절에서 살펴보고자 한다.

---

25 위의 책, 10月号, 1920, p.35.
26 위의 책, 10月号, 1920, p.33.

5. 여행안내서 속의 '경성'

은세계 고요한 경치의 남산이여

주거니 받거니 다시 술잔을 받아드니

지난밤의 오해 눈과 함께 녹아

내 마음 기쁘도다.[27]

『경성안내(京城案內)』에서 경성의 사계를 노래 한 것 중 하나이다. 경성은 이 노래처럼 일본인 여행자에게 꿈과 같은 한때를 맛보게 해주는 지역으로 소개된다. 위의 노래는 어느 기생집에 머문 일본인 여행자가 간밤에 유녀(遊女)와 술을 마시는 동안 생겼던 사랑싸움이 아침에 해장술을 마시며, 오해가 눈처럼 녹는다는 내용으로 이해할 수 있으며, 이 시를 통하여 지은이는 남산이라는 조선의 대표적 풍경을 배경으로 하여 한때의 여행을 즐기고 있음을 알 수 있다.

일본의 근대 잡지 『개조』의 1920~1930년대의 기록을 살펴보면 조선과 만주 여행기가 빈번하게 등장한다. 특히 여기에서 조선의 관광명소로 지정되는 도시는 경성과 평양이다. 예를 들어 앞서 인용한 기노시타 모쿠타로의 글에는 "그 즈음에 우연히 알게 된 기무라 소야군과 함께 수개월에 걸친 여행을 했다. 처음에는 우선 평양 부근의 고구려의 고분을 보며 돌아다녔고, 그 다음 경성으로 가 이씨조선 왕가 및 총독부의 박물관을 다니며 거기 있는 불상들이나 토기에 관해서 조금이나

27 銀世界眺め静かに南山よ 差しつ差されつアラ 迎ひ酒ヨイシヨ 昨夜の口舌もヨアラ淡雪とヨ 解けてマタ嬉しい胸の中(「京城の四季」, 『京城案內』, 京城府教育會, 1926, p.6)

남대문

마 이해 할 수 있었다"[28]라는 내용이 있다. 그는 이 이외에도 금강산과 만주 지역을 여행하고 있는데, 조선의 대표 도시로는 경성과 평양을 들고 있다. 경성에서는 이씨조선의 궁정을 돌아 다녔으며, 그리고 총독부가 만든 박물관에서 조선의 유물을 관람하였다는 내용과, 평양에서 고구려의 무덤을 보았다는 두 도시의 기술에 상당한 비중을 두면서도 확연한 대조를 보이는 설명을 하고 있다. 경성에 대하여는 총독부에 의해 박물관에서 조선의 문화를 쉽게 이해 할 수 있었다며, 정비된 장소로서 혹은 문화도시로서의 경성을 강조하고 있는 것을 알 수 있다.

앞에서도 인용한 『여행예찬』에는 여행을 "문명인의 특징"이라고 설명하고 있다. 그 중에서도 경성은 일본 제국이 조선 점령의 거점으

28 木下杢太郎, 「支那南北記」, 『改造』, 1925, p.82.

평양

로 삼은 제1의 지역이었다. 경성 협찬회의 『경성안내』는 경성에 대하여 다음과 같이 설명하고 있다.

> 경성의 시가지는 합병 후 당국의 원대한 계획아래에서 차근차근 재정비, 개량되어 지금은 그 모습이 실로 달라졌다. 즉 종래의 시가의 모습을 대폭 개량해 없애고, 더구나 구미 최신식의 도시계획을 참작함으로써 경성은 장래 대륙에 있어서 일본의 제1의 도시된 면모를 갖추어 방사선상의 시가지가 되었다.[29]

이러한 경성의 관광지로서 소개되는 곳은 남산, 숭례문, 광화문, 북한산, 경복궁, 창덕궁, 비원, 총독부관련 건물(박물관, 병원) 등과 반도 제일의 건축물로서 조선호텔, 조선은행, 우체국 그리고 경성의 시가지로

29 『京城案內』, pp.31~32.

조선호텔과 번화한 거리

서 종로 등이 소개된다. 그리고 경성 여행에서 강조되는 것은 여행시 불편함의 해소라는 측면인데, 앞서 인용한 『조선만주지나안내』에는 "조선인들 사이에는 물론 조선어를 쓰는 사람도 있기는 하지만 합방 이래에 내지인의 이주가 점차 증가함에 따라서 지금은 모국어의 보급이 거의 전 지역으로 퍼져 일본인 여행자들이 가지 못할 곳이 없다"[30] 라는 설명을 하고 있다. 실지로 1920년대의 상황은 일본어와 한국어의 혼용의 시기로, 조선인의 일본어 식자율이 1%대 미만이었다. 여행자가 불편함 없이 여행을 할 수 있다는 것은 그만큼 일본인에 의한 접객

30 『朝鮮滿州支那案內』, p.14.

경성명소사진집

업이 조선 내에서 발달해 있었다는 증거이다.

또한 여행서는 여행지를 알리는 수단으로 사진을 이용하기도 했다. 1909년에 간행된 『한국풍속풍경사진집(韓國風俗風景寫眞帖)』[31]에는 총 46장의 사진이 실려 있는데, 그 중에 경성의 명소이거나 경성 시가지에서 행해진 것은 총 17장으로 제목을 들면 다음과 같다.

구왕성경복궁내부(2매) / 경복궁집옥제 / 경복궁취향전 / 태황제덕기념비 / 세검정 / 경성북문도로 / 대원군의묘 / 대원군의별장 / 경성이사청 / 경성우체국 / 통감부통신관리국 / 남대문정차장 / 경성불란서교회 / 전사자의장례 / 한

31 『韓國風俗風景寫眞帖』, 日韓書店, 1909, 目次.

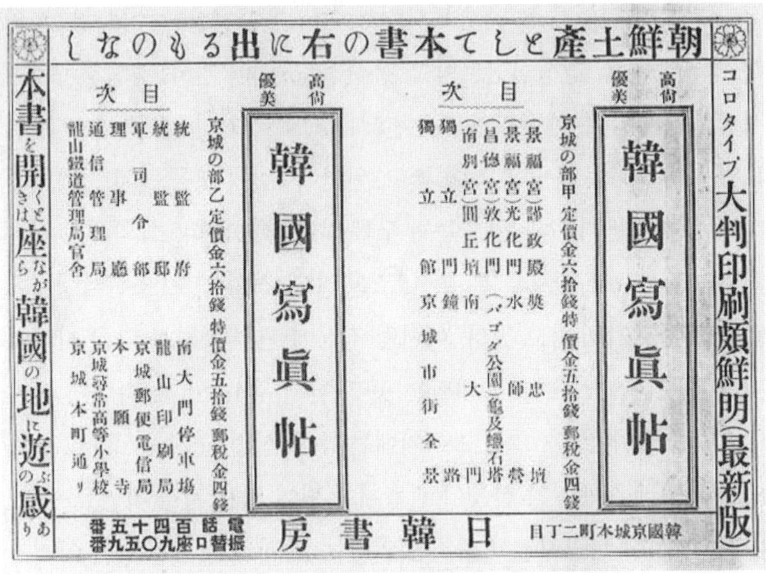

『한국풍속풍경사진집』 광고란

강용산철교

또한 같은 책에서는 뒷부분에 대대한 광고란을 마련하고 있는데, 그 내용을 보면 흥미롭다. "본 서점은 1년에 3만 부를 팔고 있다"라는 선전 문구와 함께 제목에 조금씩 다른 내용을 섞은 사진집을 소개하고 있다.

특히 책의 광고로 "조선 여행의 선물로 이 이상의 것은 없다"는 광고 문구 아래에 『한국사진집(韓國寫眞帖)』이라는 제목의 두 권의 사진집을 소개하고 있는데, 한 권에는 그 목차에, (경복궁)근정전, (경복궁)광화문, 창덕궁, 파고다공원, 남대문, 독립문, 종로, 독립관, 경성시가 전경이 제시되어 있다. 그리고 나머지 한 권은, 통감부, 남대문 정차장,

통감저택, 용산인쇄소, 군총독사령부, 경성우편전신국, 이사청, 본원사, 통신관리국, 경성심상소학교, 용산철도관리국관사, 경성혼마치가 사진화되어 있다. 페이지의 오른편에는 세로로 최신 인쇄기술이 도입되었음을 알리는 문구를 적어 놓고, 왼편에는 "이 책을 펼치면 앉아서 한국에 놀러간 기분이 든다"는 문구를 적어 놓고 있다. 그 외에도 같은 책 광고란에는 사진으로 본 조선, 조선 전도, 경성 지도, 조선여행기에 관한 책들도 소개하고 있다. 이처럼 경성에 관한 정보는 다른 지역에 비해 배 이상이었으며, 소개되는 곳 도한 구왕성(旧王城)과 경성시가 중심임을 알 수 있다. 그리고 여기에는 통신, 산업, 군사, 교육, 교통 등의 일본의 조선개척의 산물이 관광지화 되어 있는 것을 확인할 수 있다. 즉 경성이 관광지로서 가지는 의미는 '문화의 도시'로서의 이미지이다. 그러나 이러한 이미지도 어김없이 '제국의 산물'이라는 것으로 귀결시킨다. 앞에서도 소개한 『조선제국기』에는 경성은 옛날에는 한 나라의 수도였지만 지금은 일본제국의 정치적 수도일 뿐 조선에서는 수뇌부이기는 하지만 국제적인 수도지역은 아니라는 설명을 덧붙이고 있다. 즉 근대적 조선, 문화적 조선의 선봉에는 일본 제국이 있고 경성은 국가의 수도로서가 아닌 일본의 한 거점지역으로서의 의의를 갖고 있다는 것이다.

그리고 가와히가시 헤키고도(河東碧梧桐)는 「조선의 가을에(朝鮮の秋かけて)」[32]에서 "가장 일본화 된 부산과 경성을 보았기 때문에 조선에 온 기분을 맛보지 못했을 지도 모른다"고 기술하고 있다. 관광지로서의 경성은 교통이 편리하고 숙박하기에 쾌적하며, 총독부에 의해 박

32 『新日本見物 台湾・朝鮮・滿州・青島』, 金尾種次郎 編集兼發行, 1918, p.126.

물관화되고, 재정비된 문화유산을 편하게 감상하면서 제국주의의 위력을 재확인할 수 있다는 장점을 지니고는 있지만, 조금 부족한 점이 있다면 여행지가 일본과는 다른 '조선'을 만끽하기에는 너무나도 일본화되어 있다는 것이다.

여행안내서에 의해 위치 지어지는 '경성'은 과거 속의 조선의 수도라는 것이다. 따라서 경성의 관광지 소개에는 과거의 조선과 현대의 조선 소개라는 두 측면으로 나눌 수 있는데, 전자는 왕궁 소개를 통하여 과거의 시간 속에 묶여있는 조선의 역사를 소개하고, 후자는 일본에 의해 문화적 진보를 보였다는 내용과 현재의 역사 주도의 주체가 일본이라는 것을 드러내고 있다.

6. 재구축된 공간으로서의 '조선'

일본의 근대화는 식민지 개척과 함께 진행되었다. 특히 철도의 발달은 일본의 근대화를 촉진시켰다. 그리고 일본 국민이 여행이나 이주의 형태로 이러한 교통수단을 이용하면서 근대화는 가속화되었다. 철도의 건설은 이용자들을 끊임없이 의식하게 하고, 이동을 꺼려하던 일본인들의 의식구조를 변화시키는 데 기여했다. 그리고 여행안내서나 관련 잡지 등의 출판을 활발히 전개함에 따라서 여행에 대한 계몽활동을 실시하기도 했다. 실제로 독자들에게 직접 교통수단을 이용하여 목표지로 나가게 하기 위해서는 목표지에 대한 지식과 정보를 제시해야만 했던 것이다. 거기에서 안심감을 제공하는 미디어로 여행에 관한 안내서가 제시되지 않을 수 없었다. 이러한 안내서는 단순히 안심감에서 그치는 것이 아니라, 학습을 유발하고, 거기에다 즐거움까지 제공하는 역할을 함으로서 수많은 독자와 실질적인 여행자를 배출하기도 했다. 그러면서 여행을 문명인이 지녀야 할 필수적이 요소로 간주하기도 했다. 이러한 요구는 제국주의적인 욕망과 결부되어 제국주의의 주체는 새로운 지역에 대한 주석과 설명을 무비판적으로 실시하기도 했다. 이러한 담론을 지식인들 스스로가 형성하기도하고 혹은 왜곡된 지식을 답습하기도 하면서 그 지역의 문화가 재생산되기도 했다. 특히 수도였던 경성은 가장 일본화된 모델로서 내지인에게 가장 친숙하고 접근성이 강한 형태로 제시되었던 것이다. 그러나 앞서 언급하였듯이 여행은 가장 정치적인 것이 가장 문화적인 형태로 제시된 것이라고 말할 수 있다. 이러한 제국주의의 문화적 전략은 한국의 근대 관광지에 대한 자의적인 해석을 가능하게 했다.

후지모리 기요시(藤森清)는 명치 30년대(1897년 이후의 10년 정도)의 투어리즘으로서의 여행이 일본의 국민국가 형성에 관여하고 있다고 지적하고 있다.[33] 타이완 점령과 1910년의 한일합방은 실제로 식민지를 소유했다고 하는 사실에서 보면 적극적으로 '확장해 가는 일본 제국' 형성에 관여하고 있는 것을 확인할 수 있다. 특히 이 시기에 단체여행이나 수학여행의 형태로 실시된 일본인의 외지체험은 그들의 국민적 아이덴티티 형성과 밀접한 것을 알 수 있다. 즉 근대 일본인의 외지여

33 藤森清, 「明治三十五年・ツーリズムの想像力」, 小森陽一・紅野健介・高橋修 編, 『メディア・表象・イデオロギー』, 小澤書店, 1997, pp.50~59.

행을 기술한 여행안내서가 소개하는 조선은 전략성을 띤 재구축된 리얼리티의 공간이었던 것이다. 그리고 이 공간을 여행하는 여행자는 안내서에 강조되는 여행지의 의미를 다시 한번 답습하고 전달하면서 새로운 독자를 형성했던 것이다.

제5장

새로운 일본을 바라보는 필터로서의 식민지

1. 관광사업의 서막

1998년 10월 이후 일본의 문화가 급속도로 한국 사회에 침투하고 있다. 문화개방 선언 이전의 음성적인 형태로 자리 잡고 있던 일본의 문화가 이제는 당당하게 얼굴을 내밀고 활개를 치고 있는 것이다. 오늘날의 일본문화의 전달 형태는 그 표현방식이 다양하고 전달 속도 또한 걷잡을 수 없을 정도로 급속화되고 있다. 주된 요인으로는 경제적 고도성장, 각국의 문화의 영향, 급속한 미디어의 발달 등으로 볼 수 있다.[1] 그 중에서도 미디어는 전달하는 주체와 전달받는 주체 사이의 시

1 鵜飼正樹・永井良和・藤本憲一 編,『戰後日本の大衆文化』, 昭和堂, 2000.

간과 공간을 좁히고, 향유하는 주체가 자각하지 못할 정도로 세밀한 부분에까지도 영향력을 행사하고 있다.

그렇다면 이러한 한국 문화 전달의 표층적이고 상징적인 형태는 언제 어디서부터 시작된 것일까? 이를 고찰하기 위해서는 한국관광사업 발생의 시기를 고찰할 필요가 있다. 오정환이 지적하고 있는 것처럼[2] 한국의 관광사업은 근대 일본의 식민통치 하에서 그 막을 열게 되었다. 1910년 마침내 조선을 일본 관할 하에 집어넣은 식민지 정부는 적극적으로 '외지' 관광 사업을 실천하려는 의지를 내보였던 것이다. 그에 따라서 이 시기에는 수많은 여행안내서나 기행문 등이 간행되었다. 이러한 여행안내서와 기행문 등은 상호 보완 확충하는 형태로 '외지'를 소개하고 있다.

따라서 이 장에서는 일본의 한국 관광에 대한 여행안내서가 어떤 형태로 제시되어 왔는지를 살펴본다. 여기에서 일본이 최초로 한국 관광지를 외국에 소개했던 *AN OFFCIAL GUIDE TO EASTERN ASIA*와 이어서 나오는 일본어판 『조선만주지나안내(朝鮮滿州支那案內)』를 통하여 일본과 일본어를 아는 한국인들에게 제시하려 했던 관광의 실태를 살펴본다. 그리고 이러한 관광안내서의 기술의 전략으로서 '즐거움'이라는 요소가 어떻게 배치되어 가는지를 살펴보고, 나아가 제2의 국민으로 여기고 모범청년을 양성하기 위하여 제국이 젊은이들에게 실시했던 수학여행의 실체를 파악하여 지리적 확대와 제국주의적 욕망의 구조를 살펴본다.

2 오정환, 『관광사업개론』, 기문사, 1989.

2. 근대의 여행안내서에 대하여

한국에 대한 초창기 여행안내서의 기술 형태는 어떠했을까? 그리고 현재까지도 이어지는 관광지의 선정에 대한 기준과 근대적 의의는 무엇일까? 한국과 일본의 근대는 일본 제국주의 국가의 지배라는 공통분모를 지니고 있었던 시기이다. 따라서 식민지였던 한국은 국가 대 국가라는 일대일 관계가 아닌 지배국과 식민지라는 관계를 통해 문화적 교류를 하고 있었다. 그리고 엄밀하게 말하면 교류라고 하기보다는 일본의 문화제반이 한반도에 이식되는 형태로 뿌리를 내려가고 있었던 것이다.

외국의 여행가들이 잘 소개하고 있듯이 이미 청일전쟁 이전부터 일본인 다수가 한국에 거주하고 있었다. 청일전쟁기의 한국에 있어서의 외국인 수는 중국인이 650명, 구미인이 100명, 일본인이 4,800명 정도였다.[3] 근대에 들어 일본인의 한국이주가 본격적으로 시작된 것은 1876년의 강화도 조약에 의해 부산·원산·인천이 개항되고 동 지역에 일본인 특별거류지가 설치되면서부터라고 할 수 있다. 일본은 강화도조약 제4조에 의거하여 1877년 '부산항거류차입약서'를 체결하고 부산에 처음으로 배타적 치외법권적 권리를 가진 일본전관 거류지를 설치했다. 그 후 일본은 1879년에는 원산, 1883년에는 인천, 1894년에는 서울 근교의 용산, 1897년에는 목포, 진남포, 1899년에는 군산·마산·성진·평양 등의 개항과 함께 순차적으로 일본인 거류지를 설치하였다.

3 中根隆行, 『〈朝鮮〉表象の文化誌』, 新曜社, 2004, p.46.

러일전쟁 후의 대외확장 정책은 조선과 만주로 사람들을 향하게 했다. 1906년 한국통감부 개청과 남만주철도주식회사를 설립하고, 1908년 동양척식주식회사가 설립되어 1910년 병합 이후 한국에 도항 및 이주자들이 증가한다. 1910년 취항한 관부연락선의 조선행 도항자는 초기 1910년에는 73,855명이었다. 그리고 조선 거주 일본인의 인구는 1906년 83,315명에서 1910년에는 171,543명으로 증가한다.[4] 여기에는 일본인 여행자는 포함되지 않는 숫자이다. 이처럼 일찍이 근대화를 시작한 일본인들은 좀 더 나은 생활을 위해 한국으로 이주해 와서, 주요 도시에 상권을 형성하며 경제적 측면에서 주도권을 쥐고 있었고, 그에 따라 일본식 집, 은행, 우체국, 경찰서 등이 설치되어 있었던 것이다.

1장의 표에서 소개한 것처럼 한국은 이미 한일합방 이전부터 여러 형태로 기술되고 있었다. 청일전쟁과 러일전쟁이 한국에서 치러지면서 일본의 한국에 대한 지리적 관심은 지대했다. 그러나 이것은 관광을 위한 한국 소개에 이르기는 좀 더 국가적 정세와 시간이 필요했고 서양인들의 여행기처럼 특이한 나라와 민족이 있다는 것을 자기 나라 사람들에게 소개하는 데 그치고 있다.

이러한 한일관계 속에서 한국의 문화는 일본 측에 어떻게 전달되고 있었던 것일까? 메이지유신 이후 정한론의 대두와 지속적인 한반도 획득을 위한 노력 끝에 1910년 한반도는 실제로 일본 통치 하에 놓이게 되었다. 이에 따라 일본은 지배적 욕망의 달성과 동시에 새로운 영토에 대한 관리시스템을 정비해야 할 필요성을 감지하였다. 그리하여 지금까지 만주일대, 타이완, 한반도를 통틀어 '외지'라고 했던 명칭이, 이제

4 위의 책, p.72.

는 '신내지'(新內地 : 일본열도를 포함한 제식민지)라고 명명되고, 이 지역들에 대한 소개는 식민지 통치와 직결할 정도의 민감한 문제로 자리잡게 되었다. 이 '신내지'에 대한 소개 방법에 따라서 이곳으로 향할 여행자, 데카세기(出稼ぎ), 이주자들의 정신을 관리할 수 있었기 때문이다. 그 결과 1910년 이후 '신내지'를 소개하는 여러 종류의 책자들이 출판되었다. 기행문이나, 역 안내를 중심으로 한 여행안내서, 또는 단체수학여행을 통한 여행보고서 등 다양한 형태로 '신내지'는 소개되었다.

관광의 여명이라고 불리는 에도 시대부터 일본의 풍경을 중심으로 한 명승지 소개가 성행했으며,[5] 메이지시대 이후 철도 개통에 의해 여행안내서와 시각표가 발행되고, 1906년에는 일본국유철도법이 공포되어 일본을 방문하는 외국인 관광객들이 출현하기 시작했다. 그리하여 그와 같은 현상에 맞춘 형태의 여행안내서와 관광유치시설들이 요구되었다. 그리고 1913년에는 철도원에서 영문으로 된 여행안내서인 *AN OFFCIAL GUIDE TO EASTERN ASIA*[6]가 출판되었다. 이 책은 자칭 "동양관광의 지침"이라고 규정하며, 영문을 통해 조선과 만주일대를 소개하고 대외적으로 '신내지' 통치의 주체가 됨을 밝히고 있다. 이 책은 조선과 만주일대의 생활과 풍습, 관광지를 기술하며 여행에 필요한 조선어 교육에 이르기까지 자세한 내용을 담고 있다. 그리고 이 책은 철도원에서 1919년에 『조선만주지나안내』[7]라는 제목으로 일본어판을 발간하여 '내지' 사람들에게도 동일한 내용을 소개하고 있다. 이와 같은 여행안내서의 출판은 철도원뿐만이 아니라 조선총독부, 자판쯔리스토뷰로

5 小池洋一・足羽洋保, 『觀光學概論』, ミネルヴァ書房, 1986.
6 *AN OFFCIAL GUIDE TO EASTERN ASIA VOL. 1 MANCHURIA & CHOSEN*, 鐵道院, 1913.
7 『朝鮮・滿州・支那案內』, 鐵道院, 1919.

(일본관광공사의 전신), 조선척식자료조사회, 조선연구회 등의 제국일본을 대표하고 있는 그룹의 기관들이 주가되는 경우가 많고, 철도회사 공립학교의 수학여행단 혹은 개인에 이르기까지 기술층은 다양했다. 다종 다수의 여행안내서는 '신내지'의 소개라는 공통분모를 가지고 글을 쓰는 주체의 스타일에 맞추어 각각의 특색을 드러내고 있다.

3. 영어라는 필터에 걸러져 소개되는 조선

*AN OFFCIAL GUIDE TO EASTERN ASIA VOL.1 MANCHURIA & CHOSEN*은 VOL.1의 만주와 조선 외에도 VOL.2에서 일본 본토와 주변의 일본령의 여러 섬, VOL.3에서는 중국 본토와 동인도 제도, 말레이 반도의 여러 섬에 대하여 소개하고 있다. 그리고 여행안내와 정보제공을 해주는 기관으로 JTB(Japan Tourist Bureau)가 소개되며, 언어, 호텔, 우편, 음식, 전화, 화폐 등 자세한 정보를 싣고 있다.

제목처럼 이 책은 일본이 주체적임과 동시에 공식적으로 서구에 동양을 소개하는 형태를 지니고 있다. 여기에서는 유럽, 북아메리카, 호주와 아시아의 연결을 육로여행과 해로여행의 형태로 구분하여 자세히 설명하고 있다. 이 책에서는 파트 2에 만주를, 파트 3에 조선을 소개한다. 파트 3에 소개되는 조선은 대략 다음과 같은 순서와 내용으로 기술되었다. 먼저 지리적 위치, 언어, 역사, 신분제, 음식, 의복, 가옥, 교

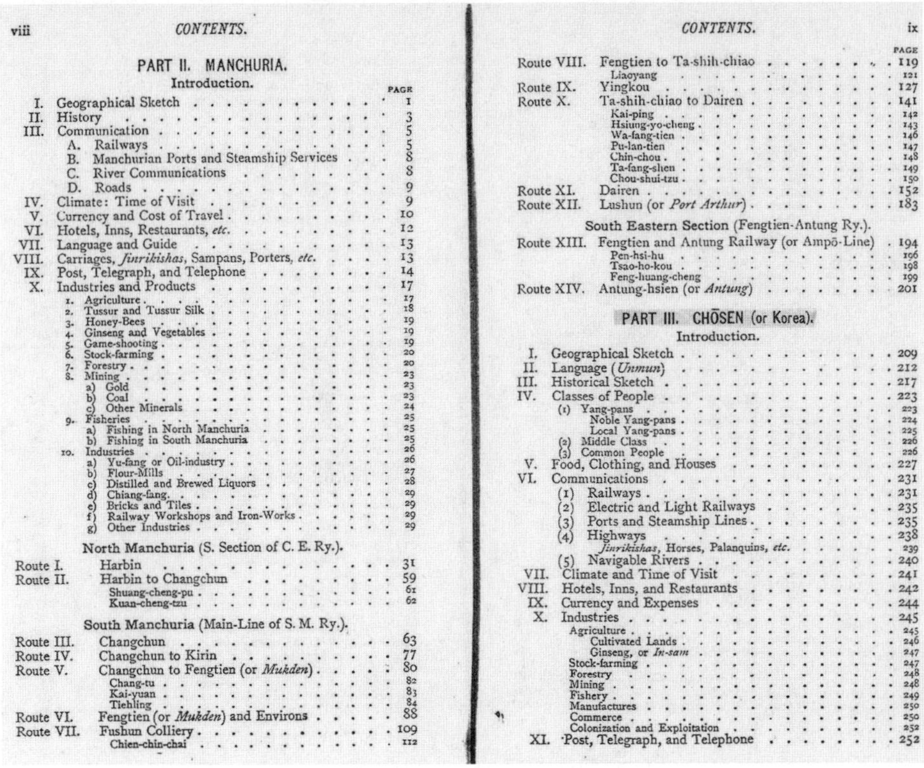

viii CONTENTS.

PART II. MANCHURIA.

Introduction.

PAGE
I. Geographical Sketch . . . 1
II. History . . . 3
III. Communication . . . 5
A. Railways . . . 5
B. Manchurian Ports and Steamship Services . . . 8
C. River Communications . . . 8
D. Roads . . . 9
IV. Climate: Time of Visit . . . 9
V. Currency and Cost of Travel . . . 10
VI. Hotels, Inns, Restaurants, *etc.* . . . 12
VII. Language and Guide . . . 13
VIII. Carriages, *Jinrikishas*, Sampans, Porters, *etc.* . . . 13
IX. Post, Telegraph, and Telephone . . . 14
X. Industries and Products . . . 17
1. Agriculture . . . 17
2. Tussur and Tussur Silk . . . 18
3. Honey-Bees . . . 19
4. Ginseng and Vegetables . . . 19
5. Game-shooting . . . 19
6. Stock-farming . . . 20
7. Forestry . . . 20
8. Mining . . . 23
a) Gold . . . 23
b) Coal . . . 23
c) Other Minerals . . . 24
9. Fisheries . . . 25
a) Fishing in North Manchuria . . . 25
b) Fishing in South Manchuria . . . 25
10. Industries . . . 26
a) Yu-fang or Oil-industry . . . 26
b) Flour-Mills . . . 27
c) Distilled and Brewed Liquors . . . 28
d) Chiang-fang . . . 29
e) Bricks and Tiles . . . 29
f) Railway Workshops and Iron-Works . . . 29
g) Other Industries . . . 29

North Manchuria (S. Section of C. E. Ry.).
Route I. Harbin . . . 31
Route II. Harbin to Changchun . . . 59
Shuang-cheng-pu . . . 61
Kuan-cheng-tzu . . . 62

South Manchuria (Main-Line of S. M. Ry.).
Route III. Changchun . . . 63
Route IV. Changchun to Kirin . . . 77
Route V. Changchun to Fengtien (or *Mukden*) . . . 80
Chang-tu . . . 82
Kai-yuan . . . 83
Tiehling . . . 84
Route VI. Fengtien (or *Mukden*) and Environs . . . 88
Route VII. Fushun Colliery . . . 109
Chien-chin-chai . . . 112

CONTENTS. ix

PAGE
Route VIII. Fengtien to Ta-shih-chiao . . . 119
Liaoyang . . . 121
Route IX. Yingkou . . . 127
Route X. Ta-shih-chiao to Dairen . . . 141
Kai-ping . . . 142
Hsiung-yo-cheng . . . 143
Wa-fang-tien . . . 146
Pu-lan-tien . . . 147
Chin-chou . . . 148
Ta-fang-shen . . . 149
Chou-shui-tzu . . . 150
Route XI. Dairen . . . 152
Route XII. Lushun (or *Port Arthur*) . . . 183

South Eastern Section (Fengtien-Antung Ry.).
Route XIII. Fengtien and Antung Railway (or Ampō-Line) . 194
Pen-hsi-hu . . . 196
Tsao-ho-kou . . . 198
Feng-huang-cheng . . . 199
Route XIV. Antung-hsien (or *Antung*) . . . 201

PART III. CHŌSEN (or Korea).

Introduction.

I. Geographical Sketch . . . 209
II. Language (*Unmun*) . . . 212
III. Historical Sketch . . . 217
IV. Classes of People . . . 223
(1) Yang-pans . . . 223
Noble Yang-pans . . . 224
Local Yang-pans . . . 225
(2) Middle Class . . . 226
(3) Common People . . . 226
V. Food, Clothing, and Houses . . . 227
VI. Communications . . . 231
(1) Railways . . . 231
(2) Electric and Light Railways . . . 235
(3) Ports and Steamship Lines . . . 235
(4) Highways . . . 238
Jinrikishas, Horses, Palanquins, *etc.* . . . 239
(5) Navigable Rivers . . . 240
VII. Climate and Time of Visit . . . 241
VIII. Hotels, Inns, and Restaurants . . . 242
IX. Currency and Expenses . . . 244
X. Industries . . . 245
Agriculture . . . 245
Cultivated Lands . . . 246
Ginseng, or *In-sam* . . . 247
Stock-farming . . . 247
Forestry . . . 248
Mining . . . 248
Fishery . . . 249
Manufactures . . . 250
Commerce . . . 250
Colonization and Exploitation . . . 252
XI. Post, Telegraph, and Telephone . . . 252

*AN OFFCIAL GUIDE TO EASTERN ASIA VOL. 1 MANCHURIA & CHOSEN*의 목차 1

통수단, 기후, 적절한 여행 시기, 호텔과 레스토랑, 환전, 산업, 그 외 우편, 전신, 전화 등이다. 조선의 지역으로는 신의주, 경성, 평양, 진남포, 개성, 인천, 원산, 수원, 대전, 대구, 경주, 마산, 부산, 금산, 목포 등이 있다. 이는 철도를 중심으로 한 도시 지역이다.

언어에 대하여는 한글을 '언문(Unmun)'으로 소개한다. 조선의 민중들은 대개 '언문'을 사용하고 있고,[8] 지식인 계층은 한자를 사용한다고 한다. 또한 철로가 통하는 대부분의 주요도시에서는 일본어를 사용

8 *AN OFFCIAL GUIDE TO EASTERN ASIA VOL. 1 MANCHURIA & CHOSEN*, p.212.

x MAPS & PLANS.

Description of Routes.

PAGE
Route XV. Shin-Gishū and Neighbourhood 255
Route XVI. Shin-Gishū to Keijō (or *Seoul*) 257
Heijō 259
Chinnampo 262
Kaijō. 265
Route XVII. Keijō (or *Seoul*) and Neighbourhood 267
Ryūzan 278
Route XVIII. Jinsen (or *Chemulpo*) 280
Route XIX. Genzan (or *Wonsan*) and N.E. Chōsen . . . 282
Route XX. Keijō (or *Seoul*) to Fusan 285
Suigen 286
Taiden 288
Taikyū 288
Sanrō-shin 290
Route XXI. Keishū (or *Kyong-ju*) 291
Route XXII. Fusan and Masan Branch-Line 299
Masan 303
Route XXIII. Konan Branch-Line (Taiden to Moppo) . . . 305
Kunsan 305
Moppo 307

Vocabulary & Phrases in English, Russian, Chinese & Japanese 311
Index 339

Maps & Plans.

1. General Map of Eastern Asia (1 : 12,000,000) . . . . . in pocket of cover
2. General Map of the Trans-Continental Routes between Asia and Europe I
3. Manchuria and Chōsen (1 : 3,000,000) I
4. Harbin (1 : 40,000) 31
5. Changchun (1 : 14,000) 63
6. Tiehling (1 : 20,000) 85
7. Fengtien or *Mukden* (1 : 20,000) 89
8. Environs of Fengtien (1 : 150,000), with Chien-chin-chai (1 : 9,600) and Fushun Coal Mine (1 : 72,000) 109
9. Liaoyang (1 : 25,000) 121
10. Yingkou (1 : 20,000), with Environs (1 : 150,000) 127
11. Dairen (1 : 30,000) 153
12. Lushun or *Port Arthur* (1 : 15,000), with Environs (1 : 200,000) 183
13. Antung-hsien (1 : 10,000) 201
14. Shin-Gishū (1 : 15,000), with Environs (1 : 400,000) . . . 255
15. Heijō (1 : 25,000), with Environs (1 : 400,000) 259
16. Keijō or *Seoul* (1 : 32,000) 267
17. Jinsen or *Chemulpo* (1 : 15,000), with Getsubitō (1 : 30,000) . 281
18. Environs of Keishū (1 : 50,000) 291
19. Fusan (1 : 15,000), with Environs (1 : 500,000). 299

xi

List of Illustrations.

PAGE
Japanese Courtier and Court Lady in Ancient Time I
Chinese Festival Procession, *Shantung* IV
Chinese Stock Farm VIII
Arrival of a Mongolian Caravan X
Yangpan Family, Chōsen XIII
Ikebana, or Flower Arrangement, in a Modern Japanese Home. XVIII
Chinese Woman and Child Riding on Donkey XXVII
A Group of Women Returning from the Fields, Chōsen . . XXXI
Chatsumi, or Picking of Tea-Leaves, Japan XXXIV
South-China and Manchuria Women XXXVIII
Japanese Maidens Dancing XLVI
Selling of Fuel, Chōsen XLIX
Planting Rice-Seedlings, Japan LII
Pumping Water for Irrigation, China LXV
Saddle and Pack-Donkey, Chōsen LXXII
Japanese Lady Playing on *Koto* LXXVIII
Ploughing a Rice-Field with Buffalo, Taiwan (Formosa) . LXXXIV
Decorative Carving over an Alcove in a Lama Temple . . LXXXVI
Samples of Clay Images 2
Feng-huang-shan 4
S. Manchuria Railway's Express Train 6
Some Treasures at the Fengtien Palace 11
Lo-chiao-tzu (native carriages) 16
Pine Grove at *Kaoli-mĕn* 18
Distant Mountain View (*en route* Fengtien-Antung Railway) . 21
Industrial Training School, *Fengtien* 27
Railway Bridge across the *Sungari* 30
Harbin Station 32
Chinese Eastern Railway 36
Chinese Local Government House 43
Pier on the *Sungari*. 45
Chinese Police Office 49
Flour Mill 54
Farmer's Horse-Cart 60
Old Pines in Morning Mist 63
Connection Trains at Changchun Station 67
Heaps of Beans 74
Chinese Freight Carts 79
Lung-Shou-Shan, *Tiehling* 87
Fengtien Station. 95
The Front Gate of Peiling (Northern Mausoleum), *Fengtien* . 100
Fengtien City (near the Drum Tower) 104
Lama Tower of Fengtien 113
Priest of Wu-liang-kuan, *Chien-shan* 118
'Lung-chuan-szu' (Temple), *Chien-shan* 122
Lao-yeh-miao (Temple), *Yingkou* 127
Chinese Town, *Yingkou* 130

*AN OFFCIAL GUIDE TO EASTERN ASIA VOL. 1 MANCHURIA & CHOSEN*의 목차 2

할 줄 아는 사람이 널리 퍼져 있고, 일본인들도 많기 때문에 일본어를 아는 여행자라면 어려움이 없이 여행할 수 있고, 각 도시의 숙소에는 영어를 사용하는 사람들도 있다고 소개한다.[9] 이처럼 서구의 여행자들에게 제시된 관광지로서의 조선은 일본어가 가능하면 충분히 여행할 수 있는 곳이었다.[10]

또한 역사 소개에 있어서도 한국과 일본의 병합사에 그 초점이 맞추

9 위의 책, p.212.

10 그리고 한글의 자음과 모음, 그것들의 조합을 설명하며, 30여 개의 여행에 필요한 한국어도 소개하고 있다. 간단한 문장도 몇 개 들고 있는데, 이것은 'to-chyak-ho-o 도착하오(I arrive)'의 형태로 읽는 법을 기록하고 있다.

어져 제시되고 있다. 여기에서는 한국의 고대사는 미스터리에 싸여있다고 일축하고, 일본의 『고사기』, 『일본서기』를 거론하며 일본고대사의 이야기로 어느 틈엔가 대치하고 있다. 그 다음으로 삼국시대, 고려시대, 이씨조선을 소개하며 마지막 부분에 일본 병합사를 기술하여 일본 역사에 한국을 귀속시킨다.

한국의 의복을 소개하는 코너에서는 남과 여를 구분하여 설명하고, 옷의 색과 재질에 대하여도 상세히 설명하고 있으며, 어른과 아이의 모자와 머리 장식에 대하여도 제시하고, 특이한 점은 '세탁'이라는 코너를 마련하여 조선인의 흰옷을 입는 습성과 그 때문에 빨래가 일상이 되는 조선의 모습을 소개하고 있다. 그리고 교통편에 있어서는 일본에 의한 조선의 철도 발달사를 기술해 놓았다. 또한 철도와 철도를 잇는 요충지를 관광지화하여 여행하는 데 걸리는 시간을 계산해주며, 비용을 일본 엔으로 제시하고 있다. 여기에서는 여행정보를 그리고 지도를 통하여 여행지를 자세히 소개하고 있는데, 이 책은 먼저 동아시아를 조망할 수 있는 지도를, 그 다음으로 유럽과 아시아를 잇는 지도, 마지막으로 만주와 조선에 대한 지도를 제시한다. 조선 편에서는 신의주와 그 주변, 평양과 그 주변, 경성(또는 서울), 인천(또는 제물포), 경주와 그 일대, 부산과 그 일대의 정밀한 지도를 제시하고 있다. 정밀하고 객관적인 데이터를 필요로 하는 서구의 여행자들에게 있어 상세한 지도는 필수조건이었다. 지도는 책의 두 페이지가 넘는 분량의 사이즈로 조선의 모든 지명을 일본식으로 읽어 알파벳으로 표기하고 있다.[11] 그러면서 서구인에게 처음이자 공식적으로 소개되는 한국의 관광지명은 일

11 예를 들어 '신의주'는 Shingishu(신기슈), '경성'은 Keijo(케이조) 등으로 기술되어 있다.

KEIJŌ
(SEOUL)
Scale 1:32,000
Japanese Ri
English Mile
Kilometer
REFERENCE NUMBER
1 Chief of Communication Bureau
2 High Court of Justice
3 Russian Consulate
Mt. Hokkanzan
Mt. Yōhō
NORTH WARD
EAST WARD
CENTRAL WARD
SOUTH WARD
WEST WARD
Old Royal Palace
Present Royal Palace
Tō Daimon
Suikōmon
Sei-Daimon
Nan-Daimon
Seidaimon Station
Nandaimon Station
Governor Residence
Governor-General's Office
Nanzan Park
Shintō Shrine
Drill Ground
Infantry Barracks
Artillery Barracks
Garrison Hospital
Mt. Ryūkeizan
Mt. Shihōmiyama
Post Office
Police Station
Railway Office
Kasumiga Oka

서울지도

본어식으로 인식된다. 이 책에서 한글 그대로 읽히는 지명은 부산, 마산, 군산, 목포 정도이다. 이 지명들은 합병 이전부터 일본인이 빈번하게 드나들어 한국어 지명에 익숙해졌기 때문에 사용한 것이고, 새로운 관광지로 형성되어가는 도시들은 대부분이 한자를 일본식으로 읽어서 소개하는 것을 알 수 있다. 즉 원산은 겐잔, 경성은 게이죠, 평양은 헤이죠, 대전은 다이덴, 대구는 다이큐, 경주는 게이슈 등으로 표기되어 있다. 경성에 대해서는 SEOUL(서울)이라는 이름도 함께 표기하며, 궁궐과 사찰 교회 등 신구문화의 공존과 편리한 관광시설이 강조된다. 그리고 나머지 관광지도 철로를 중심으로 한 대도시와 그 주변의 명승지 등이 소개된다.

새로이 문화관광지로 형성되어가는 철도역을 중심으로 한 도시지역은 일본이라는 주체에 의해 관광지로 새롭게 구성되어 서구인들에게 소개되었다. 그리고 관광지를 형성하여 그것을 자국인이 아니라 외국인에게 먼저 알렸다고 하는 점을 주목해 볼 수 있다. 순서대로 라면, 일본어로 먼저 작성하여 자국인의 관광욕구를 불러일으키고, 나아가 세계에 그것을 선전하겠지만, 식민지 획득을 목표로 한 일본에게 있어서는 우선 대외에 조선과 그 주변 일대가 일본령이 되었다는 사실을 알리는 것이 급선무였다. 따라서 일본식 한국 지명들을 영어로 유포했던 것이다. 숙박이나 요리에 있어서도 전통적인 한국식 가옥이나 요리가 소개되기는 하나 이는 단순히 서양인들의 호기심을 자극할 정도이고, 주된 소개는 일본식 여관과 호텔, 그리고 일본요리에 치우쳐 있고 여행 경비도 '엔(円)'으로 표기되고 있다. 이처럼 언어(영어)를 이용하여 새로운 용어(일본식 한국어)를 생산해 내는 과정을 통해 한국에 있어서의 정치적, 경제적, 문화적 헤게모니를 붙잡아갔다.

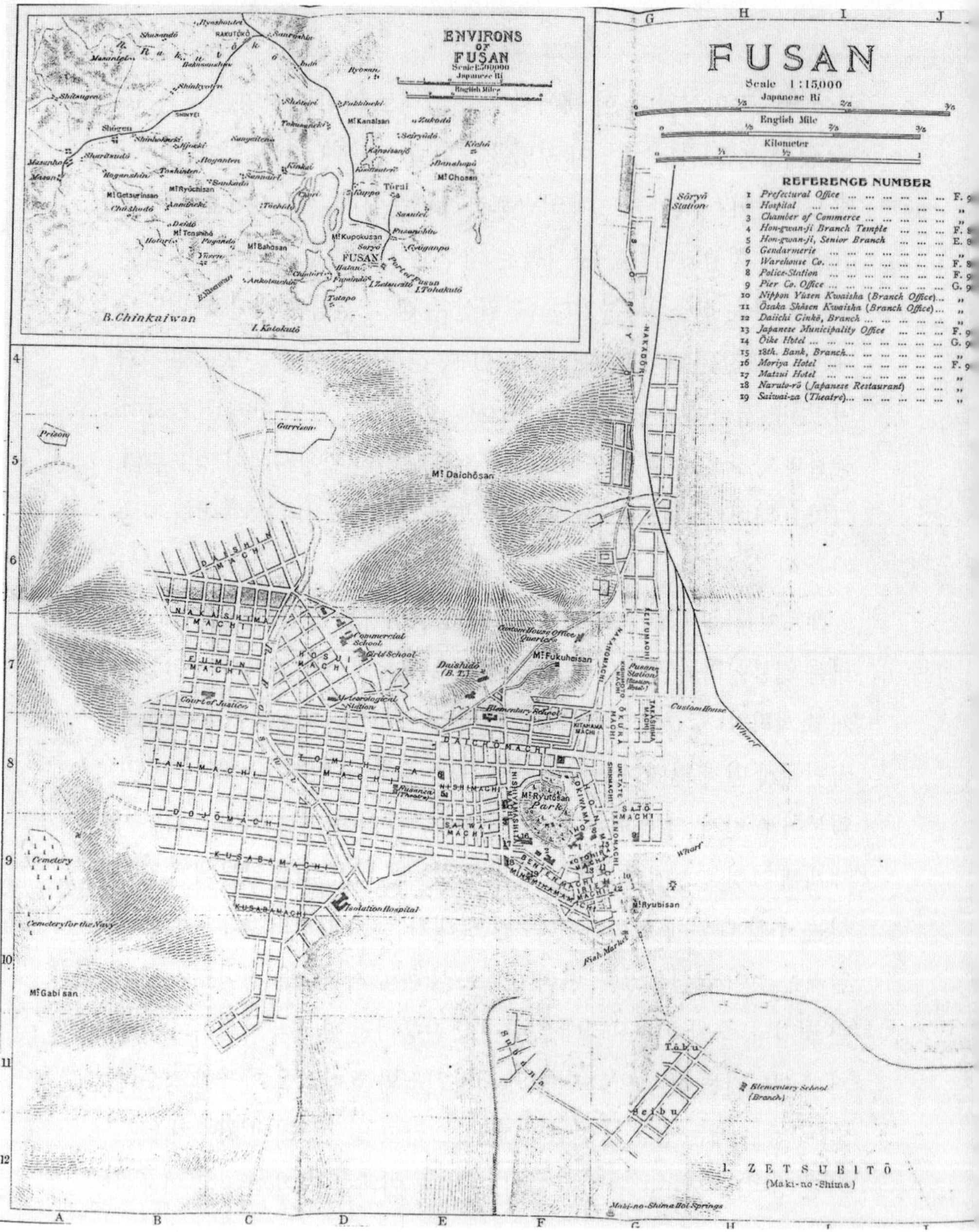
ENVIRONS OF FUSAN
B. Chinkaiwan
I. Kotokutō
FUSAN
Scale 1:15,000
Japanese Ri
English Mile
Kilometer
REFERENCE NUMBER
1 Prefectural Office ... F. 9
2 Hospital
3 Chamber of Commerce
4 Hon-gwan-ji Branch Temple
5 Hon-gwan-ji, Senior Branch ... E. 9
6 Gendarmerie
7 Warehouse Co.
8 Police-Station
9 Pier Co. Office
10 Nippon Yūsen Kwaisha (Branch Office)
11 Ōsaka Shōsen Kwaisha (Branch Office)
12 Daiichi Ginkō, Branch
13 Japanese Municipality Office
14 Ōike Hotel
15 18th. Bank, Branch
16 Moriya Hotel
17 Matsui Hotel
18 Naruto-rō (Japanese Restaurant)
19 Saiwai-za (Theatre)
Sōryō Station
Prison
Garrison
Mt. Daichōsan
Commercial School
Girls School
Custom House Office Quarters
Mt. Fukuheisan
Court of Justice
Meteorological Station
Elementary School
Custom House
Wharf
Mt. Ryutōsan
Park
Cemetery
Cemetery for the Navy
Isolation Hospital
Mt. Ryubisan
Fish Market
Mt. Gabi san
Elementary School (Branch)
I. ZETSUEITŌ
(Maki-no-Shima)
Maki-no-Shima Hot Springs

부산 지도

4. 일본어라는 필터에 걸러져 소개되는 조선

이처럼 영문으로 출간된 *AN OFFCIAL GUIDE TO EASTERN ASIA*는 일본이 서구열강과 동등한 위치가 되었다는 것을 스스로가 밝히는 작업이었다고 할 수 있다. 굳이 영문으로 만주 조선에 대한 안내서를 먼저 발행한 것은, 일본 스스로가 조선이나 만주에 대해 정치나 군사적 측면을 넘어 문화적인 측면까지 지배하게 되었음을 서구에 과시하기 위함이었다. 이 책이 출간된 지 6년 만인 1919년, 철도원에서는 『조선만주지나안내』라는 이름으로 같은 내용의 책이 일본어로 출판된다. 책 첫 장에 조선과 만주 중국일대의 상세지도를 책의 두 배 정도의 사이즈로 게재하고 그 다음 페이지에는 독자가 알기 쉽게 색인지도를 제시하여, 지도를 통하여 여행자가 가고자 하는 곳을 정하면 지도 위에 씌어있는 페이지로 찾아 들어갈 수 있는 시스템을 마련하고 있다. 그리고 책의 서문에서는 이 책을 발간하게 된 경위와 의도를 밝히고 있다. 그 내용은 다음과 같다.

> 구미의 여행에는 베데커사, 매드롤사 등 발행의 비교적 완전한 여행안내서가 있어서 영어 불어 독어 판 등 임의의 선택에 의해 각 지 도처의 국장풍물을 탐구하는 방편이 준비되어 있는데, 동양의 여행에 있어서는 일찍이 이런 종류의 안내서가 부족한 것을 유감으로 생각하여 최근 10수년 들어 우리 철도원은 "Official Guide to Eastern Asia"라는 제목의 영문 동아시아 안내서의 출판을 기획하여 제1권(만주 및 조선)부터, 제2 제3권(서남 및 동북 일본), 제4권(지나(중국)) 및 제5권(남양제도)에 이르는 초판 전부의 간행을 완료하고 이로써 동양

관광의 지침의 완성을 기대하는 한편, 여행객 및 구미의 동양 연구가의 칭찬을 받고, 그 수요가 날로 증가하여 재판(再版)을 해야 할 정도로 인기가 있다.

앞서 기록한 영문 동아시아 안내서를 통하여 얻은 경험은 이것을 일본어로 번역함으로서 마찬가지의 성과가 기대되는 한 편 최근 우리 내지(內地)와 만주 조선, 지나(중국)방면과의 교통이 점점 밀접해짐에 따라 각 방면에 대한 안내서의 필요성이 점점 시급해지고 있는 추세이다.

즉 본서는 이 요구에 걸맞게 그 첫 시도로서, 책 속의 실려 있는 조선 만주 지나 각 지에 걸친 기사의 내용에서 지도나 삽화 등에 이르기까지 모두 우리 영문판 Official Guide의 내용과 같은 정도의 것으로 하려고 한다.

단지 기존의 영문판은 구미의 독자에 대하여 동양의 국장풍속을 해설해야 할 필요에 의해 이것들의 총체적인 기술에 비교적 많은 지면을 할애 하였는데 우리나라(일본—역자 주) 일반 여행객에게는 반드시 그럴 필요는 없다고 생각하여 본서에서는 될 수 있는 한 일반적인 기사는 생략하고 독자들이 바로 각 지방의 주요도시 및 주요 교통로에 따른 풍물이나 실체현상(實體現狀)에 접하는 것을 목적으로 하고, 또 한 페이지 인쇄상의 활자의 선택이나, 그 외 사항에 있어서도 될 수 있는 한 지면의 압축하여 기술하려고 노력했고, 이로써 열람하여 독서나 휴대 독서 양면에 걸쳐 편리하도록 하였다. 그 결과 여행상 필요한 기사에는 거의 정밀함과 조잡함을 없애, 본서 한 권 속에는 이미 간행된 영문판 제1, 제4권의 소재한 지방 전부를 포함하고 거기에다 제5권 남양(南洋)편, 프랑스령 해방(海防)에서 운남(雲南)에 이르는 통로까지도 포함하고 있다.

一. 본서의 소재 기사는 조선 만주 지나 각지 모두 전 후 양 3회에 걸쳐 특파원을 파견하여 실지조사를 한 것의 보고 및 수집 자료를 기초로 했을 뿐 아니라, 1917년에서 1918년에 지나 각지의 제국 영사관에 부탁하여 특별히 모은 여러 종류의 새로운 자료와 보고서를 참조하여 수차례의 개정과 보충을 한 것이고, 또한 그 후 알게 된 새로운 사실은—예를 들면 1917년도 지나 각 항의 무역 년 액 등과 같은—1년에 걸친 인쇄 교정 중에도 추가 기록하여 대부분이 최근의 사실에 근거한 기술이라고 할 수 있다.

一. 본서 편찬상의 자료 수집에 관하여는 외무성통상국 지나 각지에 있는 제국 공관, 조선과 만주에 있는 여러 관헌(官憲), 남양주 철도, 일본우편, 동양기선, 오사카상선, 청일기선의 여러 회사와 그 외 교통관련의 관계자 분들도 수많은 편의를 봐 주었고, 또 남지나 방면의 사정에 관하여는 일본흥업은행의 고문기사 야마모토 신지로씨 및 미츠비시합자회사 사업과 야마이 가쿠타로씨 등에게 여러 종류의 자료를 제공받아 편집상 많은 도움을 받았다. 이 모든 분에게 사의를 표한다. (『조선만주지나안내』 서문, 철도원, 1919)

이상과 같은 서문에는 이 여행안내기 출간의 전략성이 강하게 내포되어 있다. 먼저 이 책의 위치를 당시 서구 열강의 출판사와 비교하여 쓰고 있다. 서구에는 '베데커사', '매드롤사'와 같은 출판사가 주도권을 쥐고 세계 각지의 여행 정보를 상세히 제공하고 있는데, '동양'에 대한 안내서가 없었다는 것을 밝히고 있다. 그리고 최근에 철도원에 의해 오랜 기획 끝에 전 5권에 이르는 영문판 동양여행 안내서를 출간하여 서계각국의 찬사를 받았다는 내용을 첫 부분에 싣고 있다. 여기에서 일본이 스스로 부여하는 것은 '동양의 대표'라는 대표성이다. 이는 일본열도에서 벗어나 만주, 조선, 중국, 남양제도에 이르기까지 일본의 제국주의적 열망이 불타는 전 지역을 대표하는 측면에서의 대표성이다. 출판 순서도 제1권에 만주와 조선을 배치했다는 것은 1910년의 한일합방

이라는 사건을 계기로 하여 한국이 완전한 일본영토가 되었고, 한국의 북방으로의 주도권 또한 일본이 가지고 있다는 사실을 제일 먼저 서구에 알린다는 구조를 띠고 있다. 그리고 그 이전 많은 서양인들에게 하나의 이미지로서 묘사되었던 한국은 이제 일본을 통해 구체적으로 여행할 수 있는 장소가 되었음을 시사한다.

앞서 언급하였듯이 일본의 관광산업의 시작은 대외적인 인식, 즉 서구열강을 어떻게 일본 안으로 끌어들일까라는 시도와 맞물려 발달하였다. 이는 일본이 서구열강에 대하여 '문화'적으로 뒤져 보이지 않아야 한다는 '가장(假裝)'이기도 했다. 이러한 작업 속에서 일본 관광지를 보다 더 다양하고 확대된 이미지로서 제시해야 했고 조선과 만주대륙에 대한 소개는 '확장해 가는 일본'의 이미지를 부각시킬 수 있는 요소였다.

영문가이드북 출판의 경험을 살린 일본어판 출판의 이유로서, 첫째 영어판과 마찬가지로 일본어를 아는 독자들의 성황이 기대된다는 점, 둘째 일본 본토와 조선, 만주, 중국과의 교통이 점차 긴밀해진다는 점을 들고 있다. 즉 동양을 알고자 하는 일본어 사용 가능자(일본인은 물론 식민지나 중국의 일본어 해독가능자)에게도 일본이 동양에서의 문화적 주도권을 쥐고 있다는 것과 함께 일본과 각 지역 간 교통 발달로 여행이 보다 원활하게 진행될 것이라는 것을 전달하고자 했던 것이다.

또한 구성에 있어서는 영어판과 크게 다를 것이 없으나 동양에 대한 일반적인 설명은 삭제하고 교통로에 따라 만들어진 조선, 만주, 중국의 관광지의 '실체'에 접근하여 기술을 한다는 내용을 싣고 있으며, 여행은 하지 않고 정보만을 얻고자 하는 독자나 직접 여행하는 독자를 상대로 책의 내용과 사이즈까지도 고려하고 있다.[12] 이처럼 영어판이 실제

여행자를 상정하여 기술하기보다는 동양의 문화를 소개하는 측면이 강하다면, 일본어판 안내서는 실지로 당장이라도 여행을 위해 짐을 싸는 여행객들의 '편의'를 고려하며 기술되었다고 하는 차이를 확인해 볼 수 있다. 책의 수준은 기사나 삽화 등 영문판과 동등하게 유지하면서 '실용성'이 더 강조된 것이 이 『조선만주지나안내』라는 것을 알 수 있다.

그리고 한 가지 주목할 점은 일본열도와 조선만주 중국을 잇는 공식적인 여행안내서로서의 '첫걸음'이라는 것에 대한 강조이다. 물론 이러한 여행안내기가 나오기 이전에도 수많은 여행자들이 조선과 중국 만주 일대를 다녀갔지만 공식적이고도 정밀한 것으로서는 이 책이 최초라는 것이다.

그리고 조항 1에서도 제시하였듯이 이 책에 제시된 자료들이 특파원을 통한 실제적 탐사와 많은 자료들을 이용하여 구성되어 있다는 점을 알리며 '실체'와 '실용'이라는 단어를 통해 이 책의 객관성을 강조하고 있다. 그리고 이 책이 마지막 조항에서도 알 수 있듯이 자료나 교통편은 공관이나 당시 거대기업 공사 등의 지원을 받아 이루어졌다는 것을 알 수 있다. 이처럼 자료제공 측은 명확한 데이터를 가지고 있었고, 이들은 모두 일본 제국주의 건설과 밀접하게 연결된 기관이나 단체임을 간과할 수 없다.

이 여행안내서는 일본어를 알고 있는 독자들에게 '객관성' '세밀성' '최초' 등의 독자의 신뢰를 얻을 만한 단어들로 이 책의 구성과 내용에 대하여 선전하고 있다.

---

12 이 책은 가로 10.5cm, 세로 16cm의 군청색의 금박으로 제목이 쓰인 휴대하기에 적당한 형태로 출판되어 있다고 강조한다.

5. 근대의 여행과 '즐거움'

여행안내서를 파악하기 위한 기본적인 키워드가 되는 것은 '즐거움'이다. 야나기다 구니오(柳田國男)는 젊은이들을 향하여 여행이라는 '신문명'은 여행자에게 있어서의 여행을 '재미있는 것' '즐거운 것'으로 바꾸었다고 연설했다.[13]

이처럼 근대에 이르러 여행은, 과거의 여행과는 달리 이동에 필요한 특별한 육체적 노력이나 위험이 줄어들고, 즐기기 위한 여행으로서의 환경이 마련되어 갔다. 그리고 여기에서 여행안내서의 역할을 빼놓을 수 없는데, 대강의 지식을 가지고 막연하게 여행하던 과거의 여행과는 달리, 명확하게 여행지를 안내해주는 지침서가 등장했다고 하는 사실은 여행자에게 있어서는 획기적인 사실이 아닐 수 없었던 것이다. 그리고 여행안내서 자체만으로도 여행에 도움이 되지만, 거기에 여행객들의 흥미를 돋우는 내용들이 다양하게 삽입되어 독자들의 시선을 끌었다. 예를 들면 문학적인 요소를 사용하여 여행안내서를 기록해 가는 방법이 있다. 『조선명승시선(朝鮮名勝詩撰)』[14]이라는 책을 보면, 책의 상단에는 조선의 여러 지역의 역사적인 유래를, 하단에는 그 지역과 관련된 한시를 적어 넣어, 시를 매개로 하여 조선의 명승지를 소개하고 있다. 그리고 계절에 따라 조선여행의 묘미를 소개 한 『사계의 조선(四季の朝鮮)』[15]은, "수 편의 전설을 창작화하여 흥미 있는 책으로 구성

13 柳田國男, 「旅行と歷史」, 枥木中學校 講演, 1924.
14 成島鶯村, 『朝鮮勝名詩撰』, 衍文社, 1915.
15 龜岡榮吉, 『四季の朝鮮』, 朝鮮拓殖資料調查會, 1921.

했다"고 선전하고 있다. 또한『조선철도여행편람(朝鮮鐵道旅行便覽)』[16]에는 철도를 중심으로 한 여행지 소개를 하면서 중간에 조선의 전통문화나 풍습을 스케치와 함께 소개하고 있다. 그리고 문학적인 구성뿐만 아니라, 조선의 미술품 제작소 등을 소개하여 조선의 미술의 경향을 알리며, 식기, 장신구, 혼례용품 등 민예품을 소개하여 여행자들의 마음을 사고 있다. 그리고 조선에 대하여 이국적인 문화를 소지하고 있음과 동시에 일본적인 풍경도 여기저기에서 볼 수 있다고 설명하고 있다. 그 중 대표적인 것이 벚꽃의 풍경으로,

> 이것이 병합 이후 내지인의 이주가 점차 증가함에 따라서 그들은 거의 그 국민성이라고 해도 좋을 벚꽃에 대한 동경을 버릴 수가 없어 고국의 봄을 그리워해도 조선에 벚꽃이 없는 것이 얼마나 삭막한지를 느꼈을 것이다. 그 결과 백그루 이백 그루씩 시험적으로 요시노벚꽃의 이식을 기획하게 되어 그 성과의 좋음이 실증됨에 따라서 각 지 앞 다투어 기획하게 되었다. (…중략…) 최근 몇 년 사이에 내지의 봄을 뺏어 온 듯 벚꽃이 번성하여 반도의 야산에 꽃이 만발하여 향기가 넘치게 되었다.[17]

이처럼 벚꽃이 있는 풍경은 일본 내지인에게 있어서는 정서적으로 안정감을 안겨다 줄 수 있는 요소를 품고 있고, 그 풍경을 통하여 여행이 가져다주는 외롭고 쓸쓸한 감정들을 위로할 수 있는 것이다. 이러한 자연적 풍경 뿐만 아니라 일본의 인공적 개발을 통한 도시 건설, 교통로 건설, 철도건설 등의 진척상황을 알려주어 여행자들을 안심시키고 있다.

16 『朝鮮鐵道旅行便覽』, 朝鮮總督府, 1923.
17 龜岡榮吉, 앞의 책, p.6.

근래 우리나라 내지와 조선, 지나 방면과의 교통이 점점 긴밀해 짐에 따라서 각 방면에 대한 안내서의 필요가 점점 시급해졌다. (…중략…) 본서에 있어서는 할 수 있는 한 일반적인 기사를 생략하고 독자가 직접 각 지방의 주요 도시 및 주요 교통로 주변 풍물의 실체현상에 접하게 하는 것을 목적으로 한다.[18]

그리고 여행자들에게 있어서 가장 불안한 요소 중 하나인 언어소통에 대해서도 문제가 없다고 기술한다.

합방 이래 내지인의 이주자가 점차 증가함에 따라서 지금은 모국어(일본어)의 보급이 거의 전 지역에 이름에 따라서 우리나라 여행자는 어디를 가나 소통되지 못하는 곳이 없다.[19]

또한 언어뿐 아니라 음식에 있어서도 경성호텔 등을 소개하면서, "방 및 음식은 순 일본식인데 (…중략…) 식사는 일본식, 양식 어느 쪽이든 기호대로 가능"[20]하다면서 그다지 불편함이 없다는 것을 알리고 있다. 그리고 요리집과 결합된 형식으로 조선의 기생이 소개되고 있다. 기생들은 조선의 전통적인 가무를 보여주며 손님의 성적인 대상이 되기도 했다. 그리고 조선민족에 대하여는, "조선의 민족만큼 순종하는 민족은 찾아보기 어렵다"[21]고 기술하며, 조선인의 순종성은 속국으로 지낸 적이 많았던 역사적 배경이 그 바탕에 있으며 그로 인한 자주

18 『朝鮮・滿州・支那案內』, 緖言, p.1
19 위의 책, 總, p.14.
20 『ポケット京城案內』, 京城日報社代理部, 1923, p.67.
21 龜岡榮吉, 앞의 책, p.6.

빨래하는 조선여성

자립의 정신이 부족하다고 기술하고 있다. 그러기에 새로운 보호자의 출현은 필연적인 것이 아닐 수 없음을 강조하며, 조선인의 민족적 특성을 빌어 통치의 정당성을 표시함과 동시에 여행자에게 있어서는 정신적인 우월감을 느끼게 한다. 그리고 조선의 여성에 대한 기술에 있어서는 스테레오타입의 여성상을 제시했다. 그 중 하나는 기생이고 또 하나는 세탁하는 여성이다. 이와 같은 분류는 조선의 여성을 가정 내에서의 노동력과 성을 파는 존재로 독자에게 이미지화시킨다. 특히 기생에 대한 홍보는 대단히 큰 것이어서 조선공진협회의 광고의 이미지 그림으로 선정되어 일본 각지에 배부되어 조선을 상징하는 하나의 방편으로 사용되기도 했다.

이와 같이 당시의 여행안내서는 '즐거움'이라는 테마 아래에서 여

Korean Girls.

A Korean Dancing Girl.

여자아이와 기생

러 형태로 구성되어 일본인들에게 조선이라는 '신내지'를 소개하고 있다. 여기에서 소개되어지는 관광지는 조선관광의 '표본'으로 정착해 갔다. '즐거움'이라는 표현형식을 떠받치기 위하여 조선의 고유한 문화와 민족성은 억압되고, 자의적이고 선택적인 조선에 대한 기술은 그대로 조선인의 문화에 대한 이미지로서 고착되어 갔다.

6. 새로운 '일본' 구경과 식민지 기분

1918년에는 『신일본구경(新日本見物)』[22]이라는 여행서가 출판된다. 이 책은 다른 여행서에서는 보기 드물게 '새로운 일본 땅'이라는 용어를 쓰고 있다. 기술의 주체는 문학자, 미술가, 평론가 등 언론 예술계의 저력있는 명사들이다. 이 책은 『신일본구경』이라고 하면서 그 옆에 台湾, 樺太, 朝鮮, 満州, 青島라는 부제를 붙이고 있다. 이들 지역은 이미 일본 영역으로 소개되어야 하는 지역으로 부상한 것이다. 그 이전의 조선, 만주, 타이완 등의 명칭을 사용하여 기술되던 여행안내서와는 달리, 노골적으로 신일본이 되었음을 저명인사들이 알리고 있다. 이 책은 중편 정도의 여행기에 각각의 부제를 붙여가며 기록해 가고 있는데, 먼저 시마무라 호게쓰(島村抱月)는 책명과 똑같은 제목을 붙여 「신일본구경」이라는 글을 게재하였다.

시마무라는 타이완을 시작으로 하여 만주 그리고 조선의 북쪽지방을 통과하여 조선으로 들어간 다음 일본 내지로 향하는 경로로 여행을 하며 세 곳의 특색을 대조적으로 묘사하고 있다. 타이완은 감각적 부분이 중심적으로 기술되고, 고온 다습한 기후조건 그리고 열악한 위생상태가 강조되고 있다. 그리고 천연산물의 풍부함이 강조되며 일본 식민지로서 자원적 가치를 내세우고 있다. 이어서 만주로 들어가게 되는데 시마무라가 느낀 만주는 일본과 유럽을 절충시켜 놓은듯한 곳으로 대규모의 시설이 여기저기 설치된 자유로운 곳이라고 설명하고 있다.

---

22 金尾種次郎, 『新日本見物』, 金尾文淵堂, 1918.

일부러 서양까지 여행을 갈 필요가 없이 이곳에서도 서양적인 정취를 느낄 수 있다고 하며 일본 속의 서양을 부각시킨다. 즉, 만주지역은 이제까지 섬나라 일본에서는 맛보지 못한 광활한 대륙적 정취를 만끽할 수 있는 곳이었던 것이다.

> 마침 우리나라의 생활과 구라파의 생활의 중간 정도에 있는 것이 지금의 만주의 생활이다. 그 자유에 있어서 그 풍부함에 있어서 그 규모의 거대함에 있어서 만철회사의 모든 시설은 우리나라에서는 이것과 비교가 안 된다. 특히 만주의 도시 따이렌은 일본이 가진 유일한 자유의 마을이다.[23]

> 또 경성에서 원산을 나오는 철도는 경성에서 동북쪽으로 통해 있는 강원도의 한 부분인 상당히 광활한 높은 대지를 관통하고 있는데, 이 일대의 넓은 평야는 황량한 고원으로 그 모습이 마치 홋카이도(北海道)의 삿포로(札幌)에서 구시로(釧路)를 통과하는 북쪽 경계의 대고원과 비슷한 광경으로 신슈(信州)의 고원 등과 비교하여 상당히 다른 대륙적 정취이다.[24]

이는 조선의 여러 지역을 돌아보며 일본의 비슷한 경치를 연상하거나, 여기저기 일본식 건물과 풍취가 나는 데에 대한 감상인 것이다. 그리고 조선의 자연을 소개하는데 있어서 수려(秀麗), 우수(優秀), 정취(趣き), 절경(絶景) 등의 단어를 사용하여 그 빼어남을 강조하고 있다. 이와 같은 묘사는 조선이 다른 '외지'와는 달리, 식민지가 가지는 위화감이 어느 정도는 해소되어 있는 곳이라는 인상을 준다. 따라서 조선묘사에

23 위의 책, p.8.
24 위의 책, p.11.

있어서는 여행의 편안함과 '즐거움'이라는 표현형식을 취하고 있는 것이다. 조선과 조선인에 대한 인상은, 그들을 '타자(他者)'로 인식하면서도 일본이라는 국가의 외부에 존재하는 '타자'가 아닌, 내부에 장치되면서도 그 속에서 차별화해 가는 '타자'로서 받아들이고 있다. 일본과 비슷하게 느껴지는 조선이라는 '신내지', 그 때문에 이곳에 대한 사전정보 혹은 선입견들이 만연해 있고, 그것들은 여행담이나 전해들은 이야기 등으로 재현되었다.[25]

예를 들어 나카자와 히로미쯔(中澤弘光)의 여행기를 보면, 이미 선행 여행자의 기록인 다카하마 교시(高浜虚子)의 『조선(朝鮮)』(1911년)을 읽고 있다.[26] 그리고 이들 여행기에는 빨래하는 여성이나 기생에 대한 내용이 빼놓을 수 없는 이야깃거리로 등장하고 있다. 기록자에 따라 표현 양식에 있어서의 차가 조금씩 있을 뿐, 스테레오 타입화된 조선 여성이 각 여행기 속에 그대로 재현되고 있다.

여성 이외에도 '하얀 두건을 쓴 할머니' '쓰개옷을 둘러쓴 여자들' '조선의 노동자' '백의흑관의 조선인'[27] 등, 조선인들을 관찰함에 있어서 여행서들은 비슷한 패턴의 기술양식을 취하고 있다. 또한 조선가옥, 묘지 등에 대한 표현에 있어서도 조선여행의 초경험자임에도 불구하고 표현형태가 다른 여행서와 비슷하며, 그 표현에 있어서는 문화의 내실은 언급되지 않은 채(언급된다하여도 부정적 의미를 내포한 채) 외지인에게 겉모양만 노출된 형태로 표상되고 있다. 예를 들면 초가집은 '버

25 岩谷小波의 「新日本所観」에는 필자가 「土産話」, 「聞いた話」 등의 표현을 사용하여 선행 지식이 있음을 알려주고 있다. 金尾種次郎, 앞의 책, pp.13~25.

26 中澤弘光, 「朝鮮の旅」, 위의 책, p.218.

27 위의 책, pp.227~229.

섯(菌)', 묘지는 '흙만두(土饅頭)'[28]라는 식으로 묘사한다.

전혀 몰랐던 장소, 전혀 다른 환경이 아닌 어느 정도의 정보나 지식이 구비된 여행지, 그리고 일본과 '비슷한' 지역으로 여겨졌던 조선여행에 대한 매력은, 여행자나 여행기를 읽는 독자에게 여행지에 대한 위화감을 해소하고, 여행이 가져다주는 '즐거움'을 만끽할 수 있게 한다. 그뿐 아니라 잘 정비된 교통시설, 숙박시설은 여행의 즐거움을 한층 더해갈 수 있는 요소로 구비되는 것이다. 여기에 여행자의 우월감, 즉 선진문화의 주체로서의 자부심이 가져다주는 '즐거움'은 식민지 여행에서 빼놓을 수 없는 것이다. 조선의 마을에서 보여지는 비위생적인 삶의 모습, 불결한 집과 어울리지 않는 백의, 손님에 굶주려 있는 지게꾼들, 하루하루 벌어먹고 사는 노동자 등, 여행자들은 의구심을 불러일으킬 정도로 낮은 문화수준을 느끼며, 한편으로는 그 속에서 '흥분' '설레임' '두근거림'의 감정과 생명력을 발견하며 묘사한다.

경성의 시가미는 그 남쪽으로 솟아 있다. 남산공원에 오르면 그 아래로 경치가 한눈에 펼쳐진다. 남산과 상대적으로 험준한 북한산이 외연하게 솟아있고, 그 산기슭에 북악, 그리고 서쪽으로 이어져서 인왕산 등의 산들이 있다. 그 사이의 분지가 바로 경성시가이다. 남산공원에서 바로 정면으로 북악의 산기슭에 보이는 장대한 전당은 구왕성의 경복궁으로, 그 오른편에 송림이 울창한 속에서 얼핏 보이는 것은 지금의 왕궁 창덕궁이다. 거기서 오른편에 이어서 왕성의 일부인 비원이나 총독부 의원 등의 건물이 보인다. 가까이를 내려다보면 반도 제일의 건축물인 조선호텔, 조선은행, 우체국 등의 양풍건물이 손에 잡힐

28 위의 책, p.189.

듯이 선명하고 시가의 중앙에 불국교회단의 고탑이 높이 구름을 가르고 있다. 이 산 위에서 본 밤의 서울은 말로 다 할 수 없는 정취를 느끼게 한다.[29]

또한 이들 여행서가 제시하고 있는 주 관광지는 경성시내의 고궁과 총독부가 만들어 낸 신식건물, 그리고 경주나 평양의 유적과 청일전쟁의 잔재를 답사하는 것으로 패턴화되어 있다. 이러한 관광지에 얽힌 전설 등을 첨가하여 여행의 '즐거움'을 더하기도 한다.

일본 내지의 문화와 언론계를 대표한다고 볼 수 있는 이들의 외지여행, 특히 내지와 비슷한 조건을 갖춘 대륙을 향한 교두보로서의 조선 여행기는, 읽는 독자로 하여금 미지의 세계에 대한 궁금증을 해소시킴과 동시에 여행을 하고자 하는 마음을 불러일으킨다. 또한 여행에 직접 나서지 않아도 독서를 통하여 미지의 세계가 지의 세계로 열리면서 신 식민지에 대한 우월감과 자부심을 품는다는 결과를 낳을 수 있는 것이다. 따라서 여행안내서의 독서 효과로서 새로운 독서를 통한 이미지의 재생산이라는 결과를 생성해 내게 된다. 그렇다면 이와 같은 기술이 내포하고 있는 목적은 어떤 것일까? 이와야 사자나미(岩谷小波)는 그의 여행기의 마지막 부분에 다음과 같이 서술하고 있다.

신 영토는 한 두 번의 여행으로는 완전히 그 곳을 알 수는 없지만, 일반적으로 공기가 좋고, 만사에 여유가 있고, 어떤 것에 집착하는듯한 숨막히는 느낌은 없다. 이것은 한편으로는 도의적인 속박이 그다지 강하지 않기 때문이나, 대부분이 생기 있는 분위기가 넘치고, 생활이 지극히 자유롭다고 하는 점은

29 위의 책, p.205. 이와 같은 묘사는 島村抱月나 岩谷小波그리고 河東碧梧桐의 기술에서도 볼 수가 있다.

참으로 부럽기 그지없다. (…중략…) 이것이 소위 식민지 기분이라는 것이고 내지에 살며 신 일본의 상태를 조금도 알지 못하는 사람에게는 한번 건너가서 그 공기를 맛보는 것이 좋으므로 만인에게 관광을 간절히 추천한다.[30]

이처럼 식민지 기분을 맛보기 위하여 만인에게 관광을 추천한다는 글로 끝을 맺으며 여행기의 목적을 드러낸다. 이들이 보고 느끼고 그것을 기술하여 공감대를 형성하는 독자를 획득함으로 제국신민으로서의 의식을 고양한다고 하는 도달점에 이르는 것이다. 이러한 움직임은 일본의 젊은이들을 향한 하나의 국가적 제시이기도 했다.

7. 근대적 자아형성과 제국주의

근대의 여행안내서가 제공하고 있는 외지에 대한 정보, 그 선택된 정보는 신 식민지의 이미지 생성에 크게 기여했다. 근대국가의 '욕망'이 거기에 반영되어 있는 것이다. 이러한 근대국가의 '욕망'에 수렴되어 가는 객체는 누구일까? 여기에서 독자의 문제를 생각하지 않을 수 없다. 독자가 되는 대상은 한마디로 말하면 젊은이(若者)라고 볼 수 있다. 여기에서의 젊은이는 단지 생물학적 연령이라고 하기보다는 사회

30 岩谷小波, 「新日本所觀」, 金尾種次郎, 앞의 책, p.24.

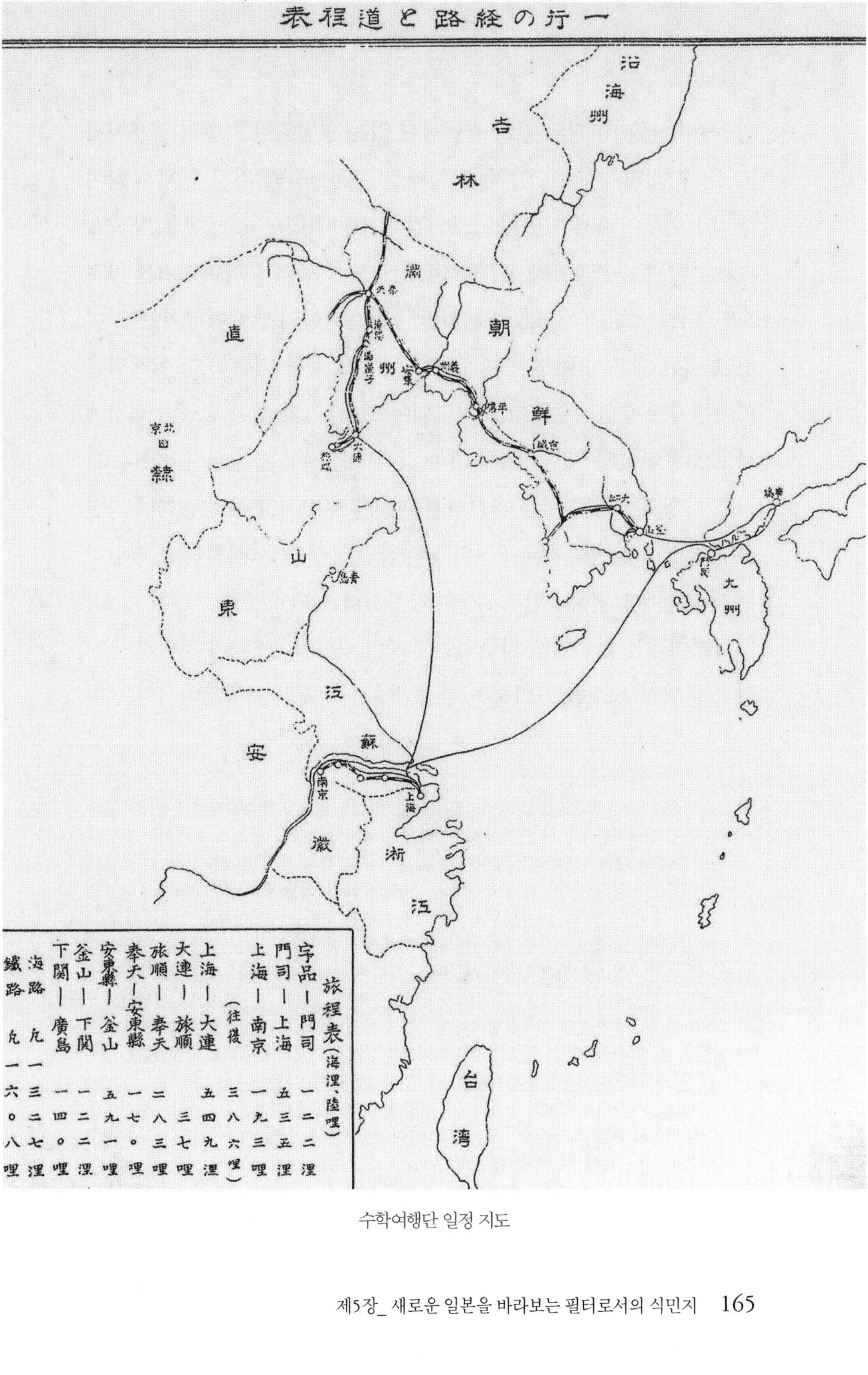
一行の経路と道程表
沿海州
吉林
満
朝鮮
直隷
北京
大連
旅順
上海
南京
山東
江蘇
安徽
浙江
台湾
九州
旅程表（海浬、陸哩）
宇品―門司 一二二浬
門司―上海 五三五浬
上海―南京 一九三哩
（往復 三八六哩）
上海―大連 五四九浬
大連―旅順 三七哩
旅順―奉天 二八三哩
奉天―安東縣 一七〇哩
安東縣―釜山 五九一哩
釜山―下関 一二二浬
下関―廣島 一四〇哩
海路 凡一三二七浬
鐵路 凡一六〇八哩

수학여행단 일정 지도

가 부여하는 이미지와 깊이 관련되어 있는 광범위한 차원의 젊은이라고 볼 수 있다. 그리고 이 당시 실제로 젊은이들의 외지 단체 수학여행[31]이 이루어지고 있었다. 『조선견학여행예비조사(朝鮮見學旅行予備調査)』[32] 『대륙수학여행기(大陸修學旅行記)』[33] 등의 수학여행기를 살펴보면, 이들 여행은 지도교사를 동반한 젊은이들의 단체여행이었고, 여행 후에는 반드시 여정과 회계보고 여행기 등을 기록하고, 여행담을 미여행자에게 들려주었다고 기술되어 있다. 이와 같이 교육의 현장에서도 젊은이들의 외지여행에 대한 적극적인 정책들이 실시되었다. 그리고 여행 후에 전람회를 개최하여 외지에서 가지고 온 물품들을 진열하고 진열대 옆에는 제국주의의 상징적인 동상 등을 배치하여, 열람하는 사람들에게 제국신민으로서의 자부심을 느끼게 했다.

여행이라는 젊은이를 자극하는 요소에, 문학과 예술과 지리적인 지식과 문화적 요소를 가미하여 완성되어진 근대의 여행안내서라는 미

31 수학여행은, 이미 백년을 넘는 역사를 지니고 있다. 일본 최초의 수학여행이 행해진 것은, 교육사 상에서는 1886년 2월. 동경사범학교가 실시한 생도의 '장거리 소풍'이 그것이다. (…중략…) '수학여행'이라는 표현이 처음으로 나타나는 것은 그 해 12월 마찬가지로 동경사범학교가 실시한 생도의 '장거리 소풍'을 '수학여행'이라고 보고했던 것이 최초라고 한다. (…중략…) 그러나 나가노 현의 예에서도 보이는 것처럼, 수학여행은 '장거리 행군' 등의 표현과 근거를 같이한다. 그 이전에도 몇 개의 사범학교에서는, '행군' 혹은 '행군여행'이라는 행사가 실시되고 있었기 때문에, 수학여행 탄생의 전사로서 소풍이나 행군이 있었다는 것을 상상할 수 있다. 초기의 수학여행은 견학, 견문보다는 오히려 신체단련의 도보여행에서 출발했다. 부국강병이라는 국가의 목표와 연동하는 것으로서 나타났다고 보인다. 또 하나 주목할 점은, 초기의 수학여행을 실시한 단체에 사범학교가 많았다는 점이다. 장래, 국민교육에 직접 관여하게 되는 인물, 미래의 교사들을 우선 교육하고, 그 신체단련을 실시한다는 의의가 생각되어진 것일 것이다. 새로운 교육과목으로서 수학여행은, 사범학교에 의해서 솔선하여 도입되었다. 이어서 서서히 사범학교 이외의 학교로 보급되어 나간다.(白幡洋三郎著, 『旅行のススメ』, 中公新書, 1996, p.113)

32 『朝鮮見學旅行予備調査』, 京都帝國大學文學部史學科, 1928.

33 『大陸修學旅行記』, 廣島高等師範學校, 1915.

디어는 근대 제국의 젊은이들의 정체성 확립에 있어서 중요한 기여를 하고 있다.

후지모리 기요시의 담론처럼 여행이 일본 내셔널리즘과 밀접하게 관련[34]되어 있다면, 만주, 타이완, 조선이 실제적인 통치구역이 된 대정기 이후의 여행과 일본 국가적 사상과의 밀착은 두말 할 나위도 없다. 그러나 이 시기에는 제국주의적 신민으로서의 무조건적 살신성인을 통한 국가에 대한 기여만을 강조해서는 설득력이 약했던 것이다. 따라서 제국주의라는 간판은 잠시 내리고 좀 더 기술적이고 세련된 간판을 걸어야만 했던 것이다. 이로 인해 결국 작자 개인의 임의대로 기술한다기보다, 독자의 기호와 시선을 중요시하여 독자 중심의 여행안내서의 기술 방법을 채택했다고 하는 배경이 등장하게 되었다. 이러한 발상은 제국주의를 전면적으로 내세우는 방법보다는 지리, 교통, 문화, 문학, 예술을 표상적 요소로 내세우면서, 젊은이들의 더 크고 넓은 정체의식의 형성이라는 데 그 귀결점을 두고 있다. 지금까지의 '일본 속의 나'에서 벗어나서 대륙으로 팽창되어지는 제국일본의 속에서의 자아의 확대라는 차원에서 기록해 가고 있는 것이다. 그리고 이것은 결국 일본제국주의와 맞물리게 된다는 사실은 자명하다. 새로운 토지에 대한 주체적인 소개, 그곳에서 생활하고 있는 사람들에 대한 자의적인 해석과 평가, 식민지 문화의 열등성에 대한 탄식 등이 젊은이의 자아 팽창에 있어서 막대한 영향을 끼쳤을 것이라는 부분을 간과해서는 안 되는 것이다.

이러한 여행안내서는 대정 시기 이후 크게 부각된 자아, 인격, 수양

34 藤森清, 「明治三十五年・ツーリズムの想像力」, 小森陽一・紅野謙介・高橋修 編, 『メディア・表象・イデオロギー』, 小澤書店, 1997, pp.50~59.

등으로 대표되어지는 근대 개인의 자아형성이라는 문제와 깊이 결부되어 있다. 이는 젊은이들의 근대 개인의 자아확립이라는 '욕망'을 충족시켜 주는 역할을 짊어지고 있다. 그리고 젊은이들은 그 '욕망'의 본질을 파악하지 못한 채(결국은 자신들의 욕망을 충족한다고 하는 것 자체가 국가적 욕망과 결부되어 있다고 하는 것을 인식하지 못한 채) 자신들의 '욕망—즉, 여행을 통한 자기 정체성의 확대'를 꾀하는 것이다. 젊은이들의 적극적인 여행안내서의 독서는, 독서현상⇒독서 후 미 독서자에게 정보를 알림⇒독서 후 여행을 떠남⇒좀더 자세히 기록된 책들을 찾아서 읽음⇒주변인에게 독서 권장 등을 낳게 되고, 결과적으로 새로운 여행자가 배출되고 새로운 출판물이 간행되게 된다. 이리하여 여행안내서의 담론은 끊임없이 독자에 의해 재생산되는 현상을 낳는 것이다.

그러므로 여행안내서의 기술목적, 기술방법에는 특별한 궁리를 하지 않으면 안 되었고, 따라서 '신내지' 여행의 '즐거움'이라는 방법이 고안된 것이다. 그러나 그 내실은 전문 지리서를 방불케 하는 '외지'에 대한 자세한 지리적 해설, 그러한 지리적 여건을 소개하며 지역의 요소요소를 잇는 철도 소개, 고적지 소개, 사람들에 대한 상징적 묘사 등을 행함에 있어서 지극히 선택적이며 억압적인 표현을 취하고 있다. 그리하여 '보호해야 할 민족'으로서 귀결시키며 그러한 독서효과는 끊임없이 재생산되어 지배국 일본으로서의 기상을 확립하는 데에 기여했던 것이다. 그 기상의 확립은 추상적인 것에 머무르지 않고 식민지로의 이주를 권장하며 적극적으로 문화를 지배하는 주체로서의 확립을 꾀하였다.

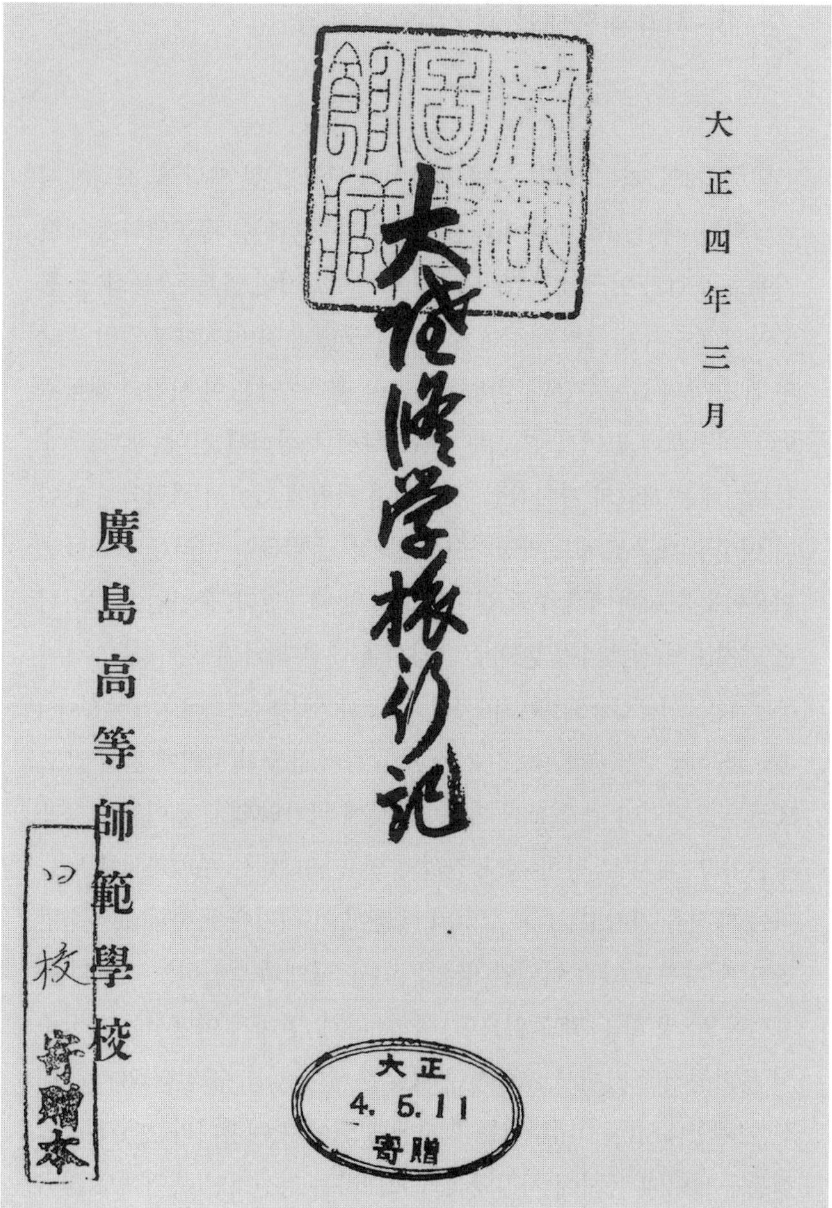

『대륙수학여행기』 표지

8. 지리적 확대와 제국주의적 욕망

민중, 개인, 자아, 인격 등의 개념이 일본국민 한 사람 한 사람에게 인식되어, 바야흐로 제국에 대한 헌신이라는 간판을 공공연하게 내걸기에는 무언가 어색했던 다이쇼기, 이 다이쇼기의 일본은 '문화'를 통하여 제국주의 정책의 새로운 모색을 간구했던 것이다. 출판업의 발달과 철도 등의 교통수단의 정비와 맞물린 관광사업은 이 시기의 제국주의 문화정책에 있어서 신문화 사업으로서 부상하게 된다. 책과 기차, 겉보기에는 개인의 자아확립 혹은 인격 확립에 있어서 최적의 수단이며 어떤 이데올로기도 반영하고 있을 것 같지 않는 이러한 요소들은 젊은이들을 향한 제국주의 실현의 중요한 매개였다. 출판업에 있어서는 권장도서 정책의 일환으로 수양서에 대한 적극 추천이라는(수양서에는 개인의 인격 향상을 통한 제국주의 국가로의 기여를 유도하며, 수양에 있어서 공부, 일, 여행, 운동 등이 필요하다고 기술됨) 독서 유도가 저변에 깔려 있고, 또한 국유기업이 된 철도를 이용함으로써 국가의 경제적 이윤 획득은 물론이고 '외지'로 향한 철도 건설의 의욕 확대라는 부가가치를 낳는다는 배경을 가지고 있다. 그렇기 때문에 이 시기에 독서와 교통수단을 함께 다루고 있는 여행안내서가 젊은이들에게 발신하는 내용의 중요성은 두 말 할 나위도 없으며, 특히 '외지' 안내의 여행서는 제국주의 문화정책에 있어서 골수적인 역할을 했다고 볼 수 있다.외지에 대한 여행안내서라는 미디어는 독자에게 있어서 여행이라는 물리적인 행동을 낳음과 동시에 지리의식의 확대라는 정신적인 측면에도 깊이 관여하며, 새로운 독서 현상을 낳는 재생산성까지 지니고 있다. 제국주의의 '욕망'은 패턴화된 조선을 소개하고 스테레오타입의 조선인들의 이미지를 반영하며 조선의 관광지를 자의적으로 규정했다.

제6장

일본문학자 다카하마 교시의 '조선'

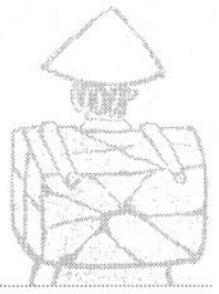

1. 다카하마 교시의 『朝鮮』

문학자들에게 있어서의 여행은 이질적 공간에서 삶에 신선함을 부여하는 통로가 되었다. 때문에 많은 일본의 문학자들은 그들의 작품과 삶을 위하여 여행을 강행했다. 이것이 때로는 국내 여행이기도 했지만 시대적 특성상 외지 여행도 그들의 필수 여행지가 되어갔다. 앞서 기술하였듯이 병합 이후 많은 잡지나 문학서에는 조선관련 기사들이 하나의 패션처럼 삽입된다. 잘나가는 문학자라면 만철 초청의 여행 제의 한 번 정도는 받아보는 것이 보통이었다. 그런 면에서 나츠메 소세키(夏目漱石)를 상징적인 인물로 들 수 있는데, 그는 1909년 만주와 조선은 여행하고 그해 10월부터 『아사히신문』에 『만한 이곳저곳(満韓ところどころ)』을 연재한다. 소세키의 문학자적인 명성에 부합한 '신세계'로의 화

려한 데뷔는 역시 후속문학자들에게 있어서도 하나의 귀감처럼 자리 잡혀 갔다. 여행의 선택은 자유이지만, 외지는 문학자라면 한번쯤은 다녀와 봐야 될 곳으로 각인되어가는 것이다. 여기에서는 소세키의 외지 여행보다는 2년 후인 1911년 조선 여행을 떠나게 되는 다카하마 교시(高浜虚子, 1874~1959)라는 작가에 주목하고자 한다. 그는 '조선'에 한정하여 여행하고 있고 그가 남긴 여행기는 문학자뿐만 아니라 후에 여행하는 다른 조선여행자들에게 많은 영향을 끼쳤기 때문이다.

다카하마 교시에 대한 연구는 그의 하이진(俳人)으로서의 명성 때문에, 하이진으로서의 문학사적인 위치, 하이쿠(俳句)를 통해서 나타나는 문학세계, 혹은 그의 실제 인생과 관련한 작품의 위치 등이 주된 경향이었으며, 소설과 같은 산문 형식의 작품은 비주류로 취급되어 연구가 활발히 진행되지 못했다. 그러나 당시의 시대적 상황과 교시의 소설 그리고 이 소설의 독자를 염두에 둔다면 『朝鮮(조선)』[1]이 가지는 의의는 크다고 할 수 있다. 『조선』이 소개되기 1년 전인 1910년은 한국이 새롭게 일본 영토가 된 시기이다. 이 때문에 일본 내의 지식인이나 빈궁한 생활로부터 삶의 돌파구를 찾고자 하는 국민들의 관심은 식민지 조선에 집중되었으며 당연히 이러한 국민적 관심에 해답을 줄 매개체가 요구되었다. 조선 여행 경로에 대한 구체적인 설명과 조선의 풍경, 조선인, 그리고 조선에 있는 일본인을 세밀하게 묘사한 이 소설은 교시 특유의 사생문의 필치가 느껴지는 문장으로 구성되어 있다. 이처럼

1 『조선』, 高浜虚子全集第五巻, 改造社, 1934.8. 1910년 10월 철도원(鐵道員)에서 일을 의뢰받음. 『조선』의 발표 경위: 1911년(M44) 4월~5월 虚子의 조선여행, 동년 7월 『大阪毎日新聞』·『東京日日新聞』 소설 「조선」 연재, 1912(T1) 2월, 『조선』, 實業之日本社에서 간행, 1942년(S17) 11월 『조선』, 芦峰會에서 간행.

소설이라는 장르이면서도 여행안내서와 같은 성격을 지니는 『조선』은 조선이라는 지역과 그 곳의 상황을 다양한 각도로 반영하고 있는 것을 알 수 있다. 이 장에서는 소설과 여행안내서의 성격을 지니는 『조선』에 나타난 일본 근대의 사회적 제상과 국가적 욕망 그리고 개개인의 자아표출 공간으로서의 기능을 고찰하고자 한다.

2. 근대 일본과 교시 문학의 위치

교시는 처음 마사오카 시키(正岡子規)와의 서신 교환을 통하여 자신의 문학에 대한 입장을 그에게 알리고 서로 공감대를 형성하며 하이쿠 작가로서의 지위를 확고히 한다. 그러는 과정에서 교시는 잡지 『호토토기스(ホトトギス)』의 주관자가 되었고, 1905년(M38)에는 나츠메 소세키(夏目漱石)의 소설 「나는 고양이로소이다(吾輩は猫である)」가 동 잡지에 실리면서 이를 계기로 교시도 소설 저작에 자극을 받게 된다. 흔히 이 시기를 교시의 문학세계에 있어서 하이쿠로부터 멀어진 시기라고 한다.[2] 이러한 표현은 하이쿠 작가가 마치 작가로서 외도라도 한듯한 인상을 준다. 그러나 달리 생각하면 메이지(明治) 40년대, 즉 1907년부터 12년까지의 시기는, 교시가 하이쿠로부터 멀어진 시기가 아니라 소

2 「高浜虛子」, 『研究資料現代日本文學⑥ 俳句』, 明治書院, 1986.10, pp.15~16.

설과 가까워진 시기라고 할 수 있을 것이다. 이러한 교시의 소설세계의 입문에 대한 차별적인 시선은, 마찬가지로 교시의 소설을 언급할 때도 작용하는데, 교시의 자전적인 소설이라 여겨지는 『하이카이시(俳諧師)』만이 그의 중심적인 소설로 취급되고 있다. 따라서 『조선』은 교시 연구에 있어서 비주류 문학 그리고 비주류 소설로서 취급되고, 이러한 현상은 문학사 전반의 지배적인 담론과 관련되어 근대문학사에서도 마찬가지의 결과를 낳았다. 그리고 또 한 가지는 『조선』이라는 소설의 제목이 강렬하게 시사하고 있는 '소설의 특수성'에 대한 거리낌이다. 이 책이 식민지 조선에 대한 기록 일 것이라는 예상은 책을 읽어 확인하지 않더라도 알 수 있고, 따라서 '특수'하다는 선입견이 개입된 것이다. 그러나 이는 동시대적인 성향과 특성을 간과해버린 전후(戰後)의 일본 근대문학사를 정리했던 연구자들의 시선이다. 교시가 추구했던 문학 세계와 시대적인 성향을 재고하여 보면 교시의 『조선』이 더 이상 일본 근대문학사에 있어서 주변이 아니라는 사실을 확인할 수 있다.

먼저 교시의 사생문(寫生文) 운동을 중심으로 문학사적인 의의를 살펴보고자 한다. 여기에서 그들이 말하는 사생문이란, 많은 미사여구를 사용한 문장도 아니고 하나의 줄거리를 가지는 모노가타리(物語)성이 있는 문장도 아니며, 사상이라는 타율적인 규칙의 규제를 받는 것도 아니다. 교시에게 있어 사생문이란, 바로 작가가 있는 곳에 독자도 있는 것처럼 느끼고 작가가 보는 아름다운 사람과 사물을 독자도 마찬가지의 느낌으로 느낄 수 있게 하는 실재감 내지는 현장감이 강렬하게 내포된 문장이다.[3] 이러한 사생문 의식은 교시 문학의 단편적인 부분

3 原子朗, 「寫生・寫生文－日本近代文學史の問題として, 第一部〈虚子〉とは何か－II」, 『國文學 解釋と教材の硏究』, 學灯社, 1991, pp.56~65.

이 아닌 그의 문학세계 전체를 통괄하고 있다. 다시 말하면, 그의 사생문의 세계란 작가의 시선과 독자의 시선을 동일한 선상에 맞추면서 독자에게 현실적인 공감을 자아내게 하여 거기에 미적 취미나 시적인 맛을 느끼게 하는 것이었고, 이러한 내용들을 가장 적절하게 실제 작품을 통하여 체현한 형태가 『조선』인 것이다. 교시가 여행을 통하여 얻어낸 감상을 생생하게 재현한 이 소설은 그야말로 사생문 표현의 정수라고 해도 좋을 것이다.

또 한 가지 교시의 문학세계는 그의 여행을 통하여 이루어졌다고 해도 과언은 아니다. 그는 이례적일 정도로 많은 여행을 하고 있다. 한 가지 주목 할 점은 1911년 교시의 나이 38세 되던 해 4월부터 5월에 걸쳐 그는 조선으로 여행을 떠나는데, 이 여행을 계기로 그는 거의 매년 국내외를 여행하는 것을 볼 수 있다.[4] 이러한 교시의 빈번한 여행은, 여행에서 얻은 시감을 작품에 이입하기 위한 그의 사생문 추구의 일환으로 생각된다. 여기에서 또 한 가지 교시의 여행의 특징은, 교시가 철도원의 촉탁을 받은 1910년의 이듬해부터 조선을 시작으로 하여 일본 국내는 물론이고 조선, 만주, 중국 심지어는 유럽에 이르기까지 그의 여행 반경이 확대됐다는 것이다. 뿐만 아니라 한 장소를 수 차례 방문하면서 여행의 질을 심화시키고 있다.[5]

여행으로 본 다카하마 교시

1892	19세	11月 마사오카 시키(正岡子規)와 함께 南禪寺, 高尾, 嵐山 등에 놀러감
1910	37세	2月 下村爲山, 伊豆, 熱海에 놀러감.

4 『明治文學全集56 高浜虛子 河東碧梧桐』, 筑摩書院, 1967, pp.391~402.

5 이 표는 高浜虛子, 「年譜」(『明治文學全集56 高浜虛子 河東碧梧桐』, 筑摩書院, 1967)를 참고하여 필자가 작성함.

1911	38세	4月~5月まで 조선여행함.
1913	40세	10月 信州, 越後, 金澤를 여행함.
1914	41세	7月 奧羽地方를 여행함.
1913	42세	10月 丹波, 叡山 「호토토기스(ホトトギス)」회원과 여행함.
1916	43세	3月 甲州여행.
1917	44세	1月 神戶, 下關에 놀러감. 4月 館林, 妻沼방면 여행. 6月 河口湖, 增富, 須賀에 놀러감. 9月 九州 각지와 京阪를 방문함.
1919	46세	11月 北海道를 여행함.
1920	47세	9月 笛吹川에서 뱃놀이를 함.
1922	49세	3月 九州, 京阪에서 즐김.
1923	50세	10月 京阪, 高松, 名古屋 등에 감.
1924	51세	9月 金澤, 新潟를 여행함. 9月말에서 12月에 걸쳐 滿鮮방면으로 놀러가서, 釜山, 大邱, 京城, 牡丹臺, 平壤, 新義州, 奉天, 長春, ハルビン, 撫順, 遼陽, 大石橋, 大連, 旅順을 구경함.
1925	52세	5月 四國, 京阪에 놀러감.
1927	54세	3月 京都, 6月 大阪每日 / 東京日日신문사 모집의 일본인 팔경선출위원회 위원이 되어 奧羽방면을 시찰여행.
1928	55세	4月 교토와 오사카에 놀러감.
1929	56세	5月 滿州여행 출발. 大連, 湯崗子, 遼陽, 奉天, 撫順, 長春, 吉林, ハルビン, 京城에 도착함.6月에 귀국.
1930	57세	11月 京都, 松江를 둘러봄.
1932	59세	10月 大山여행. 鳥取, 竹田, 京都, 神戶, 大阪를 들름.
1934	61세	4月 伊賀 上野, 大阪, 京都, 名古屋를 여행.
1936	63세	2月 프랑스로 여행을 떠남. 上海, 香港, 싱가폴, 페낭, 콜롬보, 아덴, 카이로를 거쳐 마르세이유, 파리 방문. 4月 벨기에, 하리델베르히, 베를린 네덜란드를 거쳐 영국으로 건너감. 8月 神戶, 岡山, 倉敷로 향함. 10月 名古屋, 飛禪高山로 놀러감.
1938	65세	9月 新潟, 佐渡를 여행.
1939	66세	5月 仙台, 松島, 函館, 大沼, 大鮎, 湯瀨溫泉, 尾去澤鉱山, 花輪, 瀨波溫泉, 新潟, 黑部를 여행함.
1940	67세	3月『四國九州筋劍術修行日記』호토토기스 발행소 간행.
1941	68세	5月~6月 滿鮮여행. 大連, 新京, 하얼삔, 奉天, 平壤, 京城 등을 둘러 神戶로 돌아감.
1942	69세	11月『조선』芦峰會 간행

1943	70세	3月 長谷寺 여행.
1945	72세	4月 長野, 高崎, 前橋에 감. 6月 滿州에서 돌아온 童子를 맞이하러 新潟에 감. 11月 淺間온천에 감.
1948	75세	4月 伊勢, 志摩에 놀러감 6月 北海道여행
1949	76세	4月 熊登 여행 10月 四國, 九州에 감.
1952	79세	5月 高野山에 놀러감. 9月 山中溫泉, 三國, 京都를 여행. 11月 小國, 熊本, 福岡에 놀러감.
1954	81세	6月 名古屋, 長良川鵜飼 구경.
1957	84세	1月~4月『호토토기스』, 1月~4月号に「나이 들어서의 여행」을 게재.
1958	85세	4月 身延山에 감. 6月 札幌, 小樽를 여행.

따라서 교시의 문학세계의 구축의 시발점이 된 조선여행의 의의는 적지 않으며 이 여행에 관한 기록인『조선』은 교시의 문학세계에 있어서 주요한 작품이 아닐 수 없다. 그리고 또 한 가지 일본 근대의 특수성을 고려해 볼 때 교시의 조선 여행의 의미는 더욱 확대된다.『조선』이 세상에 나오기 1년 전인 1910년은 조선이 신 일본 영토가 된 시기였다. 조선의 신일본 영토로의 영입은, 조선에 대한 제국주의적 담론에 참가했던 일본의 지식인은 물론이고 일반 국민들에게도 커다란 사건이 아닐 수 없었다. 청일・러일전쟁 후의 일본의 국내적 상황을 보면, 국가적으로는 권력의 확대와 영토의 확장을 이루었지만 이를 위해 국민들의 정신적・경제적인 부분은 피폐되어 무언가 돌파구를 요구하고 있었다. 때문에 신천지인 조선은 일본 사회에 있어 최대의 관심사로서 부각된다. 그리고 이와 같은 사회적 요구에 부응하는 매개체가 절실히 필요하게 되고, 이 시기를 시작으로 여행안내서가 대량 간행된다. 이러한 상황 속에서 당시 일본 국내에서 지명도가 높았던『동경일일(東京日日)』,『오사카매일

(大阪每日)』 신문에 연재된 『조선』은 독자의 관심을 모으지 않을 수 없었던 것이다. 또한 실업일본사에서 『조선』이 단행본으로 간행된 것도 큰 의의 가 있는데, 당시 일본의 국가 발전의 요인을 학업의 수양을 통해 고위 관료직에 임하게 되는 입신 출세형 인간에 두지 않고 각자의 기술을 전문화 내지는 수양하여 일본의 경제 성장을 꾀하는 것에 의의를 두었던 (실용적 인간양성을 추구하는) 이 출판사의 목표에 부합했던 것이다.

이처럼 『조선』이 발신하는 메시지는 조선을 그려낸 사생문이라는 차원을 뛰어넘어 일본의 근대적인 성향과 독자적 관심, 그리고 소설이 표상하는 일본 근대의 특수성을 제시하고 있다. 그렇다면 과연 실제로 『조선』에 나타나는 교시의 사생문이 어떻게 구현되며 그의 근대적 여행기, 그 중에서도 식민지 조선 여행기의 특수성은 어떻게 드러나는 것일까?

3. 통과하는 여행 - 조선풍경의 단편화

『조선』의 서두는 '나(余)' 부부가 등장하는 시모노세키(下關)의 정경이 묘사된다.

> 우리 부부가 시모노세키의 정차장에 내린 것은 상현달이 쓸쓸하게 구름사이를 오가고 후덥지근한 바람이 불던 밤이었다.[6]

즉 이 여행은 남성의 여행이자 여성의 여행이고 또한 가족의 여행이라는 것은 알 수 있다. 당시에는 만철(滿鐵) 초청이나 총독부 철도원 등의 주최로 주로 남성 단독 혹은 남성들끼리 외지 여행이 주류를 이루었고,[7] 그 묘사도 남성들만의 여행의 기록이 되기 쉬웠는데, 『조선』에서의 외지 여행은 여성, 그것도 가족의 구성원으로서의 여성을 동반한 여행으로 그렸다는 점은 특이하다고 할 수 있다. 이는 일상적이고 한편으로는 평범하기까지 한 부부의 여행(=가족의 여행)을 묘사함으로서 이 소설이 픽션으로서의 흥미뿐만이 아니라 모범적인 안내서로서의 역할까지 담당하고 있다는 인상을 준다.

그리고 『조선』에는 주인공인 '나'의 처가 터미널과 여행객의 정황을 물으면 '나'가 거기에 대해 설명하는 형태로 당시의 여객 터미널의 정경이 구체적으로 묘사된다. 내지(內地)의 마지막 관문인 시모노세키의 풍경 묘사는 이 소설에서 유일하게 내지의 모습을 다루는 부분으로, 외지를 향하는 일본인의 유형을 집약적으로 설명해 준다. 예를 들어 '나' 부부와 같은 여행자는 물론이고 노인 부부와 소녀 일행처럼 내지에서 이루지 못한 꿈들을 외지로 나가 젊은 자녀에게 물려주려고 하는 사람들, 아이를 업은 여인과 같이 돈을 벌기 위해 떠나는 여인, 커다란 이삿짐을 지고 사회적 경제적인 부를 꿈꾸며 외지로 이주해 가는 가족들 등, 『조선』의 1장은 외지로 향하는 사람들의 특성과 성격을 구체적으로 파악 할 수 있는 다수의 사람들이 등장하고 있다. 그리고 이

6 高浜虛子, 앞의 글, p.9.

7 시기적으로는 차이가 있지만 시가 나오야(志賀直哉), 사토미 톤(里見弴), 아리시마 이쿠마(有島生馬), 다니자키 준이치로(谷崎順一郎) 등의 문학자들이 단독 혹은 남성들만의 구성으로 외지 여행을 하고 있다.

사람들은 모두 같은 배를 타고 있다. 이들이 외지로 가는 방법에는 부산행, 인천행, 만주행 등 다양하게 선택 할 수 있는 방법이 있었지만 『조선』의 등장인물들은 모두 부산행에 몸을 싣는다. '나' 부부를 중심으로 한 등장인물들은 부산에 도착하여 거기에서부터 점점 북상하는 형태로 이동을 하는데, 구체적으로는 대구 등을 거쳐 경성 그리고 평양 혹은 만주까지 그들의 거류지를 옮기고 있다. 그리고 이들은 열차를 통해 북상한다. '나'부부는 먼저 열차 여행을 통하여 조선의 풍경을 감상하게 된다. '나'부부가 열차 안에서 본 풍경을 요약하면 "민둥산" "제방 없는 천" "버섯이 겹겹이 피어난 것 같은 조선가옥" "담배를 문 백발노인" 등을[8] 들 수 있다. 조선의 한 지역과 지역을 잇는 이동의 순간에 그들은 항상 열차 안에서 보이는 '바깥 풍경'에 노출되어 있다. 이 풍경은 '(열차의)속도감'이 있는 풍경이며 여행자들은 파노라마적인 경치를 바라보는 것이다. 이와 같은 파노라마적인 시선은, 지각되어지는 대상과 동일 공간에 속해 있지 않고, 또한 타고 이동하는 장치 너머로 대상 경치 그 이외의 것을 보게 한다.[9] 따라서 여행을 하는 신체는 풍경 속에 함께 편성되어 가는 것이 아니라 풍경 한 가운데를 통과하고 있는 것이다. 이 질주하는 '속도' 속에서 조선풍경의 진정한 의미는 무시된 채 단편화되고 기호화된다.[10] 이처럼 열차라는 움직이는 공간 속에서 생성된 조선을 대표하는 언어는 소설가의 언어에서 다른 소설가나 여행자 혹은 독자의 언어로 널리 퍼져 정착되어 간다.

그리고 이들이 머무는 숙박업소의 특성에 대해서도 언급할 필요가

8 高浜虛子, 앞의 글, p.27.
9 볼프강 쉬벨부쉬, 『철도여행의 역사』, 궁리, 1999, p.86.
10 山下晋司 編, 『觀光人類學』, 新曜社, 1997, pp.34~50.

대동강 물장수

있다. '나'부부가 부산을 거쳐 대구에 갔을 때에는 친척집에서 기거하지만, 주로 여행의 무대로 삼고 있는 경성과 평양에서는 여행안내서의 소개를 통해 잘 알려진 여관에서 머물고 있다. '나'는 조선식 여관이 아닌 일본식 건물에 일본인이 시중을 드는 여관을 이용하고 있다. 이처럼 일본인 관광객을 맞이하고 유치하는 당사자는 일본인이며 일본문화-게이샤(芸者), 일본식 여관(旅館), 일본이 건설한 철도, 일본악기와 음악-이다. 즉, '나' 부부는 독자에게 '안전'하고 '편안'한 여행을 하고 있다는 인상을 심어 준다. 그리고 '나'는 여행의 첫머리에 다음과 같은 감상을 이야기한다.

나는 내지에 있는 동안은 우리 국민을 단일 민족으로서 세계의 수많은 사람과 구별하여 생각하려고 하지 않았다. 따라서 해외의 발전이라는 것에 대해서도 깊이 생각해 본 적도 없고, 육해공군의 혁혁한 공명에 대해서도 세상의 많은 사람들처럼 빠져들지 않았다. 그러던 것이 한 발 내디뎌 해협을 건너 조선의 토지를 밟고 나서는, 완전히 모순된 두 개의 사고가 끊임없이 일게 되었다. 그 하나는 이 쇠망한 민족을 향한 연민인데, 길가에 앉아 곰방대를 물고 있는 소크라테스와 같은 노인은 어째서 타민족에게 정복당해야만 했는지 불쌍한 마음이 들었다. 또 한편으로는 피정복자들을 동정하면서도 동시에 이처럼 위대한 발전력을 가진 일본 국민을 찬미하는 마음으로, '역시 일본인은 위대해'라고 처음으로 나도 일본 민족의 일원이라는 것에 대해 걷잡을 수 없는 긍지를 느꼈던 것이다. 그래서 이 산 속의 작은 역에 사는 여인도 못난 얼굴의 소학생 어린이도 이 때의 내 눈에는 자랑스런 우리국민으로 비쳤다.[11]

이처럼 조선 민족의 삶의 현장인 외지가 '나'에게 보여 준 것은 일본의 위대함이었고 일본 민족의 뛰어남이라는 것을 제시하며 이와 동시에 조선에 있는 일본인은 그 곳의 보석과 같은 존재임을 밝히고 있다. 그리고 '나'는 내지에 있을 때의 자기발견과 외지에서의 자기 발견의 질이 다름을 언급하고 있다. 이는 여행자만이 감지할 수 있는 생생한 현장감이고, 이러한 시선은 『조선』의 요소요소에 작용하며 텍스트를 제어하는 장치로 사용된다. 그렇다면 이렇게 소설 속에 내재된 '장치'는 조선을 관광하는 '나' 부부에게 그들이 접하는 사람과 사물 그리고 관광명소에 대해 어떻게 작용하고 있는 것일까. 다음절에서는 '나' 부부가 만나는 여성들을 통하여 알아보고자 한다.

11 高浜虚子, 앞의 글, pp.28~29.

4. 향유하는 여행 - 식민지 여행의 '즐거움'과 '환상'

『조선』의 여성들은 상당히 역동적인 존재로 그려지고 있으며, 관광을 하는 '나' 부부와 관계를 맺으며 곳곳에 배치되어 있다. '나'의 아내가 조선의 고급문화를 향유하고 있는 여성을 대표한다면, 조선에 있는 일본 여성들은 삶의 현장에서 살아가기 위해 각투하는 데카세기(出稼ぎ)[12]인 것이다. 그러나 두 종류의 여성들은 상호간에 대립하지 않고 한편은 관광을 돕고 다른 한편은 그녀들에게 물질을 제공하는 공존의 관계를 형성하고 있다.

여성들에 대해 구체적으로 살펴보면, 먼저 '나'의 아내의 사촌인 오히사(お久)는 조선에서 도기를 파는 일을 한다(참고로, 여행안내서에서 도공예품 제작소는 주요 관광지 중 하나이다). 『조선』에는 그녀가 도기를 진품이라고 속여서 '나'에게 파는 장면이 있는데, 같은 일본인 게다가 친척에 해당하는 '나'를 속여 물건을 판다고 하는 식민지에서 벌어지는 속임수와 비도덕성이 그녀를 통하여 폭로된다. 또한 '나' 부부가 평양에서 만나게 되는 오마끼(お牧)라는 여성은, 남편을 따라 돈을 벌기 위해 조선에 건너 왔고 조선의 관광지에서 일본인 상대의 찻집을 경영하며 생활을 해나간다. 그녀는 자신들 부부가 조선에서 체험한 조선인 도둑과의 각투를 생생하게 이야기하는데, 그 이야기를 들은 '나' 부부는 부인인 오마끼의 용감무쌍함에 감탄을 하며 경의를 표한다. 오마끼 부부가 겪은 일이나, 오마끼의 활약과 그녀의 손에 남겨진 상처 등을 구체

12 타지에 가서 노동을 하는 것, 지금까지 생활하던 환경을 떠나서 어느 기간 동안 다른 지역이나 나라에서 돈을 버는 것(『日本國語大辭典』, 小學館, 1978, p.193)

평양

적으로 기술한 것으로 보아 외지의 어떤 재난에도 굴복하지 않고 꿋꿋이 생활해 나가는 데카세기 여성이 강조되어 표상된 것이라 볼 수 있다. 그녀는 "일본을 떠날 때 어떤 일도 감수 할 각오를 하고 있었기 때문에"[13]라고 하며 자신이 겪었던 일을 회상하는데, 대동강 일대의 관광 명소의 중심에 있는 그녀의 찻집과 아름답고 가냘픈 여성의 조선인 도둑 퇴치담은 사뭇 장엄한 분위기까지 연출하며 관광지의 운치를 더하기도 한다.

그리고 또 하나 빼 놓을 수 없는 존재로 오후데(お筆)라는 여성이 있다. 그녀는 한마디로 말하면 외지를 떠도는 자유분방한 여성이다. 그녀는 일종의 가라유끼상(からゆきさん)[14]이다. 오후데는 '나'에게 끊임

13 "고향을 떠날 때, 뭐라도 하겠다는 각오로 왔기 때문에"(『조선』, p.29)

없이 구애하며 끝내는 '나'와 가상적 부부의 관계까지 형성하고 두 사람의 아이도 있다는 설정까지 하게 된다. 이처럼 그녀는 '나'에게 있어서는 순정적인 여성으로 묘사되나, 소설 속에서 여러 남성과 관계를 맺고 있다. 그녀는 한 방랑자의 애첩이었고 그 다음에는 이시바시(石橋)의 첩으로 생활했으며, 또 만주에 건너가서도 유곽지를 떠도는 것을 볼 수 있다. 그럼에도 불구하고 이 소설 속에 표상되어지는 그녀는 가라유끼상이 지니는 이미지인 성적 타락, 부도덕 등의 모습은 거의 감추어진다. 『조선』은 오후데가 만주에서 '나'에게 보낸 편지로 마무리되는데, 여기에서 그녀는 편지를 통하여 자신의 사랑이 아직 끝나지 않았음을 알린다. 그리하여 독자로 하여금 그녀를 순정적이고 아름다운 존재로 인식하게 하고 이로서 가라유끼상의 이미지를 추상화한다. 당시의 가라유끼상은 일본 국가 경제의 활성화를 위해서는 없어서는 안될 존재였다. 그녀들은 외지에 있는 일본인 특히 일본 남성을 상대로 성을 팔았고 또 그러한 행위는 일본 정부의 관리 하에 이루어졌다. 일본 국가가 제시하는 식민지에서의 부의 축적이라는 선전은 그녀들을 외지로 향하게 했고 외지를 향한 팽창과 개발을 위한 '필요악'으로서 일본 국가의 개발 정책에 편성되어 갔다.[15]

그러나 『조선』에 등장하는 오후데는 '나'에게 바람을 피우지 말아 달라는 요구도 한다. 이처럼 오후데는 자유분방한 여성임에도 불구하고 한 남자만을 끝까지 사랑하는 정조 있는 여성의 모습으로 제시된

14 일본 정부의 허가 아래서 매춘을 하는 여성. 특히 본 논문에서는 외지(外地)로나가 일본인 상대의 매춘업을 하는 여성을 말함.(鈴木裕子, 「からゆきさん・順軍慰安婦・占領軍慰安婦」, 『近代日本と植民地－膨張する帝國の人流』, 岩波書店, 1993, pp.223~233 참고)

15 加納實紀代, 「滿州と女たち」, 위의 책.

다. 따라서 추상화되고 미화되어진 오후데의 존재는, 여행자를 대표하는 '나'의 시선에 초점을 맞추고 거기에 자신을 투영하는 독자에게 있어서, 조선의 세세한 관광지 묘사보다 더 조선 여행의 흥미를 불러일으킬 만한 가치가 있는 요소로 작용하는 것이다.

또한 『조선』에서 기생인 소담이라는 인물을 주목하여보면, 그녀는 과거의 추상적인 기생의 이미지로 재현되고 있다.[16] '나'는 소담을 이야기하면서 『춘향전』이라는 소설을 연상한다.[17] 바꾸어 말하면, 『조선』에서의 기생은 인격적인 존재로 다루어졌다고 하기보다는 정형화된 '문화'로서 표상되고 있다는 것이다. 기생은 일본 근대가 창출해 낸 관광상품이었다. 따라서 기생은 남성의 욕망 그리고 식민지 지배자의 욕망이라는 중층된 욕망 속에 수렴되어져 또 조선선의 일반여성 및 일본 여성들과 차별화되었다. 대동강 관광시 일본인 관광객들을 태운 유람선과 함께 강을 출발하는 '기생배'도 이러한 중층적 욕망의 표출이라고 해도 과언이 아니다. '기생배'에는 조선인 악사와 기생들이 타고 조선의 가무를 보여주는 쇼를 한다. 그리고 그들은 커다란 유람선에 몸을 실은 관광객의 시선에 노출되고 있다. 이처럼 기생은 단순히 남성의 욕망에 수렴되어지는 존재로 그치는 것이 아니라 제국 신민으로서의 일본 남성과 여성, 제국의 정책에 적극적으로 참여하는 조선의 남성과 여성들의 시선에 적나라하게 노출되어 조선의 '관광 문화'로서 상징되고 독자에게 각인된다. 이러한 '관광 문화'를 향유하는 『조

16 『조선』에서 소담은 정이품의 관직에까지 오른 교양과 품위를 갖춘 소위 조선시대의 황진이와 같은 존재로 묘사된다. 그러나 한일합병 당시의 기생들은 황진이와 같은 여성은 거의 찾아보기 어렵고 그 퇴폐상은 현저했다.(가와무라 미나토, 유재순 역, 『말하는 꽃 기생』, 소담출판사, 2002, p.134)

17 高浜虚子, 앞의 글, p.85.

선』의 등장인물들이 답사하고 있는 식민지 관광의 특질에 대해 다음 절에서 살펴보고자 한다.

5. 관람하는 여행 - 관광지에 대한 특수한 의미부여

'나'부부는 주로 경성과 평양을 관광한다. 그들은 먼저 경성 시내에 있는 경복궁을 비롯한 고궁을 관광한다. 본문에 "왕궁 그 외에 안내 받은 곳의 구체적인 묘사는 접어두고"[18]라는 표현으로 보아 이들은 경성의 기본적인 관광코스를 이미 거쳤음을 알 수 있다. 그리고 경성 관광에서 '나'가 주목하고 있는 곳은 "생생한 혁명의 흔적"[19]이었다. 더 구체적으로는 "일본인과 외국인이 한데 얽힌 투쟁의 역사"[20]가 남아있는 현장에 관심을 기울이고 있는 것이다. '나'는 혁명의 흔적을 무대로 삶을 펼쳐 가는 사람들을 주시하며 자신이 일본인인 것에 대한 긍지와 자부심을 느낀다. 그리고 이시바시(石橋)의 "자네는 민비 시해의 흔적을 보았나"[21]라는 말에 '나'는 그와 함께 러일전쟁의 계기가 된 민비 시해지로 발을 옮긴다. 그리고 그 장소에서 이시바시는 민비 사건의

18 王宮其他に案內された事などは一々敍する事をやめて(위의 글, p.45)
19 生々しい革命のあと(위의 글, p.45)
20 日本人と外國人のこんがらがつた爭鬪の歷史(위의 글, p.45)
21 위의 글, p.139.

전말을 이야기하는데, 이러한 이야기를 통해 이 사건은 일본 제국 팽창에 있어 위대한 업적으로 승화된다. 이곳에서 이시바시는 이러한 역사의 흔적들은 국가나 문명 등의 거대한 목표 속에 수렴되어지는 개인을 자각하게 한다고 이야기한다. 그리고 그러한 이야기를 들으며 '나'는 "바람이 불어와 연못 위에 있는 연꽃이 투명한 수면에 불투명한 물결을 만드는 것을 재미있게 바라보며 그 이야기를 들었다"라고 하는데, 이는 '바람=제국주의 사상', '연꽃=일본의 제국주의의 산물', '투명한 수면=무(無)의 상태의 조선', '불투명한 물결=재구성되는 조선'이라는 은유적 표현으로 분석할 수 있다.[22] 그리고 그들은 일본의 제국주의의 운명 속에 자신들이 어김없이 속해 있음을 토로한다.[23]

이처럼 조선 민족에게 있어서는 억압과 고통의 역사가 일본인에게 있어서는 관광지 답사에 흥미를 돋우는 '이야기'로 재구성되어 단순한 구 유적지 관광이라는 차원을 넘어 제국 일본의 피땀어린 흔적이 남은 의미 깊은 장소로 소개되는 것이다. 『조선』에 그려지는 제국 일본의 팽창사는 이처럼 정치적인 언어가 아닌 문학적이고 인류의 근원에 근거한 기술 방식이 채택되어 있다. 이러한 기술 패턴은 '나'의 평양 관광에서도 마찬가지로 드러나고 있다. 평양 관광을 하던 중 '나'는 기자릉(箕子陵)에서 청일전쟁을 회상하며 전쟁의 흔적을 서정적으로 묘사한다. 기자릉은 "홍의 쓸쓸한 옆얼굴"[24]에 오버랩 되어 묘사된다.

22 위의 글, p.140.

23 소위 나라라든가 문명이라든가 하는 거인은 많은 개인을 희생하여 그 나아갈 길을 진행하는 것으로, 개인의 자기의 명예라든지 책임이라든지, 신경에 거슬린다든지, 적개심이라든지 하는 것에 지배되어 열심을 내고 있는데. 시간이 지나고 보면 어떤 것은 어떤 운명의 실에 조종되어 각자에게 할당된 역할을 수행하는 것에 지나지 않는다. 위의 글, p.141.

24 위의 글, p.197.

이와 같이 나라를 지키기 위한 애국지사에서 조선을 일본화 시키려는 계몽 운동가로 급기야는 일본 제국 팽창의 흔적을 보며 찬탄하는 자로 변모해 가는 조선인인 '홍원선'과 청일전쟁의 흔적을 접목함으로서 제국팽창의 역사에 큰 가치를 부여한다. 청일전쟁 당시의 상황에 대한 지국장(支局長)의 설명을 다 듣고 난 '나'는 "참으로 훌륭한 전쟁터로군"[25]이라며 감탄을 금치 못한다. 이처럼 청일・러일전쟁이라는 제국주의 팽창을 위한 침략 전쟁의 흔적은 『조선』이라는 매개체를 통해 훌륭한 관광지로서 독자에게 제시된다.

또 『조선』에는 조선 관광 개발 정책이 논해지고 있다는 특색이 있다. '나' 부부는 평양에 대해 지대한 관심을 가지고 있는 것을 볼 수 있는데, 거기에서 '나'는 평양을 세계적인 관광 도시로 개발 하고자 하는 의지와 구체적인 내용들을 담고 있다. 내지 사람들은 이미 한일 합병 이전부터 중점적인 개발 대상이었던 경성에 대해서 많은 정보를 가지고 있었다. 그래서 '나'가 경성에 체류 할 때는 관광지 묘사보다는 등장인물들과의 관계를 통한 묘사가 전경에 드러난다. '나'는 경성의 주요 관광지를 돌아 다녔음에도 불구하고 민비 시해장소 이외에는 구체적으로 기술하고 있지 않다. 그러나 평양의 경우에는 관광지에 대한 관심도를 높이며 세밀한 묘사를 전개하고 있는 것을 볼 수 있다. 평양 묘사 끝에 '나'는 다음과 같은 평양 관광 개발 정책론을 펼치고 있다.

> 모란봉에서 대동강을 지나 선교리에 이른 경치는 웅대하고 더구나 지극히 변화무쌍한 묘미를 지녀 그 자체로 공원지대를 이루고 있다. 안봉선도 확장되

25 위의 글, p.198.

고 압록강 가교 공사도 완성되어 부산에서 장춘까지 기차가 직통하게 되면 앞으로 조선은 세계의 대도(大道)가 된다. 평양이라는 곳은 풍광이 매우 매력적으로, 일본 정부도 이곳을 세계적인 공원으로서 열의를 가지고 경영하고 있다는 사실을 안다면 세계의 관광객은 반드시 한번쯤은 평양에 와보려 할 것이다. 이제부터 호텔론을 시작하겠는데, 물론 호텔도 대동강을 중심으로 계획해야 하는데, 우선 가장 좋은 위치라고 여겨지는 곳이 능라도이다. 그 곳에 큰 호텔을 지어 여름은 요트를 강에 띄워 자유롭게 능라도 주위를 돌면서 선교리, 연광정, 대동문 주변을 왔다갔다 한다. 겨울은 또 결빙을 이용하여 스케이트를 타고, 강위에서의 왕래는 썰매를 이용하면 된다. 봄, 가을은 물론 여름과 겨울에도 적당한 시설만 갖추면 오히려 변화무쌍한 재미있는 유람지가 만들어 질 수 있을 거라고 생각한다. 기차역을 강변까지 연장하면 기차역과 호텔 사이에 아름다운 연락선을 만들어 여객이 조금도 불편을 느끼지 않을 뿐 아니라 긴 기차 여행에서 지친 손님들을 순식간에 경쾌한 승선객으로 변하게 해 2, 30분 사이에 수중궁전과 같은 능라도의 호텔로 인도하는 것은 즐거운 일이 아닐까?[26]

이 문장을 통하여 '나'는 평양을 단지 일본인에게 소개하는 것으로 그치지 않고 세계적 관광지로 개발하고자 하는 의지를 보이고 있는 것을 알 수 있다. 먼저 그는 대규모 공원 조성과 함께 평양 각지에 관광 유치 시설이 이루어 져야 함을 주장한다. 그에 따라 평양 각지에 호텔이 건설되어야 되고 레저 산업으로서 사계절 내내 즐길 수 있는 유락 시설이 조성되어야 한다고 한다. 이러한 계획은 이미 건설된 부산에서 만주의 장춘(長春)까지를 잇는 철로가 이용된다고 하는 철도 이용 가

26 위의 글, p.258.

평양기생학교

치 기준으로 본 관광 경제 개발의 내용도 포함되어 있다. 이 말은 조선이 제국 일본을 세계로 향하게 하는 제국주의 팽창의 가교의 역할을 담당하고 있다는 의미까지 내포하는 셈이다.

이 평양 관광 개발 정책은 기차 여행에 지친 관광객을 배에 싣고 조금도 불편함을 느끼지 않도록 하여 섬에 세워진 수중궁전으로 비유되는 호텔까지 인도하는 것으로 마무리하고 있는데, 이러한 설정은 유토피아와 같은 리조트 공간 형성을 통해 여행자에게 매력적이고도 편안한 여행 체험을 제공하고자 하는 의지가 담겨있는 것이다. 이처럼 '나'에게 있어서 평양 관광은, 단순히 보고 지나가는 관광이 아닌, 관광 개발을 통해 세계에 일본을 알리는 개척 관광의 모델을 제시하고 있다.

6. 실현하는 여행 -'대동강 뱃놀이'

『조선』의 40장에서부터 오후데와 가상적인 부부가 되어 숙소로 돌아오는 장면이 그려진 46장까지는 등장인물의 대부분이 참가하여 '대동강 뱃놀이'를 즐기는 것으로 그들의 조선 여행의 피날레를 장식하고 있다. 이 뱃놀이는 '나'가 이전에 제시한 평양 정책의 실험적인 실현이다. 대동강 푸른 물에 유람선을 띄워 술과 음식을 가득 싣고 대동강 주변의 관광지를 유람한다. 그리고 동시에 작은 조각배에는 조선의 기생들과 악사들을 태우고 조선의 악기를 연주하고 기생은 가무를 공연한다.

관광 유람선에 승선한 관광객은 거의 일본인으로 구성되어 있다. 그 배에 함께 탄 조선인은 관광객이라기보다는 뱃사공이나 요리사 혹은 통역 등으로 일본인의 관광을 돕기 위한 존재들이다. 그리고 소설의 구성상 어색하리 만큼 모든 등장인물들이 이 유람선 안에 집결한다. 부윤이라는 조선 세관에서 근무하는 공무원, 오히사 부부나 오쿄우 부부처럼 외지에서 근무하거나 장사를 하는 사람, 데카세기 여성인 오후데, 그리고 일본 게이샤들, '나' 부부처럼 일시적으로 방문한 여행자 등 외지에서 볼 수 있는 일본인의 다양한 형태가 한 배에 집결되어 있다. 즉 이들은 모두 한 배를 탄 운명 공동체임을 시사한다. 그 배에 함께 탄 조선인은, 홍원선처럼 내선일체(内鮮一体)에 주력하는 인물이거나 이와키지처럼 이름까지 일본식으로 개명을 하여 유창한 일본어를 구사하며 시중을 드는 조선인, 또 순종적인 태도의 요리사와 노를 젓는 인력으로 구성되어 있다.[27] 『조선』에는 특히 이 요리사에 대하여

"지극히 조신하고 무엇을 하든 간에 충실하고 예의가 바른 것을 누가 보아도 알 수 있었다"고 표현하고 있는 것처럼 조선인의 인간상으로 순종적이라는 패턴화된 묘사를 하고 있다. 그리고 "요리 담당은 지국장을 향해 무릎을 꿇고 그 위에 손을 모으고 명령을 기다리는 듯한 표정을 짓고 있었다"고 하는 표현을 덧붙임으로써 배에 탄 식민자들에게 아무런 위화감 없이 적응하며 그들의 요구에 순응 할 모습을 갖추고 있는 인물로 묘사된다. 대동강 관광 유람선에서는 요리사와 같은 순종적인 조선인의 요리 서비스를 받으며, 십여 명이 넘는 커다란 배를 힘껏 젓는 조선인 뱃사공에, 그리고 홍원선처럼 일본인과 조선인 사이의 통역자 로서 정신적인 매개체 역할을 담당하는 인물들의 서비스를 받고 있다. 즉, 이러한 인물들은 제국 일본을 떠받쳐 나갈 모범적인 조선인 상으로 제시되고 있는 것이다.

처음 '대동강 뱃놀이'는 '기생 뱃놀이'에 비중을 둔 관광이었다.[28] 그러나 계획의 단계에서는 그 비중이 컸던 '기생 뱃놀이'는 뱃놀이가 진행됨에 따라서 소극적으로 묘사되고 나중에는 부수적이고 귀찮은 것으로 전락한다.[29] "맞아 잊고 있었네"라고 하면서 유람선에서는 요리를 실컷 먹고 기생 배에는 요리를 주지 않았다는 사실을 나중에야 생각해 낸 장면을 통해서도 그것을 알 수 있다. 그리고 이야기가 진행됨에 따라서 관광 유람선에 함께 실은 샤미센(三味線)이나, 북(鼓)의 연주와 게이샤(芸者)들과 오후데의 노래와 춤이 그들의 유흥에 더 큰 비중을 차지하게 된다. 즉 평양 관광의 흥을 돋우는 것은 조선의 가무가

27 위의 글, p.306.
28 위의 글, p.305.
29 위의 글, p.308.

아닌 일본의 춤과 노래였던 것이다. 유람선의 관광객은 샤미센에 맞추어 노래를 불렀고, 일본인 관광객에게 아주 친숙한 일본의 노래와 음악에 그들이 공감하는 장면을 볼 수가 있다.[30] 부윤의 "아무래도 일본인과 기생 사이에는 거리가 있군"[31]이라는 말이 시사해 주듯이 이 양배 사이에 존재하는 '거리'는 단순히 물리적인 거리를 넘어서 이들을 끝까지 하나가 되지 못하게 하고 각각의 세계로 흘러가게 한다.

> 기생들은 서로 기대고 입으로 무언가 노래를 부르면서 서로 붙잡은 손을 함께 모아 무릎위에서 움직이고 있었다. 두 세 명의 악사의 시선이 우리 배와 연락을 유지하려고 애쓸 뿐, 두 척의 배는 완전히 각자의 세계를 태우고 흘러가고 있는 듯했다.[32]

이처럼 일정한 거리를 유지하며 연락을 주고받지만 각각의 배는 다른 세계로 노를 저어가고 있다. 이는 일본과 조선이 하나인양 이야기하는데 그것은 제국 일본이 제시한 이상적인 이론일 뿐이고 관광 유람선과 기생의 조각배는 실제로는 같은 공간에 있으면서도 별개의 존재임을 나타낸다. 샤미센의 연주에 맞추어 울려 퍼지는 귀에 익은 일본노래를 감상하며 '나'는 기생 배를 "물과 기름이라는 말도 있지만, 그들과 우리들 일본인과의 사이에는 도저히 융화 할 수 없는 무언가가 있는 것처럼 보였다"[33]고 평가한다. 즉, 관광 유람선에 타고 있는 조선

30 위의 글, p.331.
31 위의 글, p.317.
32 위의 글, p.313.
33 위의 글, p.332.

인들의 유형만이 "우리들 일본인(我等日本人)"에 포함된다는 역설적인 표현으로 해석 할 수 있다. 그리고 이 뱃놀이를 마무리하는 과정에서 관광 유람선의 일본인들은 도착지인 만경대에서 대동강의 경치를 조감한다. 그들은 대동강 주변을 내지에서는 보기 드문 경치라고 극찬하면서 "버드나무 마을의 영주(楊柳村の領主)"[34]의 이야기로 관광을 마치게 된다. 이 이야기는 경치가 아름다우니 식민지 토지의 값이 쌀 때 이 일대의 토지를 사들여 이곳의 영주가 되어 보자고 하는 이상을 표현한 것이다. '나'는 그 이야기에 가장 공감하며 그 실현을 문학적으로 꿈꾸어 본다고 하는 내용으로 이 여행을 마무리하고 있다. 이 순간 제국주의의 욕망은 '이야기화(物語化)'되어 서정적이고 아름답기까지 한 형태로 연출되는 것이다. 이는 소설화된 여행안내서인 『조선』이 발휘 할 수 있는 최상의 모습이며 그렇기 때문에 테라우치(寺內)장군이 이 소설에 대하여 감사의 뜻을 표하지 않을 수 없었던 것이다.

> 명치 44년 오사카 매일, 동경 일일 양 지상에 연재한 것. 이것에 대한 하나의 일화는 이것을 후에 한 권의 책으로 실업일본사에서 출판했을 때, 뜻하지 않게 당시 조선총독부에 있던 데라우치 대장으로부터(따로 책을 증정 한 것도 아닌데) 이「조선」에 대해서 사의를 표한 적이 있었다. 병합 당시 조선에 있었던 일본인과 조선인의 상태, 나라의 정세가 북쪽으로 진출해가는 상황을 그려내고, 또 대륙적인 풍광을 그려내는 것을 목적으로 했다는 점 등이 식민정책으로부터 보아 유용한 책으로 보였는지도 모르겠다.[35]

34 위의 글, p.325.
35 위의 글, 序.

교시가 정치적으로 일본의 상황을 그리려 한 것이 아니나 일본인의 조선여행, 그것이 긍정적이고 발전적인 방향으로 보이고 기술된 것으로 인해 뜻하지 않게 정부의 찬사를 받게 되었다는 것이다. 때문에 문학자들의 조선 여행과 그들의 역할이 정치성을 띠지 않게 보이면서도 가장 정치적일 수 있다는 생각에도 이르게 된다.

7. 특수와 평범 사이의 문학

이상과 같은 『조선』의 고찰을 통하여, 교시의 작품 세계나 근대문학사적인 위치에서의 재조명을 시도해 보았다. '특수'하게 보이는 그의 소설 그 중에서도 조선의 여행에 관한 내용은 시대와 사회상을 적절하게 반영한 지극히 '평범'하고도 '자연스러운' 것이었다. 내지인들에게 정보를 신속하고 생생하게 전달해주는 매개체였던 것이다. 그의 조선에 대한 개인적인 감상 그리고 풍경에 대한 시선, 사람들에 대한 소개, 일본 제국의 발전상 등은 사생문적인 표현을 통해 독자에게 보다 빠르게 이해할 수 있는 통로를 마련하고, 여행 혹은 이주를 준비하는 계기를 제공하는 것이다. 교시는 서문을 통하여 일본 정부의 반응을 의외라고 변명하지만, 그의 진취적이고 긍정적인 조선여행에 대한 자세는 전달되는 과정에서 '일본 근대 국가의 욕망'을 어김없이 반영하고 있었다. 이러한 '욕망'은 조선의 풍경과 인물에 대해 축소 내지는 확대 해석을 일으키게 하고, 이렇게 굴절된 '조선'은 일본인(혹은 조선인에게도) 개개인의 인식 속에 뿌리박히게 되는 것이다.

제7장

전략으로서의 리얼리티와 '평양'

1. '외지' 여행의 의미

인간은 현재의 일상적인 생활에서 벗어나고자 할 때 종종 여행이라는 수단을 선택한다. 일본의 고대에 있어 여행자는 국가 관리에서 벗어나 납세나 병역의 의무 등을 수행할 능력이 없는 '방황자'였고, 중세의 여행자는 속세를 떠나 '출가(出家)'의 형태로 존재했다. 이처럼 근대 이전에도 여행은 인간을 일상적인 상황에서 벗어나게 하는 수단이 된 것임에는 변함없다. 그러나 일본 근대에 있어서 여행이 가지는 특징을 말하자면, 서구의 '관광'이라는 개념이 도입되었다는 점이다. 근대의 여행은, 비일상이라는 사고에 있어서는 근대 이전과 비슷하나, 거기에 '즐거움'이라는 요소가 첨가되고, 다시 일상으로 돌아온다는 구조를 갖추고 있다. 관광이라는 행위가 성립하기 위해서는 목적지에 대한 이미지가 조직적으로 생산되고 공급되어야만 한다. 특히 조선은 일본의 식민지 정책 속에 대륙을 향한 교두보로서 핵심적인 지역이었다. 따라서 조선에 대하여는 타민족 혹은 타 국가라는 개념을 뛰어 넘을 수 있는 이미지가 독자에게 생성되지 않으면 안 되었던 것이었다.

당시는 식민지적인 상황 때문에 내지(內地)와 외지(外地) 여행이 구분되어 실시되었다. 내지 여행이 일본 국내의 타 지역에 대한 새로운 체험을 통하여 비일상을 경험하며 삶의 활력소를 얻는 것으로 귀결한다면, 외지여행은 '일본열도'를 떠난다는 '특수성'을 안고 있기에 이러한 여행에는 새로운 각오가 필요했으며 '사전 지식' 또한 중요했다. 쇼와(昭和) 초기의 조선, 만주의 여행안내서인 『선만지소견(鮮滿支素見)』에는 일본인이 외지여행을 떠나야 하는 당위성에 대해 다음과 같이 이야기하고 있다.[1]

> 일본 국내에서만 생활을 해서는 아무래도 공평한 입장에서 일본을 볼 수 없다. 머릿속에서 여러 가지 상상을 해보고, 스스로 일본을 떠난 기분으로 일본을 관찰하려고해도 이미 어딘가에서 부족한 느낌이 드는 것은 일본에 몸을 담고 있는 이상 당연한 것일 것이다. 그러나 조금이라도 일본을 벗어나 보면 이와 같은 관찰이 가능하다.(…중략…) 발해의 물결을 헤치고 천진, 북경에 가보는 것을 통해 확실하게는 아니지만 지금까지 자신이 어떠한 나라에 생활하고 있었는가, 우리들이 사는 세상은 어떤 모습을 하고 있는가를 머리에 그릴 수가 있었다. 그와 동시에 일본에서는 여태까지 느껴보지 못했던 강도로 일본이 사랑스러워져 버렸다.

1 著作兼ね發行者 中山正善, 『鮮滿支素見』, 天理教教廳印刷所, 1927, p.1.

여기서는 (일본)국내에만 있어서는 일본을 공평하게 바라볼 수 없다고 하며, '일본이 무엇인가'를 알기 위해서는 여행이라는 수단이 필수적임을 강조하고 있다. 특히 필자가 하고 있는 '외지'여행은 일본을 다시 보게 하며 거기에다 강렬한 애착까지 불러일으킨다고 한다.

이러한 일본인의 '외지'여행을 파악하기 위해 경성 이북 제1의 도시인 평양에 주목하여 근대적 관광의 다양한 모습을 살펴보고자 한다. 근대 평양이 지니는 의의라 하면, 아직 김일성화 되지 않은 평양의 모습을 볼 수 있다는 점과, 근대에 있어서는 '남만주' 혹은 '만주 개발의 시험장'이라고까지 불리던 평양의 근대적 제상을 파악할 수 있다는 점이다.

2. 다카하마 교시의 『조선』과 여행안내서의 평양

앞서 소개한 다카하마 교시(高浜虚子)의 『조선(朝鮮)』은 일본의 유명 신문인 『동경일일(東京日日)』·『오사카매일(大阪毎日)』에 실렸고, 그 이후 여러 여행안내서에 인용되고 있다. 교시는 1910년, 처음으로 현해탄을 건너게 된다. 『조선』에는 '나' 부부의 조선 여행에 대한 심경과 시모노세키(下關)의 풍경이 자세하게 묘사되어 있다. 그리고 이들은 조선 현지의 일본인과 잘 연계하여 계획적인 여행을 하게 된다. 한일합방이 되기 6년 전인 1904년부터 이미 여권 없이도 조선에 갈 수 있게 되었다. 따라서 일본여행협회(日本旅行協會)는 일본 여행자의 편의를 도모하기 위하여 여관을 알선하거나 각종단체를 내지의 여행자에게 소개하였다. 『조선』의 중심인물들도 이처럼 규격화된 제도 아래에서의 여행자였다. 『조선』의 중심인물인 '나'가 주요 관광지로 소개하는 곳이 있다. 그곳은 바로 평양이다. '나'는 경성의 주요 관광지를 둘러보지만 거기에 대한 묘사는 절제하고 있다. 단지 러일전쟁의 계기가 된 민비 시해의 장소를 둘러보고, 또 일본의 근대적 정책 하에 재구성되가는 조선을 바라보며 일본인으로서의 비장한 각오를 하는 대목이 그의 경성 여행의 포인트라고 볼 수 있다. 오히려 여행자로서의 '나'의 모습은 텍스트의 후반부인 평양 여행에서부터이다. '나'에게 비춰진 평양은 관광의 보고(宝庫)로서 이다. 때문에 '개발관광'의 성격을 강하게 드러낸다. 6장에서도 언급 한 바 있지만, 『조선』의 '나'가 설파하는 '관광개발정책론'은 여행자로서 평양에 대한 '꿈'을 이야기 한 것과도 같다. 그의 '평양개발정책론'을 요약하면, 첫째는 평양이 철도 건설에 의해 대륙을 통해 세계로 뻗어 나갈 수 있는 통로가 된다는 점이다. 단순한 대륙을 의미하는 것이 아닌 세계라는 단어로 평양의 중요성을 강조하고 있다고 할 수 있다. 둘째로 이러한 차원에서 일본 정부가 이 지역에 열의를 가지고 경영정책을 펴고 있다는 사실이다. 그리고 이와 같은 경영은 세계의 관광객이 관심을 가질 만한 가치를 지니고 있다고 설명한다. 앞서 말했듯이 평양은 일본에 있어 세계를 겨냥한 목표의 중심점이라고도 볼 수 있는 것이다. 마지막으로 평양은 일본의 근대사에 있어 빼놓을 수 없는 전승지라는 점이다. 청일전쟁은 피의 역사이지만 그것은 자랑스러운 피이며, 평양이 소위 '남만주'로까지 불릴 정도의 요지로서의 지위를 획득한 전쟁이기도 하다는 것이다. 이처럼 평양은 제국 일본의 '꿈'을 가능하게 해준 근거지라고 해도 과언이 아니다. 때문에 관광 개발의 요충지로서 교시의 평양 인식은 『조선』 이후에도 큰 반향을 일으킬 수 있었던 것이다.

기행문 내지는 여행안내 등은 리얼리티를 전달한다는 강점을 가지고, 독자의 흥미를 일으키기 위한 사실적인 묘사가 그 중심을 이루며, 이는 독자를 단지 독서에 그치지 않고 '행위'를 유발하게 하는 역할까지 담당한다. 그 대표적인 예가 『조선』인 것이다. 『조선』은 이후의 여행안내서 기술에 여러 형태로 영향을 미치고 있다. 예를 들면, 『사계의 조선(四季の朝鮮)』에서의 대동강 뱃놀이에 대한 기술이나 조선 관광지소개,[2] 『신일본구경(新日本見物)』에서 나카자와 히로미츠(中澤廣光)의 평양여행에 있어 교시의 『조선』에 대한 언급[3], 『조선만주여행안내(朝鮮滿州旅行案內)』의 『조선』에서 소개하는 오마키(お牧)의 찻집에 대한 언급[4] 등을 들 수 있다. 또 『만철안내소(滿鐵鮮滿案內所)』에는 교시의 하이쿠(俳句)를 삽입하고 있다.[5] 그리고 아베 요시시게(安倍能成)의 『청구잡기(靑丘雜記)』에서도 교시가 지나간 행적을 밟고 있다. 그 외에도 『조선』에 제시된 관광지는 다른 여행안내서에서 평양관광의 정규 코스로도 확인할 수 있다. 먼저, 조선을 소개하는 여행안내서가 평양을 표상하기 위하여 내세우는 관광명소는 어디일까? 1932년에 발행된 『조선만주여행안내』에는 평양의 유람 순서를 다음과 같이 제시한다.

---

2 龜岡營吉, 『四季の朝鮮』, 朝鮮拓殖資料調査會, 1926, p.120.
3 中澤弘光, 「朝鮮の旅」 金尾種次郎 編, 『新日本見物－臺灣・樺太・朝鮮・滿州・靑島』, 1918, p.214.
4 『朝鮮滿州旅行案內』, 鮮滿案內所, 1932, p.12.
5 『滿鐵鮮滿案內』, 滿鐵鮮滿案內所, 1926, 목차 다음의 표지에 실림, 제목은 「鮮滿吟」.

정차장―(전차) → 대신궁 앞―(이하 도보) → 칠성문(七星門) → 을밀대(乙密台) → 기자묘(箕子廟) → 현무문(玄武門) → 목단대(牧丹台) → 영명사(永明寺) → 오마키(お牧)의 찻집 → 부벽루(浮碧樓) → 청류벽(淸流碧)―(대동강을 놀잇배를 타고 내려감) → 대동문(大同門)―(상륙하여 도보) → 연광정(練光亭)―(도보) → 기생학교(이하 도보 또는 전차 이용) → 박물관 → 상품진열관 → 정차장[6]

이상과 같은 평양의 관광지는 동시기의 다른 여행안내서에서도, 마치 서로 약속이나 한 듯이, 동일한 장소가 기술되어 있다. 다음절에서 설명하겠지만 이 관광명소들은 일본 근대사를 재조명하는 요지(要地)로 소개된다. 이러한 평양의 관광지는 다시 찾고 싶은 마음이 강하게 일어날 정도로 매력이 있다고 앞서 인용한 『선만지소견』에는 소개하고 있다.[7] 일본은 쇼와기에 접어들어 관광기관을 계속 설립하고, 철도회사에 의한 관광지 개발을 적극적으로 시도하였다. 또한 이 시기는 관광여행의 내용을 적극적으로 선전하여 여행의 대중화와 더불어 관광량이 한 층 증가했다. 특히 1930년에는 철도성의 외국(外局)으로 국제 관광국을 설치하고 그 다음해에 국제 관광협회를 설치하여 왜래 여행객을 유치하고자 하는 노력도 보이고 있다.

그렇다면 비교적 최근에 출판된 평양 관광의 여행안내서와는 어느 정도의 거리를 가지는 것일까? 광복 50주년을 기념하여 출판된 『분단

6 『朝鮮滿州旅行案內』, p.23.

7 경성에서는 충분히 볼 수 없었던 풍정이다. 때로는 커다란 소가 차를 끄는 모습, 또 소에게 징을 박는 모습 등, 내지인은 상상도 할 수 없을 것이다. (…중략…) 조선의 고도의 고풍스러움, 역사의 도시로서 평양을 다시 놀러 오고 싶다는 마음이 강하게 든다. 中山正善, 앞의 책, p.21.

50년, 북한을 가다1 평양』에는 도시화된 평양 거리의 사진이 전면에 소개된다. 사진은 대부분 대동강을 끼고 있는 관광지에 대한 내용이다. 근대의 자료에서는 확인 할 수 없었던 높은 빌딩들이 가득 메워져 있고 김일성 동상이나 김일성 경기장, 백화점 등을 볼 수 있다. 대동강 전경의 사진에는 요트가 떠있고 크고 작은 유람선들이 떠다니고 있어 마치 교시의 '평양관광개발정책'의 일부를 연상하게 한다. 그리고 여기에는 주민과 관광객을 위한 휴식공간과 위락 시설이 대동강변에 많이 분포되어 있다고 설명한다.[8] 유원지 중에서도 능라도 유원지는 평양시민의 사랑을 가장 많이 받고 있는 유원지로, 동쪽에 보트장이 있고 자연 그대로를 이용한 강변수영장이 있다고 소개된다.

근대의 여행안내서와 비교해보자면, 근대와 현대가 주요 관광지로 지정한 곳이 거의 비슷하다는 점, 그래서 관광지 개발이나 유원지 건설이 과거 여행안내서의 주요 관광지 내에서 이루어지고 있다는 점이다. 그러나 차이점이라면, 근대의 여행안내서가 평양의 기자사를 강조하며 기자조선 즉 중국의 역사와 연장하여 이야기하려 했다면, 현대의 것은 단군 신화를 신화가 아닌 실제의 고대 사적으로 받아들이고 관광

8 이 책에서 설명하는 평양의 명소와 유물 유적에는, 평양성, 대동문, 보통문, 칠성문, 전금문(轉錦門), 현무문, 연광정, 을밀대, 청류정(淸流亭), 최승대(最勝台), 부벽루, 숭령전(崇靈殿), 숭인전(崇仁殿, 처음엔 箕子사), 영명사8각5층탑, 대성산성, 안학궁 성터, 청암리성, 광법사(廣法寺), 금강사 터, 대동강 고구려나무다리, 고산동(高山洞), 정백동(貞栢洞), 진파리(眞坡里)무덤, 동명왕릉, 정릉사(定陵寺), 장촌(長村)유적, 낙랑 토성, 그 외 유적과 고분, 그리고 무덤에 대한 소개를 하고 있다. 특히 사진까지 게재하고 있는 것은 진달래를 배경으로 한 현무문, 대동문, 칠성문, 보통문, 부벽루, 옹성, 최승대, 을밀대, 연광정, 대성산성, 영명사와 그 내부 유물, 용곡 서원, 숭인전, 숭련전, 94년 10월 11일에 개건한 단군릉 등이다. 그 외에 민족주체사상의 강화를 위한 박물관과 학교, 김일성 관련의 유적지와 유원지 등이 이야기된다. 그 외에 특산식품(딸기, 밤, 단풍나무), 특산품(나전칠공예, 비단, 자기, 금은세공품, 보석가공품, 화문돗자리 등)과 백화점, 식당, 숙박 등이 소개된다. 李相鎔, 『분단 50년, 북한을 가다 ① 평양』, 한국문원, 1995, p.22.

지 조성을 하고 있다는 점, 그리고 김일성 관련의 박물관, 학습관, 유적지 등이 곳곳에 건립되어 새로운 관광지로서의 역할을 하고 있다는 점 등을 들 수 있다. 현대의 여행안내서는 과거의 명승지와 더불어 조선의 역사적 정통성이 강하게 드러나는 장소가 더 첨가되어있음을 알 수 있다. 이는 관광명소가 그 국가의 정통성을 이야기하기에 적합한 요건이 됨을 시사한다. 그렇다면 일본 근대는 식민지 조선의 관광지, 바꾸어 말하면 일본의 일부가 된 평양의 관광지에 대한 역사적 의미를 어떻게 부여하고 있는 것일까?

3. '평양'에 대한 새로운 의미부여

관광지는 그 나라 혹은 민족의 전통적인 계통이나 역사의식, 혹은 민족의 기원 등이 유적과 밀접하게 연관되어 있다. 이렇게 생각하여 본다면, 그 나라의 고유성을 대표하는 도구로 이용되기에 적합한 것이 역사적 유물이며, 이것이 그 나라를 이해하는 통로로 인식되는 것이 보통이라는 것을 알 수 있다. 그렇다면 식민지로서의 조선의 역사적 문물은 무엇을 대변하기 위한 것일까? 조선민족의 역사성을 일본사에 치환해내기 위하여 여행안내서에는 어떤 작업들이 이루어져 있는 것일까?

먼저 1914년 7월 19일부터 8월 8일까지의 조선・만주・중국에 걸친 수학여행의 기록인 『대륙수학여행기』를 살펴본다.[9] 거기에는 치밀한 일정표와 여행에 대한 구체적인 설명을 위한 30장 남짓의 사진과 그림엽서를 삽입하고 있으며, 학생들의 여행 경로를 알리는 지도도 마련하고 있다. 여행의 경로는 중국의 상해에서 여행을 시작하여 부산에서 시모노세키로 남하하는 형태를 취하고 있다. 이들은 여행 후 여행 안내서를 작성하며, 여행에 미처 참가하지 못한 사람들에게 외지에 대한 정보를 제공했다. 평양에 대하여는 다음과 같이 기술한다.

> 태고 적 신인(神人) 단군(檀君)은 태백산 단목 아래에 강림하여 백성들을 지키고 군주가 되어 나라를 조선이라고 칭하고 이 지역을 도읍으로 정했다는 것으로부터, 이 지역은 조선의 발상지이다. 후에 기자의 무리가 여기에 도읍을 정하여 고려 태조도 여기를 서경이라고 칭했다. 이조시대에 이르러 역대 관서의 중진이 된 곳이다. 고니시 유키나가(小西行長)가 정한(征韓) 전쟁 때 패한 곳이기도 하고, 청일전쟁 때에는 우리나라 군인이 이곳을 포위하고 전쟁의 역사에 꽃을 피웠다. 실로 우리들이 지금 밟는 이 땅은 수 백 년 전부터 우리 국민에 의해서 허다한 흔적이 남아 있는 것이다.[10]

여기에서는 단군이 나라를 세우고 국호를 조선이라 칭했으며, 후에 기자가 평양을 도읍으로 정하고, 고려 태조 왕건도 이곳을 서경(西京)이라 칭했으며, 이조시대에 이르러서는 고니시 장군이 조선정벌을 하려다 패배한 곳이고, 청일전쟁 때에는 일본군이 승리를 거두어 전쟁의 역사에 꽃을 장식한 지역이라고 소개하고 있다. 이러한 평양에 대한 설명 다음에는 어느 여행서에서나 볼 수 있는 평양의 관광지가 소개된다.

9 『大陸修學旅行記』, 廣島高等師範學校, 1915, pp.216~224.

10 위의 책, p.122.

칠성문, 기자릉, 을밀대, 현무문, 목단대, 영명사, 부벽루, 연광정, 대동문 등이 그것이다. 이러한 관광지는 대체로 전설과 관련지어져 이야기된다. 그런데 주의할 점은 설명의 포인트가 모두 일본의 제국주의가 낳은 전쟁인 청일・러일전쟁과 밀접하게 관련되어 있다는 것이다.

칠성문에 대하여는, 과거 일본의 고니시 장군의 실패담과 그런 실패를 딛고 일어선 러일전쟁의 시발점이 된 곳이라고 기술하고 있다.[11] 기자릉에 대하여도, 기자가 평양에 도읍을 정하게 되는 경위에 대해서 설명하며, 기자릉으로 들어가는 문에 꽂힌 탄환은 청일전쟁 때 중국군이 쏜 탄환이라는 삽화(挿話)를 덧붙이고 있다.[12] 그 다음에 나오는 을밀대도 일본의 식민지 획득을 위한 전쟁과 결부되어, "멀게는 분로쿠의 난 때의 고전장으로, 가까이는 청일의 난 때 평양 포위 공격시 굳건히 지킨 고전장"이라고 하며 일본의 영토확장을 위한 전쟁의 흔적을 강조하고 있다.[13] 또 현무문에 대해서는 청일의 난 때 미무라 중위가 부하 16명과 함께 공을 세운 곳[14]이라고 하고 있고, 목단대에 대하여는 청일의 난 때 적은 이 산상에서 대포를 세워놓고 공격해 오는 적을 곤란하게 했다는 설명을 하며,[15] 과거에는 전쟁이 격렬했던 지역이었으나, 지금은 관광하기에 최적의 장소라고 덧붙인다. 영명사는 "고려시대의 유물"

---

11 멀리 적장 左宝貴가 이 지역에서 죽었는데, 지금도 그 기표를 볼 수가 있다. 가깝게는 러일전쟁 때에 처음으로 이 문에 척후의 충돌이 있었던 곳으로 유명하다. 위의 책, p.122.

12 흙 만두 앞에는 「기자릉」의 비석이 세워져 있다. 800년 전 고구려의 보종(甫宗)때에 창설되어 성종13년에 비를 세웠다고 한다. 위의 책, p.122.

13 평양의 제1의 볼거리였다고 한다. 멀리는 분로쿠(文祿)의 난의 오랜 전장으로서 가깝게는 청일전쟁 때에 유명한 평양포위 공격의 때에 굳건히 지킨 용장 馬玉崑을 공격한 오랜 전장이다. 위의 책, p.123.

14 위의 책, p.124.

15 청일전쟁 때에 적은 이 산 위에서 대포를 늘어놓고 밀어 닥쳐 적을 괴롭혔다. 위의 책, p.124.

로만 소개된다. 연광정에 대하여는 고니시 장군의 실책에 대하여 이야기하며 연광정에 있는 의열비에 대해 이야기한다. 그러나 의열비의 내용은 자세히 기술되어 있지 않다.[16] 그리고 현재 북한 국보 1호로 조선시대 성문 건축의 대표작인 대동문에 대하여는 간단하게 "건축상 참고가 된다고 한다"고 설명하고 있다. 그런 다음 평양을 소개하는 마지막 대목에서

> 오늘날 총독부에 있어서는 백만엔의 자금을 투자하여 세계적인 공원을 창립하여 기자조 전체를 자연동물원으로서 분수의 설계 만해도 수 십만엔을 들이는데, 만약 완성이 되면 정취 있는 공원이 될 것이다. 특히 일본인에게 있어서는 감개무량한 것이다.[17]

라고 기술하고 있다. 평양을 세계적 공원 혹은 유원지로 만들려는 계획을 창창하게 이야기한다. 수학여행[18]은 미래에 일본 국가를 짊어지고 갈 젊은이에게 향한 교육 정책으로 마련되었다. 이러한 수학여행은

---

16 『분단 50년 북한을 가다①』에는 이 의열비에 쓰인 내용이 자세히 기술되어 있는데, 왜장을 안고 절벽에서 뛰어내린 계월향의 장렬한 죽음에 대해 두 페이지에 걸쳐 소개되고 있다. 李相鎔, 앞의 책, pp.50~51.

17 현재 총독부에서는 백만 엔의 자금을 투자하여 세계적 공원을 창립하여 기자조(箕子廟) 전체를 자연동물원으로 하고 분수 설계를 하는데도 수 십만 엔을 필요로 하는데 만약 완성의 때에는 정취 깊은 공원이 될 것이다. 특히 일본인에게 있어서 감개무량할 것이다. 『大陸修學旅行記』, p.126.

18 이는 메이지(明治) 후반기부터, 그 후, 태평양전쟁에 이르기까지 그 성격을 명확하게 보이기 시작하는데, 그 성격을 시라하다 요사부로(白幡洋三郎)는, ① 소학생을 중심으로 한 근교의 자연관찰이나 풍경탐승의 소풍과 ② 중학생을 중심으로 한 보다 광역의 지리 역사학습을 포함한 도시의 근대장치 문명시설의 견학, ③ 그리고 사범학교 고등학교 등 상급학교를 중심으로 한, 대륙의 전쟁터에까지 미치는 장기의 수학여행으로 구분하고 있다. 이렇게 생각해 볼 때 수학여행의 의미를 가장 적확하게 드러내고 있는 것은 젊은이들의 '대륙 수학여행'인 셈이다.

단순히 개인의 외지체험에서 끝나는 것이 아니라 미처 여행에 참가하지 못한 동무들에게 외지의 이미지가 전달되며, 그리고 여행자가 사회에 나가 대중을 상대로 강의나 연설하는 형태로 재생산된다고 하는 점에서 그 파급 효과는 적지 않았음을 알 수 있다.

어떤 여행안내서든 평양을 소개할 때는 단군의 이야기로부터 시작한다. 그러나 이러한 기술은 한 두 줄에 그치고, 평양의 관광지는 청일・러일전쟁과 밀접하게 결부되어 있는 것을 알 수 있다. 애당초 일본의 수학여행이 실시되었던 목적과 식민지여행에 대한 기술이 일치되어가는 것을 확인할 수 있는 것이다. 그리고 당시 숙박을 동반한 수학여행은 청일・러일전쟁의 전적견학 정도였다. 이러한 수학여행 보고서는 여행의 일지를 소상히 기록했을 뿐 아니라, 여행 후 다른 동무들을 위하여 전시회까지 마련하고 있다. 또한 거기에 조선의 역사서나 지리서 등의 목록을 제시하며 객관성을 가장했다.

또 하나 시기상으로는 좀 나중이 되는 1934년의 여행에 대한 강연을 기록한 『조선유기(朝鮮遊記)』[19]를 살펴보고자 한다. 앞의 수학여행의 기록과 비슷한 점이 있다면, 이 두 책은 독자와 밀접하게 관련되어 있다는 점이다. 즉 여행의 기록이 필자와 책을 집어 드는 누군가에게 전달된다는 차원을 넘어, 실시간에서 그들과 함께 배우는 동급생들에게, 혹은 강연장에서 이야기를 듣는 다수의 청자에게 직접적으로 영향을 미친다는 것이다. 당시 동경제국대학 교수이자 법률학 박사였던 호즈미 시게토오(穗積重遠)는 사회교육협회 주최로 일본 각지를 순회하면서 여행에 대한 강연을 하였는데, 그 중 조선에 대한 내용이 『조선유

19 穗積重遠, 『朝鮮遊記』, 社會教育팜플렛 第二百十輯(特輯), 社會教育協會, 1934.

기』에 기록되어 있다. 그는 평양에 대해 다음과 같이 소개하고 있다.

> 평양은 조선의 발상지라고 해도 좋을 것이다. (…중략…) 설화나 전설에서부터 역사에 이르기까지 조선의 여명은 평양에서 열렸기 때문에 이제는 멀리서 와 이 땅을 밟으니, 두 번째이면서도 맘이 설레고 부산이나 경성과는 달리 진정한 조선이라는 기분이 든다. 평양에서 볼 만한 것은 대동강변의 풍경과 교외 강서 지방의 고구려의 고적과, 대동강 맞은편의 낙랑의 유적이다. 고적은 전에도 봤기 때문에 이번에는 생략했다. 목단대, 을밀대, 부벽루, 청류정 등에서 대동강을 바라다보는 조망은 몇 번 봐도 질리지 않고 아름답다.[20]

그는 평양과 비교하기 위하여 조선에 있어서의 최대의 도시인 경성과 부산을 예로 들고 있다. 1920년대에 들어서면서 경성 땅의 절반 가량을 일본인이 소유하고, 경성인구에 일본인이 차지하는 비율이 30% 이상이었으며, 1930년대 이후는 완연한 근대도시로서 외면적인 모습을 갖추게 되었다.[21] 따라서 호즈미가 강조하고 있는 조선의 진정한 의미는, 근대화, 도시화, 일본화라는 측면을 떠나서, 역사적 담론이나 설화 전설에 근거할 때에 드러난다는 것이다. 이미 경성과 부산은 '조선'적이 아니고 '일본'적이었던 것이다.

그러나 그가 참 조선을 미개발의 평양에서 찾았다고는 하나 이는 '발견의 기쁨'으로 결말지어지지 않고 끊임없이 자원을 발굴하고 '개발'의 대상으로의 전환하고 있음을 알 수 있다.

이처럼 여행안내서가 가지는 위력은 실천하는 독자가 있다는 것이

20 위의 책, p.46.

21 박천홍, 『매혹의 질주, 근대의 횡단』, 산처럼, 2003, pp.231~232.

다. 이는 어떤 장르의 기록보다도 객관적인 근거를 확보하고 있을 것이라는 독자의 상상력을 유발시킨다. 앞서 제시하였듯이 평양의 관광지는 제국주의 국가 건설에 있어 '영광스러운' 전쟁의 흔적이 있는 곳을 강조하였다는 것을 알 수 있다. 이처럼 역사적 사실의 기억이라는 측면에서 볼 때, 객관적인 기억이 가능 한 것일까? 거기에는 '기억의 폭력성'이 개입하고 있는 것은 아닐까?

4. 소생(蘇る)하는 '평양'

이상과 같이 과거 유물에 대한 기술은 '사용 가능한 과거'에 한정되어 있는 것을 알 수 있다. 일제의 조선의 역사에 대한 기술은 일본 제국의 미래를 창출해 내기 위한 과거로서의 의미로 밖에 사용되지 않는다. 즉 신세계 질서를 가능하게 하기 위한 전략적인 기술 태도인 것이다.

조선총독부 철도국 간행의 『평양안내(平壤案內 其附近, 新義州, 安東)』에서는 옛날의 평양에 대하여, "조선 개국 3천년 역사를 이야기하는 곳이다. 그 정도로 평양은 조선에서 오래되기도 하고 이름 있는 곳이다"[22]라고 소개하고 있다. 그리고 지금의 평양에 대해, "평양은 경성의 서북에 있는 서조선 제일의 대도시이다. (…중략…) 앞으로는 한층 충실과 전개

22 『平壤案內 其附近, 新義州, 安東』, 朝鮮總督府鐵道局, 1928, p.1.

를 초래할 공업지로서 평양의 장래는 실로 창창하다"라고 소개하고 있다. 그 외에도 다카하시 겐타로(高橋源太郎)의 『대화만담 조선은 어떤 곳?(對話漫談朝鮮ってどんなとこ)』에서도 "평양은 오래된 도시", "장래의 대공업지[23]"라는 과거와 현재적 가치를 동시에 기술하고 있다. 『평양안내』에는 지금의 평양을 다음과 같이 소개하고 있다.

> 평양은 경성 서북쪽에 있는 서조선 제1의 도시로, 정치 경제의 핵심을 차지하고 평안남도청, 부청, 여단사령부 등의 소재지이다. 부근에는 토양이 비옥한 대동의 평야가 길게 이어지고, 농산물이 상당히 풍요로워서, 대동의 수운과 맞물린 소위 사통팔달의 땅이기에, 예로부터 서부조선에 있어서 물자 집산의 중심으로서 중요한 위치를 차지하고, 화객의 집산이 빈번한 시가를 이루며, 또 부의 집적력에 있어서도 수도 경성 다음가는 대도시이다. 그리고 천연자원으로는, 이 땅에 철과 석탄이 무진장 매장되어 있고, 최근 공업도시로서의 색채도 점점 농후해져, 육군병기지청, 항공대, 대일본제당회사, 오노다시멘트회사, 전기흥업회사, 육군연료청, 해군광업소 등 대공장지가 속출하고 진남포의 구하라 제련소, 겸이포의 미츠비시제철소 등을 포함해, 마치 북큐슈과 같이 공업지대를 선보이고 있다. (…중략…) 공업의 제1요소인 연료와 원료를 풍부하게 지녀 앞으로 한층 충실하게 전개되어 나갈 공업지로서 평양의 장래는 실로 창창하다.[24]

위의 글을 통하여 평양의 현재적 가치는 앞서 말한 역사 뿐 아니라 정치나 경제 그리고 군사적으로도 높은 지역임을 알 수 있다. 이는 평양에 매장되어있는 다량의 철과 석탄이 산업 개발, 그리고 새로운 관광 산업 육성과

23 高橋源太郎, 『對話漫談朝鮮ってどんなとこ』, 朝鮮印刷株式會社, 1929, p.211.

24 『平壤案內 其附近, 新義州, 安東』, pp.4~5.

평양풍경풍속사진집

연결된다고 보고 있다. 그리고 평양에 있는 육군 병기고나 항공대, 해군광업소 등이 가지는 육·해·공군의 기지적인 역할은 만주 진출의 교두보로서의 가치를 지닌다. 『평양안내』는 평양의 풍부한 자원을 강조함으로서, 개척 여행으로서의 이미지를 생성하고 있다. 그리고 이곳은 경성과 같은 근대화된 도시로서의 모습이라기보다는, 산업의 요지, 군사적 요지, 그리고 거기에다가 휴양지로서의 이미지가 부각된다.

그러나 이러한 현재적 가치를 지니고 있는 평양은, 다른 한 편으로는 '경계'의 대상이 되기도 한다. 『조선제국기(朝鮮諸國記)』에서는 조선을 북조선(함경남북도), 서조선(평안남북도), 중앙조선(황해도·경기도·충청북도), 동조선(경상남북도), 남조선(충남·전남)으로 구분하고 있는데,[25] 독립

25 菊池謙讓, 『朝鮮諸國記』, 大陸通信社, 1925, p.272.

이나 부르짖는 서조선인 이라며, 서조선인을 경계하고 있다. 평양을 중심으로 한 평안남북도는 자원이 풍부한 곳이기는 하나 거기에 살고 있는 조선인은 일본 제국 건설에 저해되는 사람들이라는 것이다.

> 서조선인(西の朝鮮人)은 옛날부터 암살을 저지른다. 서조선인은 완력을 가지고 싸우는 것에 뛰어나다. 서조선은 이토(伊藤)공을 하얼삔에서 암살한 안중근을 배출했다. 사이토(齋藤) 총독을 남대문 역에서 저격하려 했던 강우규를 배출했다. 시베리아에 귀화한 조선인은 대개 북쪽 조선인이다. 그 귀화를 선동하여 배일운동을 펼치거나 독립회복군이라 칭하며 동포로부터 재산이나 보물을 빼앗는 것은 십 중 팔 구 평안도 사람이다. (생략) 평안도인은 과격한 성정이 풍부하고, 어디까지나 북방 기질인 완력을 가지고 사물과 사람을 대하려 한다. 서조선인이 가장 일본을 배척했다. 지금도 평안도인은 일본과 대항하려는 마음을 가지고 있다.[26]

여기에서는 일본 제국 건설에 방해가 되었던 평안도 출신의 조선인을 열거하며, 안중근, 강우규, 귀화선동, 시베리아 귀화, 독립회복군, 재외조선인 반역자 등을 그 예로 들고 있다. 즉 서조선인은 배일감정이라는 의식과 결부되어 거론되는 것이다. 그리고 이들에게는 이성이 적용되지 않고 감정과 완력으로 당해내려고 한다는 '미개'의 이미지가 부여된다. 또한 평안도가 조선인과 일본인이 융화되기 가장 곤란한 지역이라는 설명도 덧붙이고 있다. 그러나 서조선에 대한 설명은 이렇게 부정적인 내용으로만 그치지 않는데, 청일・러일전쟁을 거치면서 평안도인은

26 위의 책, p.277.

일본의 강대함을 깨닫게 되었고 마침내는 총독부 정치를 제창하고 나서는 귀순 조선인이 속출할 것이라는 내용으로 마무리된다. 그리고 다음과 같이 서조선의 중심은 평양이라며 그 중요성을 설명하고 있다.

서조선의 중심은 평양이다, 평양의 진보는 이제는 폭탄으로 해결할 것이 아니다, 대동강의 평야에서 채굴되는 무연탄이나, 철은 커다란 물자가되어서 '평양'의 시장을 키워 왔다. 평양 대도시가 근대적 문화에 의해 진보해 가는 기세는 눈에 보일 정도이다, 그리고, '안주'나 '의주' 방면에는 방대한 농산물이 산출되고, 서조선인에게 항상 부족했던 좋은 품질의 쌀이 나오는 곳이 되었다. 그들은 북경대학의 한 구석에서 청년들을 모으고, 또 상해의 조계에서 무뢰한 무리들을 두어, 독립군을 편성한다고 해도, 천이나 이천의 인력으로는 대 일본의 국력은 꿈적도 하지 않는다. 총독부 정치의 강대함은, 그들의 힘으로는 도저히 어찌 할 수 없다. 지난 날 일본의 대군을 격파한 것은 꿈과 같은 이야기가 되어버렸다. 그들은 독립을 꿈꾸며 고구려 왕조의 재건을 기획할 용기도 이제는 없어졌다.[27]

인용의 전반부는 평양의 개발가치에 대한 이야기이다. 평양은 '연기가 끊이지 않는 도시'였던 것이다.[28] 그리고 아무리 서조선인들이 젊은이들을 모아 반 일본세력을 만든다 하더라도 그것은 '대 일본제국' 앞에서는 허무하다는 내용도 덧붙이고 있다. 고려왕조 재건이라

27 위의 책, pp.279~280.

28 여기에서는 평양부근의 대동강 하류는 지질구조 상 고생대에 형성된 석탄 광맥이 묻힌 석회암층 인데다가 강을 따라가는 뱃길과 철도・도로 등의 교통이 편해 근대 산업시설이 들어서기에는 안성맞춤이었다고 설명하고 있다. 노형석, 『모던의 유혹, 모던의 눈물』, 생각의나무, 2004, p.240.

는 조선민족의 정통성 회복은 있을 수 없다고 단언한다. 즉 산업 개발이라는 제국의 경제적 논리가 조선의 역사적인 정통성의 회복불능이라는 서로 상응하지 못하는 논리로 귀결되어 있다. 이와 같이 반 제국주의적인 성향이 짙은 평양을 배제 할 수 없는 가장 큰 이유를, 『조선제국기』에서는 다음과 같이 설명하고 있다.

> 평양이 장래에 어떤 발전을 이룰지 미지수이나 상업적 형세의 진보를 보면 후일 반도를 대표하고 대륙에 대하여 조선을 대표하는 도시로서 여기에 총독부가 세워질 지도 모른다. 만약 그 시대가 온다면, 일본민족은 남만주를 지배하는 시대가 될 것이다.[29]

이라고 이야기하고 있고, 또한 『만한의실업(滿韓之實業)』에서는, "한국의 부원개발은 만주 연락에 의해서 한 층 깊이를 더해갈 것이다. 때문에 소위 만한(滿韓)이 통일되면, 결국 국가의 세력, 동포의 발전을 함께 이루기에, 본 회는 이를 앞세워, 조선에서 만주로, 동양으로, 서구로의 진출을 마땅히 수행할 것이다[30]"라고 하고 있다. 이는 평양의 자원이 '만주-동양-서구'를 하나 되게 하는 근원이라는 점에서 제국 확장 논리를 뒷받침하는 최적지라는 것을 알리는 내용이다.

새삼스럽지만 제국주의의 목표는 지리적 확장이다. 그 지리적 확장

---

29 菊池謙讓, 앞의 책, p.71.

30 한국의 부원(富源)개발은 만주와의 연락에 의해 더 한 층 묘미를 더해 가고, 때문에 만주 통일이라는 형태로 반드시 국가의 세력과 동포의 발전을 도모한다. 본회는 이것에 박차를 가하여 조선에서 만주가 되고, 동양이 되고, 구아(歐亞)가 되는 것을 이 시대에 이루어야 할 것이다. 內田, 「滿韓併研」, 『滿韓之實業』 30号, 1907; 木村健二, 『在日日本人の社會史』, 未來社, 1989, p.196에서 재인용.

에 대한 욕망은, 소수의 사람들로 출발하여, 같은 국민들에게 동일한 목적의식을 부여한 다음, 다른 지역을 욕망하게 하고, 나아가 다른 나라와 민족에게까지 뻗쳐나가는 것이다. 제국주의 주체의 지리적 소유욕은, 우리들(我等)라는 의식을 타민족에게까지 품게 하여, 같은 욕망을 꿈꾸게 하는 것이 이상(理想)에 지나지 않는 다는 것을 알면서도, 환상을 실제인 것처럼 가장한다. 식민지가 가치가 있는 것은 그 지역이 지니는 영토성과 자원성 때문일 것이다. 거기에 거주하는 사람들은 거추장스러운 존재이며 영토와 자원을 관리(유지, 보수)하기 위하여 존재하는 것이다. 중심은 조선국토요, 거기에 살고 있는 조선인은 영원한 타자로서 밖에 존재하지 않는 것이다.

5. 평양은 기생의 고장

봄은 벚꽃이 피는 목단대(春は櫻の牧丹台)
가을은 단풍이 물드는 금강산(秋は紅葉の金剛山)
꽃으로 장식한 관기는 누구를 기다리나(花の官妓誰をまつ)[31]

『선만지소견(鮮滿支素見)』에는 북조선의 대표적인 관광 명소를 시를

31 中山正善, 앞의 책, 속표지 부분.

통하여 소개하고 있다. 평양에 있는 목단대, 금강산, 그리고 기생이다. 여행안내서의 대부분은 기생의 존재에 대해서 언급하고 있다. 대개 사진과 그림의 형태로 제시되어 남성적 욕망을 자극하는 상징적 매개물로서 존재한다. 그러나 평양 기생의 소개에 있어서는 그녀들이 '교육의 대상'이라는 점이 강조되고 있다. 여행안내서에는 평양은 조선 제일의 미인산지이며 전 조선의 유명한 기생은 이 곳(기생학교)에서 배출된다고 하며 기생들의 양성과정에 주목을 하고 있다.[32]

「평양주식회사기생권번부속기생양성소」의 규정 11조에 보면, "본 양성소에 입소하는 자는 보통 4년 이상의 수업과 이와 동등한 학교 수업을 받고 동일 상당의 학과 시험을 거쳐 동등 이상의 자격이 인정되는 신체 발육이 완전한 여자에 한한다"는 기술이 있다. 그리고 이 기생학교에는 기생양성을 목적으로 하여 수업료와 입학금을 받으며, 각 교육을 위한 교사들을 배치하고 급료도 제공하면서 연 60명 정도를 한정하여 양성하고 있음을 알 수 있다.[33]

이처럼 평양은 기생의 전통적인 의미를 생산해내는 원산지로서의 의의를 갖는다. 그녀들은 1920년대와 30년대의 일본의 식민지교육 내용인 수신, 산술, 국어(일본어), 지리를 교수받고, 여기에다가 가무(歌舞)에 관한 과목을 수학하는 당시의 식민지교육 정책의 피교육자였다. 그녀들 각자의 가정환경은 있었겠지만, 어찌되었건 기생학교는 적지 않은 비용을 지불하고 스스로 입학하고 수학하는 곳이었기에 피교육자들은 적극적인 태도로 수학했으며, 여기에 '일본인 손님'을 예상한 그녀들의 수양과

32 미인의 산지로서 제일이다. 기생학교라고 이름 붙인 특별한 명물이 있을 정도로 조선 전체에서 명기(名妓)는 이 지역에서 배출 된다. 위의 책, p.21.

33 川村湊, 유재순 역, 『말하는 꽃 기생』, 소담, 2002.

기생

수련이 맹렬히 전개되었을 거라는 것도 짐작해 볼 수 있다.

앞에서 살펴본 바와 같이 평양과 그 주변 출신의 조선인은 조선에서나 일본에서 조선불량배(不逞鮮人)의 취급을 당하고 있었고, 이 지역 사람들은 경계의 대상이 되고 있었다. 그러나 유일하게 평양 기생에 대하여는 '미화(美化)'되고 있는 것을 볼 수 있다.

여행안내서에는 관광지의 소개 혹은 총독부 산하의 소개와 함께 종종 관련 사진이나 그림을 싣고 있다. 관련 사진 편에서도 빠지지 않는 것이 기생의 사진이다. 여행협회에서 실시하는 관광안내 포스터에도 알 수 있듯이 기생은 조선관광의 대표적인 상징물이라고 할 수 있다. 특히 평양은 기생들을 배출해 내는 '기생학교'가 있다는 점에서 그녀들에 대한 이야기는 필수적이다. 평양의 기생학교에 대하여는 다음과 같이 소개되고 있다.

평양의 기생학교에서는 학생이 매일 조선무용이나 검무나 승무를 연습하고 있다. 그런가 하면, 내지의 샤미센 같은 것도 하고 있다. 그러나 뭐니뭐니해도 이 지방에 예로부터 전해오는 예술이 여행자를 즐겁게 한다. 대동강이 내려다보이는 학교에서 일정한 과목을 수학하면 처음으로 한 사람 몫의 기생으

로 서는 것이다. 때문에 기생의 학교가 아니라, 기생양성학교이다.[34]

기생학교는 평양을 관광하는 사람들이 반드시 들르는 장소 중 하나였다. 앞 절에서 인용한 『조선만주여행안내』[35]의 평양관광 순서에도 기생학교는 포함되어 있다. 그리고 『대화만담 조선은 어떤 곳?』에서도, 오마키 찻집(お牧の茶屋)을 소개하며 이와 관련하여 평양의 기생학교에 대해 이야기하고 있다.[36] 조선총독부철도국에서 발행한 『평양안내』도 겸이포 미츠비시제철소, 진남포항, 사동해군연료청과 나란히 기생의 춤(妓生の舞)이라는 제목으로 사진을 내 걸고 있다.[37] 평양의 기생은 관광자에게 어떠한 역할을 담당했는지 『조선순유잡기(朝鮮巡遊雜記)』를 통해 살펴보면,

또 유명한 조선 내에서 유일한 기생학교를 참관했다. 이 학교는 13세 이상의 소녀가 2백 6, 7십명 있어, 그림, 노래, 춤을 배워 3년 내지 4년으로 수련을 마치고 졸업 후에는 소위 기생이 되어 조선 각지에 분배된다. 예로부터 그들이 기생이 되는 것을 천하게 여기지 않았던 것은 아마도 관기라는 것이 있었기 때문에 이에 준한다고 생각하기 때문일 것이다.

평양에 와서 3일간 2천년 세월의 고분을 방문하고 귀중한 유물을 보고 고적지의 풍경을 감상하고는, 일본의 국위의 위대함을 느끼고, 또 기생의 민요를 듣고 미술의 고장의 정취에 잠기고 이렇게 천고의 역사가 존재하는 조선의 정

34 朝鮮總督府鐵道局 編纂, 『半島の印象』, 日本旅行協會朝鮮支部, 1939, p.7.
35 『朝鮮滿州旅行案內』, p.23.
36 高橋源太郎, 앞의 책, p.216.
37 『平壤案內 其附近, 新義州, 安東』, 朝鮮總督府鐵道局, 1928, pp.18~19.

조를 유감 없이 맛볼 수 있었던 유쾌함은 붓으로 다 표현할 수 없는 부분이 있어서 마음속에 깊은 인상을 남겼다.[38]

라고 하고 있다. 위의 글을 두 가지로 나누어 볼 수 있는데, 한 가지는 조선의 관광명소에서 보는 유물은 일본의 위대함을 상징하는 도구로 사용되고 있다는 점이다. 그리고 나머지로 기생의 민요는 조선이라는 지역의 정취를 물씬 느끼게 하는 서정적인 요소로 작용하고 있다는 것이다. 여기에서 조선의 유물은 일본을 재인식하는 도구로 사용되었고, 기생은 조선을 이해하는 통로로 사용되었음을 알 수 있다. 기생이 조선을 대표한다고 해도 과언이 아닌 것이다. 일본은 조선에서 여러 차례의 박람회를 개최하여 짧은 기간 동안에 다수의 사람에게 전시효과를 누리려고 했다. 이 박람회를 살펴보면 기생이 조선을 상징하는 요소라는 것을 알 수 있다. 한국 최초의 박람회는 1907년 경성 박람회이다. 여기에는 10명의 기생이 잡가를 부르기도 하고 검무를 추기도 했다. 그리고 1915년 일본의 조선 시정 5년을 기념하여 실시한 조선물산공진회가 개최된다. 이에 대한 내지용 광고 포스터에는 경복궁과 조선총독부를 배경으로 하여 조선의 기생(신부복을 입고 춤을 추는 자세)이 그려져 일본 전국 각지로 배포되었다. 또한 1929년 경복궁에서 조선박람회가 열렸다. 1929년 6월 8일자 『조선일보』에는 박람회를 둘러싼 도시의 세태풍경을 비판적으로 그리고 있는데, "여관업이다. 음식점이다. 평양에서는 기생들이 총동원으로 서울에 원정을 온단다"라는 문구로 박람회장으로 자연스럽게 모여드는 기생들의 세태를 풍자하고 있

38 山雅喜 編, 『朝鮮巡遊雜記』, 三井合名會社, 1929, p.60.

다.[39] 일제는 제국의 주최로 매일 2만 명이 넘는 조선인과 일본인 방문객에게 기생이 조선문화의 대표격임을 선전했던 것이다. 여기에서 조선이라는 지역과 민족의 여성성을 강조하여 젠더화하고 있다는 점과, 이러한 기생에게 입혀놓은 의상도 신부복(즉 내선일체에 부합한 형태)을 입고 있다는 점에서 제국의 남성성(보이지 않는 신랑, 투명화된 국가)을 강조하고 있다는 것을 알 수 있다.

평양의 기생은 조선의 다른 여성과 비교하여 교육을 받았다는 점에서 우위에 위치 지어졌다. 실지로 일본인의 기생에 대한 취급은 창녀 이상도 이하도 아니었다. 그러나 일본 관광객에게 유포된 기생에 대한 담론은 교양을 갖춘 조선의 유녀(遊女)로서 그 역할을 담당했던 것이다. 기생을 새로운 제도로 탄생시키고 있는 것이다. 그러나 이 제도는 결국 일본인 남성의 성적 대상이 된다는 점에서 제도 운용의 주체의 의도를 여실히 드러낸다.

6. 허구의 리얼리즘과 평양

서론에서 언급했던 『선만지소견』에는 일본인이 왜 식민지 여행을 해야 하는지에 대해 이야기하며, 그의 여행 후의 소감을 "일본에 있어

39 박천홍, 앞의 책, pp.263~279.

서는 아직 일찍이 느꼈던 적 없을 정도로 강하게 일본이 사랑스러워져 버렸다[40]"고 기술하고 있다. 일본인에게 있어서 조선은 자신이 일본인이라는 아이덴티티를 확인하게 한다. 특히 일본에게 있어서 평양은, 청일 · 러일전쟁의 일본역사의 연장선상에 있는 곳으로서의 전략적 의미를 담고 있다. 또한 자원의 방대함과 군사기지의 유치라는 점에서 제국 실현의 실질적 거점이 되는 곳이기도 했다. 그리고 반 일본적 의식을 가진 조선인이 모인 곳이라는 부정적 면을 지니고 있지만 그것은 '평양기생'을 강조하여 전면적으로는 드러내지 않고 있다. 띄엄띄엄하고, 논리적이지 못하고, 전체상과는 거리가 먼 체험들을 하나의 선으로 깔끔하게 이어가는 것이 여행안내서의 저자이며, 거기에 가담하는 독자를 통하여 허구의 리얼리즘이 생성되게 된다. 이러한 제국주의의 욕망의 한가운데에 '평양'이 배치되어 있는 것이다.

40 中山正善, 앞의 책, p.1.

제8장

금강산, 기이한 세계로의 초대

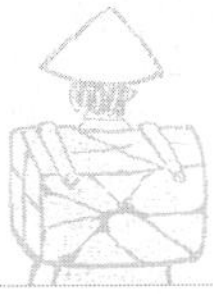

1. 한국 최고의 관광지 금강산

자연은 과거로부터 인간에게 다양한 해석을 가능하게 했다. 그 자연이 발산하는 거대하고 웅장함은 경외심을 품게 하며, 신의 위대함으로 노래되기도 한다. 그렇기 때문에 인간에게 있어서 자연은 도전 혹은 정복해야 할 대상으로 여겨지기도 했다.

한국 근대에 있어서의 자연과 인간의 관계, 특히 근대 문명의 발달과 함께 자연을 바라보는 시각이 변화된 시점은 어디일까? 그리고 더 이상 수동적 입장이 아닌 능동적 입장으로의 전환, 즉 자연을 개발하고 관람한다는 발상에는 어떤 과정이 존재하는 것일까?

근대적 교통수단의 발달은 여행자들을 보다 간단하게 자연 가까이로 데려다 주었다. 과거의 수행이나 떠도는 산행이 아니라, 자연을 맛보는 차원에서 혹은 정복한다는 차원에서의 '자연관광'의 의미는 근대적 여행의 진보가 가져다 준 것이다. 그러나 같은 근대적 여행이라도 자연 여행의 목적은 쾌(快)의 요소는 강하나 안(安)의 요소는 약한 것이 다른 여행과 구별되는 점이라 할 수 있다. 이는 근대적 관광을 크게 문화관광과 자연관광의 측면으로 나눌 수 있는 근거를 마련하기도 한다.[1]

한국 관광의 역사에 있어서 자연관광의 대표라고 볼 수 있는 곳으로서는 고래로부터의 관광지인 금강산을 들 수 있겠다. 과거로부터 세계적인 명산이라 불리던 한국의 금강산 여행은 1914년 경원선 개통으로 인해 근대적 의미로의 자연관광지로 변모하였다. 따라서 금강산을 기술하는 자가 대상을 바라보는 시각이 어떤 것인가를 살펴볼 때 금강산에 숨겨져 있는 근대적 관광의 의미와 제상을 파악할 수 있을 것이다.[2]

이 장에서는 당시 한국 관광지 소개를 위해 만들어지게 되는 여행안내서와, 한국 근대의 문인인 최남선과 이광수의 금강산 여행에 대한 기술을 살펴보며, 한국에 있어서의 근대적 관광지로서 금강산에 대한 의미를 상대화하고자 한다. 또한 일본의 근대적 의미의 자연관광이라는 측면이 식민지 조선의 최대의 자연관광지인 금강산과 어떤 관계를 띠고 있는지도 살펴보고자 한다.

1 미국의 문화인류학자 그래번(N.H.H. Graburn)은 관광활동을 다음과 같이 유형화 함— 문화관광(역사관광, 에스닉 투어리즘), 자연관광(에스닉 투어리즘, 에코 투어리즘, 환경관광(레크리에이션, 채집 수렵관광) 하세마사히로 편저, 한국국제관광개발연구원 역, 『관광학사전』, 백산출판사, 2000, p.17.

2 여기에서는 금강산에 철도가 놓이게 된 1914년 이후의 여행안내서를 중심으로 살펴보고자 한다.

2. 금강산 관광의 의미

금강산 관광은 1998년 11월 19일, 1950년 분단 이후 처음으로 실시되어 현재 중단의 상황을 포함하여 우여곡절이 있었다. 이미 금강산은 고래로부터 한국에 있어 독보적인 관광지였다. 그렇다면 금강산의 발견 혹은 의미부여는 언제부터 시작된 것일까? 금강산을 노래한 가장 오래된 국문 시가로는 6세기 말에서 7세기 초의 융천사에서 지어진 〈혜성가〉를 들 수 있다. 그리고 안축(1287~1348)이 지은 경기체가 〈관동별곡〉에서 지은이가 강릉 도존무사로 있으면서 금강산을 비롯한 관동지방의 명승지를 돌아다니며 아름다운 자연풍경에 대해 읊은 작품이 있으며, 16세기 정철의 가사 〈관동별곡〉은 금강산 탐승 노정에 따라 내금강 만폭동으로부터 해금강 동해바다에 이르기까지 금강산 일대의 아름다운 경치를 순차적으로 그려내고 있다. 개항 이전의 금강산을 노래한 문학으로 한문 기행시나 기행산문이 200여 편, 한글 가사가 30여 편, 한글 산문을 3 편정도 현재 확인 할 수 있다.[3] 근대 이전의 금강산여행기 등을 통하여 볼 수 있는 금강산의 위치는 이미 중국의 문장가들이 오르고 싶어하는 산(『금강녹』)[4]으로, 이 유명한 산을 올라 보겠

3 조병균원저, 최강현역주, 『금강산 ! 불국인가 선계인가』, 신성출판사, 1999. 이 책의 참고문헌(pp.33~47) 목록을 살펴보면 1330년의 안축의 관동별곡부터 1940년까지 420여 편에 이르는 금강산 기행시문 목록을 소개하고 있다.

4 이 책의 기행 동기는 중국 현인들이 오르고 싶어 하는 금강산을 조선에서 태어난 지은이(조희당)도 중국의 문장가들에게 무시당하지 않기 위하여 올라, 금강산의 진경을 알고자 하는 사람들을 위해 기술한 책이라고 함, 1890년 5월13일~7월1일까지의 50여 일간의 노정을 기술. 이 외 국문기행문으로는 김원근(1786~1832), 「자경지함흥일긔」(1810.3.18~5.6), 무명의, 「東遊記」(1853.8.17~9.2) 등이 있음.

碧波漂飛泉 (內金剛)

海金剛萬物相

금강산 그림

다는 의지와 그러한 금강산을 소개하고자 하는 열망이 담겨있다. 그러나 이러한 근대 이전의 금강산 여행기가 양반문인들의 유흥적인 분위기를 반영한다는 비판적인 지적도 있다.[5]

금강산의 위치가 이 정도인 만큼, 금강산과 관련된 속담들은 다양하다. '금강산도 식후경', '금강산도 제가기 싫으면 그만이다', '금강산 상상봉에 물 밀어 배 띄우기를 기다려라', '금강산 그늘 관동 팔십리 간다', '금강산 녹용 포수 죽듯 한다'[6] 등, 금강산은 최고의 볼거리, 가장 좋은 것, 보물, 가장 큰 것에 비유된다. 이와 같이 속담에 사용될 만큼 금강산은 예로부터 한국에 있어서 누구에게나 잘 알려진 최고의 관광지였다. 또한 기행문의 저자들도, '자연의 신비함의 극치'를 금강산에서 맛보았다 하며, "이번에 금강산을 보고 반생동안 보았던 산들이 모두 흙더미 돌무더기에 지나지 않았다고 했는데 지금 이 바다에 와서는 반생동안 보았던 물들이 도랑물 개울물이었던 듯하다"[7] 고 하는 등 금강산은 기행문의 저자에게 있어서도 그 위치가 변함이 없는 것을 알 수 있다.

근대에 들어서는 금강산을 보다 근대적이고 체계적으로 소개하려는 움직임을 살펴볼 수 있다. 그 한 예로 육당 최남선은 금강산을 일제의 간섭과 통치라는 특수상황 속에서 민족적 자립과 자각을 요구하는 상징적 의미로 위치 짓기도 했다. 최남선은 『금강예찬』을 통해 다음과 같이 이야기하고 있다.

---

5 말이나 가마를 타고 유람하던 양반 문인들에 의하여 기록된 것만큼 주마간산식 묘사도 있고 들은풍월도 있으며 주제 내용면에서 봉건 양반들의 유흥적인 기분을 반영한 제한성을 가지고 있다는 지적을 하기도 한다. 이영숙, 『금강산』, 문화출판사, 1989.

6 월간조선부 단행본팀 편, 『금강산은 부른다』, 조선일보사, 1998, p.93.

7 조선 후기의 유학자 김창협(1651~1708)은 1671.8~9월에 금강산유람을 하면서 이와 같은 말을 남겼다. 윤석달, 이남호 편, 『금강산기행문선』, 작가정신, 1999.

어느異邦人이우리를向하야 朝鮮에무엇이잇느냐고 뭇는다하면 우리는얼는대답하기를 朝鮮에는金剛山이 잇느니라 하겟습니다. 朝鮮에도 山川民物이의잇슬만한 것은다잇지오마는 그 中의무엇을指摘하지 아니하고 통틀어朝鮮을대표하는一物을뭇는境遇에 얼는이것이잇소하고내밀어서 언제든지狼狽업슬것은金剛山입니다. (…중략…) 그럼으로 우리가 구경할 무엇이아니라 대대 觀省崇拜할 신적일존재(神的一存在)입니다. 아모것보담금강산을몬져, 깁히, 똑똑히 알아야 할 것이며 아모일보담金剛禮讚을일즉, 소중히, 정성스럽게하여야할 것입니다. 朝鮮에서 金剛山을못보았다함은 朝鮮人으로金剛山을모른다함은 무엇이라는것보담 一大自己侮蔑이라고 할것입니다.[8]

위의 문장을 통하여도 알 수 있듯이, 최남선은 금강산을 오르는 목적이 무엇인지를 분명히 하고 있다. 최남선에게 있어서 금강산은 '구경할' 즉 관광의 대상이라기보다는 '숭배'의 대상이다. 금강산은 조선의 산이며 조선의 산중에서도 최고의 산이며, 이를 예찬하고 소중히 다루어야 한다는 것이다. 그리고 금강산에 대해 모른다는 것은 자기모멸이라고까지 극언한다. 여기에서 그는 금강산을 식민지적 상황을 극복하기 위한 조선민족의 민족성 고취의 측면에서 의미 부여한다. 최남선은 금강산의 권두어를 통해 사람들에게 금강산을 보도록 권유하고 향도하는 것은 문자의 힘을 빌리지 않으면 안 된다며 『금강예찬』의 기록목적을, ⓐ 금강산을 4개의 방면으로 나누어 4종의 학문적 견해를 시험하고자 하는 것, ⓑ 금강산 각 경승의 배치, 구성, 요소, 특질, 역사

8 홍일식 감수, 황형주 편, 『금강예찬』, 서두, 2000, p.10. 『금강예찬』은 1920년대에 씌여짐. 최남선의 금강산 연구는 1924년부터 시작되었고, 1926년 금강산을 유람하고 답사기를 『시대일보』에 연재한 것으로 보임. 금강산을 순 우리말과 구어체의 문장으로 표현.

五仙巖雨後 (外金剛)

海金剛淸遠

금강산 그림

적 유래, 유람의 조건 등을 서술하여 일반 탐승객의 반려(伴侶)를 삼으려 하는 것. ⓒ 금강산에 관한 옛 문헌을 모아 엮는 것, ⓓ 이것으로써 금강산의 도로 변천, 이름의 변환, 생활상의 투영, 감상의 실증 등을 고찰하려 하는 것 이라고 밝히고 있다. 최남선은 금강산을 대중이 탐사해야 할 관광지로서 의미부여하면서 민족성고취를 위해 필수적 여행지로 보고, 숭배의 대상으로 바라보면서 신화성 역사성을 부여한다는 뚜렷한 목적의식을 드러냈다. 한편 동 시기 춘원 이광수도 최남선과 마찬가지로 금강산을 예찬한다. 그러나 양자가 내용상 거리를 두는 것은, '관광'과 '근대화'라는 의식이 글 안에 담겨있다는 사실이다.

『금강산유기』[9]에 이광수는 1921년 아내와 함께 금강산을 여행했던 것에 대해 기술한다. 이 책에는 특별히 다른 책과 같은 권두언은 없다. 그리고 날짜가 바뀔 때 마다 날짜를 서두에 기록하는 형태를 취하고 있으며, 경성의 남대문 역에서 출발한 날짜인 8월 3일이라는 글자로 시작된다.

> 나는 天地創造를 目擊하엿다.
>
> 또는 「나는 新天地의 除幕式을 보앗다」고 웨칫습니다.
>
> 이 맘은 오직 지내본 사람이야 알것이외다. 黑暗한 鴻濛中에 난데업는 一條光線이 빗최어 거긔 새로운 峯頭가 들어날 때 우리가 가지는 감정이 창조의 깃븜이 아니면 무엇입닛가.
>
> 「나는 創造의 깃븜에 參與하엿다」 하고 십흡니다.[10]

---

9 이광수의 『금강산유기』는 1922년 「신생활」에 발표.

10 『금강산유기』, 『李光洙全集 9』, 삼중당, 1971, p.117.

금강산 여행길에 오른 이광수는 금강산 절경을 역시 신의 천지 창조에 빗대면서 이를 경험한 것에 대한 기쁨을 토로한다. 『금강산유기』에는 금강산의 신비함을 전면에 드러내고 있지는 않지만 요소요소에서 금강산을 보지 못한 사람들이 맛볼 수 없는 풍광이 내재해 있는 것을 강조하고 있다. 이는 직접적인 독자의 움직임을 유도하기도 했는데, 비로봉에 대한 감상은 직접가보지 않으면 무엇으로도 형언할 수 없다고 설명한다.[11] 그러나 이러한 절경을 보러 가는 과정에 있어서는 조선의 울퉁불퉁한 신작로를 자동차로 다니는 괴로움 등도 이야기한다. 또한 "산을 오른다는 생각으로 굉장한 차림을 하고나온 우리 부부는 가벼운 차림의 보월과 용하스님에게 부끄럽다"는 내용이나, "앞서온 일본학생 5,6인 일행이 망군대 우해서 모자와 수건을 두르며 우리를 향하야 웨치는 소리가 분명히 들립니다"[12]라는 기술을 통해 다른 금강산 여행자들과의 만남을 이야기하기도 한다.

> 거기서 물소리를 따라 十數町을 가노라면 조고마한 人家가 잇고 거긔서 좀 더가면 日本式으로 노힌 俗된 木橋가 잇스니 일흠은 조케 迎仙橋외다. 아마 본래는 통나마 두어개를 다래덩굴로 매여노핫던 다리겟지오 그대로 두엇던 편이 얼마나 韻致가 만핫슬가. 만일 人工으로 다리를 노흐랴거든 좀더 모양이나 빗갈이 自然에 조화하도록 만들엇서야 할것인데 不幸히 그 自然이 그만한 精神力과 金力을 가진 主人을 못어더만내여 이런 俗惡한 꼴을 보게된것을 생각하면 自然을 대신하야 내 가슴이 아픕니다.[13]

11 毘盧峯 大自然을 / 사람아 뭇지마소 / 눈도 미처 못보거니 / 입이 能히 말할손가 / 毘盧峯 알려하옵거든 / 가보소서 하노라(위의 책, p.123)

12 위의 책, p.34.

그러나 이광수는 모처럼 보게 되는 한국 최대의 관광지 금강산의 절경이 조잡한 일본식 시설로 인해 자연과 어우러지지 못함을 개탄하고 있다. 그의 기술에는 단순히 같은 민족으로서 만이 아니라 여행자의 입장에서 조선 관광지를 바라보는 모습도 비친다. 금강산에 상주하며 관광지의 주체가 되어버린 일본인의 모습도 그려내고 있고, 아직은 조선인에게 근대적인 관광체계와 의식이 마련되어있지 않음을 안타까워하는 부분도 다수 보인다.

> 다리는압프지마는 아직 時間이 남앗스니 萬物草구경을 하리라 하야 茶亭主人인 日人다려 안내자를 구해 달라하나 번번히 놀고잇는 朝鮮사람들은 갈 생각도 아니합니다. 그 日人은 우리를 무엇으로 알앗는지, 「참말 요보는 할수 업서요, 아모것도 안하면서도 무슨 일은 실혀하니」를 日語로 멧번씨기나 反覆할때에 나는 얼골에 모닥물을 퍼붓는듯 하엿습니다.[14]

'아모것도 안하면서도 무슨 일은 실혀하니'라는 일본인의 말에 '얼골에 모닥물을 퍼붓는 듯' 하였다는 작자의 기술은, 관광지를 운영하고 있는 주체가 일본인이며 한국인은 관광업에 있어 피고용인으로서 고용되고 있고, 한국인의 부지런하지 못함이 일본인의 시선으로 판단되는 현실을 드러낸다. 당시 금강산에는 일본인이 찻집이나 음식점을 경영하며 한국과 일본인 관광객을 맞이했다. 이광수도 금강산 여행에 앞서 다녀간 일본인 여행자의 여행기를 읽고 있는데, 예를 들어 기쿠치 유호(菊地池芳)의 말을 인용하여 금강산의 기이함을 설명한다.[15] 한

13 위의 책, p.34.
14 위의 책, 만물초의 서두, p.132.

편 한가로이 관광이나 하고 있는 총독부의 고관이나 자신들 부부의 사치스러움에 다음과 같은 기술을 하기도 한다.

> 마츰 엇던 總督府의 高官이 구경을 온다하야 만흔 人夫들이 治道를합니다. 그네를 지나갈때마다 우리는 알수업는 罪悚한 생각이 납니다. 우리가 지나선 뒤에서 그네들은 무에라고 짓거리고 웃습니다. 그는 嘲弄의우슴인가 羨望의 우슴인가 自己네가 다른 사람들 구경갈길을 닥노라고땀을 흘릴때에 閑暇로히 夫婦同伴으로 구경다니는 우리의 身勢를 嘲弄도하고십고 羨望도 하고십흘것이외다.[16]

작자는 식민지 정책 하에 관광사업에 투입되어 땀 흘리는 조선인 노동자들을 보고 자신이 피식민자에 위치해 있으면서도 식민자들 처럼 관광하는 신체가 되었다는 것에 대한 미안함과 알 수 없는 죄책감을 토로하고 있다.

근대 이전의 금강산 소개는 웅대한 자연을 예찬하는 것이 주요한 기술의 형태였다. 이는 당시 문인들의 수양이나 문학의 재료로서 이용되었다. 그리고 근대에 들어서도 금강산 안내기는 근대적 형태를 띠고 있기 보다는 그 경치를 찬탄하며, 명승고적을 한시와 함께 소개하는 형태를 띠고 있다.[17] 최남선의 『금강예찬』에서는 이러한 금강산에 대

15 "日本 小說家 기쿠치 유호(菊地池芳)氏가 금강산을 자연의 畸形兒라고 하엿거니와 萬物草야말로 자연의 畸形兒요 또는 自然의 큰작난이외다. 造化翁의 彫刻習作의 아토리에외다."(『금강산유기』, p.136)

16 위의 책, p.158.

17 예를 들어 1915년에 박건회라는 사람에 의해 발행된 『내외특선 금강산실기』 서문도 없고 결문도 없다.

한 찬사를 단순히 감정의 전달에 그치지 않고 실질적인 정보 전달을 통한 더 많은 관람을 바라는 것으로 유도하는 데에 이르렀다. 더불어 민족성 고취라는 대 사명이 거기에 담겨있다. 이광수는 『금강산유기』를 통해 지극히 객관적인 관광자의 입장으로 금강산을 바라보려 했고 이러한 그의 태도는 자칫 식민자의 시선으로 근대화되어야할 조선을 지적하는 것에 이르고 있다. 두 지식인에게 있어서 대표되어지는 금강산은 신의 경지를 자랑하는 자연경관이라는 점에서 일치하지만, 고래의 역사에 근거한 민족성고취의 측면과 장래를 보며 근대화되어야할 개인의식 개발에 대한 한탄과 바람의 측면에서는 차이가 보인다.

3. 일본 여행안내서를 통한 금강산으로의 초대

근대적 관광지로서의 금강산은 어떻게 만들어 졌을까? 앞서 언급한 것처럼 금강산은 고래로부터 독보적인 관광지였는데, 근대적 의미로 금강산의 '세계화'에 기여한 사람은 서양인이다. 특히 이사벨라 비숍과 독일 영사이던 크류겔 박사에 의해 '금강산은 세계적으로 아름다운 산'이라고 소개되면서부터 금강산은 세계적으로 명산으로 위치지어진다. 그리고 근대 일본과 관광지로서의 금강산의 관계는 불가분의 것인데, 일본에 있어서 자연관광에로의 관심과 상기에 기여한 책으로서는 시가 시게타카(志賀重昂)의 『일본풍경론(日本風景論)』일 것이다.

금강산 그림

1894년 10월에 세쿄사(政教社)에서 출판되어 1903년까지 15판이나 거듭 인쇄한 이 책은 일본의 기후 조건과 자연 조건에 대해 기술하며, 일본인의 등산하는 기풍을 일으켜야 한다고 한다. 또한 일본의 문인들이나 시인 혹은 회화 조각을 통한 풍경묘사, 일본 풍경의 보호에 대한 이야기 등을 담고 있다. 또한 고지마 우스이(小島烏水)의 일본알프스에 관한 유포도 일본 자연관광의 시발점을 잘 시사해 주고 있다. 이와 같은 책은 자연에 대해 수동적인 입장을 가졌던 일본의 대중에게 있어 적극적이고 실천적인 접근을 유도했다. 근대는 대중에게 있어, 자연을 공포나 경외의 대상에서 감상하는 대상으로 그리고 정복할 수 있는 대상으로 전환하는 계기를 마련했다. 그리고 그러한 자연에 대한 감상과 정복은 단지 일본열도만으로 만족하지 않고 당시 식민지 조선의 자연적 풍경에까지도 관심을 기울이게 했다. 그리고 제국주의적인 사업의 일환인 철도 건설은 거기에 박차를 가한 셈이 된다. 과거 금강산으로 가는 여행은 수행과 고행 끝에 그 아름다움을 만끽할 수 있는 곳으로, 반복이나 대중성과는 거리가 먼 장소였다. 그러나 교통로의 발달과 안내서 등의 출간은 금강산에 대한 대중의 여행심리를 자극했다.

1914년 경원선 개통이후 본격적으로 금강산을 소개하는 여행안내서가 나오게 되는데, 1915년 만주철도 주식회사 경성관리국에서는 『조선철도여행안내 부 금강산탐승안내(朝鮮鐵道旅行案內 附金剛山探勝案內)』[18]라는 책자를 마련하여 자세하게 금강산을 소개하고 있다.

그 내용을 살펴보면, 시작 부분에 금강산의 지도를 마련하고 금강산 경치 사진 4장(신금강 12폭, 신금강 경승, 해금강의 암벽, 해금강의 파도)을 소

18 『朝鮮鐵道旅行案內 附 金剛山探勝案內』, 南滿州鐵道株式會社京城監理局, 1915.

萬物相眺望 (外金剛)

海金剛一角

금강산 그림

개하며 시각적인 관광지 홍보효과를 노리고 있다. 금강산의 통로로 해로와 육로를 소개하는데, 해로로는 6월부터 10월 말까지 1개월에 12회 이상을 여행할 수 있으며, 다른 월은 6회 이상 왕복하고 있다고 소개하고 있다. 그리고 6월 1일부터 10월 말까지 순 양식 여관인 금강산 호텔을 직영하고 있음을 알리고 있다. 또한 조선 국내에서 기차여행을 하는 사람들에게 할인혜택을 주고 있는데, 부산, 대구, 남대문, 인천, 평양의 각 역에서 기차왕복단독여행의 경우는 30% 단체여행의 경우는 50%의 선차연락왕복표를 발매하고 있었다. 육로는 경성에서 원산역까지 기차로 가서 나머지는 인력거나 자동차로 다녀야 함을 알리고 있다. 이는 아직 금강산 전철이 만들어지기 이전이기 때문이다. 여기에서 인력거 관광의 편리함을 소개하는데, 조선의 인력거꾼은 며칠 동안이나 손님을 따라다니는 것을 싫어하지 않고 여관비는 인력거꾼이 지불한다는 점을 강조한다. 또한 장안사나 표훈사 유점사 등의 절에는 일본어를 잘하는 승려들이 있어 도움을 받을 수 있으며, 말휘리나 온정리, 보현동 등에는 헌병이 배치되어 있어 공무에 방해가 되지 않는 한 일본어를 잘하는 헌병이 안내 겸 호위를 해준다는 소개도 있다.[19]

1919년 철원과 내금강을 잇는 관광목적의 사철을 만들기 위한 공사가 착공된다. 1919년 철도원에서는 내지인에게 여행의 취미를 알리기 위해 여행안내서를 발행하는데, 그 중 『조선만주지나안내(朝鮮滿州支那案内)』[20]는 가장 높은 정밀도를 나타내는 조선과 만주의 지도를 싣고 있고 그 소개 또한 자세하다. 이미 이 시기에는 금강산 호텔 외에도

19 위의 책, pp.13~14.

20 『朝鮮滿州支那案内』, 鐵道院, 1919. 이 책의 pp.53~64까지 금강산관광에 대한 자세한 지도와 세부적 소개가 있다.

금강산 그림

일본여관이 평강, 금화, 준양, 장전, 온정리 등의 각지에 있음을 알리고 있다. 그 외에도 조선풍의 숙박지로서는 장안사, 표훈사, 백화암, 유점사, 신계사 등을 소개하고 있다. 이 책에서도 인력거나 지게꾼을 사용할 수 있고, 일본어가 가능한 승려나 헌병들이 여행안내를 하고 있다는 정보를 제공한다. 또한 금강산 관광 전철의 완성에 가까운 시기인 1928에 조선총독부철도국에서 펴낸 『세계적명산금강산탐승안내(世界的名山金剛山探勝案內)』[21]는 금강산의 자연미에 대해 극찬을 하고 있으며, 날 수 별로 34가지의 여행경로 표시하고 있다. 이 시기에는 통용기간 40일의 철도 왕복권을 발매하고, 개인과 단체로 나누어 할인을 구분하며, 단체여행에서는 학생과 비 학생을 구분하여 할인하고 있다. 또한 학생단체여행이 실시되어 금강산 여행에도 적용되고 있음을 알 수 있다.

금강산으로 가는 경로는, 경원선(1914,9.6에 개통)으로 서울에서 철원까지 가서, 전차(금강산 전철은 철원과 내금강을 잇는 전기 철도로 관광 목적의 사철, 1919년 착공, 1924.8.1에 철원 감화간 개통, 1931.7.1일에 완전 개통)로 철원에서 창도까지 가며, 그 뒤로는 자동차를 타고 내금강 외금강 해금강을 차례로 보고 장전에서 기선으로 원산을 경유하여 돌아오는 육왕해귀선과 그 외, 해왕육회귀선, 해왕해회귀선 등 크게는 세 종류로 나누고 있다. 이 『세계적명산금강산탐승안내』에는 금강산 유람의 방법에 대하여도 자세히 기술하고 있는데, 내금강은 ⓐ 경성역을 출발하여 원산행 열차로 철원까지 승차하여, ⓑ 거기에서 금강산 전철로 바꾸어 타고 창도까지 가서, ⓒ 역전에 가면 금강산 행 자동차가 대기하고 있

21 朝鮮總督府鐵道局 編, 『世界的名山金剛山探勝案內』, 1928.

는데 자동차로 말휘리를 거쳐 장안사에 도착하다는, 아침에 출발하여 저녁에 도착하는 형태의 여정을 제시한다.

그리고 외금강 관광은, 기선편과 자동차 편으로 나누어 설명하는데, 기선편은, ⓐ 경성역에서 오후 11시 기차를 타고 다음날 아침 원산에 도착하여, ⓑ 바로 원산항에서 기선을 타고 장전항에 도착하면, ⓒ 자동차로 온정리로 들어가는 코스를 소개한다. 자동차편으로는, 원산에서 장전까지 배를 이용하지 않을 때 원산에서 자동차로 온정리까지 가는 방법을 가장 일반적인 여행코스로 제시하고 있다. 여기에서 자동차는 1년 내내 매일 정기적으로 왕복하며 기차와의 연락도 좋고 약 5시간 걸린다고 한다. 더구나 자동차가 달리는 도로는 해안의 모랫길을 끼고 있거나 혹은 부락을 지나고 또 하얀 물새 떼가 떠있는 연못가를 지나는 등 지방색이 드러나는 경치가 상당히 좋다는 것을 강조한다.

「금강산 탐승 안내」 표지

이처럼 여행서는 과거 금강산 여행이 고위 문인들이 가마를 타고 유유히 풍월을 읊었던 것에서, 근대 이후 기차나 자동차 여행을 통하여 대중과 한발 가까워지고 있음을 알리고 있다. 이러한 교통 수단의 준비와 발달은 더 쉽게 일본인 여행객들을 조선으로 불러

들일 수 있게 했다. 앞에서 언급한 것처럼 금강산의 육로 여행은 주로 경성에서 출발한다. 일본인 여행객은 일단 문화적 도시가 된 경성을 보며, 제국일본이 이룩한 문화적 풍경을 감상하고 그 다음 금강산으로 향하게 되는 것이다. 특히 주목할 만한 것은 금강산 소개에 있어 지명도 높은 인물들의 말이 인용되어 있다는 점이다. 그리고 꼭 여행서의 형태가 아니어도 금강산은 한국의 생활과 문화 속에 중요한 관광지로 소개되기도 한다.[22] 이들은 근대 식민지여행의 선각자로서 아직 금강산을 여행해 보지 못한 사람들의 여행에 대한 의욕을 자극하고 있다.

4. 전략적으로 노래되는 금강산

금강산 정경의 노래

금강산 세계적 자랑인 자연의 극치미

청공에 우뚝 솟은 일만이천봉

웅장한 자태에 정신이 혼미하네.

황홀하도다 역시 신이 만든 절경인가[23]

22 예를 들어 『朝鮮の生活と文化』(村田懋麿, 目白書院, 1924)나, 『四季の朝鮮』(龜岡榮吉, 朝鮮拓殖資料調査會發行, 1921), 『朝鮮ってどんなとこ』(高橋源太郎, 1929) 등에서 금강산은 당시 조선에 대한 대표적 관광지로서 위치지어진다.

23 金剛景情唄 / 金剛山 世界に冠たる 自然の極美 / 天空聳ゆる 萬貳千峰 / 雄々しい姿情に 杖凭り添ふてよ, / 恍惚 また 神技の絶景か.(『世界的名山金剛山探勝案內』, p.75) 이

『세계적명산금강산탐승안내』의 서두에는 금강산을 세계적인 명산이라 부르는 이유에 대해 기술하고 있다. 세계적 명산으로서 금강산을 인정하고 그 곳으로 관광객들을 초대하는 일본 근대 여행서 속에 담겨진 의도는 어떤 것일까? 먼저 근대적 관광자로서, 여행기 기술의 주체로서의 일본인들의 금강산에 대한 구체적 기술을 엿보고자한다.

> 금강산을 세계적인 명산이라고 칭하는 연유는 그 풍정이 표현하는 자연미가 절대적이기 때문이겠지요. 그 아름다움은 자연의 힘이 낳은 놀랄 만큼 오묘한 조화입니다.[24]

여기에서 강조하는 것은 금강산의 '자연미'이다. 경성이나 부산 혹은 평양 등에 대하여는 철도건설과 더불어 문화적 진보, 산업적 진보를 이야기하거나 구유적지를 통해서는 과거 역사의 잔존을 이야기 하는 것이 보통이었다. 당시 여행안내서는 산을 강조하여 관광지로 개발하는 곳으로 유일하게 금강산을 들고 있다. 그리고 금강산은 도시 지역과는 다른 '자연미'가 강조되면서 조선 내에 별세계가 있음을 여행자들에게 제시한다.

앞에서 언급한 『세계적 명산 금강산탐승안내』에는 책의 요소요소에 일본 근대 지식인들의 금강산에 대한 감상이 삽입되어 있다. 거기에서 오마치 게게츠(大町桂月)는,

---

시의 3행은 지팡이를 의지하게 된다는 내용으로 웅장한 자태에 황홀하여 잠시 어지러움을 느낀 지은이의 심정을 필자가 의역하였음.

24 위의 책, p.3.

> 만약 '금강산은 후지산과 비교하여 어떤가'라고 묻는 자가 있다면, 나는 우선 대답할 것이다 '후지산은 정정당당의 극치이다. 금강산은 기기괴괴의 극치다'라고,
>
> 후지산은 화산인데 금강산은 화강암이다. 더구나 일만이천봉 전부 산골(山骨)을 드러낸다. 가는 곳마다 기이한 바위가 나타나고, 괴상하게 생긴 암석이 펼쳐져 있으며, 계곡의 흐름과 샘이 솟는 형태의 변화는 참으로 천하에 비교할 것이 없다.[25]

그는 금강산을 '정정당당'과 '기기괴괴'라는 말로 일본의 상징이라고도 이야기 할 수 있는 후지산과 비교하여 설명하고 있다. 일본의 대표적인 산과 비교를 통하여 동등한 레벨에 금강산을 올려놓은 다음 이 산이 어디에서도 찾아 볼 수 없는 기이한 형태를 지니고 있다고 설명하며 독자를 금강산으로 초대한다. 또한 같은 책에서 기쿠치 유호는 다음과 같이 금강산을 이야기한다.

> 나는 금강산은 자연이 낳은 가장 기이한 기형아라고 생각한다. 내지에서 금강산과 가장 비슷한 작은 모형을 찾는 다면 그것은 먼저 당연히 야바계곡을 들 것이다. 그렇지만 백 개의 야바계곡을 가져온다 해도 금강산의 웅대하고 기괴함은 이루다 설명할 수 없다. 그 정도로 금강산의 계곡은 호화 장대하고 복잡하고, 숭고하고 신비하다.[26]

여기에서도 마찬가지로 강조되는 것은 금강산의 기이한 형태이다.

25 위의 책, p.5.
26 위의 책, p.27.

금강산과 비슷한 모형을 일본에서 찾을 수 는 있지만 금강산이 가지고 있는 규모에는 미치지 못한다고 설명하고 있다. 그 기이한 아름다움은 숭고와 신비를 내포하고 있다. 숭고의 대상은 '거대함' '애매함' '무한성'과 같은 특징을 가지고, '공포'의 정념을 환기한다.[27] 인간은 현실 세계에서는 '공포'를 주는 상황을 피하고 싶어 하나, 자신의 안전이 확보된 경우에는 허구 속에서 '공포'를 체험하고, 거기에서 쾌에 가까운 '기쁨'이라는 정서를 얻는다. 숭고라는 것은 본래적으로는 '고'의 원인이 되는 것에서부터 역설적으로 얻어지는 미학적인 기쁨인 것이다.

『금강산탐승안내기(金剛山探勝案內記)』[28]에는 서문에 그 발간의 목적을 다음과 같이 나타내고 있다.

> 최근 금강산이 천하의 절경이라고 선전됨과 동시에 유람객 시찰자가 증가하는 오늘 여기 시의 적절한 간행물로서 좋은 안내 자료라고 해야 할 것을 금강산 여행하는 사람들에게 이 책을 휴대할 것을 장려한다.[29]

> 우리 모국에서는 국립공원 후보지 후지산 외 11개소의 우치구모야마, 기리시마, 세토나이카이의 3개소를 국립공원으로 지정하고 국민의 보건, 휴양, 교화를 장려하고, 또 중앙에는 관광국의 창설을 통해 세계를 향해 큰소리로 외치고 있는데 우리 금강에 관한 소식은 전혀 없다. 필자가 수 십년 전 행장을 하고 이 영봉의 책임자로 부임했을 당시에는 연간 탐승자는 불과 7백명에 지나지 않았는데, 1933년 탐승자는 약 4만 명이다. 교통기관의 발달도 있겠지만

27 大河內昌, 『岩波講座 文學7ー つくられた自然』, 岩波書店, 2003, p.180.
28 『金剛山探勝案內記』, 發行兼 編集 大熊瀧三郎, 印刷一合資會社, 1934.
29 위의 책, 渡辺忍 序, p.1.

역시 영봉의 위력이 자연스럽게 나타난 것이다. 그래서 10여 년 간의 추억을 더듬으며 시간을 만들어서 어설프게 꾸며낸 것이 이 소책자이다.(생략) 기차나 전차 안에서 지루함을 달랠 수 있으면 다행이다.[30]

이 안내서는 당시 금강산을 관광하고자 하는 일본인 여행자가 증가하고 있는 현실을 밝힌다. 시의적절한 여행서로서, 이 지역을 여행하는 여행자가 휴대하며 여행할 수 있도록 장려하는 책이라는 것을 시사한다. 또한 두 번째 예문에서 볼 수 있듯이, 일본 관광지의 국립공원화에 발맞추어 점점 관광객이 증가해가는 금강산에도 초점을 맞추어야 한다는 의지와, 실지 여행자들이 이 책을 휴대하며 여행의 외로움을 달래는 수단으로 사용되었으면 하는 희망이 담겨있다.

이 『금강산탐승안내기』의 내용을 보면, 금강산의 미를 체계적으로 정리하려고 하며, 금강산이 동양의 제일이라고들 하는데 어디가 어떻게 제일이라는 것에 대하여는 설명한 것이 없음을 인식하고, 표준이 없고 기준이 없는 기술방법을 깨고자 한다는 취지를 설명하고 있다. 그리하여 금강산의 아름다움을 역사미, 전설미, 인공미, 자연미(천상미, 기상미, 지상미 암석미)로 구분하고 금강산을 일본알프스에 비유하고 있다.[31] 또 같은 책에서, "금강산은 조물주만이 지배해야할 영산이다. 대부분 천재는 편집증이이 있는 불구자이다. 병적이다. 금강산에도 이같은 경향이 있다. (…생략…) 금강을 천재적이라는 이유가 여기에 있다"[32]며 금강산의 특이한 면모에 천재성을 부여하기도 한다.

30 위의 책, p.1.
31 위의 책, p.6.
32 위의 책, pp.8~9.

『조선유기(朝鮮遊記)』의 서문에서도 금강산을 세계적이 명산이라고 하며 세계 속에 금강산을 위치 짓고 있다. 또한 『조선철도여행편람(朝鮮鐵道旅行便覽)』에는

> 북백두산에서 남위산, 마산에 아르는 조선반도의 척추 산맥이, 중앙의 강원도와 함경남도의 경계로 하나의 거대하게 모여 있는 봉우리를 형성했다. 금강산이라 함은 그 십리 사방, 사군을 자랑하는 소위 일만이천의 기암괴석의 종합 명사이다. 우주의 명산에서 이처럼 기발하고 절묘함을 자랑할만한 것이 없다는 것이 예로부터의 자부심인 만큼, 모든 산수미의 정수를 표현하는 것으로, 이 조화의 대문장, 대 예술에 대하여는 시문에 그림에, 고래로부터 일찍이 그 일부조차 표현해 낸 자가 없다. 백 개의 야바계곡을 가지고 온다 해도 금강산의 웅대 기괴를 설명할 수는 없다고 내지의 산수 탐승자를 감격하게 할 정도로 어떤 비유의 대상도 없을 정도 이다. 만약 금강산은? 이라고 묻는 사람이 있다면 가서 이것을 보는 것 밖에 없다는 대답밖에 할 수 없을 정도로, 제한된 문자와 언어를 가지고는 완전히 설명할 수 없다.[33]

라고 기술하면서 금강산의 기발하고 절묘함을 설명하고, 문자와 언어로 다 형언할 수 없는 묘미를 지니고 있어 직접 가 봐야한다고 설명한다.

이러한 내용들은 금강산 여행으로 유도하는 계기를 마련하는데, 또 다른 유도 수단으로 금강산 그림을 전시한 전람회를 들 수 있다.[34] 전람회는 시류의 중심인 다카시마야(高島屋)와 같은 곳에서 금강산 그림 등을 소개하고 이와 관계된 회원과 후원자들의 이름을 공개하며 기념

33 『朝鮮鐵道旅行便覽』, 朝鮮總督府, 1923, p.113.
34 『金剛山百勝』, 著者兼發行者 辻蒼石, 1928.

하기도 했다.[35] 또한 『금강산탐승안내(金剛山探勝案內)』[36]의 광고란의 금강산엿, 금강산 만주, 금강산 양갱, 금강산 단팥죽, 금강산 전병, 금강산 쌀과자, 금강산 모나카 등의 특산품 광고가 흥미롭다. 출판사인 가메야상점(龜屋商店)은 금강산에 관한 다른 책자 소개도 겸하고 있다. 일본도 70%가 산으로 뒤덮여 있어 산의 아름다움을 강조하려 들자면 얼마든지 강조할 수 있었다. 그러나 특히 식민지 조선의 금강산을 세계적인 명산이라 강조하여 유포하는 것에는 어떤 목적성이 존재하는 것일까?

오카모토 교수이(岡本曉翠)의 『경성과 금강산(京城と金剛山)』의 서문에서는 학생들이 나라에 대한 충성심을 기르려 할 때 보통 유명한 장수 등의 묘소를 방문하여 훈화를 들려주는 것이 매우 필요하다고 하며,

> 나는 사물을 보기를 노력하고 심안을 여는 것에 접하는 어디까지나 부관을 피하여 그 특질 진수를 파악함으로써 정신을 수양하고 의지를 단련하는 것에 뜻을 두어왔다. 경서의 명승고적 금강산의 신비선령의 뜻이 마음에 하나의 지침이 될 수 있다고 생각한다.[37]

라는 글을 쓰고 있다. 앞으로 나라를 이끌어 갈 젊은이(특히, 일본)들

35 既に天下の絶勝朝鮮金剛山に登攀し其雄大と神秘とを誇れる萬物相を始め一萬二千の奇峰の秀美の觀を收めて我畵嚢を肥し且つ聊か我畵界にも貢獻せんと欲し日夜勵精する所あり但筆墨拙陋萬一剃する能はさるを遺憾とす然るに九月六日より九日まで大阪高島屋吳服店に於て大方の展覽に供し好評を博し得たるは偏に會員及後援者諸彦の此擧を贊翼盡力せられしに依る玆に金剛百勝集を編纂し後援者及會員諸賢の貴名を錄して相共に永く之を記念せんとす(위의 책, 결문)

36 松本武正, 加藤松林, 『金剛山探勝案內』, 龜屋商店, 1926, p.119.

37 『京城と金剛山』, 京城眞美會, 1932, p.11 自序.

이 정신을 수양하고 의지를 단련하는 것은 매우 중요한 것이라고 이야기한다. 여기에서는 금강산의 과거로부터 내려온 역사의식은 소거되고, 특이한 경치를 관광함으로써 새롭게 펼쳐 나갈 미래를 그릴 수 있다는 내용이 강조된다. 그런 의미에서 식민지 조선에 있는 금강산에 대한 관광은 특별하다고 이야기한다. 그리고 같은 책에서 다음과 같이 금강산의 의의를 다시 한번 강조하는데,

> 경성의 명승고적과 금강산의 선령한 천연화본을 가장 알기 쉽고, 널리 천하에 소개하는 것은 이것을 크게 보면 조선반도의 발전을 촉진하는 것이고 작게 보면 개인의 수양단련에 적지 않게 기여한다. 그래서 기존의 여러 저서들이 조상한 형태를 잃고 너무도 평이하게 기술되어있는 것은 수양 단련 상에 유감으로 생각하여 이 책을 통하여 고상함을 잃지 말며, 평이함에 빠지지 말 것을 주의했다. 비용계산은 철도국 발표의 것을 참조했다.[38]

위의 "크게 보면 조선반도의 발전을 촉진하는 것이고 작게 보면 개인의 수양단련에 적지 않게 기여"한다는 내용을 통하여 알 수 있듯이, 조선의 발전이라는 큰 목적을 가지지 않은 사람이라면 "개인의 수양"을 위하여 금강산에 오르는 것이 주요 목적이라 볼 수 있다. 그리고 마에다 히로시(前田寛)의 『금강산(金剛山)』의 서문에 다음과 같은 내용의 글이 있다.

> 원래 등산이라든가 탐승이라든가 자연을 상대로 몸을 사용하여 정신을 위

38 위의 책, p.18 例言.

로하는 것은 책상 앞에 앉아 수양서를 쌓는 것보다 더 가치 있는 것으로 국민의 견실한 정신과 사회의 미풍양속은 저절로 거기에서 길러져가는 것이다. 자연 애호가에게 세상을 저주하는 미치광이가 어떻게 나오겠는가?

우리들은 조선개발의 일조로서 이것을 크게 생각하면 국민정신의 배양을 위해 꼭 이러한 자연의 신비와 영묘를 접할 것을 권하고자한다.(…중략…) 세계 제일의 명산「금강」을 사랑하는 독자제군은 우리 반도를 사랑하고 나아가서 국가적 평화라는 커다란 의미에 이르기까지 발전하여 반드시 열성적이고 연구적인 태도를 잃지 말고 숙독하기를 절실히 바란다.[39]

마에다는 등산을 통해 "몸을 사용하여 정신을 위로"하는 계기를 삼고자 했다. 즉 등산이라는 고행의 체험을 통한 정신 수양이 국민의 견실한 정서와 사회의 미풍양속을 기를 수 있다고 생각했기 때문이다.

이처럼 마에다는 등산이라든가 탐승이 독서보다도 더 가치 있다고 여행의 중요성을 강조한다. 이러한 발상은 러일전쟁 이후 일본의 젊은이들을 훈화하기 위한 지침으로서 발행되는 '수양서'에서 자주 확인할 수 있다. 당시 일본 도시 청년들의 타락과 번민의 현상을 막기 위한 방편으로 '수양하는 인격'이 중요시되었고, 독서나 여행을 통해 그것의 구체적인 실현을 유도했다. 당시 청년들을 '제2의 국민'으로 양성하기 위한 기제로서 '수학여행', 특히 대륙 수학여행이 큰 역할을 담당하였는데, 마에다는 조선의 금강산을 사랑하고 올라보는 것이 장래적으로 국가적 평화를 위해 중요하다고 설파하고 있다. 이처럼 '여행' 그 중에서도 '외지여행' 그리고 여기에서 강조하는 '금강산 여행'은 젊은

39 前田寬,『金剛山』, 朝鮮鐵道協會, 1931, p.2.

이들을 수양하는 최적의 장소로 소개되었다. 여기에서 '수양'이라는 말의 동시대적 의미를 파악해 보지 않을 수 없다.[40]

5. 기호로서의 '수양'

메이지 말기에서 다이쇼기(1910년 이후 ~ 1920년대 중반)는 사회적으로 개인에 대한 관심의 고양으로 인해 근대 일본인들 사이에 '자아의 문제'가 두각을 나타낸 시기였다. 특히 어린이와 어른의 '중간자적'인 존재인 청년들, 즉 교육의 마지막 단계에서 사회로 진출하기 직전의 자아 확립기에 놓여있는 이들 청년에게는 자신의 정신을 '제어'할 만한 사상적 배경이 필요했다. 또한 이 시기는 무정부주의적인 사상이나 성욕에 관한 문제가 부각되고 이것이 사회적인 문제로 대두되기도 했다.

이러한 상황을 일찍이 파악한 일본 근대 국가는 1911년 '중학교 수신요목개정(中學校教授要目改定)'을 통해 청년의 '타락'을 규제하기 위한 사상적 장치로서 윤리학의 도덕론을 학교에서 가르치도록 지시 명령했다.[41] 이처럼 일본의 근대 국가는 학교 교육을 통해 '모범적인' 청

---

40 졸고, 「志賀直哉 문학과 『인격수양서』의 경계－근대 일본 제국주의의 〈장치〉로서」, 『比較文學』 30, 한국비교문학회, 2003에 자세하다.

41 日比嘉高, 「〈自己〉を語る枠組み—中等修身科教育と〈自我實現説〉」, 『國語と國文學』, 東京大學 國語國文學會, 2000.

년상을 설파했고, 이것은 문학에도 영향을 미쳐 '청년들에게 도덕적 규범을 제시하기 위한 유교적인 문학상'이라는 실용주의적인 측면에서의 기술을 요구하였다. 문학에 대한 이러한 요구는 근대 국가의 독서에 대한 규제로서도 나타나는데, 1910년 실시한 독서단속과 독서 단속에 따른 학생과 청년들의 독서 실태 조사나 독서 장려 추천정책을 추진한 것을 보면 알 수 있다.[42] 이러한 이유로 유교적 도덕과 윤리에 서양 철학을 가미한 '인격수양서(人格修養書)'는 젊은이에게 각광을 받았다.

'인격수양서'는 1897년경부터 출판되기 시작하여 메이지 말기에 이르러 간행 부수가 급격하게 늘어난다. 이들 서적은 내용상 기독교, 불교, 선(禪) 등 종교적인 색채가 짙은 종류를 제외하면 거의가 동양의 윤리학과 서양 철학에 기초하고 있으며 '자아'와 '인격'의 개념을 도입해 젊은이들의 '자아형성'에 관여하고 있다. 이러한 '인격수양서'의 내용은, 신시대의 사회적 분위기 속에서 '자아확립'이라는 문제를 안고 있는 젊은이들의 요구와 국가 형성의 기본 단위 양성이라는 일본 근대 국가의 목표에 부합했다. 특히 메이지 후기에 유・소년기를 거치고 다이쇼기에 청년기를 맞이하여 '개인'의 '인격'을 문제 삼는 이들에게는 본격적으로 '자아 확립'을 돕는 매개체가 되었다. 즈쓰이 기요타다(筒井清忠)는 수양주의에 의해서 '인격'이 본격적으로 사회 의식상 중요시되고 신성화되었다고 밝히고 있다.[43] 이처럼 근대의 수양사상과 인격의 문제는 분리하여 생각할 수 없는 문제였다.

---

42 永嶺重敏,『雜誌と讀者の近代』, 日本エデェタースクール出版部, 1997.

43 修養主義によって「人格」は本格的に社會意識上重要視され, 神聖化され始めた(筒井清忠,『日本型「教養」の運命』, 岩波書店, 1995).

예를 들어 가토 토쓰도(加藤咄堂)는 『수양론(修養論)』을 통해 "수양의 중요한 의의는 자기를 아는 것에 있다"[44]고 하여 수양과 자아발견의 관계를 설명하고 있다. 또한 가스가 세이켄(春日靖軒)의 『수양의 지침(修養の指針)』에서 "청년이 자신을 수양해 가는 과정에서 인격의 관념을 명확히 하는 것이 매우 중요"[45]하다고 밝히며 개인의 자아에 대한 문제를 전면적으로 논하고 있다. 이들 수양서는 새 시대에 걸 맞는 '자아'의 표본을 제시한다. 그리고 수양서는 '인격'을 수양의 최소 기본 단위로 취급하고 있다. 이러한 맥락으로 볼 때에 수양서는 '인격수양서'였던 것이다. '인격수양서'는 당시의 향락적 경향을 지닌 다른 서적과 구별되며, 당시의 위험시되던 사상과 성적 타락으로부터 격리된 '자기'야 말로 가치 있는 '인격'이라고 하며 '견실한 서적'[46]으로서의 확고한 지위를 획득했다.

이러한 '인격수양'을 하기 위한 중요 요소로 제시되는 것은 '입지(立志)'와 '노력(努力)'이었다. 특히 '노력'이라는 요소에 대해서는 구체적인 방법을 제시하고 있는데, 예를 들면 '독서' '공부' '일' '여행' '운동' 등의 젊은이들의 기호에 부합하는 것이었다. 이러한 구체적인 방법에 긍정적인 의미부여를 함으로서 방법적 요소들을 특수화한다. 예를 들

44 修養の要義は己を知るにあり．自己の宇宙に於ける位置，人生に於ける任務を自覺し，此の自覺の根底に立つて世に處し道を行ひ，我が生存をして意義あらしむ．これ吾等が修養の指針たり(加藤咄堂,『修養論』, 東亞堂書房, 1913)

45 青年が自己を修養して行く上に於て人格の觀念を明かにする事，甚だ必要(春日靖軒 編著,『修養の指針』, 石榮堂書房, 1916)

46 現時青年の讀書力は漸く堅實なる書籍に向つて集中せられ，好んで道德を聽き，先輩の實歷を求めて，以て自己の修養に資せんとするに至りしは，之れ或は一時輕浮なる文學的作物の爲めに弛緩したる精神の漸く倦怠を思へ來れる一時の反動的傾向なるべしと雖ども(高市予輿,『修養立志編』, 修文館, 1910, 1911年2月再發行)

면 가토 도츠도는 '독서'가 가져오는 유익은 '의지의 단련' '습관의 양성'에 있고 '독서'는 '수양의 필요조건'이라고 말하고 있다.[47] 그는 또한 중요한 것은 책의 선택이며 '될 수 있는 한 선배의 지도(즉, 모범이라 일컬어지는 사상의 답습)'를 받는 것이 실수 없는 선택의 지름길이라고 덧붙이고 있다. 독서에 대한 가토의 제시는 여기에서 끝나지 않고 구체적으로 읽으면 좋을 내용들까지 제시하는데 그 내용은 주로 위인・걸사(傑士)의 전기(伝記), 성인군자의 교시(教示) 등이었다.

그리고 '공부'에 대해서도 구체적인 방향이 제시되어 있는데 『수양의 지침』의 내용을 보면 "수양을 위해서는 공부가 중요하다." "우리 일본인은 수양을 길을 터득하는 것을 신성시했기 때문에 그 길을 터득하기 위하여 상당한 공부를 했다"고 하는 내용을 담고 있다.[48] 또한 이노우에 테츠지로(井上哲次郎)의 『인격과 수양(人格と修養)』도 '공부'의 중요성을 밝히며 '공부법(勉强法)'를 제시하기까지 한다.[49] 그리고 수양서는 건전한 신체에 건전한 정신이 깃든다는 대 명제를 제시하며 '인격 수양'을 하기 위해서는 '여행'과 '운동'이 중요하다고 강조하고 있다.

건전한 신체는 역경 속에서 생겨난다. 옛날부터 「사랑하는 자식에게 여행을

---

47 讀書の利は之れのみにあらず, 吾等が意志鍛練の習慣を養成するに於ても常に多大の利益を与ふ何れの点よりいふも讀書は吾等が修養の一要件なり. (省略)されば青年の時代に於ては成る可く先輩の指導によりて書籍を選擇して誤るなきを期するを要す(加藤咄堂, 앞의 책)

48 元來修養といふ事は, 並大抵一と通りの事では無い, それで古人は修業には勉强が大切と信じた. 今は勉强といふ言葉が非常に安く使はれる, 一時間位讀書して今日は一時間勉强したなどいふ, 一時間の讀書が果たして勉强といへようか, 勉强刻古といふことはさう容易ものではないか, 我が日本人は修業を道として神聖視したによつて其の道を得ようとする爲めには中々の勉强をした(春日靖軒, 앞의 책)

49 井上哲次郎,『人格と修養』, 廣文堂書店, 1915.

보내라」라고 하지 않는가. 「어려운 환경이 당신을 옥과 같이 만들 것이다」라는 옛말도 있지 않는가.[50]

수양을 중시하고 인격을 만들어 감과 동시에 신체를 단련하고 증진하는 것을 결코 잊어서는 안 된다.[51]

이처럼 수양서는 개개인에게 정신과 신체에 자유가 있고 선택권을 부여받았다고 하면서 '공부' '독서' '노동' '신체단련' '여행' 등을 통한 구체적이고도 모범적인 사례를 제시하고 있다. 이 모범적인 사례의 제시는 종래의 유교적 도덕에 근거한 사상과 개인주의 인격주의를 덧붙인 '인격수양' 사상에 기초하고 있다. 그리고 일본 근대의 젊은이들은 이러한 '인격수양' 사상을 아무런 위화감도 없이 그들의 '자아확립'의 수단으로 활용했던 것이다.

이처럼 금강산에 대한 '수양'하기에 적합한 관광지로서의 의미부여에 얼마나 다양한 시대적 의미가 포함되어 있는지 살펴볼 수 있다. 금강산에 대한 예찬과 소개는 다수의 근대 일본인 여행자들에 의해서 이루어졌다. 그들은 금강산을 특수화시키고 거기에 의미부여를 하며, 또한 근대적 관광지로서 일반 대중을 이끄는 역할을 하고 있다. 그러나 일본인에 의한 관광지 의미부여는 "조선반도는 취미의 고장"[52]이라는 표현이 상징하듯이 '삶'이기보다는 '취미'의 수준을 벗어나지 못한다는 한계가 있다. 이는 그 땅과 그 곳에 대한 '주인'이라는 의식이 서지 않으면

50 村上専精, 『通俗修養論』, 丙年出版社, 1911.
51 高木喬堂著, 『教訓道話美談逸話 修養日訓』, 中央出版社, 1928.
52 渡辺豪 二宮謙次郎, 『朝鮮名勝記』, 1910, p.290.

영원히 형성되기 어려운 발상일 것이다. 또한 최남선이 강조했던 것과 같은 금강산의 역사성에 대한 의미부여 보다는 여행을 통한 젊은이들의 미래의 '식민자로서의 자아를 형성'하는 곳으로, 당시의 단어로 표현하면 '수양하기 적당한' 곳이라는 의미가 부여되는 '기이한 세계'로서 존재하는 것이다. 근대화가 과거와의 단절을 의미하기는 하지만 한국 관광지에 있어서의 근대화는 과거와의 단절을 통해 일본의 미래와의 접점을 만들어내는 역할을 한 것은 자명한 사실이다. 식민지 주체자의 여행안내서는 금강산 관광을 촉구하여 홍보하기 위하여 적극적인 시도와 노력을 아끼지 않았다. 〈표1〉에 소개하는 근대 금강산 관련 자료를 봐도 알 수 있듯이 신문, 잡지, 사진관, 산악단체, 교통기관, 식민통치관리국, 국립공원협회 등 다양한 측면에서 금강산에 대한 정보가 발신되었다. 그러나 관광의 주체라기보다는 객체로서 근대 한국 관광에 의미부여하는 데에 머물 수밖에 없었던 것이다.

6. 수양과 취미의 관광지 금강산

고래로부터 인구에 회자되어 왔던 한국 최대의 관광지 금강산. 금강산은 동서양을 막론하고 관람자에게 있어 예찬의 대상이 되어 왔던 것이 사실이다. 그리고 이는 일본의 근대 자연관광의 붐과 맞물려 개발과 소개의 대상으로 정립하고, 대중에게 금강산 관광을 유도했다. 단순한 스케치나 막연한 의미부여에서 출발한 금강산은 좀 더 체계적으로 소개되어 가고, 그에 따라 관람자들을 위한 교통망도 갖춰져 대중들을 금강산으로 이끄는 기폭제 역할을 했다. 스케치뿐만 아니라, 사진, 회화 등을 통한 다각적인 소개, 수많은 여행자들의 '예찬'의 소리들은 다음 여행자를 위한 하나의 디딤돌이 되었다. 한국의 근대 관광지가 일본인들에게 더 돋보일 수 있던 것은 그들의 시선이 '삶'이 아닌 '취미'라는 관점에서 관광자와 관광지 조선이 맞아떨어졌기 때문은 아닐까? 그리고 이러한 근대적 여행에 대한 초대는 젊은이들의 향한 교화적 분위기인 '수양적' 사상을 반영하여 금강산 여행에 대한 흥미와 함께 식민지에 대한 관심을 불러일으키는 도구로도 사용되었다.

이에 대한 결과로서 관광의 대중화가 이루어질 수 있었던 것에 있어서는 어떤 의미에서는 긍정적인 효과가 있다고 볼 수 있으나, 관광주체의 개발과 노력의 부재로 인해 과거 역사와의 연결점을 소실하고 미래의 발전에 있어 식민지라는 한계에 부딪혀, 금강산은 '한도(限度)가 있는 근대 자연 관광지'[53]라는 일정한 수준에서 반복되어 위치지어지고 의미부여 되었던 것이다.

〈표 1〉 근대 금강산 여행 관련 자료목록

발행년도	자료명	발행기관 및 저자	비고
1910年刊	『朝鮮名勝記』	渡辺豪 二宮謙次郎	
1910	東朝鮮・一名元山案內	元山每日新聞社	
1913	朝鮮金剛山寫眞帖	德田寫眞館	

53 관광개발과 소개의 주체는 조선에 대하여 식민지로서의 인식의 한계에서 벗어날 수 없었던 탓에 그 관광지 개발의 근대화의 수준 또한 일정한 틀 안에서 반복 재생산되었다.
* 금강산 그림 출처: 『金剛山百勝』, 著者兼發行者 辻蒼石, 1928.

1914	朝鮮金剛山大觀	今川宇一郎著・大陸踏査會	
1914	朝鮮金剛山探勝記	竹內直馬著・富山房	
1915	金剛山遊覧の栞	朝鮮總督府鐵道局	
1915	朝鮮金剛山大觀	德田寫眞館	
1915	朝鮮鐵道旅行案內 附金剛山探勝案內	南滿州鐵道株式會社京城管理局	
1917~1918	金剛の山水	丸山晩霞著・春鳥會	「みづゑ」151号~158号
1918	朝鮮金剛山探勝記	菊池幽芳著・洛陽堂	
1918	朝鮮鉱泉要記	朝鮮總督府警務總監部衛生課	
1918	朝鮮金剛山	高尾新右衛門著・東京堂書店	
1918	朝鮮金剛山	德田美術書院	
1918年頃	金剛山案內	南滿州鐵道株式會社	
1919	朝鮮滿州支那案內』	鐵道院	
1919	滿鮮遊記	大町桂月著・大阪屋号書店	
1919	滿鮮の五十日	間野暢ひろ著・國民書院	
1919	朝鮮金剛山探勝案內	南滿州鐵道株式會社京城管理局	
1920	滿鮮風物記	沼波瓊音著・大阪屋号書店	
1921	繪の旅・朝鮮支那の巻	石井柏亭著・日本評論社	
1921	『四季の朝鮮』	朝鮮拓殖資料調查會發行	
1921	朝鮮鉱床調查報告・第七巻 ノ一(江原道)	朝鮮總督府地質調查所	
1922	金剛山探勝案內	南滿州鐵道株式會社京城管理局・朝鮮	8月号所收
1923	金剛山	德田寫眞館	
1923	『朝鮮鐵道旅行便覽』	朝鮮總督府	
1923	金剛山眞景繪図	朝鮮總督府	
1924年頃	金剛山探勝	南滿州鐵道株式會社京城鐵道局	
1924	万二千峰朝鮮金剛山	滿鐵京城鐵道局藏版	
1924	朝鮮金剛山百景	大阪朝日新聞社	
1924	『朝鮮の生活と文化』	目白書院	
1924	滿鮮の行樂	田山花袋著・大阪屋号書店	
1924	烟霞勝遊記	德富猪一郎著・民友社	
1924	朝鮮鉱床調查報告・第七巻ノ二	朝鮮總督府地質調查所	江原道
1925	朝鮮金剛山	大平晟著・日本山岳會	山岳第19年第2号
1925	金剛小詩	成田魯石著・龜屋商店	

1925	明け行く朝鮮	松村松盛著・帝國地方行政學會	
1925	金剛山探勝	朝鮮總督府鐵道局	
1926	朝鮮地質調査要報第七巻・江原道温井里温泉調査報文	朝鮮總督府地質調査所(조사는1925年9月28日~10月4日실시되었다.)	
1926	金剛山探勝案內	松本武正 加藤檢吉著・龜屋書店	
1926	世界の金剛山	博文館・田村剛著	太陽第32巻第8号
1927	朝鮮金剛山案內	朝鮮總督府鐵道局	
1927	金剛句歌詩集	成田魯石著・龜屋商店	
1927	朝鮮紀行	若山牧水	改造12月号
1928	金剛山探勝案內	朝鮮總督府鐵道局	
1928	『金剛山百勝』	著者兼發行者 辻蒼石	
1928~1941年版	金剛山	朝鮮總督府鐵道局	觀光팜플렛
1929	朝鮮の鉱業	朝鮮總督府殖産局	
1929	『朝鮮ってどんなとこ』	高橋源太郎	
1929	萬二千峰朝鮮金剛山	梅田寫眞館	
1929	萬二千衆峰朝鮮金剛山	朝鮮總督府鐵道局	
1930	日本地理風俗大系	新光社	第十七巻
1930	日本地理大系	改造社	第十二巻
1930	滿鮮趣味の旅	遲塚麗水著・大阪屋号書店	
1930	出門一笑	久保天随著・萬里閣書房	
1930	江原道鉱業狀況	朝鮮鉱業會	
1930	金剛山	德田寫眞館	
1930	金剛山探勝(世界の名山金剛山交通案內鳥瞰図)	吉田初三郎畵・金剛山電氣鐵道	
1931	金剛山	前田寛著・朝鮮鐵道協會	
1931	金剛山記	菊池謙讓著・鷄鳴社	
1931	世界的名勝朝鮮金剛山交通大鳥瞰図	吉田初三郎畵・朝鮮總督府鐵道局	
1932	京城と金剛山	岡本曉翠著・京城眞美會	
1933	朝鮮の聚落	朝鮮總督府	
1933	朝鮮の水鉛鉱業	朝鮮鉱業會	
1933	金剛山案內図	金剛山協會	
1934	鐵道趣味	鐵道趣味社	9月号
1934	草書随筆・滿鮮と支那	小杉放庵·交蘭社	

1934	昭和7年 朝鮮鉱業の趨勢	朝鮮鉱業會	
1934	金剛山案内図	金剛山電氣鐵道株式會社	
1934	金剛山探勝案內記	大熊瀧三郎著	
1934	金剛山探勝案內記	松浦翠香著・金剛山探勝案內社	
1935	國立公園	國立公園協會	1935年9月号
1935	朝鮮金剛山大觀	德田寫眞館	
1935	朝鮮	朝鮮總督府	1935年8月号
1935	金剛山地方	日本地質學會	
1936	旅人の眼	川島理一郎著・龍星閣	
1936	朝鮮金剛山	日之出商行	
1936	支那・滿州・朝鮮	中西伊之助著・實踐社	
1937	朝鮮郵船株式會社二十五年史	朝鮮郵船株式會社	
1938	金剛遊記	黒川祖山・今村珠江著	
1939	半島旅行の印象	安田一著	
1939	金剛山	日本旅行協會朝鮮支部	
1939	金剛山電氣鐵道ニ十年史	金剛山電氣鐵道株式會社	
1939	金剛山探勝コース図	財団法人金剛山協會	
1939	金剛山鳥瞰図	德田商店・金子常光畵	
1939	觀光朝鮮	日本旅行協會朝鮮支部	第一卷二号
1940	モダン日本・第十一卷第九版	モダン日本社	臨時增刊第二次朝鮮版
1940	金剛山	財団法人金剛山協會	
1941	金剛山	財団法人金剛山協會	
1940	朝鮮鐵道四十年略史	朝鮮總督府鐵道局	
1940	金剛山探勝案內図	德田商店	
1941~1944	文化朝鮮	日本旅行協會朝鮮支部	
1942	朝鮮鉱區一覽	朝鮮鉱業會	
1943	朝鮮の山	飯山達雄著	朝鮮山岳會

제9장

일본 지식인 아베 요시시게, 조선을 거닐다

1. 아베 요시시게의 『청구잡기(靑丘雜記)』

우리는 종종 타인을 통해 자신을 바라보는 계기를 마련 한다. 내가 누군지 무엇에 속해있는지 또 어떤 특성을 지녔는지는 무언가에 비출 때 더 선명해진다. 근대 한국을 거닐었던 타인은 여러 가지 관점에서 한국을 바라보았다. 그리고 한국에 대하여 기술했다. 그들의 글은 때로는 국가적이기도 때로는 개인적이기도 한 욕망의 부산물로서 존재했다. 이처럼 기술자의 정치성을 배제하기는 어렵겠지만, 타인의 눈에 비쳐 그것이 하나의 형태를 가진 완성물로 나오기까지는 바라보는 자의 면밀한 관찰과 경험, 필자를 둘러 싼 인물과 환경, 그리고 독자를 향한 시선이 상정된다.

한국에 있어 근대의 이미지는 일제의 식민통치 속에서 끝없이 이어지는 '수탈' '억압'으로 대표되어질 것이다. 따라서 근대가 낳은 소산물들은 모두 일본제국주의라는 큰 틀 안에서 '부정'되고 '무시'되었던 것이 사실이다. 그러나 적지 않은 일본의 지식인들은 한국과 한국인을 관찰하고 그것에 관하여 기술했다.

당시 대다수의 근대 한국인은 감상적인 심정으로 한국의 경치나 한국인을 바라볼, 즉 스스로를 바라보고 사회현상으로서 분석할만한 충분한 여유가 없었는지도 모른다. 갑자기 밀어닥친 일제와 근대화 앞에서 이를 어떻게 받아들여야 할지 망설이는 상태였거나, 망설일 여유조차 없었던 이들이 많았을 것이다. 동시기에 일본에서는 근대 여행에 대한 자각과 이를 적용하려는 시도가 국가적 정책으로나 개인적인 욕망에서도 자연스럽게 일어났다. 때문에 그들이 접하게 되는 '조선의 풍경'은 전략적 묘사의 대상이기도하고 개인의 취미를 만족시키는 것이기도 했다. 이 장에서는 한국 근대를 거닐었던 아베 요시시게(安倍能成)[1]의 발걸음을 좇아 그 내용을 소개한다.

선행연구는 제국주의의 지배 전략과 관련하여 아베가 어느 정도의

1 아베요시시게(安倍能成) : 1883~1966. 평론가 철학자 일고 재학시 고미야 도오다카(小宮豊隆) 이와나미 시게오(岩波茂雄) 아베 지로(安倍次郎), 후지무라 미사오(藤村操) 등과 알고 지냄. 1906년 동경대 철학과에 진학하여 헤겔, 하타노 세이치(波多野精一) 등에게 배운다. 문학자 다카하마교시(高浜虛子) 나츠메 소세키(夏目漱石) 등과도 교류한다. 대학 졸업 후 『東京朝日新聞』 문예란에 종종 기고하고 자연주의 비판의 논진을 편다. 1915년 이와나미(岩波)서점 발행의 『哲學叢書』 편집에 참가하고, 『西洋古代中世哲學史』(1916) 『西洋近世哲學史』(1917)를 발간한다. 1920년 法政大學 교수를 역임하며 1924년에는 유럽 유학에 나선다. 1926년 귀국하여 경성대학교수가 된다. 1940년 제일고등학교 교장으로 전임하여 전후에까지 이른다. 1946년 일본 문부대신, 帝室博物館長, 學習院長 등이 된다. 1949년 평화문제담화회 회원이 되어 크게 활약한다.(『現代日本文學大事典』, 久松潛一 외 4인 감수, 明治書院, 1965, p.30)

위치에 있는가를 가늠하는 것에 그 중심을 두고 있다.[2] 한편 그가 제국주의 주체로서의 삶을 살았는지 아닌지에 대한 여부를 떠나 서양철학자로서의 아베의 철학적 사상에 근거하여 그의 저작물을 중심으로 조선에서의 삶을 검토한 연구도 있다.[3] 이 연구들은 경성대 교수로서의 아베의 삶과 철학을 이해하는데 유용하다. 그리고 그가 일본 제국주의의 역사 속에서 어떤 의미로 존재하는지에 대해서도 알 수 있다. 결과적으로 보면 제국주의적 상황을 거스르는 일본인이란 존재하지 않았다. 때문에 그가 조선에 대하여 얼마나 애정을 가졌고 혹은 식민자로서 어떤 모습으로 비치는가에 대한 시각은 공허한 외침일지 모른다. 아베는 누구보다도 일본을 사랑한 사람이었고 자신이 일본인이라는 사실을 뼈저리게 느꼈던 사람이었기 때문이다.

여기서는 아베의 조선에서의 여행 기록인 『청구잡기(青丘雜記)』의 기술의 세부를 통해 그가 그토록 강조했던 '조선적'인 것의 정체를 살펴보며 조선의 '관광지'를 바라보는 '여행객'으로서 아베에 초점을 맞추어 고찰하고자 한다.

---

2 아베에 관한 연구는 다음과 같은 연구가 있다. 이들 연구를 통해 아베의 경성제국대학 교수로서의 입지나 그의 생활 사상적 기반 등을 살펴볼 수 있다.
① 최재철, 『외국문학연구』 16, 2004.2, 「근대일본인의 한국 견문기 연구」 일본인의 견문의 계보 속에 아베의 식민지 주체로서의 인식과 조선에 대한 애정을 나누어 분석하고 있으며 식민지 고뇌하는 지식인으로 아베를 인식하고 있다. 그리고 2009년의 『일본연구』 42호의 「경성제국대학과 아베요시시게 그리고 식민지 도시 경성의 지식인」을 통해 아베의 경성체재기의 역할과 행적, 사고 주변인물과의 교류 양상을 살펴보고 있다. ② 이선옥, 『일어일문학연구』 43, 2002, 「일제강점기의 서울 고찰」 아베의 식민자로서의 윤리의식에 의거한 분석을 한다. ③고사카 시로, 『日本思想』 15, 「진달래를 사랑한 아베 요시시게—경성제국대학의 설립과 폐교의 사상적 의의」(2008.12)는 경성제국대학 설립의 주변사를 고찰하며 조선의 민족문화를 옹호하려했던 아베의 모습을 부각시킨다.

3 박광현, 『비교문학』 46집 「'조선'이라는 여행지에 머문 서양철학 교수」(2008.10) 서양 철학자로서의 자신과 조선과의 거리를 조선여행에 있어 체현하는 모습으로서 아베가 분석된다.

2. '아름다운 폐허'에 손을 대지 말자!

아베 요시시게의 『청구잡기』[4]는 아베가 1926년 유럽 견학 후 경성 제국대학에 부임한 이래 6년간 조선에서 지내면서 자신의 눈에 비친 조선인의 삶과 문화에 대하여 기록한 글이다. 제목에 실린 청구(靑丘)의 의미는 동쪽나라라는 뜻의 조선[5]의 다른 이름으로, 이 책에 실린 글이 모두 조선 체재 중 기록되었다는 점에서 붙여졌다.

> 조선에서 지내면서 조석으로 조선을 봤기 때문에 이 책에 수록한 문장에는 조선에 관한 것이 많다. 그렇지만 그것은 문헌의 검색 또는 실상의 조사로부터 연구적으로 조선에 대한 지식을 전달하기 위한 논책이나 기술이아니라 나의 눈에 비친, 귀로들은 주관적인 인상을 이야기한 것에 지나지 않는다. 단지 내 나름대로 적당한 지식으로 학술적인 현식(衒識)을 집어넣는 것은 피하고, 내 사견과 들은 이야기, 경험과 억측을 구별함으로써 조선에 대한 잘못된 견해를 독자에게 전하는 것도 피하려 했다. 또 확실하지 않고 걸리는 것은 종종 조선의 학자나 사정을 잘 아는 사람의 가르침을 받기도 했다. (…중략…) 나는 이 책을 통해 너무나도 부족하다고 생각되는 조선에 대한 내지인의 관심을 조선으로 향할 수 있게 한다면 더없이 행복하다.[6]

4 『靑丘雜記』는 이와나미서점(岩波書店)에서 1932년 9월 제1쇄로 시작하여 1942년 제7쇄까지 간행될 만큼 영향력을 끼친 아베의 저서이다.

5 책의 내용과 성격상 원문관련 내용에서는 근대 한국을 조선이라 부른다. －필자 주.

6 아베 요시시게, 『靑丘雜記』, 岩波書店, 1932, p.3.

이 책의 기록 목적은 일본인의 조선에 대한 관심을 불러일으키기 위함이었다. 이미 식민지화가 된지 20년이 넘은 상황에서도 여전히 일본인의 조선에 대한 관심이 부족함을 실감했던 아베는 이 책을 통해 일본에 거주하는 일본인이 조선에 대한 매력을 느낄 수 있는 계기를 마련하고자 했다. 주목할 것은 이 글이 아베의 '주관'이라는 점이다. 당시 조선에 관한 정보는 헤아릴 수 없이 많았다. 조선을 바라보기 위한 '객관적' 잣대가 충분히 있었다는 것이다. 그러나 당시 '객관적'이라는 잣대는 제국주의의 확장 정책에 부응하여 선택되어 제조된 '객관'이었기 때문에 아베의 '주관적 인상'은 오히려 조선을 진정한 객관적 대상물로 바라보고 있다는 의미도 함축한다.[7]

그렇다면 아베가 말하는 '주관'의 핵심에는 어떤 것들이 존재하고 있을까? 아베는 자신을 "여행자" "관찰자"라 칭하며 조선 여행을 하고 있는데 그 내용을 살펴보고자 한다.

> 경성처럼 산보하기 좋은 도시가 있을까? 시가 주변의 전체가 모두 산보 혹은 소풍가기에 아주 좋은 곳이다. (…중략…) 저녁 빛 속에서 운치가 있는 소나무 사이로부터 인왕산이나 백악 게다가 북한산을 배경으로 하여, 파랗고 청명한 하늘의 한켠에 주홍빛 구름을 태우는 석양을 배경으로 바라볼 때, 걷고 있노라면 살풍경하다고 여겨지는 경성의 시가도, 뭐라 형언할 수 없는 음영과 광채의 교차 속에서 실로 미화되어서 눈앞에 드러난다. 경성근처에는 산도 있고 나무도 있고 강도 있다. 거기에다 크게 수식을 덧붙일 필요는 없다. 단지 잘 닦인 도로가 있고, 그리고 지금까지 있던 수목이 적당하게 보호되고, 지금까지 없던

7 그가 말하는 '주관'에는 개인적 지식이나 억측, 잘못된 견해를 배제한다고 부연하는 것으로 보아 더욱 그 주관이 가지는 의미는 선명해진다.

곳에 적당하게 수목이 심겨지면 된다. 일본식 정원풍의 소심한 설비는 풍경을 좋게 하는 것이 아니라 나쁘게 한다.(…중략…) 거기에다가 삼가야 할 것은 페인트칠한 광고이다. 광고주가 기부한 벤치 등도 배척해야한다. 남산 일각의 살풍경한 음악당과 같은 건물도 부숴버리는 것이 좋다.

경성의 성벽주변 등도 실로 좋은 행락지이다. 벽은 그대로 실로 폐허의 아름다움을 유감없이 발휘하고 있다. 바라는 바는 더 이상 파괴하지 않는 것 그리고 더 이상 보수하려고 손대지 않는 것이다.[8]

아베가 그려내는 조선의 경치는 '산보'를 통하여 세심하게 살펴볼 수 있는 '경성'이다. 그가 바라보고 느끼는 경성의 아름다움은 크게 '수식'을 필요로 하지 않는 곳으로서 이다. 여기에서 '수식'이란 '일본풍'의 근대적 설비를 말한다. 편리하게 관광지로 가기 위해 철도가 놓이고 도로가 만들어지는 것에 대하여는 이견이 없으나 관광지 자체를 국적 불명의 값싼 구도로 새롭게 꾸미는 것에 대한 불필요를 강조하고 있다. 그리고 '일본적 수식'은 조선의 관광지에 있어서 관광지로서 의미를 상실해 간다는 주장을 하며, 조선의 풍류 사이에 슬그머니 끼어있는 '일본풍의 설비'를 이단시한다. 근대의 상징물이기도 한 페인트칠이 주위의 경관과 전혀 어우러지지 않아 조선을 즐기려는 자의 눈살을 찌푸리게 하는 주요 요소가 되어있었다. 자연과 어우러지기에는 너무 눈에 띠기도 하고 색 자체도 천박하다 할 수 있는 페인트칠에 대한 이야기는 근대 한국을 여행하는 여행자들이 종종 거론되는데, 조선 최대 관광지였던 금강산에서도 볼 수 있었다고 한다.

8 아베 요시시게, 앞의 책, p.36.

장안사는 내금강의 문호로 어울리는 곳이다. 청류와 같이 저 계곡을 장식하는 초록이 짙은 소나무 숲 위에 금강전봉(前峰) 같은 데를 어떻게 형언해야 좋을까? 다행이 호텔의 건물도 이 숲의 아름다움에 손색없이 간소하게 만들어져 있다. 단지 내가 기분 좋은 경내에서 충격을 받은 것은 절로 건너가는 다리의 페인트칠한 안내도이다. 저것을 만든 것은 철도국일까 어딜까? 어느 쪽이든 여행객에 대한 친절은 감사해야 되겠지만 저 하나의 방대한 자연과 조화를 이루지 못한 간판이 주위의 미관을 완전히 망쳐버리는 것을 확연히 보여주자 감사는커녕 무턱대고 화부터 난다.[9]

이처럼 관광자의 편의를 위해 만들어 놓은 길안내 표지판은 자연과 전혀 어우러지지 못한 조잡한 형태의 것이었다. 이러한 묘사는 일본의 다른 문학자[10]나 이광수 등의 글[11]에서도 살펴볼 수 있다. 이처럼 아베

9 위의 책, p.30.

10 조선의 자연은 산이 벌거숭이이고 산과 들 일대가 단조롭기 때문에 산자수명(山紫水明)의 경계 등은 거의 없다고 해도 좋다. 때문에 자연미는 단지 궁전누문 등의 건물과 그 건물을 배경으로 한 조선인의 풍속 밖에 없다. 그런데, 이 자연미도 최근 특히 그 대부분이 소위 신문명의 진입에 의해 파괴되어가는 것은 실로 안타까운 일이다. 그 사실의 대부분을 나는 경성의 시가지에서 보았다. 경성에 체재한지 며칠 동안 나는 경성의 여러 곳을 돌아다녔는데, 그러한 부수고 신축한 것에 마주칠 때마다, 이러한 민족적 색채가 있는 유물은 아무리 작은 것이라도 어떻게든 보존해야 한다는 생각이 들었다. 새롭게 단장한 시가지가 된 누문의 흔적, 잘려진 성벽의 일부, 서양식 목조의 학교 같은 건물로 변한 양반의 가옥, 이렇게 조선의 모습은 매일매일 변해가는 것이었다.(金尾種次郎, 「朝鮮の旅」, 『新日本見物』, 1918, p.204)

11 거기서 물소리를 따라 十數町을 가노라면 조고마한 人家가 잇고 거긔서 좀더가면 日本式으로 노힌 俗된 木橋가 잇스니 일홈은 조케 迎仙橋외다. 아마 본래는 통나마 두어개를 다래덩굴로 매여노핫던 다리겟지오 그대로 두엇던 편이 얼마나 韻致가 만핫슬가. 만일 人工으로 다리를 노흐랴거든 좀더 모양이나 빗갈이 自然에 조화하도록 만들엇서야 할것인데 不幸히 그 自然이 그만한 精神力과 金力을 가진 主人을 못어더만내여 이런 俗惡한 꼴을 보게된것을 생각하면 自然을 대신하야 내 가슴이 아픕니다.(『이광수전집 9』, 삼중당, 1971, p.34)

는 조선 고대 문화나 자연 경관을 없애거나 일본식으로 바꾸는 것에 대해 상당히 경계심을 나타내고 있다.

당시 총독부가 발간한 조선 여행안내에는 일본에 의해 근대화되는 과정에 있는 경성에서 '편리한 근대적 여행'이 가능하다고 소개했다. 이와 같은 편리한 여행을 위해 파괴되어 가는 조선적인 정취를 바라보는 조선인들의 심정은 어땠을까? 아베뿐만 아니라 조선인의 삶의 현장이 근대적 관광사업의 일환으로 변형되고 파괴되어 가는 것을 한탄하는 일본인은 적지 않았다.

그러나 아이러니컬하게도 그런 한탄에는 일본인이 '민족성 발현'과 '민족성의 확대'를 통해 세계인으로 성장해 가야 한다는 의식이 내재되어 있다.[12] 아베를 포함한 당시 일본 교양주의자[13]들의 '문화를 폭넓게 향수하는 것을 통해서 인격의 완성을 지향하는 사상과 생활 태도'[14]의 궁극적인 목표는 일본인으로서의 민족성 확장의 연장선상에 있었던

---

12 경성에 내지인의 손이 가해지면서 시가지가 훌륭해지고 설비가 개선되는 것은 사실이다. 그러나 문제가 되는 것은 얼마만큼 영속적인 일이 이루어지는지, 또 어느 정도 '영속적'이라는 것을 목표로 두고 일이 이루어졌는가하는 것이다. 원래 몇 년 세월을 가지고 이상적인 공적을 만들어내기를 바라는 것은 무리이다. 그러나 마음가짐은 처음부터 중요하다. 우리 일본인의 조선에 있어서 생활의 의미는 우리 민족성을 발휘함과 동시에 그 민족성을 확대 혹은 초월하여 세계적 국제적이 되고 우리의 사업이 세계의 문화에 공헌하는 것이다.(아베 요시시게, 앞의 책, p.44)

13 교양주의는 구제고교생들의 학력 엘리트의 중핵문화였다. 교양주의의 생성 이전에 수양주의가 기반에 있는데 수양주의의 특질이라면 '인격주의'의 강조였다. 그들은 수양에 의해 인격을 향상하는 것을 목적으로 삼았다. 교양주의는 이러한 배경 아래에 1906년 니토베 이나조(新渡戸稲造)가 일고 교장으로 취임하면서 영향력을 끼치기 시작했고 이 문하에서 아베 요시시게와 함께 와츠지 데츠로(和辻哲郎), 아베지로(阿部次郎)가 대표적인 교양주의자로 꼽힌다. 교양주의자들의 활동을 살펴보면 1914년 아베지로의 『三太郎日記』를 비롯하여 1917년 잡지 『思潮』 창간 등 그들에 의한 이와나미 서점에서 간행된 출판물 등에 잘 나타난다. 筒井清忠, 『日本型「教養」の運命』, 岩波書店, 1996, p.3, p.24, p.49 참고.

14 위의 책, p.61.

것이다. 동시기 일본의 고등 교육을 받은 젊은이들 사이에서는 교양주의자들의 영향력이 높았다. 이러한 영향권 아래에서 일본으로 귀국한 아베는 일고 교장으로 취임할 때 학생들의 열렬한 환영을 받는다.[15] 그는 교양의 목적을 강조하는데 있어 구지 '일본인'으로서의 정체성을 내세우지 않았다. '인격'을 지닌 인간을 내세운 것이 당시 전시체제로 무력한 일본 지식인에게 유일한 쉴 곳이 되어주었던 것이다. 그는 궁극적으로 세계 속에서의 '인격'을 갖춘 일본인을 의식하였다. 그것이 조선을 바라보는 시각에서도 적용되어 일단 존중받아야 할 조선인의 가치를 인식하고 있었고, 조선 문화 자체도 존중의 대상이 되어야 한다는 것을 관광적 가치로 끌어낸 것이다. 그래서 조선의 '아름다운 폐허'가 장래에 일본의 문화유산의 일부로서의 가치를 명백히 드러내리란 사실을 간파한 기술을 보인다.

3. 조선 문화의 '소유'와 '소통'

여행안내서에서 광고하고 여행을 종용하던 조선의 관광지는 실제로는 '일본화' 그것도 값싼 형태로의 일본화하는 과정에 놓여 있었던 것을 알 수 있으며, 그럼에도 불구하고 이 시기 일본인의 조선에 대한 관

15 위의 책, p.65, p.74.

심은 그다지 높지 않았음을 알 수 있다. 그렇다면 아베에게 있어서 존중받아야 될 조선과 조선인은 어떻게 드러날까? 여기에서는 그가 주장하는 '조선적'인 것의 의미와 실질 삶과의 거리를 살펴보고자 한다.

일본에서도 동경에서 살았던 그는 조선의 이질적인 문화를 새로워했고 조선에 심겨진 일본적인 것을 식상해 했다. 그는 새로운 영토로서의 '조선'의 가치는 조선다울 때 있는 것이라고 강조했다.

> 실제 나뿐아니라 일본에서 온 이주자가 그 정도로 생활(조선가옥에서 살고 조선 음식을 먹는 생활—필자 주)이 된다면 시끄럽게 떠드는 내선융화의 문제 같은 것은 쉽게 이루어질 것이다. (생략) 여전히 새삼스럽게 질문하는 내지인의 조선인에 대한 너무 심하다 싶을 정도의 무지가 의외로 여겨질 뿐이다. 실제로 경성의 거리는 너무나도 지나치게 일본화되어 우리에겐 흥미가 없을 정도이다. 조선인 상가가 많은 종로거리의 노점을 백의의 사람들에 섞여 물건 값을 물어보려 해도 거기에 진열되어 있는 물건은 대개 오사카에서 들여온 조잡한 일상잡화뿐이고 조선다운 것이라고 해도 겨우 약수저 같은 편평한 수저나 금속제의 젓가락 꽃모양의 종이를 바른 조잡한 상자(여자아이가 가지고 다니는 반짇고리 종류인 것 같다), 나무를 도려내어 만든 겹쳐진 둥근 사발정도이다. 조선의 토산품이라고 판매되고 있는 것도 대개는 전부 일본인 취향의 일본인이 만든 것뿐이다. 나처럼 반평생 동경에서 생활한 자로서는 경성의 일본적인 것에는 거의 흥미가 없다. 흥미 있는 것은 역시 조선고유의 물건, 건축, 풍속 등이다.(1928년 9월 27일 저녁 경성에서)[16]

16 아베 요시시게, 앞의 책, p.74.

아베를 포함한 조선 거주의 대부분의 일본인은 조선에서 지내는 동안 다다미를 설치하고 매일 일본식 식사(和食)를 하는 등 일본에서와 다름없이 생활했다. 아베의 말처럼 내선일체는 조선에 거주하는 일본인에게 조선가옥, 조선음식, 조선의복이 어색하지 않을 때 비로소 가능한 것일 것이다. 그러나 그것이 불가능에 가까운 것처럼, 내선일체도 영원히 일어나지 않을 것을 전제로 한 상상된 말에 불과하다. 결과가 눈앞에 뻔히 보이는 명제 앞에서 순종해야 하는 조선인과 이를 강요하는 일본인이 근대 한국에 존재했고, 그렇게 되지 못하는 사람들은 끊임없이 추궁 당하고, 한편으로는 스스로를 자책하는 사람도 있었을 것이다. 일본에 거주하건 조선에 거주하건 대다수 일본인의 관심사는 전혀 조선이 아니었다.

그러나 여기서 그런 영원히 닿을 수 없는 조선과 일본의 공존 속의 비공존의 침묵을 깨는 인물을 든다면, 아베가 존경이라는 단어를 가지고 설명한 아사카와 다쿠미(淺川巧)일 것이다. 아베는 『청구잡기』의 「아사카와 다쿠미를 애석해한다」[17] 부분에서 "다쿠미(巧)씨는 내가 가장 존경하는 그리고 가장 사랑하는 친구"[18]라며 아사가와 다쿠미의 생애를 자세히 소개한다. 그리고 다쿠미의 죽음에 대해 "이런 사람의 상실이 조선의 커다란 손실임은 물론이거니와 나는 이것을 더 나아가 인류의 손실"이라며 애도한다.[19] 다쿠미는 자연을 사랑하고 사람을 사랑하는

17 위의 책, p.279.

18 위의 책, p.279.

19 ① 다쿠미는 바르고 의무를 중시하고 사람을 두려워하지 않고 하나님만을 두려워했던, 게다가 두뇌도 뛰어나고 감상력이 풍부한 실로 고마운 사람이다. (…중략…) 이런 사람의 존재는 인간 생활을 바람직하게 한다. 특히 조선과 같은 인간생활이 희박한 곳에서는 더욱 그렇다. 이런 사람의 상실이 조선의 커다란 손실임은 물론이거니와 나는 이것을 더 나아가 인류의 손실이라고 말하기를 주저하지 않는다.(위의 책, p.280)

순박한 성격이었다.[20] 다음은 다쿠미의 1922년 6월 4일의 일기이다.

남산의 약수는 맛있었다.(…중략…) 정상에서 바라본 경복궁내의 신축청사는 실로 어처구니없고 화가 난다. 백악과 근정전과 경회루와 광화문 사이에 무리하게 억지로 갈라놓은 형태로 자리 잡고 있는 것은 아무리 생각해도 뻔뻔스럽다.

---

② 다쿠미 군은 삼림의 기수라는 직책을 맡으면서도 왕이나 귀족들을 두려워하지 않고 평범한 사람을 무시하지도 않고 씨를 뿌려 조선의 벌거숭이 민둥산을 푸르게 만든 귀중한 사업에 종사하는 한편, 조선의 인간과 자연과 예술과 문화를 좋아하여 그것을 사랑하고 체험하는 것과 동시에 그것을 연구하고 인식하고 이해했다.(위의 책, p.314)

20 아사카와 다쿠미의 형인 아사카와 노리타카(淺川伯教)는 1913년 조선으로 건너와 초등학교 교사를 지냈다. 아사카와 노리타카는 미술과 문학에 관심이 많았고, 애독서는 「시라카바」(白樺)였다. 로뎅의 조각을 보고 싶어서 야나기 무네요시를 방문하기도 했으며, 그 때 야나기에게 이조백자를 선물했다. 다쿠미가 태어났을 때 그의 아버지는 없었기에 형을 아버지처럼 따랐다. 형 일가가 조선에 건너간 다음 해 다쿠미는 조선총독부 농상공부 산림과에 취직하였다. 그리고 둘 다 신실한 크리스천 이었다. 다쿠미는 자신이 조선의 선교사라고 생각하고 포교를 위하여 한글을 필사적으로 배웠다. 그리고 조선의 민중에 동화되는 것을 자신의 이상으로 삼고 매일의 생활도 조선식으로 했다. 한편 노리타카(伯教)는 3.1운동이 일어난 직후에 교직을 사임하고 4월에 홀로 동경으로 간다. 1922년 4월 다시 조선으로 돌아 온 노리타카는 그간 조선에 있었던 다쿠미와 야나기 무네요시의 의분을 받아들여 야나기와 함께 조선민족 격려의 일에 착수한다. 1920년 말에는 아비코(我孫子)에 가서 야나기와 거듭 상의 끝에 조선민족 격려를 위한 미술관설립을 결정한다. 1921년 야나기는「白樺」(1921년 1월)에 「〈조선민족예술관〉 설립에 대하여」에서 "어떤 의미에 있어서도 나는 이 미술관에 있어서 사람들에게 조선의 미를 전하고 싶다. 그리하여 거기에 나타나는 민족의 인정을 눈 앞에서 불러일으키고 싶다. 그 뿐 아니라 나는 이것이 사라지려하는 민족예술의 사라지지 않는 지속과 새로운 부활의 동인이 될 것을 바란다"고 말하고 있다. 그리고 1922년 10월 경성의 조선귀족회관에서 조선민족미술관 제1회 기획전으로서 개최한 이조 도자기전이 있다. 전람회에 출품된 것은 야나기와 아사카와 형제가 자신의 돈을 털어 조선민족미술관의 수집품으로서 모은 것이었다. 또한 1924년 4월 경성의 경복궁 집경당내에 〈조선민족미술관〉(약 300점의 이조공예품 전시, 항아리, 연적, 밥상, 책상, 옷장, 병풍, 자수 처리된 골무)을 개설한다. 1945년 8월 일본의 패전 후 조선이 독립하자 노리타카는 특별허가를 얻어 조선에 잔류하여 조선도자기연구를 정리하고 다음 해 일본으로 인양되었다. 그 때 그는 자신이 모은 미술 공예품 3000여점과 연구용으로 모은 도자기 조각 30상자를 나중에 한국국립민속박물관에 기증했다. 그도 1964년 1월 14일 세상을 떠났다.(「特集－李朝の美を教えた兄弟」, 『芸術新潮』, 1997.5, pp.9~21)

더구나 이들 건물들의 조화를 깨고 있는 것도 정말 심술궂게 보인다.[21]

앞서 아베와 같은 조선의 자연을 해치는 일본의 새로운 건축에 대한 분개가 드러난다. 아사카와 다쿠미의 생애는 관찰자로서의 일본인에서 벗어나 조선인과 소통하려 했다는 점에서 특색을 지닌다고 볼 수 있다. 물론 그들에게 식민자로서의 자각이 없었던 것은 아니다. 아베나 아사카와 노리타카(淺川伯教), 다쿠미 그리고 야나기 무네요시(柳宗悅) 부부 등의 조선예술에 대한 애착은 각각 유별나기도 했지만 조선과의 '소통'의 측면에서 보자면 다쿠미를 따라잡을 인물은 없을 것이다.

타 민족 간의 '소통'은 어떻게 이루어지는 것일까? 상대를 나의 관점과 내 잣대로 짜 맞추려고 하면 '소통'은 불가능하고 '해석'만 가능하다. 그러나 다쿠미는 일정 부분 먼발치에서 관망하는 해석자가 아닌 그 안에 뛰어들어 엮이는 형태로 조선을 바라봤으며, 예술을 보는 눈 또한 일본적인 정형화된 아름다움을 추구하는 것이 아닌, 조선의 문화 자체, 특히 서민의 일그러지기도 하고 해학적인 일상 속에서 그 미적 가치를 찾았다. 그간 지하에서만 발견되던 한국역사의 엘리트들의 문화유적이 이제 일상생활에서 발견되는 진정한 조선인에 대한 고찰로 이어진 것이다.[22] 이러한 다쿠미에 대해 아베는 다음과 같이 기술한다.

골동품을 좋아하는 사람은 많다. 그러나 진정으로 예술을 사랑하는 사람은 적다. 그렇지만 예술을 사랑하는 것보다도 더 어려운 것은 실로 인간을 사랑하

21 위의 책, p.29.

22 1931년 4월 2일, 다쿠미는 급성폐렴으로 죽게 되는데, 그는 조선의 이문리(里門里)의 묘지에 매장되었다. 당시 아베는 경성제국대학 교수였고 그의 죽음을 누구보다도 애도했다.

는 것이다. 인간은 예술보다도 생생한 악랄함을 지녀 안 좋은 면을 보인다. 이 관계는 예술과의 관계와 같은 자유함은 없다. 싫어도 떨어질 수 없고 좋아해도 함께 할 수 없다. 많은 예술 애호가 혹은 애호가라고 칭해지는 사람은, 신경질적이고 변덕스러운 인간 애호가 혹은 혐오가이고, 제멋대로인 에고이스트이다. 특히 내지인이 조선인을 사랑하는 것은 내지인을 사랑하는 것보다 한 층 어렵다. 감상적인 인도주의자도 추상적인 자유주의자도 이 실제적 문제 앞에서는 바로 낙제해 버린다.[23]

이처럼 예술 작품을 매개로 하여 일본인과 조선인의 관계를 이야기하는데, 그는 이런 실제적인 문제에 일본인을 자신도 포함하여 낙제자로 여기고 있다. 골동품의 가치를 발견하고 보존하며 비싼 대가를 지불하고라도 소유하려고는 하나 그 예술을 지탱하는 예술가와 소통할 계기를 스스로에게 부여하지 않는 것이다. 예술은 예술가의 혼이 담기는 것이고 훌륭한 예술작품, 건축 그리고 넓게는 자연까지 그리고 그것을 만들어낸 사람까지 존경하고 사랑해야 하는 것이 진정한 예술에 대한 태도이건만, 아베는 이것을 자신에게는 불가능한 것으로 간주한다.

조선의 예술품 특히 공예품, 그 중에서도 일상에서 사용하는 소도구가 가지는 아름다움은 야나기 무네요시군이나 아사가와 형제와 같은 형안(炯眼)을 가진 선각자에 의해 발견되고 현창(顯彰)되어 그 여파로 농가의 주방에서 가지고 온 잡다한 기구가 놀랄만한 가치를 나타내게 되었다. 내가 바라는 것은 이 존중이 골동적인 진품에 그치지 않고 조선의 동포가 본래 가지고 있는 성정

23 아베 요시시게, 앞의 책, p.292~293.

을 살리는 것이다. 이것은 하나의 예술품이나 수목에 그치지 않는다. 일본의 조선 통치를 더욱 실질적인 것으로 하기 위해서는 허무한 외적 설비에 그치지 않고 이 정신을 모든 일에 확대해가지 않으면 안 된다.[24]

이처럼 자신이 예술에 있어 '이상'으로 여기는 경지를 야나기 무네요시나 아사카와 형제들이 대신했다는 사실만은 강조한다. 아베가 앞서 주장한 것과 같은 조선예술의 가치부여와 보존, 훼손 방지 등의 시야에는 그것을 일궈낸 조선인의 '부재'라는 괴리가 있다. 즉 한 민족을 완전한 독립체로서 인정하고 있지 않은 상황에서의 부속물로서의 보호와 예찬은, 그것을 끝까지 지켜낼 수 없음을 암시하는 상황에서의 안타까움이 섞인 칭찬으로 봐야 할 것이다. 그러한 예는 다음 절에서 기술하고 있는데, 아베 자신도 '조선인의 성정'에 무지했고 스테레오타입의 조선 서민을 묘사한다는 한계를 지닌다.

4. 아베와 다른 지식인들을 통해 본 조선인의 일상

아베의 조선인을 향한 기술은 '조선적'인 것에 집중되어 있다. 즉 일본에서 보기 힘든 광경에 착목하는 것이다.

24 위의 책, p.132.

한 가지 예로 일본인에게 조선 남성의 지게를 지는 모습은 무척 특이하게 보였던 모양이다. 조선을 여행하던 여행자들의 글 속에는 지게에 대한 이야기와 삽화 사진 등이 종종 삽입된다. 아베와 나카자와는 지게를 본 소감에 대하여 다음과 같이 기술한다.

> 동경에서 그다지 순 조선의 풍속을 한 조선인을 보지 못했던 나에게는 여러 가지 것이 잠시 동안은 신기하게 느껴졌다. 우선 정차장에서 내려 바로 눈에 띄는 지게이다. (…생략…) 내가 특히 흥미롭게 생각했던 것은 도(ト)자 형태의 나뭇가지가 대부분은 붙인 나무가 아닌 원래 그렇게 생긴 나뭇가지라는 것이다. 나 자신은 이러한 것 속에 원시적인 공묘함과 때로는 또 아름다움을 발견하고 기쁨을 느끼는 것이다. (…생략…) 이 지게의 구조가 간단하게 짐을 옮길 수 있게 할뿐 아니라 어떤 것도 실을 수 있는 소위 포용력의 풍부함을 지닌 것에 감탄해도 좋다. 모든 것을 궁리하여 그 위에 실어 운반하는 사람의 어깨에 지워진다.[25]

> 조선의 노동자가 짊어지는, 커다란 물건을 실어 나르는 것을 내지인은 지게라고 부르고 있다. 도(ト)자형의 사람 키의 70% 정도에 해당하는 길이의 나무 2개를 양측으로 하여 다른 나무를 가지고 틀을 만든 것에 멜 수 있는 줄을 엮은 것을 붙여 그것을 등짐처럼 등에 짊어진 것을 말한다. 노동자 같은 사람들이 여기저기에 있으면서, 그들은 작은 손짐이라도 든 사람을 보면 앞 다투어 그 사람을 따라가서 짐의 운반을 계속 요청한다. 때로는 파리 떼처럼 들러붙어서 사람을 곤란하게 한다. 이것은 그들이 그 나무 위에 모든 짐을 실어 운반하기

25 위의 책, p.83.

때문에 손짐 같은 것뿐만 아니라 여러 가지 종류의 잡다한 것을 이것으로 운반하는 점에서 조선에서는 매우 귀중한 물건 중 하나이다.[26]

아베가 조선의 지게를 예술적 측면으로 이해하려는 견해를 보였다면 나카자와는 지게에 대한 기능적 측면을 강조하고 있다. 이와 더불어 나카자와는 화려한 경성시내와 하급노동자들의 모습을 대조적으로 그려내고 있는데, "그들 대부분은 집도 처자도 없고 여기저기에서 모여든 사람들로, 그날그날 벌어서 약간의 돈이 생기면 바로 술집으로 달려가 거기서 먹거나 마시거나 한다. 추운 날에는 술집 앞마당에서 뒹굴며 잔다. 그 생활 방식의 간단하고 불결한 것은 우리들의 상상을 초월한다"고 기술한다.[27] 또한 이런 노동자들에게서 나는 마늘로 인한 악취에 대하여도 조선의 일상의 특이한 모습으로 그려낸다.[28] 일본인에게 순 조선인의 모습이라 여겨지는 지게를 지는 남성 노동자들의 삶은 일본인의 상상을 초월하는 전근대적인 모습이었다. 지게라는 도구는 조선인의 지혜의 상징처럼 여겨지지만 그것을 진 조선남성은 지혜

26 中澤弘光, 「朝鮮の旅」, 金尾重次郎, 『新日本見物』, 金尾文淵堂, 1918, p.187.

27 시가(경성)의 북부 일대에는 조선인 마을이 있다. 이 마을에서 보는 조선인은 대구나 경주에 사는 사람들과는 전혀 다른 모습이었다. 어쩐지 도시인 같은 온화하고 우아한 풍모 청초한 복장 등은 시골에서는 볼 수 없는 것이었다. 역시 이 나라에도 도시는 호화롭고 사치스러운 기운이 흐르는 것일까. 그래도 하급의 노동자는 역시 부산이나 대구에서 본 것과는 다른 점은 없었다. 그들 대부분은 집도 처자도 없고 여기저기에서 모여든 사람들인데, 그날그날 벌어서 약간의 돈이 생기면 바로 술집으로 달려가 거기서 먹거나 마시거나 한다. 추운 날에는 술집 앞마당에서 뒹굴며 잔다. 그 생활 방식의 간단하고 불결한 것은 우리들의 상상을 초월한다.(위의 책, p.212)

28 정차장에 도착할 때마다 많은 사람이 드나들었다. 타고 내리는 사람의 대부분이 모두 일종의 악취를 풍기고 있는데 특히 여자에게서는 더욱 심했다. 차림은 예전의 노동자만큼 지저분하지는 않다. 조선인은 일반적으로 입욕을 하지 않는 것과 마늘을 먹기 때문에 모든 사람이 내지인이 참기 어려운 냄새가 풍긴다고 아까 그 사람이 알려주었다.(위의 책, p.188)

와는 거리가 먼 처참한 모습이었던 것이다.

아베는 여자들에 대하여 지게를 지지 않고 대개 물건을 머리에 인다고 하며 이를 '목가적인 풍경'[29]이라고 소개한다. 자연을 거스르지 않고 있는 그대로 이용하는 모습을 감탄하며 그것에 대해 '원시적인 공묘함'이라고 덧붙이고, 어떤 것도 실을 수 있는 '포용력의 품부함'을 지닌다는 아베의 말도 어쩐지 칭찬으로 들리지는 않는다. 당시 출간된 많은 여행안내서에서 이야기하는 조선인의 '순종성'을 다른 말로 재현해낸 듯하다.

그리고 조선 부인들의 생활에 대하여도 언급한다. '빨래터'라는 공간에서 그녀들을 발견하며, 조선여성의 노동력이 대부분 여기서 사용된다고 기술한다. 빨래터는 서민여성들의 살롱과 마찬가지로, 모이는 목적이 빨래를 하는 것 외에도 억눌려 있는 삶을 타인과의 '소통'을 통해 해소하는 장소이기도 했던 것인데, 그러한 내용과 당시 서민 여성들의 삶을 알 리 없는 일본인의 눈에 비친 조선여성의 빨래 습관은 노동력의 낭비이며 기이하게만 여겨졌던 것이다.

> 부인의 생활은 거의 대부분이 세탁하는 데에 사용된다. 경성의 시가를 걸으면 그 가운데 흐르고 있는 강, 도랑은 말할 것 도 없이 우물가에서도 수도전 옆에서도 세탁하는 여성은 항상 있다. 경성을 에워싼 산에 올라가 보면 산의 계곡에 점점이 세탁하는 여자들의 모습이 보이고 하얀 모래 사이에 드러난 화강암 위에도 언제나 백색의 옷이 널려있는 것을 볼 수 있다. (…생략…) 아마도 조선의 부인에게는 물이 있는 곳이라면 바로 세탁할 수 있는 장소로 비칠지도

29 아베 요시시게, 앞의 책, p.84.

모른다. 공원 연못 옆에 '빨래하지 마시요'라고 되어있는 곳은 세계에서 조선뿐 일지도 모른다.[30]

그리고 나카자와도 "그 혼잡한 길거리의 물웅덩이에는 바로 그 세탁하는 여자아이들이 느긋하게 백의를 두드리고 있는데, 조선특유의 것이라고 생각했다."[31] 이처럼 곳곳에서의 빨래 장면은 청결, 위생을 연상하게 하지만 아베의 기술은 그것이 순백의 아름다움과는 거리가 있는 것으로 비춰진다. 조선의 '백의'가 그녀들이 들인 노동의 대가만큼 윤이 나지 않는다는 것이다. 보는 자의 시선은 그녀들의 노동력이 조선의 백의를 얼마만큼 빛나게 하느냐 이지 그녀들이 왜 대부분의 시간을 매일 모일 수 있을까에 맞추어지지 않고 있다. 여자아이들이 '느긋하게' 빨래를 두드리는 것은 관심사가 빨래이기보다는 빨래터라는 소통의 장소를 이용하고 있다는 것을 모르는 것이다. 그러나 1904년 조선을 여행하던 아손 그렙스트는 당시 우물가의 여인들의 모임을 사교의 장으로 이해한다.[32] 서양인들이 조선 서민의 생활상을 관찰하며 관심을 가지는 것에 대해 주저함이 없었기에 좀 더 조선 여성들의 삶을 깊이 이해할 수 있었을 것이다. 그에 반해 일본인 여행자들의 관심은 조선인이기보다는 조선이라는 것이 역력히 보인다. 즉, 조선인의 생활사에 관심이 있는듯하나 결국은 현상으로서의 조선 생

30 위의 책, p.87~88.

31 金尾種次郎, 앞의 책, p.191.

32 세상의 어느 곳에서나 여자들이 모이면 다 그렇듯이 이곳에서도 우물가에 모인 아낙네들은 이야기에 열을 올린다. 그리고 물을 가득 채운 물통을 머리에 이고 집으로 가면서 그들은 새로 얻어들은 소문을 되새기며 세상 어느 곳의 이브의 딸들과 마찬가지로 희희낙락하는 것이다.(아손 그렙스트, 김상렬 역, 『스웨덴기자 아손, 100년 전 한국을 걷다』, 책과함께, 2005, pp.147~148)

활을 바라보는 것에 그치는 것이다. 다음과 같은 아베의 기술은 그러한 사항을 뒷받침해 준다.

> 조선부인의 이러한 노력도 백의로부터 더러움을 완전히 씻어내기에는 상당히 부족하다. 내가 가장 조선인의 의복이 예쁘다고 느낄 때는 그들이 여름에 잘 세탁된 마로 만들어진 저고리를 입고 있을 때이다. 실제로 목면이나 옥양목 백의는 더러워지지 않더라도 아름답지는 않다. 특히 그것이 더러워져 있을 때는 뭐라 형언할 수 없는 일종의 황량한 기분마저 든다. (…중략…) 거기에는 사람의 마음을 따뜻하고 풍부하게 하는 색채의 결여를 심하게 느낀다. 실제로 초록빛이 없는 초가집이 늘어선 조선 부락에 백의의 사람들이 모인 시장의 광경을 볼 때도 역시 이런 느낌이 드는 것을 막을 수 없다.[33]

더러움을 씻어 순백의 백의를 만들어가는 것이 목적이라고 생각하는 사람들에게 비치는 빨래문화는 그야말로 생산성 없는 노동력 허비로 여겨져 오히려 안쓰러움까지 느끼게 할 정도였던 것이다. 아베는 조선의 구시대가 남긴 문화유적에 대하여는 엄청난 가치를 부여하며 보존을 외치고 있지만 조선 민족의 '냄새'가 물씬 풍기는 삶의 현장의 조선인에 대하여는 그 내부 속으로 발을 들여놓지 않고 있으며 선험적 여행자의 '지게'나 '백의' '빨래하는 여성' 등의 상징적 시선을 답습하고 있다. 그의 조선인에 대한 무관심은 그가 조선에서 일본식 생활과 음식을 고수했다는 점도 있지만, 그가 조선에서 6년간이나 있으면서도 직업의 의무로부터 해방되는 방학이면 늘 일본에 건너가 생활했다

33 아베 요시시게, 앞의 책, p.90.

는 점으로도 알 수 있다. 아베는 관광지에 가서도 거기서 특산물이라 내놓는 음식을 입에 대지 않았다.[34] 조선음식을 먹을 용기도 내지 못하는 그런 자신을 나약하다고 변명하면서도 그의 태도에는 변함이 없었다. 이러한 모습은 일본 정부가 조잡한 페인트칠이나 간판으로 조선적 풍취를 가리는 폭력성과 그리 먼 것도 아니다.

5. '조선적'인 '관광지'에 대한 이상의 한계

아베의 조선을 바라보는 시선은 그가 조선에 오기 전 체험한 유럽여행의 시선과 겹치는 부분이 있다. 그래서 「아테네와 경성」이라는 제목의 글을 『청구잡기』에 남기며 두 도시의 유사성을 비교하기도 한다. 전통적 유산을 지켜가면서 보수해 가는 관광자원, 이것이 타국인으로 하여금 그 곳으로 끌어들이는 매력을 발산한다는 시선이다. 그는 『동국여지승람』과 같은 지리지를 참고로 하며 조선 지방의 옛 모습과 특성이 어떤 것이었는지도 살펴보곤 했다. 조선인이 어디에 주목하고 무엇을 아름답다 했는지에 대한 탐구라고도 할 수 있다. 단순히 일본과 다르게 눈에 비치는 기이한 아름다움 보다는 아름다움의 역사를 살펴

34 술과 술안주로 이 생선의 매운 찜이 나왔다. 나의 음식에 대한 수줍음(はにかみ)이 모처럼의 호의를 시험해 볼 용기를 주지 못했던 것은 안타까운 일이다.(일본여행협회 조선지부, 『관광조선』 1권1호, 1939, p.17)

봤던 것이다. 이는 일본과의 차이점에 주목했던 조선 단기여행자들의 시선과 구별되는 점이 있다.[35]

제국주의 주체의 확장과 편리, 더 많은 사람의 수용, 일본인의 이주에 의한 조선의 일본화, 일본인에 의한 조선의 자원개발과 채취 및 산업육성이라는 측면은 아베의 관광자로서의 시선과 거리가 있다. 한 가지 공통점이 있다면 좀 더 많은 일본인이 조선에 와서 일본과는 다른 문화자원을 보고 인간의 가치를 높이며 새로운 문화의 소유에 대한 기쁨을 누려야한다는 필요성을 강조했다는 점일 것이다. 궁극적 목표는 같을지 모르나 접근과정이 다르기 때문에 문화재가 보호냐 파괴냐의 관점에서 본다면 목표에 도달하는 과정에 있어 양자의 차이는 현저하다. 그렇기에 아베는 여행자로서 안타까운 심정을 토로한다. 그는 자신을 여행자 산보자라고 부른다.[36] 그리고 그는 여행안내서를 참고하여 여행을 하고 있다는 것도 밝히며 제국의 주체가 만들어 놓은 편리한 시설과 기관을 이용하고 있다.[37] 그리고 이런 시설들은 그의 여행에 있어서 막연한

35 예를 들어 문학자이기도 하고 와세다대 교수이기도 했던 시마무라 호게츠(島村抱月)는 다음과 같이 조선의 자연 경관이 일본과의 다르다는 측면에서 그 존재적 가치를 발견하여 소개하고 있다.
내지(일본)의 산처럼 큰 것 작은 것 다 곡선이 물결치는 풍경은 적고, 불규칙하고 딱딱한 모양을 띠고 있다. 그 유명한 금강산의 경치 등도, 요컨대 기암초봉(奇巖峭峯) 식의 경치를 보면서 마음에 일종의 불안한 두려움을 느낀다. 그것보다도 바닷가 조선의 경치로, 좀처럼 보기 드문 수려한 곳이 있다. 금강의 경치 등도 그 하나로 소위 해금강의 아름다운 경치는 금강산을 통틀어 가장 우수하다. 내가 본 진남포의 바다, 목포 부근의 다도해의 경치는 내지의 해변과는 상당히 다른 정취가 있다. 특히 목포 같은 곳은 보통 조선을 여행하는 사람이 그다지 잘 가지 않는 곳으로, 조선반도의 서남단의 끝에 있는 내지인의 손에 의해 새롭게 개척된 신신가지인데, 크고 작은 섬이 앞에 펼쳐져서 광활한 항만을 만들어 내고 작은 언덕을 등지고 바다에 인접해 있는 시가지의 아름다움은 내지에서도 보기 드문 아름다운 경치이다.(島村抱月, 「新日本見物」, 金尾種次郎, 앞의 책, p.11)

36 아베 요시시게, 앞의 책, p.99.

37 위의 책, p.191.

불안감을 소거하여 '편안'과 '안심'을 주기도 했다.[38] 그러나 일본에 의해 조선의 고건축이 파괴되는 데에 대한 대책 없는 것에 유감을 표하고 있다.[39] 아베는 단지 관찰자의 입장에서 안타까움을 토로하는 것일 뿐이지만 당시 조선의 고건축과 새로 지어지는 일본의 조잡한 건축의 부조화가 얼마나 눈에 띄었는지 짐작할 수 있다. 그리고 이러한 부조화가 당시 조선에서 생활하는 사람들에게 아무런 이물감 없이 받아들여지고 있다는 것도 다음 예문을 통하여 확인 할 수 있다.

> 적어도 현재의 조선에 있어서 아름다운 건축은 모두 과거의 것이다. 더구나 이것들의 보존에 자금이 필요한 것도 있어서, 다른 한편으로는 당국자에게 이러한 것을 존중하는 마음이 적은 탓인지, 그러한 오래되고 빈약한 건축이 점점 더 서둘러 파괴되고 있는 것이 유감이다. 예를 들어 지금의 경성에서 남대문 동대문 경복궁을 없앤다고 한다면 경성은 얼마나 삭막할까. (…중략…) 수원이라든가 경주라든가 하는 구적이나 고건축의 대부분은 비교적 당국자나

38 정차장에 내려서 시내로 발걸음을 옮겼을 때 왠지 이 아직 미완성의 이 대도시가 다른 데서는 찾기 어려운 대륙적인 기운이 넘치는 것을 느꼈다. (…중략…) 내가 머무른 여관의 설비는 모두가 내지의 것과 조금도 다름이 없었다. 여종업원도 상당히 깔끔하고 세심한 서비스를 해주어서 일본의 정차장 앞의 여관과 상당히 다른 것도 나를 기분 좋게 했다. 중국(中國—일본)에서 큐슈를 지나 여자들이 돈을 벌기 위해 나와 있을 것일 것이다. 나카가와(中川)군과 같은 고향의 여종업원이 있었던 것과 그러한 옛날이야기 등에 어쨌든 일본을 떠나 이런 곳에서 우연히 만난 것이 유쾌했다.(中村弘光, 「朝鮮の旅」, 金尾種次郎, 앞의 책, p.189)

39 경성은 아름다운도시이다. 적어도 자연의 형태로 볼 때 아름다운도시이다. 이 자연의 형태를 많이 이용하는 도시건설 계획자가 나타나서, 모처럼 이렇게 아름다운 자연을 파괴하지 않도록 보존한다면 나중에는 훨씬 더 멋진 도시가 될 것이다. 그러나 단지 우리가 우리나라(일본)를 볼 때마다 느끼는 것은, 경치는 아름답지만 사람이 너무 많다는 것이다. 아름다운 자연도 사람이 너무 많기 때문에 급속도로 조심성 없이 무계획적으로 파괴되어 간다는 것을 생각하면 경성이 우리 일본인의 손에 의해 과연 아름답게 될 것인가를 의심하지 않을 수 없다.(아베 요시시게, 앞의 책, p.135~136)

경영자도 주의를 기울여 일부러 조선풍의 정차장을 세우기도 한다. 그것은 확실히 좋은 마음가짐임에 틀림없으나 그 조선풍의 정차장의 건너편에는 사각형의 상자 같은 자동차 가게가 있어서 모처럼의 조선건축을 손상시킨다. 평양의 을밀대 부근이 조선에서 드물게 아름다운 경치라는 것을 모르는 사람은 없을 것이다. 게다가 그 사이에 점재해 있는 건축은 주위의 경관과 잘 조화를 이루어 한 층 아름다움을 더하고 있다. 그런데 그 한가운데 사각의 페인트칠한 찻집이 하나 있어서 실로 실례천만의 모독을 주고 있는 것을 많은 사람은 이상하게 여기는 기색도 없다. 그 찻집을 조선식으로 세울 정도의 준비가, 평양선전에 광분하는 사람들에게 되어있지 않다는 사실이 어처구니없다. 이씨왕조의 창경원의 입구의 홍화문 앞의 찻집의 지붕이 조선식이었다면 그 문과 얼마나 조화로웠을까.[40]

때문에 아베는 "천재적인 도시경영자"라는 말을 종종 사용한다. 관광지로서 조선이 가진 가장 큰 장점은 '조선적'인 고유문화와 조선 특유의 자연 형태인데 그것들이 도시개발이라는 명목으로 사라져가는 것에 대해 안타까워하는 것이다. 그는 1939년 조선에서 창간된 여행전문잡지 『관광조선(觀光朝鮮)』에 수차례 글을 기고한다. 창간호에 싣고 있는 글의 서두에 이렇게 적고 있다.

경성의 시가가 한강을 끼고 있다는 것은 엄청난 천혜이다. 만약 천재적인 도시계획자가 한강을 잘 이용하여 천연 자원을 보호하고 또 이것을 훼손하지 않는 설계를 한다면 경성은 일본에서도 손꼽히는 도시가 될 것인데 현재는 도시

40 위의 책, p.95~97.

가 점점 훼손되어가기는 해도 보존되거나 첨가되는 경향은 없고 사람들은 그저 무비판적으로 그런 경향을 도시발달 상 어쩔 수 없는 과정이라고 생각하고 있는 듯하다.[41]

아베가 말하는 사람들이라 함은 일본인 개발자와 제국주의 주체를 이야기하는 것이다. 조선을 '문화'로서 인식하는 측과 '지역'으로서 인식하는 측의 거리일 것이다. 아베는 경성뿐만 아니라 다른 관광지를 이야기 할 때도 늘 같은 시선을 유지하고 있다.

만약 천재적인 도시 경영자가 있어서 경성의 자연을 정교하게 이용하여 그것을 인공적으로 보조할 수 있다면 상당한 돈을 들이지 않아도 경성이 지금보다도 더 아름다운 도시가 될 것이라는 것은 문외한이지만 나의 소신이다. (…중략…) 현재의 일본 가옥은 대부분 자연의 미관을 손상시키기 위해 지어진 것들뿐이다. 빈약한 집 뿐 아니라 화려한 건축도 그렇다. (…중략…) 그런 점에서 보면 서양인은 말할 것 도 없고 옛날의 조선인도 확실히 일본인보다는 훌륭하다고 생각한다. (…중략…) 조선에 있어서 여기저기 도시에서 볼 수 있는 오래된 정자는 실로 경관을 바라보는 장소임과 동시에 그 경관 속의 하나의 경치로서 두드러지는 역할을 훌륭히 해내고 있다. 이들 정자는 모두 옛날 지방장관이 백성의 혈세를 모아서 환락의 장소로 만들어진 유적이지만 그러한 역사적 사실이 현재 정자가 지닌 아름다움을 손상시키는 이유가 되지는 않는다. 내가 쉽게 생각해 낼 수 있는 것을 들자면, 경성 가까이의 수원의 방화수류정(訪花隨柳亭), 진주의 촉석루, 평양의 연광정과 부벽루, 밀양의 영남루(嶺南樓), 춘천

41 일본여행협회 조선지부, 『관광조선』 1권1호, 1939, p.16.

의 소양강 호반에 세워져있는 소양정 등 이런 건축은 얼마든지 있다.[42]

그의 자연을 바라보는 시선도 철도국이나 제국의 주체와는 거리를 두며 조선의 원래 존재하는 수목을 보호하고 그 가치를 살려야 하는 것에 초점을 두고 있다. 그는 『관광조선』에서 다음과 같이 이야기한다.

> (금강산의 수목이)오랜 세월 동안 자라온 노고를 생각하면 나무하나 풀 한 포기도 소홀히 할 수 없는 기분이 든다. 그러나 그사이에 적당하게 인공적으로 만들어 놓은 시설이 오히려 자연을 돕고 인간에게도 유익이 되는 것이라면 그것을 거부할 마음은 없다. 단지 장래에 점점 자동차도로가 넓어져도 거기에 일부러 포플러 나무나 플라터너스나 아카시나무를 심거나 하는 것, 그리고 일본인이 어디에서나 하는 것처럼 벚꽃 나무를 무리하게 심는 것은 삼가해 줬으면 한다.[43]

총독부나 철도원 발행의 여행안내서에서는 조선에서도 일본처럼 여기저기 벚꽃을 볼 수 있다는 것을 강조한다. 그리고 일본의 어느 마을 경치와 비교하며 일본의 한 지역으로 떠올릴 수 있게 한다. 그러나 아베의 생각은 조금 달라서 '일본정신'의 진정한 실현을 조선 문화재 보호의 측면에서 설파하고 있다. 편리함을 유지하되 '조선식'을 고수하는 것이 넓게 보면 일본정신의 실현이라는 것이다. 조선반도를 일본과 같은 색깔로 물들이는 것 보다는 새롭고 특색있는 신내지(新內地)로서 완성해야 하는 사명을 설파하는 것이다.

---

42 아베 요시시게, 앞의 책, pp.138~140.

43 일본여행협회 조선지부, 앞의 책, 1권2호, p.4.

그러나 조선의 아름다움을 해친다고 주장하는 일본식 가옥과 화려한 건축은 그가 조선에서 자주 이용하는 곳이다. 그는 일본식 집에서 일본음식을 먹으며 지냈고 그가 이용하던 백화점이나 찻집도 일본식의 것이었다. 바깥에서 파는 조선음식도 입에 댈 용기가 없었던 아베였으며, 그는 총독부나 철도원이나 일본 유명 문학자가 제작한 조선 여행 가이드북을 손에 쥐고 있었다. 또한 그가 지적하고 있는 이 모든 시설이나 인공적 자연들은 결국 그에게 있어서 작게나마 고향을 떠올리게 하고 안식을 주는 공간이었던 것이다. 그 스스로가 예술을 바라보는 자세에서 언급했듯이 진정으로 조선인을 이해하는 것이 얼마나 어려운가를 고백하고 있는 것이다. 때문에 '만약 천재적인 도시 경영자가 있어서'라는 그의 언급은 이러한 일들이 영원히 불가능하다는 것에 대한 역설이다. 신이 내린 도시 경영자가 아니면 이런 무참한 파괴를 수반한 개발을 막아낼 수 없다는 것이기도 하기 때문이다. 유럽에서의 체험을 통해 '관광자원'이라는 것이 무엇인가에 대해 뼈저리게 느끼고 온 아베는 제국의 주체에게 있어서 조선에서 옛것들이 사라져가는 것에 대한 안타까움은 있었지만 그것을 지키기에는 조선은 '욕망'의 대상이지 '문화'의 터전이 아니라는 것을 스스로 폭로하고 있는 것이다. '교양주의자' '인격주의자'로서는 성공적인 발언을 했고 '인류'에 대한 자각도 있었지만 이 시기에 인류를 이야기하기에는 '국가'가 너무나도 깊이 개입되어 있었다.[44] 일본 근대에 거론되는 '인류'

44 「인격수양서」는 '인격수양과 '인류'의 밀접함을 설명하면서 '인격수양의 토대 마련에는 '국가'가 중요하다는 내용을 역설하고 있다. 이 문제에 대한 재고는 당시에 사용되었던 '인류'라는 말의 성격을 알 수 있는 계기를 마련한다. 이노우에 데츠지로(井上哲次郎)는 인격은 수양에 의해서 발전하는 것인데 "자유"가 없으면 발전을 이루기 어렵다고 주장함과 동시에, 인격은 '단독'으로는 발전하기는 어렵고 "도덕의 제재" "법률의 제재" "사회적 제

의 특성은 국민의 '인격수양'을 통한 국가가 완성・발전된 후에 비로소 의미와 가치를 부여받는 것이다.

'교양'과 '인격'을 지닌 주체로서의 '조선인'은 존재하지 않았다. 아베의 이야기를 포함한 일본 여행서에서 보이는 '조선의 경치 및 관광지' '백의' '빨래하는 여성' '노동자의 지게와 순종성' 등 조선과 조선인에 대해 단순한 개념으로 고정화해가는 것에는 '차이'를 소유하고자 하는 욕망은 존재하지만 그 안에 인간(조선인)과 인격이 소거되어 있다는 공허함이 드러난다. 그가 아무리 교양주의의 중심에 위치한 인격주의자였고 유럽의 문화를 통하여 범세계적인 문화를 바라보는 인식을 갖췄더라도 타국을 자국으로 인식해야 한다는 시점에 있어서는 적용되지 못하는 겉도는 숙제로 남겨지는 것이다. 아니 이는 '식민자-피식민자'의 구도 속에서는 기대할 수 없는 불가능한 것이기에 오히려 자연스러운 것일지도 모른다.

재"가 필요하다고 하며, '국가'를 무시해서는 고립주의라는 편협한 인격으로 전락한다는 내용을 담고 있다. 그는 '국가'라는 틀 아래에서 모범적으로 양성된 '인격'은 점진적으로 발전하여 "세계 인류의 행복"에 공헌한다는 결론을 내리고 있다(井上哲次郎, 『人格と修養』, 廣文堂書店, 1915) 그리고 모리타 코우미(森田公美)는 『수양 철학 인간독본(修養哲學人間讀本)』에서 "세계 인류가 공존 공영하는 낙원과 같은 인류 생존을 희망"한다고 하고, '인류' 속에는 '국가' '사회' '개인'이 있어 이 개인은 국민으로서 사회의 일원으로서 더 한층 교양(=수양)을 권장해야 한다고 기술하고 있다(森田公美, 『修養哲學人間讀本』, 帝國獎學協會, 1928). 즉 근대 특히 메이지 말기와 다이쇼기에 걸친 시기에 거론되는 '인류'의 특성은, 국민의 '인격수양'을 통한 국가가 완성・발전된 후에 비로소 의미와 가치를 부여받는다는 점에 있다. 또한 '인류'의 근거지는 국가이고 특히 일본이 세계의 중심임을 강조한다. 이처럼 '인류'의 개념은 '국가'라는 개념의 연장선상에 존재하는 것을 알 수 있다.

6. 욕망이 만들어낸 환상

조선에 대한 관심은 정치의 주도권을 쥔 몇 퍼센트의 인간의 대륙 차지에 대한 관심이었다. 이 관심이 천황을 신으로 부각시키고, 군대를 조직하고, 또 식민지를 개발하고 관광에 대한 관심을 자극하기도 했지만 조선인이 일본인이 될 수 없고, 반대도 될 수 없기에 일본 대중의 조선에 대한 무관심은 자연스러운 것이었는지도 모른다. 완벽한 무관심이라기보다는 조선이라는 땅과 거기에서 생성되는 경제적 효과에는 관심이 있었으나 사람을 향한 관심이 없다는 것이다. 일본에서 생계가 어려워서, 혹은 누군가의 사탕발림에 의해 조선으로 데카세기를 나온 사람이 아니라면[45] 조선은 일본인에게 있어 영원히 관심의 대상이 아닌 것이다. 새로운 일본이고, 융화될 수 있다는 일제의 외침은 처음부터 예견된 환상이었던 것이었다. 천황이 신이라고 믿게 해야 했던 환상 속에서나 가능한 발상이었던 것이다.

아베처럼 조선의 문화에 관심이 깊었고 그래서 그것의 보존을 끊임없이 외쳤던 일본인도 있고, 아사카와 형제나 야나기 무네요시처럼 조선인의 생활 속에서 문화적 아름다움을 발견하고 이를 조선인에 대한 연민과 관심으로 확대하여 자신의 재산과 노력을 쏟아 조선의 민족문화 활성화를 도모했던 일본인이 있었다. 그리고 일시적으로 과거 여행서나 여행자의 여행지를 답습하면서 조선에서 일본과 다른 새로운 풍경을 신기해하며 대륙 확보에 대한 만족감을 표현하는 일본인 여행자

45 혹은 이런 사람들도 일본인을 상대로 장사를 했기 때문에 그들의 관심의 대상은 일본과 일본인이었다.

도 있었다. 이들에 의해 조선과 조선인의 풍경은 새롭고 진기하고 좀 더 일본인들이 관심을 가져야할 땅으로 묘사되어 일본에 소개되었던 것이다. 『청구잡기』에서 보이는 아베의 태도는 조선의 문화에 대한 강렬한 애착과 보존의 외침은 존재하지만 정작 조선인의 오래된 삶의 전통과 생활 관습을 향한 시선은 그야말로 다른 민족 그 이상도 이하도 아니었다. 근대 일본제국주의가 범하던 오류 중 하나로 조선이라는 지역에 대한 가치부여는 크나, 인간으로서의 조선인에 대한 관심의 부재가 엿보인다. 이렇듯 조선에 관한 여행자의 선험적인 기술은 그 인물의 사회적 영향력이 크면 클수록 다음 여행자들에게 비슷하게 반영되어 갔고 조선에 대한 이미지는 수많은 실제 조선인의 삶과는 거리를 두며 형상화되었다. 때문에 의도했든 그렇지 않았든 일본 제국이 달성하고자 하는 목적 앞에 유용한 언론인으로서 각각의 역할을 했던 것은 명백하다.

제10장

근대 관광 잡지 『관광조선』의 탄생

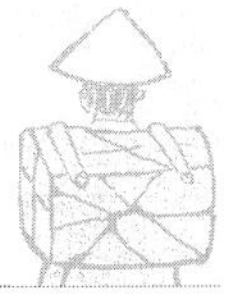

1. 전문 관광 잡지의 탄생

한국의 근대적 관광산업은 앞서 기술하였듯이 일제의 손에 의해 시작되었다. 후쿠자와 유키치(福澤諭吉)는 문명을 교통의 발달에 빗대었고, 교통은 제국주의의 확장 논리와 직결된다는 식의 메이지기 지식인들의 콜로니얼 디스클은 조선지배 40년에 이르는 세월 동안 일본과 당시 조선에 뿌리박혀 정착해 갔다. 1930년대 말은 근대적 여행문화도 정착의 단계에 이르러 이제는 조선 내에서 여행에 관한 전문잡지의 발행에까지 이르게 되었다. 이것이 『관광조선(觀光朝鮮)』이다. 이 잡지는 1939년 6월 일본여행협회 조선지부에서 발행되었다.[1] 일본여행협회

1 vol.1『관광조선』제 I 권 1호(1939년 6월) / 2호(8월) / 3호(10월)
vol.2『관광조선』제Ⅱ권1호(1940년 1월) / 2호(3월) / 3호(5월) / 4호(7월) / 5호(9월) / 6호(11월)

조선지부의 실질적인 활동은 1930년에 경성 미츠코시(三越) 안내소가 개설되어 조선과 만주에 대한 정보를 제공하면서부터라고 할 수 있다.[2] 이는 1939년 조선 관광에 대한 사업 추진과 확대에 의한 관광잡지의 탄생이라는 결실을 보게 되었다. 『관광조선』은 1940년 12월에 『문화조선(文化朝鮮)』으로 이름을 바꾸고 1944년 12월까지 간행되었다. 간행 연도를 봐도 알 수 있듯이 이 시기는 일본 제국주의 욕망의 발산이 극에 달했고, 한반도 내에 있어서도 내선일체(內鮮一体)의 고취가 절정에 달했던 시기라고 볼 수 있다. 1932년 일본여행협회는 투어리스트 클럽을 발족하여 회원여행을 조직하여 보급하였고, 1934년에는 국철시간표의 편집 발행을 장악하는 대조직을 이루었으며, 전시에는 동아여행사(東亞旅行社, 1941년)로 개칭하여 대동아 사명을 감당하며 입영이나 소개 근로 봉사 등 전쟁관련 업무도 담당했다.[3] 이러한 일제에 의한 관광업무의 흐름을 『관광조선』에서 『문화조선』으로 이어지는 내용을 통해 살펴볼 수 있다. 이러한 적극적인 국가 정책 수용이 잡지 연구에 대한 가치를 상실하여 한일 양국의 연구대상이 되지 못했다. 그러나 '관광' 특히 당시 조선관광을 이해하는 측면에 선다면 이 잡지가 가지는 의미는 결코 무시할 수 없다.

---

vol.3 『문화조선』 제Ⅲ권 1호 新年特別号 1940년12월 / 2호 玲春号41년3월 / 3호 佳春号 5월 / 4호 青風号 7월 / 5호 明秋号 9월 / 6호 青雁号 11월

vol.4 『문화조선』 제Ⅳ권 1호 新年特別号 1942년1월 / 2호 春運号3월 / 3호 新綠号 5월 / 4호 綠蔭号7월 / 5호 初冬号12월

vol.5 『문화조선』 제Ⅴ권1호 1943년1월 / 2호 (미확인) / 3호 1943년6월

vol.6 『문화조선』 제Ⅵ권1호(미확인) / 2호(미확인) / 3호 1944년 8월 / 4호 1944년12월

2 이에 관한 내용은 조성운, 「1910년대 식민지 조선의 근대 관광의 탄생」(『한국민족사 연구』 56, 한국민족사학회), 2008, pp.131~133을 참고하였음.

3 졸고, 「관광의 역사와 문헌을 통한 한국 근대 관광 고찰」, 『Asia Diaspora』 2집, 건국대학교 아시아디아스포라 연구소, 2008, p.19.

이미 일본은 18세기 중반 이후부터 한반도라는 테리터리(territory)에 대한 깊은 관심을 지리지의 형태로 선보이고 있다.[4] 그리고 그에 앞서 한반도의 지도 제작이 이루어지기도 했다.[5] 이처럼 '관광'이라는 개념이 도입이 되기 이전부터 반도에 대한 관심은 꾸준히 존재했다. 따라서 제국주의의 꿈을 가장 현실적으로 느꼈던 1930년대 말에서 패전 전까지 일본이 발행하는 모든 미디어는 '제국주의 꿈의 실현을 위한 투쟁' 그 이상도 이하도 아니었다. 『관광조선』도 예외는 아니다. 그러나 이렇게 다시 한국에 관한 근대의 미디어를 소개하는 것은 그러한 격동기에도 이것을 생산하고 소비하며 살아가는 사람들이 변함없이 존재하고 있기 때문이다.

이 잡지는 『관광조선』이라는 이름에 걸맞게 '조선'과 '관광'이 그 요점이다. 그리고 잡지 속으로 들어가 보면 '관광'이라는 단어가 갖고 있는 의미 내용이 상당히 방대하고 제 문화를 흡수하고 있다는 것을 알 수 있다. 잡지가 발신하는 내용의 주목적은 조선에 관심이 없던 일본인에게 어떻게 조선을 알릴 것인가이다. 그리고 일본에 의해 새롭게 변모하는 조선이 어떤 모습인가를 당시 근대 한국인들에게 알리는 것이고, 더 넓게는 일본어를 알고 관심을 가지는 아시아 및 서구 유럽인들에게 조선을 소개하는 것이다. 때문에 타 잡지에서 볼 수 없는 화려함과 현시성(現時性)을 내세워 차별화를 꾀한다. 이 잡지에서 보이는

4 이에 관련한 내용은 졸고, 「관광의 역사와 문헌을 통한 한국 근대 관광 고찰」, *Asia Diaspora* 2집, 건국대학교 아시아디아스포라연구소, 2008, 24~28면과 최혜주, 「『朝鮮西伯利紀行』에 보이는 야즈 쇼헤이의 조선인식」, 『韓國學論集』 제44집, 한양대학교 한국학연구소, 2008, p.89를 참고하였음.

5 이에 관련한 내용은 졸고, 「〈지도〉 소유의 관점에서 본 한국 근대 '관광'의 의의」, 『日本語文學』 38집, 한국일본어문학회, 2008, pp.287~288을 참고하였음.

'관광'은 곧 '문화'를 향유하는 것이었다. 문화를 '흥미'와 '오락'의 요소를 가지고 곳곳에서 제시하여 관광객들의 눈을 자극하고 이끌었다. 이 잡지는 철도, 명승지, 시각표 등이 대표하는 조선의 여행뿐만 아니라 기행, 소설, 수필, 민요 등의 문학을 아우르는 기고, 거기다가 만화, 콩트, 영화, 음악계 소식까지 전하는 종합문화잡지의 역할을 충실히 해내고 있다.

이 장에서는 지금까지 한국 근대 관광사에서 주목되지 못했던 조선 최초발행의 전문 관광잡지인 『관광조선』(및 『문화조선』)을 통하여 관광잡지로서의 특수성이 어떻게 체현되고 있는가를 살펴보고자 한다.

2. '대중성'을 향한 『관광조선』의 시도

이 잡지의 발간 이유에 대해 일본여행협회 조선지부 간사인 가토 고(加藤豪)는 잡지 『관광조선』 「창간사」에서 다음과 같이 이야기하고 있다.

> 조선은 지금 영광스런 분주함 속에서 비지땀을 흘리고 있다.
>
> 『신동아 건설』이라는 역사적 대사업이 조선에게 부과한 임무는 조선 자체가 역사적으로 크게 비약하지 않으면 좇아 갈 수 없을 정도로 그것은 커다란 것이다. (…중략…)
>
> 대륙, 대륙하면서 새삼스럽게 사람들은 대륙에 눈을 돌린다. 그러자 대륙에

서 불거져 나온 커다란 반도 하나를 발견하고 그것이 대일본제국의 영토라는 것을 새삼스럽게 다시 생각한다. (…중략…) 거기에서 조선이 새롭게 다시 보인다. (…중략…) 반드시 강대한 실력을 갖추지 않으면 안 되고, 그러기 위해서 내선일체의 총 노력에 의해 조선이 가진 잠재력을 개발 현현하지 않으면 안 된다. 그러기 위해서는 우선 무엇보다도 앞서 일반 국민이 조선을 알아야 한다는 것이다. (…중략…)

또 국제관광의 견지에서 즉 외국 손님 유치에 의한 국제 친선 국제수지 개선이라는 점에서 본 경우, 동아 신질서 건설에 동반하여 소위 동아시아 관광 블록이 확립되고 그것이 점차 크고 선명하게 부상하는 세계의 이목이 집중되는 이때에 반도도 그 루트의 일환으로서 큰 역할을 담당하는 것은 물론이다. (…중략…) 이렇게 볼 때 관광 조선이 가지는 의의와 사명이 엄청나게 큰 것이고, 또 상당한 특수성이 존재하는 것을 알 수 있다. (…중략…) 이미 일본여행협회본부에서는 잡지 『旅』가 발행되고 있고 만주지부에서는 신동아 인식의 길잡이로서 『觀光東亞』가 매월 간행되고 있음에도 불구하고, 우리 조선지부가 구지 동종의 잡지 『관광조선』을 창간하는 까닭도 이 관광 조선의 의의와 사명이 큰 것과 특수하기 때문 외의 다른 이유는 없다. (『관광조선』 창간호 I-1 2~3면. 필자 역, 이하 동일, 〈참고〉 이하, 각 권은 로마숫자로, 호는 아라비아숫자로 기입한다)

이 창간사에는 '조선을 다시보자' '조선의 가치를 다시 확인하자'는 내용으로, 그 이유로는 '조선은 제국 확장을 위한 요충지'이며 '비약을 위한 영토' '잠재력의 보고'라는 것을 들고 있다. 이처럼 새삼스럽게 조선에 대해서 강조하는 것은 일본인에게 있어서 조선이 얼마나 무관심한 대상이었는가를 다시 한 번 일깨우며 '반도의 의의와 사명과 특수성'을 알게 하기 위함이었다. 6년 동안 경성제국대학 교수를 지냈던 아베 요시시게(安倍能成)는 그가 쓴 『청구잡기』[6]를 통해서 1930년대의 시점에서도 일본인이 얼마나 조선에 관심이 없는지, 조선인의 삶과 생활에 얼마나 무지한지에 대한 안타까운 마음을 토로한다.[7]

그리고 가토는 '국제관광'을 의식할 때에 반도 조선이 가지는 위치적 중대함도 피력한다. 주지의 사실처럼 일본의 관광산업은 '외국'을 의식한 것에서부터 출발하였고 관광업은 외국인을 유치하기 위한 대응에서 나온 것이다.[8] 이러한 대응이 이제 일본을 벗어나 반도에서도 적극적으로 실현되어야 한다는 점을 창간의 목적으로 두는 것이다. 그리고 여기에는 일본 출판의 『다비(旅)』나 만주지부의 『관광동아(觀光東亞)』와 차별성을 갖는다는 의식도 포함되어 있다.

잡지 『다비』는 1924년 1권 1호가 일본여행협회에서 발행되어 62권 10호부터는 일본교통공사에서, 다시 62권 11호부터는 JTB 일본교통공사 출판사업국에서 출판되는 역사를 지닌다. 『旅』의 창간호(1924년 4월)를 살펴봐도 알 수 있듯이 처음 출판 당시는 '문화'의 측면을 충분히 의식하지 않았으며 '여행'이라는 잡지제목에 충실한 모습을 보인다.[9] 『다비』의 원고 모집란에서는 '일반 여행에 관한 평론 감상' '숨겨

6 이 책은 이와나미서점(岩波書店)에서 1932년 9월 제1쇄로 시작하여 1942년 제7쇄까지 간행되었다.

7 『청구잡기』, p.3. 이 책을 통해 너무나도 부족하다고 생각되는 조선에 대한 내지인의 관심을 조선으로 행할 수 있게 한다면 더 없이 행복하다. p.74. 실제 나뿐 아니라 일본에서 온 이주자가 그 정도로 생활이 된다면 시끄럽게 떠드는 내선융화의 문제 같은 것은 쉽게 이루어질 것이다. (…생략…) 여전히 새삼스럽게 질문하는 내지인의 조선인에 대한 너무 심할 정도의 무지가 의외로 여겨질 뿐이다.

8 이에 관련한 내용은 졸고, 「관광의 역사와 문헌을 통한 한국 근대 관광 고찰」, 『Asia Diaspora』 2집, 건국대학교 아시아디아스포라연구소, 2008, p.18을 참고하였음.

9 그 목차를 살펴보면, 일본여행문화협회 창간을 즈음하여, 여행의 시와 노래, 모모쿄 잡기,

진 명승지 구적 소개' '여행에 관한 잡화' '여행 개선에 관한 의견' '사진과 스케치'를 요구하고 있다. 이에 반해 『관광조선』은 '관광'이라는 매개를 통해 완전히 탈바꿈한 문화 전달지로서 조선을 소개한다. 초기의 『다비』는 조선에 대한 '내용' 보다는 여러 교통수단을 이용하여 조선여행이 '가능'해지고 '편리'해졌다는 사실을 더 부각시켜 기술한다. 일본제국이 건설한 교통수단을 이용하여 갈 수 있는 곳이 과연 어디까지인지를 알리고 있는 것이다. 『旅』의 편집자는 편집후기에 잡지의 의미에 대해 기술하는데,

> 이 잡지는 어디까지나 고급스러운, 게다가 일반인들에게도 어디까지나 기분 좋은, 그리고 상당히 재미있기도 한, 기차 안에서도 자연스럽게 읽을 수 있는 것으로 삼고 싶다. 반드시 우리들의 정신생활의 중대한 요소가 될 것이라고 기대하지는 않는다. 예를 들면 식후 나오는 다과나 신선한 과일을 먹는 듯한 개운하고 신선한 것으로 만들고 싶다.[10]

즉 생활의 윤활유가 되어주는 것으로 잡지를 위치 짓고 싶다며 '다과'나 '과일'에 이 잡지를 비유하고 있다. 그러나 다과나 과일처럼 신선하고 상큼한 내용을 즐기기에는 아직 『旅』가 무거운 요소들을 품고 있었던 것이 사실이다. 그리고 여기에는 제국주의 확장의 대사명이 핵심에 자리하고 있는 것은 명백하지만 잡지 외부로는 전면적으로 드러나

기차의 창에 기대어, 교토의 봄, 신슈잡록, 카메라의 도쿠시마여행, 북쪽 여행(제1소식－하코다테까지, 제2신－오누마에서의 반나절) 여행과 숙소, 잊지 못할 땅, 전설집, 공연여행의 희극, 선만지를 돌아서, 만주여행에 대하여, 동경역의 2등 대합실에서 사쿠라모리는 어디로, 미야자키 부근, 여행클럽(일본여행문화협회발회식, 초진을 돌다), 편집후기.

10 『旅』 창간호, 1924.4, 편집후기, p.84.

있지 않다. 그리고 조선은 왜 가야 하는지에 대한 대의명분을 내세우지 않은 "여행 가능한 여행지"로서의 의미부여가 크다. 이것이 1939년의 『관광조선』에서는 명백하게 제국주의적 관점에서의 조선관광의 이유를 제시하고 있다. 누구도 부인할 수 없는 명확한 의식 아래의 행동인 것이다. 그러나 이러한 목적 달성을 위한 갖가지 시도가 『관광조선』에 차별성을 부여한다. 다양한 방면의 대중문화 소개와 잡지 자체가 지니는 회화성은 당초 신선하고 상큼한 느낌을 주는 여행을 돕는 산물로서의 잡지의 역할을 제대로 수행해내고 있는 것이다. 그리고 동시기 조선에서 발행되었던 『국민문학(國民文學)』, 『조선(朝鮮)』, 『조선공론(朝鮮公論)』, 『조선 및 만주(朝鮮及滿州)』, 『문교의 조선(文教の朝鮮)』 등의 잡지가 지니지 못한 대중성을 포함하고 있다.

『관광조선』과 같은 잡지의 출현에는 일본 내에서의 1920년대에 급속도로 발전한 대중 사회상황에 예리하게 대처한 대중잡지의 활성화라는 일본의 사회적 상황이 내재되어 있다. 그 한 예로, 1925년 이후 모든 연령대를 독자의 대상으로 삼는다는 『킹(キング)』[11]의 획기적인 성공이 존재한다. 그리고 1926년 이후 맞이하게 되는 엔본시대[12]는 출판매체의 적극적인 광고활동이 시작된 시기로, 직접 띠를 두른 출판사직원, 깃발, 광고탑, 애드벌룬, 소설가의 강연, 비행기삐라에 이르기까지 출판업계의 광고 경쟁도 치열해진다. 『킹』의 적절한 교훈과 대중성 그

11 『キング』는 1924년 발간된 잡지로 1920년대 급속하게 발전한 대중사회 상황을 민감하게 감지하고 발간 당초부터 '국민전부'를 그 수용대상으로 삼은 국민적 규모의 대중잡지이다. 100만부 잡지로 성공을 거두게 되는데 대중독자들의 요구에 적절히 반응한 것이 그 요인이다.(永嶺重敏, 『雜誌と讀者の近代』, 日本エディタースクール出版部, 1997, p.203 참고)

12 1926~27년 초 일본 개조사(改造社)에서 『現代文學全集』 63권을 한권에 정가 1엔씩 하여 60만 부라는 경이적인 예약부수를 확보하며 성공하게 된다. 이 이후 이런 엔본(円本) 전집류가 나오게 된다.

리고 다양한 측면으로 접근한 오락적 요소가 다양한 광고 효과를 촉진제로 삼아 일반대중을 사로잡았다. 『킹』은 1930년대와 40년에 걸쳐서도 여전히 대중들을 사로잡고 있었다.[13] 『관광조선』도 일본 내에서 보여준 대중잡지의 반향을 의식하여 더 많은 독자층을 수용하기 위한 편집방식을 취한 것이라고 볼 수 있다. 1939년 11월 임시 간행된 『모던일본 조선판(モダン日本 朝鮮版)』[14]도 『관광조선』과 비슷한 형식의 상당히 대중성을 띤 잡지라고 볼 수 있다. 때문에 조선의 문학자나 문화계 소식에 있어 『관광조선』과 겹치는 인물들이 많다. 그러나 『모던일본 조선판』은 동경에서 일시적으로 발행되었고, 『관광조선』은 경성에서 격월로 발행된 것을 보아도 『관광조선』이 편집자 및 기고자의 현지성이 담긴 조선관광 전문잡지로서 계획된 잡지였다는 것을 알 수 있다. 『모던일본 조선판』은 『관광조선』의 '전문성'과 '연속성'의 면에서 볼 수 있는 대중의 '기대 심리'를 자극하기에는 부족했다. 『관광조선』의 대중성은 가볍지 않는 대중성이었다. 어떤 내용이 요구되었는지 『관광조선』 창간호 원고 모집란을 살펴보면,

『관광조선』은 독자 여러분의 풍부한 여행 경험을 아낌없이 피로하는 것을 통해 보다 확실하게 여행의 반려로서의 기능을 발휘하고자 합니다.

그런 의미에서 원고를 모집합니다. (…중략…) 여행에 관련된 가벼운 읽을거

13 永嶺重敏, 앞의 책, pp.240~245 참고.

14 『모던일본(モダン日本)』은 1930년에 모던일본사가 발간한 잡지로 시시각각변하는 현대일본을 보여주는 것을 발간 목적으로 삼고 있다. 이 잡지는 1939년 11월과 1940년 8월에 두 차례에 걸쳐 임시증간을 발행한다. (윤소영 외 3인 역, 『일본잡지 모던일본과 조선 1939 / 완역 〈모던일본 조선판 1939년〉』(2007), 어문학사, 윤소영 외 3인 역, 『일본잡지 모던일본과 조선 1940 / 완역 〈모던일본 조선판 1940년〉』(2009), 어문학사)

리, 기행문, 수상(隨想), 시, 노래, 하이쿠, 만문(漫文), 만화 등 어떤 형식도 환영합니다. 예를 들면 여행의 특종(여행 중의 견문 사건 등 사람을 감격하게 하거나 미소 짓게 해 함께 웃을 수 있는 내용) 숨겨진 경승의 개발 현현(顯現)(꼭 풍경이 아니라도 사적, 유물, 풍습, 습관 등 일반적으로 알려져 있지 않은 것) 도시의 풍모(조선 내의 하나의 도시에 대하여 한 페이지 여러 가지 각도로 조명하여 그 풍모를 그려 주세요) 조선에서 본 내지(일본), 대륙(조선 측에서 본 내지 또는 만주지나 몽고의 인상 여행뒷담 등등) (『관광조선』 창간호 I -1 편집후기)

이상과 같은 내용으로 원고모집을 하고 있다. 한 가지를 소개하더라도 다양한 각도에서 살펴봐서 기술해주길 바라는 내용들이 괄호 안의 설명을 통하여 덧붙여진다. 그리고 편집 후기에는 좀 더 자세한 목적을 살펴볼 수 있는데,

▸ 조선의 관광적 지위 사명에 대해서는 권두에 「관광조선」의 일문에서 이야기하고 있는데, 관광을 통해서 내선일체의 강화는 그것이 관광 관념적이고 부차적인 것일 지라도 특히 강조해야할 것이라고 믿는다.

▸ 『관광조선』이란 이름은 약간 딱딱한 감이 없지 않으나 이름의 여하를 불문하고 바라는 것은 여행자의 좋은 반려가 되는 것이다. 그 점에서 흥미본위의 읽을거리를 풍부하게 제공하고 싶고, 동시에 인포메이션적인 기사를 좀 더 많이 실어야한다는 책임을 느낀다. 본 호에서는 먼저 총체적으로 조선여행 안내를 하는 것에 그쳤다.

▸ 본지의 체재 편집 방식이 상당히 유형적이고 독자적 색채가 부족한 것은 '우여곡절 끝에' 나온 창간호로서는 어쩔 수 없었다. (『관광조선』 창간호 I -1 편집후기)

관광은 문화 사업이기도 하지만 국가사업임을 생각하지 않을 수 없다. 지금도 관광 선전에 대통령이 얼굴을 보이기도 하는 것은 이런 차원일 것이다. 근대 일본이 실시한 조선의 관광 사업은 국가의 운명과 그 궤를 같이하며 그것을 지탱하는 하나의 문화적 코드로서 존재했다. 이상의 『관광조선』의 편집 후기에서도 볼 수 있듯이 국가적 사업이라는 것을 공공연하게 선전하고 있다.

그리고 다른 한편 편집후기에서 볼 수 있는 잡지의 방향은 ① "흥미본위의 읽을거리를 풍부하게 제공하고 싶고, 동시에 인포메이션적인 기사를 좀 더 많이 실어야 한다"는 책임을 느낀다는 점이다. 그리고 편집자 스스로가 창간호에 대해 ② "유형적이고 독자적 색채가 부족하다"는 자기 비판적 말을 함으로써 이 잡지가 동시대 조선에서 발행되는 다른 잡지와는 다른 '독창성'을 지녀야한다는 의무감을 강조한다. 이 두가지점에 대한 의식이, 이 이후 나오는 『관광조선』이 다양한 메시지를 전달하는 매개체가 되는 요인이기도 할 것이다. 이것이 보다 많은 독자를 끌어들이며 조선여행을 향한 계획을 유도하기 위한 하나의 전략이 되어가는 것이다.

3. 시각적 효과와 '여자'

1) 표지는 잡지의 '얼굴'

『관광조선』이란 잡지를 손에 들었을 때의 느낌은 '화려'하다는 것이다. 1939년부터 42년까지 발행된 잡지의 표지는 대부분 컬러의 여성으로 장식된다. 제 I 권 1호는 한복을 입은 두 여인, 조선식 문과 꽃나

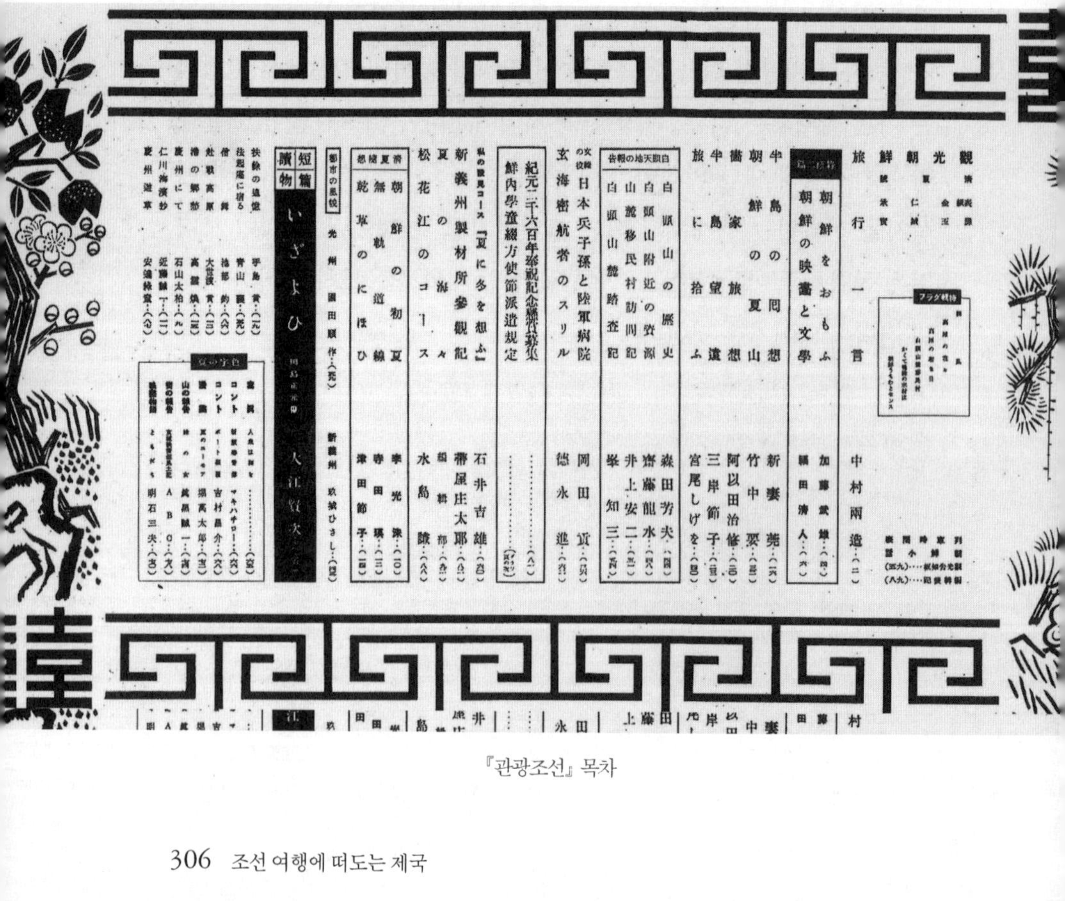

『관광조선』 목차

무가 보인다. 조선이라는 지역적 특수성을 최대한 미적으로 살린 그림이라 할 수 있다. Ⅰ권 2호도 양동이를 인 조선복장의 아가씨가 잡지 전면을 채우고 있다. 『관광조선』과 『문화조선』의 표지는 주로 여자의 그림이나 사진으로 장식된다.

『관광조선』의 편집부는 표지를 화가의 그림으로 장식할 뿐 아니라 속표지 디자이너까지 세운다. 목차의 장식은 처음은 고구려 고분의 벽화 였다가 Ⅰ권 2호에 금강산 사진, 3호에 조선마을의 풍경 사진을 넣고 있다. Ⅱ권부터는 목차 주변을 예술적 감각이 돋보이는 문양으로 배치한다. 그것이 기하학적인 문양이기도 했다가, 조선 여인이 비스듬히 앉은 그림이기도 하며, 한국의 전통 문창살에 이용되는 문양이거나 십장생 그림 등이 보인다. 이는 목차를 돋보이게 하는 효과를 가짐은 물론이거니와 문양이나 그림 자체와 화려함이 눈에 띠어 독자의 시선을 멈추게 한다. 이것이 Ⅲ권 1호로 접어들어 마지막 발간까지는 아예 목차를 담당하는 디자이너까지 설정되어 이름이 소개된다. 표지 / 속표지 / 목차를 각각 다루는 디자이너들이 설정되는 것이다. 또한 단편소설이나 수필을 게재할 때도 그림을 그리는 작가가 별도로 설정되어 그림과 소설을 함께 감상 할 수 있도록 마련된다. 1941년에 창간된 문학잡지인 『국민문학』이나 동시기의 『조선』, 『조선공론』, 『조선 및 만주』, 『문교의 조선』 등과 비교해 보더라도 이 잡지가 얼마나 시각적 효과를 추구했는지가 선명해진다.

여기에서 주목할 만한 인물이 표지 디자이너이다. 표지는 잡지의 얼굴이라고 할 수 있는데, 잡지가 가장 그 내실을 기하는 시기인 Ⅰ권 3호부터 Ⅲ권 6호까지 한국 근대화가 김인승(金仁承)이 표지를 그리게 된다.

김인승(1910~2001)[15]은 1910에 개성에서 태어나 청소년기부터 미술적 재능을 보인다. 20세인 1929년 개성 공립 상업학교 5학년으로서 동아일보사가 개최한 전선학생미술전(全鮮學生美術展)에서 입선하면서 미술에 대해 더욱 깊은 관심 속으로 들어갔고, 1936년 미술학교 재학생으로 동경 문부성 미술전(文展)에서 〈나부(裸婦)〉가 입선하고 같은 해 풍광회(風光會)전에도 입선하여 특출한 재능을 부각시켰다. 1937년 3월 동경미술학교 유화과를 졸업한 후, 같은 해 5월 서울에서 개최된 16회 조선미술전람회에 〈나부〉 〈화실(畵室)〉 〈검은 옷의 여인(黑衣の女人)〉의 3점이 입선하고 그 중 〈나부〉는 창덕궁상을 차지한다.[16] 이후 같은 전람회에서 연속 4회 특선을 차지하면서 김인승은 조선의 세간에 유명한 작가로서 위치를 확고히 했다. 이러한 상황에서 그는 『관광조선』의 출판 연도이기도 1939년, 동경미술학교 연구과 2년 과정을 수료하고 조선으로 돌아와 4월 서울에서 열린 재도쿄 조선미술협회전에 출품한다. 그리고 제18회 조선미술전람회에서 서양 여성상인 〈문학소녀(文學少女)〉가 특선에 오르고 전통적인 창무 무희상인 〈황의(黃衣)〉가 입선한다. 그리고 이 해는 그가 서울 미츠코시(三越)화랑과 개성 중앙회관에서 각각 처음과 두 번째의 개인전을 연 시기이기도 하다.[17] 문전에서의 입선과 그 이후 이어지는 조선에서의 수상은 조선 대표급 신진 작가로서의 입지를 확고히 한 것이었으며 이것이 새롭게 탄생되는 관광잡지의 표지를 장식하게 된 계기를 마련했던 것이다.

그가 일본과 조선의 예술계에서 주목을 받고 작품 활동을 하던 시기

15 김인승은 친일과 관련하여 1943년 경성, 미츠코시(三越), 평양, 미나카이(三中井)에서 전시한 「조선징병제시행기념기록화」가 친일 관련한 행적으로 거론되기도 한다. 이태호, 「도쿄미술학교 우등생이 친일에도 우등」, 『친일파 99인 · 3』, 반민족문제연구소, 1993.

16 「김인승 연보」, 『조선근대회화선집』, 금성출판사, 1990.

17 위의 책.

의 작품은 대부분이 '여자'를 주제로 한다. 그는 화폭 전체에 여자 한 명을 꽉 채워 그려 내고 있다. 이경성(李慶城)은 "그 여인상이 나체이거나 아니거나 조물주가 만든 것 중에 가장 아름다운 것 중 하나가 여인이기 때문"[18]이라고 김인승의 여인화의 이유를 설명한다. 그의 그림의 배경이 되는 것은 대체로 가정의 실내이다.[19] 즉 여기에는 뭔가 다른 상상을 일으킬만한 매개가 없다. 여성은 대체로 서구적 미인이며 그녀들의 차림이나 환경은 일반 서민이 아닌 양가집 규수나 부인이다. 그림 속에서 그녀들의 표정은 희로애락이 존재하지 않고 무언가를 응시하며 그저 정지해 있을 뿐이다. 그림을 감상하는 사람은 여자를 통해서 만이 그의 작품세계를 이해할 수밖에 없는데, 거기에는 사상이나 자연에 대한 감각이나 깊은 추상이 느껴지지 않는다. 그의 그림의 여성은 부와 명예의 그늘, 그리고 양질의 가정이라는 울타리 안에서 보호받는 여성이었다. 그녀

『관광조선』 표지

18 이경성, 「격조와 균형의 교향곡」, 『조선근대회화선집』, 금성출판사, 1990, p.104.
19 『한국현대미술대표작가100인선집 · 92 김인승』, 금성출판사 및 『조선근대회화선집』의 김인승 그림을 참고했음.

들에게서는 영리해 보이는 눈빛이 감도나, 그녀들이 있는 곳은 잘 짜인 가정이라는 공간에서 한 발짝도 더 내디딜 수 없는 숨 막히는 현장이기도 하다. 『관광조선』의 표지는 얼핏 보기에는 관광과 무관한 내용을 다루고 있다. 그런데 어떻게 김인승의 여인 초상이 매번 잡지의 표지를 장식하게 된 것일까?

당시 일본에서는 조선 현대미술에 대하여 고대의 미술을 벗어나지 못한 전근대적인 것이라고 지적했다. 당시 조선에서는 이씨왕조 덕수궁 일본미술품 전시를 행하고 있었는데, 그 전시목적은 "조선에는 고대에 밖에 훌륭한 미술을 볼 수 없고 현대에는 문화문명이 침체해 있기 때문에 일본에 의한 지도가 필요하고 그 하나의 대책으로 마련된 것"[20]이라고 설명했다.

이러한 조선의 예술적 상황에서 일본에서 유화를 제대로 배워 문전에 입선한 작가라는 배경은 김인승이 고대 조선 문화에서 현대문화로 접근할 수 있는 가교가되는 인물이라는 점을 시사한다. 그리고 일단 일본과 조선에서 동시에 인정받은 실력 있는 화가라는 것이 잡지의 예술성을 불러일으킨다고 생각했기 때문일 것이며, 한편으로는 달리 무엇을 상상하지 않아도 되는 단정한 조선여인이 독자를 반기고 있다는 잡지의 이미지 창출일 것이다.

김인승이 일본에 이름을 알린 작품이 〈나부〉였다는 것이 시사해 주듯이 그는 일본 활동 당시 나체의 여성을 자주 그렸다. 그러나 『관광조선』에 등장하는 조선 여성은 모두 한복을 입고 있다. 경우에 따라 쪽진 머리가 아닌 단발의 아낙네가 나오기도 하지만 그녀들의 외모와 상관

20 李美那(1999), 「李王家徳壽宮日本美術品展示—植民地朝鮮における美術の役割」, 『東アジア／繪畫の近代—油畫の誕生とその展開』, 展図錄, 靜岡縣立美術館외, pp.127~128.

없이 그녀들의 복장은 '조선 여성'을 어필하고 있다. 그리고 잡지 표지의 여성들은 더 이상 가정의 거실이나 안방이라는 울타리 안에 갇혀있지 않다. 조선식 기와가 배경에 있기도 하고, 무당같은 특수 직업 종사 여성이 보이기도 하며, 겨울산의 풍경이나, 당시 일본과 조선을 오갔던 대형 선박 등을 배경으로 여성이 그려져 있다. 그리고 그가 그려내는 여성은 서양적 이목구비의 세련된 얼굴을 한 여성이었다. 그는 일본을 통해 받아들여진 서양의 사실적인 미술기법을 십분 발휘하여 여인들을 그려냈다. 『관광조선』의 발간 목적이 대동아 통일을 근거로 한 서구세력과의 대치였다는 점을 고려하면 서양적 미술기법을 도입하여 동등한 정도의 것을 그려낸다는 것을 의식한 작품선택이었던 것이다. 독자가 『관광조선』을 구독하면 현대 우수 작가의 그림을 손에 쥘 수 있는 '문화인'이 되는 것임과 동시에 『관광조선』이 발신하는 문화로의 초대에 응하는 것이기도 했던 것이다.

2) 관광과 여자

『관광조선』 표지를 여성으로 내세운 것 외에도 이 잡지는 관광 선전에 여성을 곳곳에서 이용하고 있다. 이전 『旅』는 창간 당시 조선 기생의 화려한 포스터를 앞세워 관광의 즐거움을 강조했다. 『관광조선』 발간 당시 일본에서 열리는 조선영화 시사회에서는 조선을 알리기 위해 조선의 풍경이나 거리가 담긴 사진집과 '기생'의 그림엽서[21]를 무

21 가와무라 미나토지음, 『말하는 꽃 기생』, 유재순 역, 소담출판사(2002), p.273. "1935년 이후에 나온 그림엽서는 일본인 남성들이 명백하게 기생을 '소유' 및 '보호'하려는 듯한

료로 나눠주기도 했다.

> 어제 6월 10일 동경에서 반도영화 〈지원병〉과 마츠타케(松竹)의 시미즈 히로시(清水宏) 감독으로 조선의 풍물을 배경으로 한 아동영화 〈친구〉의 시사회가 개최 되었다. 이 행사는 보통의 시사회라는 목적 이외에 반도를 어떻게라도 알리고자 하는 마음이 담겨있는 듯했는데, 접수구에서 이 『관광조선』이나 총독부철도국에서 발행하고 있는 『조선의 인상』의 제목의 그라비어와 기생의 그림엽서를 한 세트 받았다. (II-4 福田清人, 「조선의 영화와 문학」 6면)

인용문에서는 영화 시사회 때 조선에 대한 선전을 병행했던 상황을 엿볼 수 있는데, 여기에서 조선의 풍경에 대한 소개와 동등한 수준에서 조선의 기생이 관광 선전 도구로 사용된다는 것을 알 수 있다. 당시의 기생엽서는 여인들이 모두 한복을 입고 있거나 조선 민속적 풍조가 강한 것이 소품으로 사용되었다. 그리고 실외 촬영도 대부분 조선의 고궁에서 이루어지며, 정자의 돌다리, 석탑 등 조선의 전통적인 장소가 채택되었다.[22] 이처럼 기생은 조선만의 독특한 문화를 알리는데 유용하게 사용되었고 『관광조선』도 이러한 당시의 실상을 말해준다.

『관광조선』에서는 수많은 사진들이 제시되는데 그 내용은 조선의 거리 및 풍경이거나 여자들이다. 그리고 수많은 일러스트를 여자가 차지하고 있다. 전술하였듯이 이 잡지는 시각적 효과를 극대화 시킨 것으로 동시대의 어느 잡지와 비교해 봐도 그 차별성은 명확하다. 회화며 사진이며 일러스트며 만화 등이 잡지를 알기 쉽고 보기편한 방향으

느낌을 받게 된다"고 한다.

22 위의 책, p.282.

로 인도하고 있다는 사실을 한 눈에 알 수 있다. 사진이나 일러스트, 만화, 회화에 있어서 주류를 차지하는 것은 단연 여자이다. 그리고 서면으로 기술되는 여자는 그리 많지 않다는 것을 알 수 있다.[23] 즉 여자는 '설명되는 대상'이 아닌 '보이는 대상' 및 '소유하는 대상'이라는 점을 주목할 수 있다. 이 잡지는 「조선여행의 심심풀이」라는 항에서 경성 번화가에서 양산을 들고 화려한 한복차림을 한 여성 일러스트와 그 복식이 아름다워 조선아가씨 인형을 샀다는 이야기를 덧붙인다. 그리고 같은 페이지 하단에는 양 젖가슴을 드러내고 아기에게 젖을 주는 조선 여인, 그 뒤로 물동이와 빨랫감을 머리에 인 농촌의 여인과 어린이의 일러스트를 담고 내용을 소개하기도 한다. 특히 이 잡지가 추구하는 문화계소식에 대한 내용들 속에서는 여자들 사진이 많다. 예를 들어 연극 춘향전이 유행하던 시기였으므로 연극내용에 대한 사진에도 여배우들이 다수 보이며, 영화를 소개할 때도 여배우와 영화관 주변의 사진들에 여성이 주로 보인다. 만화에도 당시 여인네의 풍경을 풍자한 모습, 내용을 돕기 위한 일러스트에서도 조선 여성(거의 모든 여성이 한복을 착용하고 앉아 있거나 비스듬히 누워있거나 서서 시야를 고정시키고 있다)들의 모습이 리얼하게 존재한다.

기술되는 여성을 살펴보면, 「이조사회와 여성」에 있어서는 조선사

23 다음은 여자만을 주제로 한 잡지1권부터 Ⅳ권까지의 제목들이다. 애기 기생(宮坂勝, Ⅰ-2) / 경성 여자3제(湯淺克衛, Ⅰ-3) / 멀리서 온 푸른 그녀(山本千代子, Ⅰ-3) / 군국의 며느리(三根謙一, Ⅰ-3) 기생의 여론(박상희, Ⅰ-3) / 여성점묘(小野佐世男, Ⅱ-2) / 종로의 여자(眞黑誠一, Ⅱ-3) / 초록의 여자(眞黑誠一, Ⅱ-4) / 경성의 여자(김인승, Ⅱ-5) / 부인(元城眞知子, Ⅱ-5) · 아가씨(桂木吉三, Ⅱ-5) / 기생을 위하여(伊庭數彦, Ⅱ-5) / 기생만담(奧田九十九, Ⅲ-1) / 조선여인고(奧田九十九, Ⅲ-2) / 초춘의 소녀(梶川貞, Ⅲ-2) / 경성익찬형여인열전(佐川淸, Ⅲ-2) / 여인의 애탄(河部武郎, Ⅲ-3) / 기생(眞黑誠一, Ⅲ-4) / 이조사회와 여성(Ⅲ-5) / 조선기생고(奧田九十九, Ⅲ-6) / 두명의 딸(小笹健司, Ⅲ-6) / 쇼와아가씨를 칭찬하다(津田節子, Ⅳ-1) / 딸의 집(小笹健司, Ⅳ-1) / 여성복식 강좌(R기자, Ⅳ-3) / 구장의 딸(佐々木李記, Ⅳ-4)

회의 유교적 엄격함과 그 안에서의 여성의 역할들을 역사적 고증과 함께 소개하고 여러 사진을 통하여 그녀들의 단정한 모습을 제시한다. 그리고 거의 각 페이지 마다 사진을 삽입한다. 「조선기생고」와 같은 글에서도 이조사회로부터의 기생을 이야기하면서, 역사적 존재로서의 의의를 이야기하고 있다. 이는 딱히 흥미를 일으킬만한 읽을거리는 아니다. 그러나 함께 실린 사진들은 기생의 용모를 파악하는데 유용한 자료가 된다. 그 외 경성의 꽃으로 불렸던 이향란, 반도의 무희로 불리는 최승희의 소식 등 당시 문화계를 주름잡던 여성들의 사진도 종종 확인할 수 있다.

이 잡지는 '관광지 조선'을 소개하는 데 독자를 끌어들일 수 있는 중요 요소로서의 여자, 그것도 시각적 효과를 충분히 살린 형태의 여자로 조선의 미인들을 곳곳에 삽입하고 있다. 때로는 눈빛으로 때로는 자태로 일본에서 보지 못한 조선 전통의상을 입은 확실한 '조선여자'를 노출시키고 있는 것이다. 이미 1930년대 중반에는 일본 동경의 사창가인 다마노이(玉の井)같은 곳의 창부들도 점점 줄어드는 실정이었다. 이제까지 일본인이 알던 게이샤나 집창촌 여성이 아닌, '품을 수 있는 여자로서=속(俗)'의 이미지와 '다른 세계의 예술적 교양을 갖춘 여자로서=성(聖)'의 이미지가 혼재한 신선한 이미지의 에로스의 상대가 존재한다는 점은 남성독자를 자극하기에 충분했던 것이다.[24] 이처럼 관광 잡지의 여성에 관한 다양한 시각자료 제시가 무엇을 의미하는

---

24 오카노 유키오 외 편저, 서기재 역, 『매매춘과 일본문학』, 지만지, 2008.
이 책 p.35에서는 오고시 아이코는 「매춘부 환상의 역사」에서 "일본문화에서 매춘부 환상은 유녀의 표상이 성스러운 영역에서 속된 영역으로 역사적으로 이행하는 과정을 단선적이 아닌 중층적으로 축적함으로써 복잡하게 얽혀서 구성되었다고 할 수 있다"고 하며 남성들은 그녀들의 신체와 함께 그녀들에게 투영되는 환상도 함께 산다고 언급되어 있다.

지는 자명한 사실이다. 잡지를 '소유'한다는 것은 잡지 속의 수많은 여성을 '소유'하는 것과 같은 느낌을 갖게 하며 더 나아가 그녀들과 직접 만나고 싶다는 욕구까지도(실지로 바로 그 인물이 아니더라도 비슷한 이미지의 조선의 여성) 불러일으킨다는 점에서 관광의 욕구를 자극하는 매개체가 되는 것이었다.

4. 전략으로서의 『관광조선』

『관광조선』의 특징을 살펴보면 다섯 갈래로 나누어 볼 수 있다.

먼저 그야말로 관광지의 소개를 충실하게 하는 ① 관광지에 관한 글이다. 여기에서 관광지에 대한 다양한 각도의 소개는 물론이고 지도, 열차시간표, 신설철도 홍보, 각지의 축제에 관한 정보, 여행상식, 관광고지판을 통한 더 많은 관광지 소개 등 창간 당시 목표로 했던 실용적 내실을 기한 인포메이션을 듬뿍 담고 있다. 두 번째로 ② 문학적인 글들이다, 물론 여행지에 대한 감상을 위주로 한 수필과 조선의 이야기, 민담이나 설화, 우스운 이야기, 그리고 순문학적 요소를 품은 단편소설이 차지한다. 그리고 ③ 취미적인 글인데 조선의 문화계를 알 수 있는 다양한 소식들로, 노래 · 영화 · 그림 · 만화 · 기생 이야기, 최신 조선거리 풍경 등이 잡지의 묘미를 더한다. 또한 ④ 회화적인 요소에서는 표지나 속표지 목차뿐만 아니라 문학적인 요소들과 더불어 그것의 흥미를 돋굴 수 있는 그림이 글과 함께 존재한다. 거기에는 부담스럽지 않을 정도의 생활예술이 접목되어 있다. 마지막으로 ⑤ 특집란의 설정이다. 각 권마다 조선의 일부지역[25]에 대해 집중적으로 그 지방의 자원이나 산물, 교통, 여행지로서의 의의 등을 여러 전문가들을 설정하여 자세하게 다방면에서 조사 관찰한 내용을 기술하고 있다. 그리고 매 호마다 실리는 「도시의 풍모」 코너에서는 두 지역씩 조선내의 지역에 대한 설명이 들어간다.[26]

1) 문학적 글의 특수성

문학적인 글들은 주로 수필이나 전설과 같은 조선전래의 이야기, 기행문이 주류를 이룬다. 이러한 점이 평범한 것이라면 잡지의 창간호에서 김소운의 '조선민요'를 다룬 부분에 있어서의 특이성을 강조한다. "오랜 고유의 생활이 축적된 전통에는 반드시 그것만의 독자적인 아름다움이 있다. 그것을 민요의 분야에서 탐구한 인물로서 김소운 이상 가는 사람이 없을 것이다. 본지는 이것을 긍지로 삼는다"[27]며 여태까지 아리랑 정도의 민요에 익숙해있던 독자들에게 조선의 고유한 전통문화를 내비치는 다른 민요를 소개한 것에 대한 자부심을 생생하게 묘사

25 예를 들어, 각 권 마다 보성, 금강산, 북조선, 소록도, 울릉도, 경성, 부여, 평양, 조선각지의 지하자원, 경상남도, 제주도, 낙랑지대, 삼척, 조선의 미곡 등의 특집란을 마련하여 세세하게 소개하고 있다.

26 Ⅰ권 1호의 경성과 부산을 시작으로 하여 '평양 원산' '목포 개성' '해주 전주' '여수 청진' '대구 군산' '광주 신의주' '나남 대전' 등의 모습을 독자에게 소개한다. 그러나 Ⅲ권 이후부터는 보이지 않는다.

27 『관광조선』, 1939년 6월 창간호 편집 후기

한다. 이 호에서 김소운은 조선민속학 회원의 자격으로, 『조선민요(朝鮮俗謠)』라는 속담모음집을 소개하기도 한다.[28]

소설의 면에서는 Ⅱ권 1호부터 나오는 '완결소설'이 주목할 만하다. 연속성을 가지지 않은 내용으로 부담 없이 읽을 수 있는 조선과 일본의 단편소설이 실리게 된다.[29] 조선작가로서는 김사량, 장혁주, 최정희, 이석훈, 임순득, 주익한, 김동환, 정지용의 작품을 볼 수 있다.[30] 이들의 소설에는 당대 화가의 그림도 삽입된다.[31]

일본작가로는 유아사 가츠에(湯淺克衛)와 조선 작가로는 김사량(金史良)의 소설이 두 번 이상 실리게 된다. 그런 의미에서 잡지와 이들 작가들 간의 거리를 살펴보면, 유아사는 1910년에 태어나 6세 때 조선으로 건너와 조선과 일본의 양방향의 삶을 살았던 작가이다. 유아사는 1935년 「간난이」라는 조선 소녀를 주인공으로 한 서정 풍부한 소설을 일본문단에 처음으로 선보였다. 이는 식민자로서 조선인과의 관계를 그린 작품이 전무하던 시기에 '특이'한 작품으로서 여겨졌다.[32] 이러한 특성이 이후 유아사의 작가적 위치를 견고하게 만든 계기를 형성하

28 『관광조선』, Ⅰ-2, p.92.

29 그 내용으로는 「연시장(年始狀)」(楢崎勤), 「『고향』에 대하여」(湯淺克衛), 「해후」(장혁주張赫宙), 「음력 열여섯새의 밤」(大江賢次), 「아침」(坪井榮), 「휴지통의 시계」(穎田島一二郎), 「초춘」(湯淺克衛), 「생명의 강」(川上喜久子), 「국기」(濱本浩, 3권1호 3편 실림), 「남자 아이」(窪川稻子), 「정숙(靜淑)」(최정희崔貞熙), 「葛月本伊曾保物語」(中尾淸), 「환희의 노래」(尼ヶ崎豊), 「역사」(天久卓夫), 「달맞이 꽃」(大塚楠畝, 3권 4호 4편실림), 「산의 신들」(김사량金史良), 「인텔리 금산에 가다」(이석훈李石薰), 「시인 김군」(福田淸人), 「도성과 시인」(牧洋), 「거지의 무덤」(김사량), 「대부(代父)」(임순득任淳得), 「봉선화」(주익한), 「누명」(김동환), 「비로봉」(정지용, 4권 5호 조선작가 4인실림).

30 이러한 조선인 일본어 작품들과 『관광조선』과의 관계는 추후 발표할 예정이다.

31 주로 처음에는 여러 명이 돌아가며 그리다가 2권 5호부터는 오카지마 마사모토(岡島正元)가 단편소설 그림을 담당했다. 오카모토는 『國民文學』의 표지를 그리기도 했다.

32 栗原幸夫(1993), 「湯淺克衛の『カンナニ』について」, 『季刊aala』 8月92号.

기도 한다. 유아사와 그의 글은 조선인에게도 일본인에게도 부담스럽지 않은 내용이며 양 문단의 가교가 되기도 했던 것이 『관광조선』의 단편소설란을 차지하게 된 이유이기도 할 것이다. 그는 1941년 창간의 『國民文學』에서도 주요한 작가적 위치를 드러낸다.[33]

그리고 김사량은 1932년 조선잡지 『東光』에 「市井初秋」를 발표하면서 작가적 인생이 시작된다. 학생시절 반일 운동을 하기도 한 그가 형의 도움으로 일본으로 건너가게 되고 그는 시가 나오야(志賀直哉)의 영향을 받으며 문학 활동을 전개했다. 그가 일본 문단에서 주목을 받기 시작한 작품은 1939년의 「빛 속으로(光の中に)」(『文藝首都』)로, 이 시기는 『관광조선』이 창간된 해이기도 하다. 그는 「빛 속으로」를 발표하면서 작가로서의 지위를 확고하며 아쿠다가와(芥川)상 후보로 선택되기도 하였다.[34] 즉 김사량은 주목받는 조선의 신진작가였던 것이다. 이는 앞서 김인승이 표지디자이너로 설정된 계기와도 비슷한 경위를 거친다. 그들은 조선의 문화를 일본식으로 일본어로 전달할 수 있는 더구나 지나치게 일본적이지도 조선적이지도 않은 요소를 품고 있는 존재들이었기 때문이다. 유아사는 일본인의 눈으로 본 조선의 서정을, 김사량은 일본적 감각을 익힌 조선인으로서 문학적 서정을 『관광조선』의 소설란에 담아냈던 것이다. 김사량 외에 다수 조선 작가들이 이 잡지를 통하여 문학 활동을 하고 있는데, 그들의 '문학－국가－관광잡지' 사이의 거리는 당시 문학자들의 '실존의식'을 가장 리얼하게 알 수 있는 통로가 되기도 한다.

---

33 이에 관한 연구는 졸고(2009), 「『국민문학』을 통하여 본 한일작가의 표상」(『일본어문학』 41집, 한국일본어문학회)에 자세하다.

34 『日本植民地文化運動資料 11』, 人文社編 緑陰書房(1997), pp.231~262.

2) 색자의 페이지(色字の頁)

잡지에는 독자들을 향한 '선택된 실체'로서의 사진을 다수 싣는데 앞서 다룬 여자 이외에 특집으로 다룬 지역과 명소 유적, 각 지역의 특색 그리고 계절 감각이 잘 드러난 조선의 풍경을 그 대상으로 삼았다. 주목할 만 한 것은 매 잡지마다 작은 코너를 마련하는데, 그것은 「색자의 페이지」라고 칭하며 독자들의 흥미를 끌만한 조선에 대한 최신 소식을 다루고 있는 부분이다. 이 항목은 한 번도 목차에서 빠지는 일이 없다. 이는 조선 문화계 소식을 가장 생생하게 들을 수 있는 현재 진행형의 란이었기 때문일 것이다. 여기에서는 잡지의 단조로움을 깨기 위한 기교로서 콩트를 약 2편 정도 싣고, 거리의 소식, 사진, 및 만화, 그리고 조선의 레코드나 영화계소식까지도 섭렵하여 독자에게 전달하려고 했다. 구체적 내용을 몇 가지 소개하면 다음과 같다.

(1) 영화

『관광조선』은 당시 최신 영화계 소식을 전반적으로 다루면서 조선 내의 영화계의 활성화되는 현상을 알린다.[35] 그리고 잡지는 매 호마다 영

35 기대를 저버리고 전반기의 조선영화 제작진은 비참한 패배를 맛보고 말았다. 겨우 최연규 연출의 〈국경〉이 그 신선미를 선보인 것이 고작으로, 한성영화(漢城映畵)의 〈귀착지〉를 시작으로 하여 조영(朝映)의 박기변 연출의 〈무정〉 극연영화부(劇硏映畵部)의 김유경 연출의 〈애련송〉 등은 완전히 평가를 얻지 못하고, 여름까지 완성예정이었던 다른 작품도 진척되지 않아 조영의 이규환연출 〈새로운 출발〉은 주인공 문예봉이 병 때문에 아직 녹음도 완성하지 못했다. 반도영화의 방한준 연출의 〈성황당〉도 늦어지고, 조선문화영화협회의 〈국기 아래에서 나는 죽으련다〉 〈해안지〉도 가을에 상영될 여정이

화계 소식과 〈수선화〉 〈지원병〉 〈수업료〉 〈친구〉 〈집 없는 천사〉 〈춘향야화〉 〈건설역군들〉 〈奏猛〉 등의 영화이야기, 개봉관과 개봉일도 소개한다. 동시에 조선총독부 후원 영화인 문화영화에 대한 소식, 경성영화과화학공장이 생겨 좀 더 근대적인 영화제작이 이루어질 것이라는 내용 등 조선영화작가협회소식 및 영화 관련 다방면의 뉴스를 전하고 있다.

『관광조선』이 발행되기 전은 한국 영화가 발성영화의 활성화를 가져온 시기로, 1935년 경 조선에서 96개의 흥행장이 운영되었으며 영화상영관이 39개로 대중에게 있어서 새로운 문화 상품으로 잡은 시기이다.[36] 한국의 영화는 러일전쟁(1904)이 시작되기 전 상품 판촉을 위한 1분 정도의 활동사진에서 출발하여 주제가 있는 필름이 일본을 거쳐 조선에 선을 보이게 되었다.[37] 1935년 조선에서는 처음으로 발성영화 〈춘향전〉이 제작되었다.[38] 이는 발성영화의 시대를 연 작품으로 흥행에 크게 성공하여 고전물을 영화화하는 붐을 일으켰다. 춘향전 이후 〈장화홍련전〉 〈홍길동전 후편〉 〈이도령〉 〈심청전〉 등이 잇따라 나와 대부분 흥행에 성공했다.[39] 『관광조선』에는 이러한 영화의 성황기를 반영하는 듯 조선의 영화사정을 낱낱이 싣고 있다. 그리고 조선인의 영화에 대한 애호양상도 생생하게 전한다.

다. 그러나 이와 같은 제작지연 때문에 가을이야말로 풍부하게 조선영화가 은막을 장식하게 되고 때 마침 영화법실시를 앞두고 조선영화가 최고 성황을 이루게 되었다. 『관광조선』 I -2 北旗男 「초추의 조선영화계」, p.72

36 이중거(1992), 「한국영화사연구」, 『한국영화의 이해』, 예니, p.61.

37 이효인(1992), 『한국 영화사 강의 1』, 이론과실천, p.16.

38 이 영화는 일본인 와케지마 슈지로(分島周次郎)가 사장인 경성촬영소에서 이기세 구성, 이구영 각색, 이명우 연출 및 촬영으로 문예봉, 이종철, 임운학, 김연실, 노재신 등이 출연했다.

39 이효인, 앞의 책, 『한국 영화사 강의1』, p.268.

> 경성사람들은 영화를 좋아해요. 글쎄 좋아하는 정도가 내지의 여느 도시 못지 않다니까요. 흥아의 약진 기지로서 상당히 눈부신 활동을 하고 있는 경성인데, 주일 아침부터 영화관 앞에 엄청나게 긴 줄을 서고 있는 것을 종종 본다니까요. (…중략…) 학교를 갓 졸업한 젊은이들이 비교적 많은 탓이겠지요. 게다가 경성에는 적당한 오락거리도 적은 것 같고 (…중략…)
>
> 아까 말했던 대로 젊은 인텔리가 많은 것과, 여기 청년들도 우리나라 영화보다 헐리우드 직수입 같은 스타일이 혼마치(本町)를 활보하고 있는 것으로도 그 영향력을 알 수 있겠죠? 좌석이 비는 일의 거의 없을 정도. 좌석하면 경성 다카라즈카극장이 최근까지 황금좌라 불렸는데, 여기는 닛카츠(日活)계의 우리 일본 영화와 서양영화를 같이 상영하고 있어요.[40]

잡지 발간의 시기인 1939년은 일본의 신영화법이 조선에 도입되고, 영화제작기구의 단일화, 영화심의회 발족, 영화배급기구의 공익법인화가 이루어지며 영화의 제작, 기획, 배급의 전 과정을 총독부가 엄격하게 통제하는 시기였다.[41] 총독부의 통제와 관리 하의 영화 선전이었던 것이다. 제국주의 주체의 관리 감독하의 대중문화라는 특수성이 있지만 당시의 대중문화의 현재를 알리는 데 지대한 역할을 이 잡지는 수행하고 있다. 그리고 근래의 드라마 촬영지를 여행하는 것과 같은 「『춘향전』의 여행과 경성」(Ⅰ권 3호)이라는 내용을 실어 여행자가 춘향전 내용의 발자취를 따라갈 수 있도록 한다.

40 『관광조선』Ⅱ-4 「경성영화관 풍토기」, p.78.
41 김민환(2006), 『한국언론사』, 나남출판, p.297.

(2) 만화

만화도 상당히 독자의 흥미를 끈다. 아마도 다른 글보다도 조선에 들어와 있는 신풍속과 그것에 대한 사람들의 반응을 단 시간에 보기에는 이 보다 더 좋은 재료가 없을 것이다. 길 가던 아이가 이가 아파 지나가던 개에게 줄을 물려 자기 치아를 뺀다는 네 컷 만화(Ⅱ-2), 한 손에 사진기를 들고 서양식 정장을 하고 하이힐을 신은 아가씨가 뽐내듯이 걸어가는 모습을 보고 어떤 농부가 그녀의 다리 두께가 엄청남을 비꼬아 저렇게 큰 무는 아직 재배해본 적이 없다고 어이없어하는 그림(Ⅰ-3), 「근대 물리학」이란 제목으로 뚱뚱한 손님을 태우는 인력거꾼의 지혜, 태양자외선이 원망스러운 시골과 도시의 여자, 기생과 장승의 합성사진의 우스움, 소가 자동차를 막고 있는 시골 풍경 등 『관광조선』은 한 호에 여러 가지 종류의 짧은 만화를 두며 독자에게 재미를 안겨준다.

만화 「흥아의 봄 경성역 번창기」(Ⅱ-1)는 1940년의 경성역 풍경을 묘사한다. 몸빼가 역시 최고라며 몸빼를 입고 스키를 떠나는 여성들, 애인과 도망가려는 딸에게 아버지가 일단 집으로 들어오라고 붙잡는 그림, 영어가 짧은 역원에게 영어로 설명해 달라는 외국인 여성, 일장기를 들고 단체여행을 떠나는 단체여행객들, 개찰구마다 표가 매진되고 만원이라는 글자판, 임시열차 운행정보를 표시하는 인부, 손님에게 아부하는 구두닦이 소년 등의 경성역 안의 광경은 웃음과 활기가 넘친다.

이 외에도 『관광조선』의 만화들은 당시 조선 서민의 삶을 풍자한 내용이 많다. 만화 제작자는 수시로 바뀌어 다양한 종류의 그림과 내용을 맛볼 수 있다. 시골여성과 도시여성, 일본인과 조선인의 대조적인 구도를 세워 각각을 풍자의 대상으로 삼거나 신시대와 구시대적 사물을 대

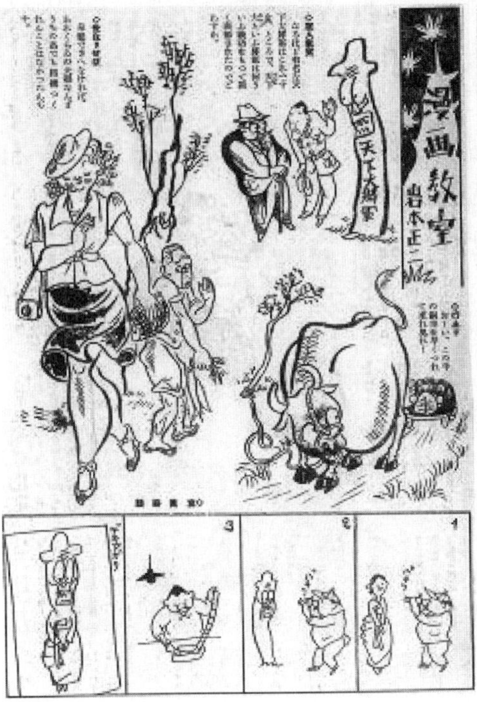

I-3 「만화교실」

II-4 「만화 여름의 유모어」

조적으로 내세운 세태풍자도 있다. 그리고 시대를 반영한 '사치금지' '자급자족' '내선일체를 위한 혼인' 등을 강조하는 만화들도 있다.[42] Ⅲ-1부터는 '신춘만화 경연대회'라는 제목으로 조선과 일본인 만화동인들의 만화가 다수 소개되고 있으며, Ⅲ-2, Ⅲ-3까지 인본인 만화가의 만화가 선보이다가, Ⅲ-4부터 Ⅳ-2에 걸쳐서는 '조선만화인 협회'의 한국적 정서가 풍기는(복장이나 소재 선택에서) 내용이 실린다. 그리고 만화는 Ⅳ권으로 갈수록 그 내용이 빈약해 지다가 Ⅳ권 3호부터는 사라진다.

42 『관광조선』 II-6, p.72

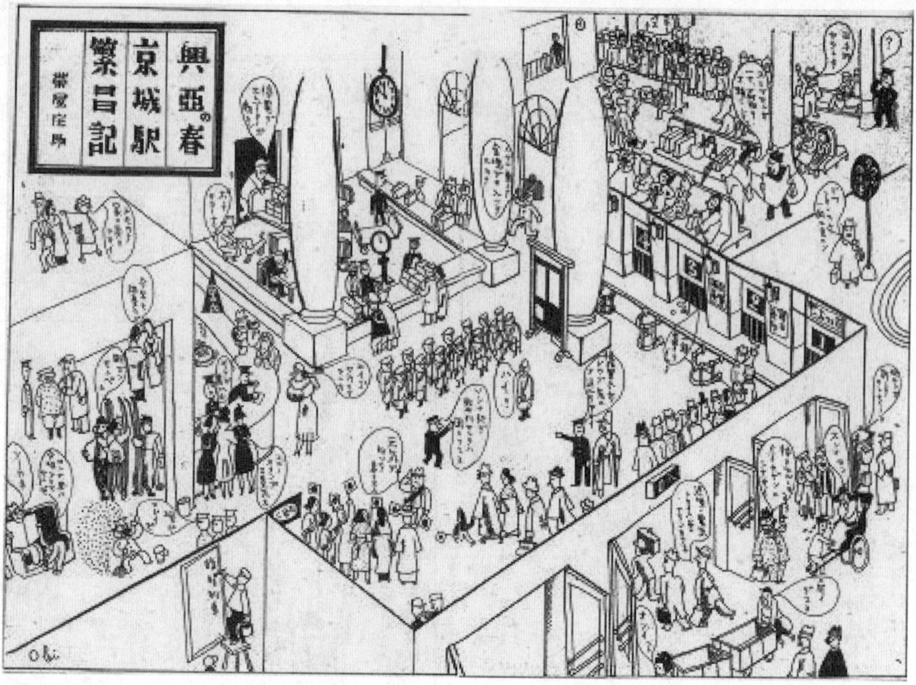

〈II-1「흥아의봄 경성역 번창기」〉

(3) 가요계 소식

조선의 가요계 소식도 흥미롭다. 고래로부터 조선에서는 노래를 부르는 것은 경멸당했다는 내용과 소수의 특수한 그룹 그것도 하층그룹으로 멸시당하면서 한국의 가요가 엷게나마 그 명맥을 유지해 왔다는 소개를 하며 조선 레코드계의 역사를 개관하고 있다. 그리고 당시 조선 레코드업계의 현실도 자세히 설명한다.

> 조선에 레코드가 수입된 것은 지금부터 약 20년 전(1919년, 필자 주)으로 최초는 내지의 레코드업자가 호기심으로부터 조선의 구가요를 녹음하여 반도인에게 팔았습니다. 가수는 물론 반도인 녹음기사는 내지인 아니면 외국인,

> 거기에다가 녹음 감독은 조선어를 모르는 내지인이어서 그 제품은 노래의 문구를 알아들을 수 없을 정도의 것이었습니다. 이 레코드는 반도인에게 팔았다고는 하나 일반가정이 아닌 많은 손님을 상대로 하는 상점 아니면 행상인 등의 선전도구로 사용되었습니다. 그것이 1923, 4년 경 일동축음기 및 일본축음기 등의 내지 레코드사가 조선에 영업소를 설치하고 나서 조선의 레코드업계도 본격적인 녹음이 시작되게 되었습니다.[43]

그리고 유명 가요로서 〈아리랑〉〈금강산〉〈돈〉〈기생〉〈도라지 타령〉 등을 소개하고 있다. 이 코너에는 조선 여가수 이옥란(李玉蘭)의 상반신 사진과 함께 이 여가수의 일본에서의 성공기를 싣고 있다.[44] 이러한 대중문화에 대한 소식 전달은 Ⅰ권 중반에서부터 Ⅳ권 1호 정도까지 '오락성' '대중성'을 실어 다양한 각도로 전달했다. 그러나 Ⅳ권 이후부터는 관광 소식보다는 조선 내 산업이나 자원, 전쟁 소식이 주류를 이루면서 대중문화 전달의 요소는 약해져 갔다.

43 『관광조선』Ⅱ-3, p.62

44 이 여성은 원래 한성권번의 기생이었는데, 선만시찰(鮮滿視察)을 위해 경성에 온 시라이 마츠타케(白井松竹)회장이 그녀의 노래를 듣고 "청초하고 섬세한"그녀의 노래에 매혹되어 일본으로 데려간다. 거기에서 그녀는 오사카(大阪) 주변에서 멋진 주택에 살며 음악수업도 본격적으로 다시하고 내선일체 음악영화에도 출연하는 등의 성공을 거두었다 한다.

5. 『관광조선』의 '특집클럽'

『관광조선』은 조선에 주목하게 할 만한 다양한 요소들을 잡지 여기저기에 배치했다. 이 잡지에서는 매 호마다 '特輯グラフ(특집클럽)'을 설정하여 독자의 눈을 끌 수 있는 장치를 마련한다. I 권이나 II권의 '특집클럽'은 조선의 관광 문화를 사진이라는 매개체를 통해, 객관화된 실체로 가장(假裝)하며 조선관광을 유도하고 있다. 그러나 이는 지극히 주관적이고 선택적인 피사체이다. 즉 『관광조선』이 특집으로 내세워 다루는 것은 몇 장의 사진으로 대표되는 상징화된 조선이었다. 이런 상징화된 조선은 대부분이 잡지의 첫머리를 장식하며 내용 보다는 시각적인 효과를 더 추구했다. 이는 어떤 특집이냐에 따라서 독자의 호기심을 자극하는 것이다. 그리고 목차에서도 다른 항목들과 달리 사각의 틀을 두어 강조하여 제시된다. 이와 관련하여 잡지의 본격적인 내용도 이런 특집으로 소개된 내용과 부합하는 글로 구성된다. 그 제목은 다음과 같다.

I 권 1호(1939년 6월) 〈특집클럽〉 즐거운 선로(船路) / 초여름의 미각 〈딸기〉 호남지방의 보성 재배 / 내선일체의 성지 부여 / 산금조선의 일익 사금채취선 / 한강 원류에 뻗어가는 철로 경경(京慶)북부선

2호(8월) 〈특집클럽〉 신추의 금강에 가다 / 금강의 바위 / 금강의 물과 나무 / 금강의 사찰 / 낙농・성환목장점경 / 철도개통으로 떠오르는 춘천

3호(10월) 〈특집클럽〉 추강소역(秋江小驛) / 경주의 가을 / 신라제(新羅祭) / 흥아(興亞)의 기지 / 반도산업의 생태 / 심창(深窓)이여 안녕 / 대륙 신칸센 『만

포선(滿浦線)』/ 지도 또한 즐겁구나

Ⅱ권 1호(1940년 1월) 〈특집클럽〉 성전(聖戰)의 봄 / 설날 / 방패가 되리라 / 북선(北鮮)의 자랑 / 겨울이야말로 대기 속으로 / 甘栗太郎

2호(3월) 〈특집클럽〉 물이 뜨뜻해지다 / 소록도의 봄 / 초춘의 북선 오지 / 김의 향기 / 봄에 보내는 반도 영화

3호(5월) 〈특집클럽〉 어린잎의 하늘 / 울릉도 / 섬의 축제 / 조선산 맥주 / 남원(南原)의 꿈

4호(7월) 〈특집클럽〉 만개의 꽃들 / 만개의 젊은 날 / 백두산이민촌 / 이렇게 압록의 목재는 / 조선의 부채

5호(9월) 〈특집클럽〉 분수 백추 / 문화도시 경성 / 운명의 아이들 / 옛날 경성 지도

6호(11월) 〈특집클럽〉 사과아가씨 / 부여 / 유성농촌청년훈련소 / 남조선의 종이 / 사과

'특집클럽'에서 강조하는 것은 한국인과 일본인의 대조적인 모습이다. 조선인이 한복을 입고 '노동'을 하는 모습과 일본인이 양복을 입고 밝은 표정으로 '관광'하는 모습을 동시에 제시하는 것이 '특집클럽' 사진의 두드러지는 특징이다. 그렇다고 조선인의 노동을 어둡게 제시하지는 않는다. 조선인의 표정 또한 밝고 힘차다. '밝은 조선'을 제시하기 위한 가장된 게시물인 것이다. 그리고 '특집클럽'은 '철도－관광지－자원'에 대한 관심이 늘 공존하는 것을 볼 수 있다.

그 내용을 소개하면, Ⅰ권에서는 선로를 따라 만끽할 수 있는 조선에 대해 소개한다. 경경북부선(京慶北部線)의 개통과 함께 맛볼 수 있는

조선의 관광코스를 알린다. Ⅰ권 1호의 「호남지방 딸기재배」의 편을 펼치면 왼편에 수건을 머리에 쓰고 한복을 입은 딸기를 재배하는 조선 여인들의 모습과 오른편에 하이힐에 양장을 입은 여성 그리고 기모노를 차려입은 여성이 딸기를 가운데 놓고 담소를 나누는 모습이 대조적이다. 「내선일체의 성지 부여」를 설명하는 곳에서는 "고대일본과 백제의 관계는 단순한 우방의 관계가 아니다. 그것은 오히려 육체적으로 엮인 일체적 관계였다"고 내선일체를 강조하며 백의의 조선 여인이 백마강을 바라보는 장면과 낙화암, 백화정, 부소산, 백제의 기와 석탑 등의 사진이 게시된다. 여기에서는

> 백제의 고도라고 해도 지금의 부여는 옛날의 번영을 그리워한 나머지 너무 변해버린 모습이다. 그러나 크게 돌아 흐르는 금강의 아름다운 흐름에 따른 유용(悠容)한 산하의 배치는 어쩐지 평온한 맘이 들게 한다. 그것은 우리의 옛 선조가 밟은 땅 우리의 선조가 지킨 나라 나무하나 돌 하나도 감탄 없이는 밟을 수 없는 것이다. (…중략…)
>
> 백제의 역사를 이야기하는 것은 단순히 남겨진 무언가로 할 수 있는 것만은 아니다. 여기의 언덕 하나도 바위 하나도 모두 역사적 사실의 증거가 되어 우리들의 선조에게 흐른 피가 강한 역사적인 감명 속에서 소생하는 것이다.[45]

이처럼 한국의 역사를 일본의 역사와 엮어가는 작업은 새삼스러운 것도 아니다. 일제는 부여의 역사적 의미를 일본사와 밀접하게 연결시켜 부여를 통하여 일본 고대의 역사를 상기시킨다. 또한 철로를 따라

45 『관광조선』, Ⅰ-1, p.12

펼쳐지는 조선의 초여름의 경치를 사진으로 담아낸다.

2호는 금강산 특집이다. 양장 차림의 남녀가 밝은 표정으로 금강산 다리를 건너는 사진이 삽입된다. 등산복이 아닌 하이힐에 양장 스커트 차림의 도시미를 풍기는 세련된 남녀, 비로봉에서 미술도구를 설치하고 그림을 그리는 양장 차림의 남성의 사진은 너무도 자연스러워 금강산의 험난한 모습과 대조를 이룬다. 이는 금강산이 더 이상 경외의 대상이거나 험준하여 오르기 힘든 산이 아닌 금강산 전기철도를 이용하여 가벼운 차림으로 쉽게 관광할 수 있는 장소가 되었다는 선전이기도 하다. 책의 내용에서는 본격적인 금강산 소개자로서 10명이 넘는 문필가가 가담하여 금강산에 대한 감상과 전문지식, 문학 등을 제시한다. 또 같은 호에 낙농의 시범 단지로 성환(成歡)목장을 소개하고 낙농지로서의 가능성이 기술된다. 이 사진과 내용이 실린 페이지도 책을 펼치면 왼편은 백의의 조선인 남녀의 노동 장면과 오른편은 도시풍의 양장에 모자와 핸드백까지 든 여성들이 논을 양쪽으로 끼고 그 사이 꽃길을 한가로이 거니는 모습이 대조적이다.

3호의 「심창(深窓)이여 안녕!」에서는 "오랫동안 방안 깊숙한 곳에서 지내며 태양과 대기와 의지와 힘을 잊고 있던 반도의 부인들도 흥아 세기의 파도를 타고 용감하게 전선(前線)에 뛰어들었다. 여기에도 '내일'을 향한 굳센 약속이 있다"고 하며 한 손에 낫을 들고 자기 몸 보다 더 큰 지게를 웃으며 지고 가는 "태양 속의 여자 청년", 학교 운동장에서 공을 가지고 운동하는 여성, 괭이를 어깨에 메고 정렬하여 작업장으로 향하는 십여 명의 몸빼 차림의 여성, 지붕에 올라가 물청소하는 "용감한 내선애국반 여성" 거리에서 한껏 멋을 내고 거니는 여성 등을 제시한다. 그녀들의 모습은 지나칠 정도로 밝고 건강하다. 여행자들이 종종 이야기하는 빨래로 노동력을 낭비하는 여성들이 아닌 산업 역군으로서의 조선여성의 새로운 탄생을 상징하는 것이다. 또 같은 호의 「지도는 역시 재미있구나」에서는 한 페이지를 가득 채운 조선 지도가 이 호(Ⅰ-3)부터 Ⅱ권 전체에 걸쳐 게시되어, 철로를 이용하여 조선의 어디를 여행할 수 있는지 한 눈에 보여준다. 더불어 「열차 시간표」와 「관광 고지판」은 시시각각 변하는 여행 정보를 현재형으로 접할 수 있다는 면에서 독자에게 유용한 자료가 되었다.

Ⅱ권 1호에서 독자들이 즐거워할 만한 장면이라면 「겨울이야말로 대기 속으로」 부분의 스키복 차림을 한 사람들의 유쾌한 모습이다. 그리고 단밤의 생산 과정을 보여주며 그 맛을 소개하는 「아마구리타로」(甘栗太郎)도 독자들의 미각을 자극한다. 2호에서는 김 말리는 풍경을 제시하면서 "향기 좋은 '아사쿠사김'의 대부분이 조선 남쪽에서 생산되는 것"이라는 것을 강조한다. 이처럼 조선에서 생산된 양질의 식재료는 이미 일본식 이름으로 포장되어 각지에서 판매되고 있었고, 그 원산지에 대한 소개는 여행자들의 관심의 대상이 되었다. 또한 같은 호에서는 〈돌쇠〉 〈처녀도〉 〈수선화〉 등의 조선풍의 영화 장면을 보이며 독자들의 관심을 사기도 한다. 3호는 울릉도의 경치가 사진에 담긴다. 울릉도 사진 옆에는 '조선헌병대사령부검열마침'이라는 직인이 보인다. 또한 춘향전의 배경이 되는 남원의 광한루와 오작교 사진과 춘향으로 여겨지는 한복 차림의 그네 뛰는 여성의 사진도 보이는데, 당시 영화나 연극계에서 춘향전에 대한 관심이 높았던 분위기를 반영한다. 4호는 아름다운 조선여성의 사진이 돋보인다. 배에 기댄 한복 차림의 여성, 들판에서 꽃을 든 한복차림의 여성, 산에 텐트를 치고 야영을 하는 교복차림의 일본여성을 볼 수 있다. 그리고 「조선의 부채」의

부분에서는 부채를 만드는 장인들과 줄에 늘어서있는 원선과 쥘부채가 조선 관광의 특산품으로 등장한다. 5호는 경성에 대한 특집이다. 문화도시로 경성을 소개하며, 질서 있게 줄을 선 경성의 젊은이들, 강연을 듣는 조선의 남녀, 단정한 고궁 거리, 이씨왕조 미술관, 화장하는 조선여성 등 도시의 세련되고 정돈되고 문화적인 모습에 포커스를 맞춘다. 함께 제시되는 동국여지승람식 경성의 고지도 『수선전도(首善全圖)』도 독자의 재미와 흥미를 끄는 요소로 등장한다.

Ⅲ권으로 가면서부터, 즉 『문화조선』에서부터는 '특집클럽'이 사라지고 아예 처음부터 지역명이나 자원을 주제로 한 내용들이 주류를 이루게 된다.[46] 관광지에 대해서는 그 관광지가 지니는 역사적, 경제적, 문화적 가치의 측면에서 소주제별 전문가가 그 내용에 대해 설명하는 형태를 띠고 있다. 여기서부터 관광은 부수적인 사항으로 전락하고 노골적으로 제국확장과 관련한 정보를 중심으로 조선이 소개되고 그에 따라 중요도도 재편성된다. 그리고 Ⅰ・Ⅱ권에서는 매 잡지마다 두 지역을 설정하여 그곳의 새로운 관광지로서의 가치를 알리는 「도시의 풍모」라는 부분이 있는데, Ⅲ권부터는 이 내용이 사라진다. 그러면서 Ⅲ권 6호부터 Ⅳ권에 이르는 특집란은 노골적으로 조선의 산업에 그 기대치를 높이는 글들을 게재하고 있다. 『문화조선』 Ⅲ권 1호에는 이름을 개칭한 것에 대한 이유를 다음과 같이 설명한다.

46 Ⅲ권 1호(新年特別号, 1940년12월) 평양특집 2호, (玲春号, 41년3월) 특집 『지하자원』 3호, (佳春号, 5월) 특집 『경남지대』 4호, (青風号, 7월) 특집 『제주도』 5호, (明秋号, 9월) 특집 『낙랑지대』 6호, (青雁号, 11월) 특집 『수풍댐』 Ⅳ권 1호, (新年特別号, 1942년1월) 특집 『고주파와 마그네사이트』 2호, (春運号, 3월) 특집 황해지역의 광산 3호, (新綠号, 5월) 특집 소록도갱생원 4호, (綠蔭号, 7월) 특집 삼척생산권 5호, (初冬号, 12월) 특집 쌀의 조선.

> 관광이란 여행에 나가서 자기가 모르는 문화에 접하고 그 인식을 새롭게 하고 생활의 건설과 발전을 희구하는 적극적인 행동이다. 즉 모든 문화에 접하는 하나의 문화운동이 되어야 한다. 여기에 『문화조선』이라고 제목을 바꾼 의의가 존재 한다.[47]

문화를 지향한다는 것이 1940년 12월에 『문화조선』이란 이름으로 바꾼 계기라고 이야기하지만 실제 잡지에서 리얼하게 보여주듯이 문화는 제국주의의 실현으로서의 문화이다. 『문화조선』은 그 호수가 진행됨에 따라 대중적 오락적 내용도 거의 그 생명력을 잃어간다. 『관광조선』이나 『문화조선』의 목적이 같다는 것은 두말할 필요도 없으나, 목적을 위한 수단의 선택에 있어서 『문화조선』은 문화를 표방하며 여행에 나가서 새로운 삶을 체험하여 생활의 발전을 이룬다고 하는 '가장(假裝)된 모범'을 지나치게 국가사업과 밀착시킴에 따라 관광 잡지로서의 역할은 거의 상실해 갔다고 볼 수 있다. 거기에는 더 이상 관광지로서의 조선이 아닌 욕망의 대상으로서만 조선이 존재할 뿐이다.

47 武內愼一(일본여행협회 조선지부간사), 「개제 『문화조선』의 말」, p.9, 『문화조선』 제3권 1호 新年特別号, 1940.12.

6. 욕망의 굴레와 관광잡지

『관광조선』이 잡지 편집부가 지향했던 바를 얼마나 충실히 수행해 갔는지는 당시 독자의 판단에 맡겨야 할 것이다. 이 잡지는 『문화조선』으로 호칭을 바꾸면서부터 관광의 색채가 옅어지다가, Ⅳ권 이후부터는 잡지의 대중성과는 거리를 두게 된다. 표지의 그림은 사진으로 바뀌고 그 사진들도 그 이전의 잡지가 지녀왔던 예술성을 상실하고 노골적인 황국화의 모습으로 바뀐다. 내용도 여행과 그에 대해 흥미를 끄는 기사가 급격히 줄고 특집의 형태로 제시되는 글들은 거의 '조선의 산업'과 밀접한 관련을 이룬다. 이는 대전제로 내세웠던 "신동아 건설이라는 역사적 대사업"을 잡지가 적극적으로 실천하고 있는 것처럼 보이지만 독자의 입장에서 본다면 설득력을 잃고 현시성을 상실한 그저 국책을 위한 자료로 전락하고 말았던 것이다. 이시기의 독자는 이 관광 잡지로서 잡지에 대한 어떠한 기대도 가질 수 없게 된 것이다.

어쨌든 『관광조선』의 창간과 진행되는 내용을 살펴보면 이 잡지가 일본의 대중잡지와 문학잡지의 성향을 적절히 반영하는 '한복을 입힌' 한국 근대의 문화잡지로서의 역할을 해냈다는 점을 알 수 있다. 일본에서의 다양한 실험 후 만들어진 것이기에 체재로서는 신선한 것이 아니나 조선의 예술과 문학과 문화를 아우르는 완성도를 지닌 잡지로 탄생할 수 있었다고 본다. 식민지가 된지 30년이 지났어도 일본인의 조선에 대한 관심은 희박했던 상황에서 조선을 알리는 최대의 무기를 사용하게 되는데, 그 대표적인 예가 '시각성'과 대중을 끌어들이는 '현시성' 및 '오락성'이었던 것이다. 『관광조선』이 조선관광을 위한 첫 전문잡지로서 독자로부터 잡지의 좀 더 구체적인 내용을 보고 싶게 하고, 또한 조선의 관광지를 알고 싶게 하며, 찾아가 보고 싶게 하는 '미끼'가 되어 주었던 것은 명백하다.

제11장

즐거움과 여유로의 현대 한일관광의 발자취

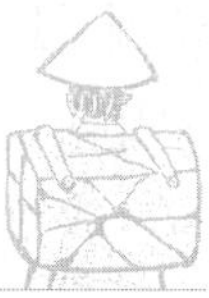

1. 일본인의 관광에서 투어리즘으로

근대의 여행은 그 이전의 고행에서 벗어나 진보된 여행 시스템을 통한 교통 숙박 관광지가 보장된 형태의 것이었다. 이는 여행자들이 과거 여행의 불편함을 해소하고 근대적 문명을 체험함으로써 진보된 시스템을 누리지 못하는 비여행자들과의 '차이'를 나타내는 기호로도 작용했다. 특히 일본을 벗어난 해외로의 여행은 '특수'한 경험으로서의 자격을 가지며, 여행자가 많지 않다는 이유로 그들의 여행기는 그곳(해외)에 대한 기술의 대표성을 띠기도 했다. 그리고 근대 여행기의 기술자들은 더 이상 여행이 고행을 의미하는 것이 아닌 조성된 관광지를 통해 보다 확장된 일본, 그리고 앞으로 확장될 일본을 제시하는 정치적 역할까지 담당했다. 그렇다면 1945년 이후, 이제 더 이상 한국이 일본인의 제국주의적인 야욕의 틀 안에서 존재하지 않는 해외가 되었을 때, 일본인의 한국여행은 어떻게 이루어졌을까?

식민지로서의 근대 한국인식에서 완전히 벗어난 '외국'으로서 한국인식과 관광행위는 현대 일본인들에게 지금까지와는 다른 '차이'에 대한 소유로 변환되었다. 현대의 여행은 근대적 시설의 편안함을 넘어서 그 이상의 것이 요구되었다. 이는 전후 급속한 경제성장을 기반으로 하여 가치관이나 삶의 방식의 다양화, 노동력 시간의 단축, 고령화 사회의 도래, 자유시간의 증대, 자기실현의 가치 등 '여유'(경제적, 시간적, 공간적, 정신적, 종합적)가 있는 생활을 추구해가기 때문이라 할 수 있다.[1] 무엇보다도 한국을 향한 일본인의 여행의 변화는, 더 이상 대륙진출을 향한 욕망의 대상이 아닌 '여유'를 발산할 대상이 되었다는 점이다. 따라서 조선 근대 관광지를 바라보는 관찰자의 시점이나 비장하고 교훈적인 시점에서 벗어날 수 있는 것이다.

1964년 일본에 있어서의 해외여행 자유화[2]와 함께 일본인의 한국관광도 새로운 선에서 다시 출발하게 되었다. 이 장에서는 현대일본관광의 출발과 그 안에서 일본인의 한국관광의 추이를 살펴보고, 아울러

1 山下京, 「ゆとりの心理學的構造とその性差一觀光行爲とゆとりの關係」, 國立民俗學博物館調査報告 37, 「觀光とジェンダ」, 國立民俗學博物館, 2003, p.168. 이 논문에 의하면 여유를 구성하는 8가지 요소에 대하여 다음과 같이 이야기 하고 있다. 그것은 부유성, 시간자유성, 환경쾌적성, 유능성, 만족 안정성, 유락성, 도전성, 자유분방성으로 집약된다.

2 일본이 샌프란시스코 조약을 조인하고 독립국이 되어 국제사회에 복귀한 51년에 국제통화기금(IMF)에 가맹했다. 그 당시 일본 경제는 아직 부흥의 과정에 으로 외국 환전의 제한이 인정되었다. 이것을 제14조 적용국이라 한다. IMF는 63년에 일본은 부흥했다고 판단하고 가맹국으로서 책무를 지게하는 8조 적용국으로 이행하도록 일본에 권고했다.

외국 관광자에 대한 한국의 대응 양상도 살펴본다. 그리고 현대 일본의 여행 잡지에 관한 계보를 살펴보며, 실제 일본의 현대 여행안내서 자료를 예로 들어 '차이'를 즐기는 여행자로서의 일본인의 모습을 조명하고자 한다.

2. 일본 현대관광의 계보와 「觀光白書」(1964~2007)를 통하여 본 일본인의 한국관광의 흐름

일본의 현대 관광이 본격적인 모습을 띤 것은 1960년대 이후의 일이라고 할 수 있다. 1963년 「관광기본법」이 교부되고 「관광정책심의회」가 설치되면서 일본 관광산업의 역동적인 출발이 시작된다. 그리고 1964년 동경 올림픽 개최와 해외여행자유화가 실시되면서 본격적인 해외여행의 시대가 도래하게된 것이다. 〈표 1〉[3]에서도 알 수 있듯이, 일본은 1978년 세계관광기구(World Tourism Organization)에 가맹하게 되면서 관광정책추진에 박차를 가하게 된다. 일본은 철도나 항공 교통 편의시설의 지속적인 정비와 여러 국제대회의 개최, 관광교류확대를 위한 스포츠나 문화교류, 문화유산의 보호정책 등을 통한 관광산업 추

3 〈표 1〉의 내용은 2001년 「觀光白書」에서 「2000년도 관광 상황에 관한 연차보고」 중 참고6의 「관광관계 약연표」 및 鵜飼正樹 외편, 『戰後日本の大衆文化』, 昭和堂, 2000, pp.266~267. 駄田井 正編著, 『21世紀の觀光とアジア 九州』, 2001, pp.39~41을 참고로 하여 필자가 재구성함 것임.

진으로 그 내실을 채워왔음을 알 수 있다.

〈표 1〉

연도	일본 전후 관광관련 사항
1947	일본 해외이주협회 설립
1948	「일본투어리스트」「긴키(近畿)관광부」(「긴키일본투어리스트」의 전신)사업개시
1949	「일본여행협회」영업개시, 그 외 소규모 여행사도 생김
1950	콜롬비아를 향한 제1회 이민 출발 50~65년 사이, 절이나 신사참배뿐만 아니라 도시 관광도 포함한 농촌부인의 단체여행이 화제가 됨, 신혼여행의 대중화
1960	출국자 수가 재외일본인 수를 넘음, 北杜夫『의사 만보 항해기』출판 1960년대, 온천지에 사원여행 붐
1961	小田實『뭐든지 다 볼테야』, 壽屋(현, 산토리)의 현상광고「토리스를 마시고 하와이에 가자」가 화제가 됨.
1963	安岡章太郎『미국 감정여행』출판, 堀江謙一가 요트를 타고 태평양횡단
1963	「관광기본법」교부「관광정책심의회」설치
1964	특수법인「국제관광진홍회」, 사단법인「일본관광협회」설립 총리부「제1회 관광백서」발표, 해외여행자유화, 올림픽 동경대회 개최 동경 오사카간 신칸센 영업개시.
1965	제1회 관광주간 실시, 해외 패키지 여행의 선구로서「자루팩」발매
1966	「동아시아 관광협회」(EATA) 설립, 해외여행 1인 1년 1회 제한 폐지, 최후 브라질 이민 출발
1970	일본만국박람회 오사카에서 개최 1970년대, 오키나와 신혼여행 붐, 아시아 여러나라로 가는 매춘여행이 문제가 됨.
1971	「여행알선업법」일부 개정하여「여행업법」이 됨, JTB의 국내여행 패키지 상품「에스」발매
1972	삿포로올림픽동계대회 개최 오키나와 미국으로부터 반환
1973	「관광레크리에이션지구」를 정비개시
1975	오키나와 국제해양 박람회개최
1978	신동경국제공항(나리타공항) 개항 세계관광기관(WTO)에 가맹
1979	『지구를 걷는 방법』초판 발행
1981	국철에서 방일 외국인 관광객을 위한 재팬레일패스 발매 개시 동남아시아 제국연합무역투자관광촉진 센터 설립. 1980년대, 해외신혼여행 붐(하와이, 호주, 유럽 등)
1984	「관광정책심의회」를 총리부에서 운수성(運輸省)으로 이관
1985	국제과학기술박람회 개최

1986	「국제관광모델지구」제도의 개시
1987	국철 분할 민영화 「종합보양지역정비법」공포 시행, 해외여행배증계획의 책정 일본공항민영화
1988	세토대교개통, 「국제컨벤션시티」제도의 개시 90년대 관광진흥행동계획의 책정
1990	국제 꽃과 나무의 박람회 오사카에서 개최 일본인 해외여행자1000만 명 돌파
1991	관광교류확대 계획 책정
1992	「지역전통 예능 등을 활용한 행사 실시에 의한 관광 및 특정지역 상공업 진흥에 관한 법률」 공포
1993	제1회 지역전통 예능 전국 페스티벌 개최 세계유산위원회에 「屋久島」「白神山城」「姬路城」「法隆寺地域の仏教建造物」세계유산에 등록
1994	「국제회 등의 유치촉진 및 개최의 원활화 등에 의한 국제관광진흥에 관한 법률(컨벤션법)」 공포 간사이(關西)국제공항 개항 「고도 京都의 문화재」세계유산에 등록
1995	제1회 여행페어'95 개최 세계관광기관(WTO) 아시아 태평양사무소 오사카에 개설 패스포트 유효기간 연장(3년에서 5년으로)
1996	東京국제전시장 오픈
1997	「외국인 관광객 내방지역의 다양화 촉진에 의한 국제관광의 진흥에 관한 법률」시행
1998	나가노(長野) 올림픽 동계대회 개최 「고도 奈良의 문화유산」을 세계유산에 등록
1999	태평양 아시아 관광협회(PATA) 년차 총회 나고야에서 개최
2000	여행페어 2000개최 중일문화관광교류사절단 2000기념식(북경)
2001	제3회 광역연휴관광진흥회의 개최
2002	한일월드컵 공동개최

그렇다면 이러한 광광정책의 조건 속에서 일본인의 해외관광에 대한 양상과 한국을 향한 관광자의 추이는 어떨까?

『관광백서(觀光白書)』가 발행되는 1964년부터 일본은 세계적인 여행의 추세를 조사하고 통계 자료를 제시하고 있다.[4] 이 시기 연차보고에서는 주로 일본인의 국내관광에 관한 통계가 실려 있다. 1965년의 관광소비액은 일본이 71,323,000달러이며, 한국은 7,724,000달러 수준이었다. 1969년의 「관광백서」를 살펴보면 오키나와 이외의 해외 여행객이 점차 급등하고 있는 것을 알 수 있다.[5] 그리고 일본인의 세계 각 여행지에 대한 1966~1968년까지의 통계를 보면, 여행지는 중국이 8.0%, 홍콩이 7.5%, 미국이 5.4%, 마카오가 4.1%를 차지하고 있다.[6]

1970년대 초반(69~72)의 일본인의 한국방문자 수는 홍콩, 타이완, 미국, 이탈리아, 영국, 하와이, 타이에 이어서 8번째이다.[7] 1976년에 이르면 일본인의 한국 방문자수는 581,525명으로, 미국 다음으로 두 번째로 방문객이 많은 해외가 된다.[8] 2001년 이후 일본인의 해외 여행지는 미국, 중국, 한국, 홍콩 순으로 한국이 세 번째가 된다. 2003년 SARS의 영향에 의해 일본인의 아시아 지역 관광이 대폭 감소하는 경향이 보여 일본인의 한국관광자 수도 줄어드나, 그 다음해부터는 다시 회복세를 보인다.

1990년 이후 해외여행자의 경향으로 보면, 변함없이 여성에 비해 남성여행자가 약간 더 많고, 연령층 별로 보면 남성의 경우는 30대가 가장 많고 여성의 경우는 20대가 압도적으로 많은 것을 알 수 있다.[9] 해외여행의 목적으로는 관광이 80% 이상을 차지하고 나머지는 업무(15%), 유학, 연구, 외교, 공용, 영주 등이다. 〈표 2〉[10]는 일본인의 한국관광자

---

4 總理部 編, 『관광백서』, 1964, pp.1~3.
5 위의 책, 1969, p.6.
6 위의 책, p.47.
7 위의 책, 1972, p.56.
8 위의 책, 1979, p.36의 1976~78년까지의 통계.
9 國土交通省, 『관광백서』, 2000~2007년 참고.
10 〈표2〉는 1969년~2007년 『관광백서』(總理部(2000년까지), 國土交通省(2000~06까지))를 참고로 하여 필자가 작성한 것임.

수의 추이를 나타낸다.

〈표 2〉

연도	일본인의 한국여행자 수(단위: 명)	연도	일본인의 한국여행자 수(단위: 명)
1969	32,181	1988	1,106,666
1970	51,711	1989	1,379,523
1971	96,531	1990	1,460,291
1972	217,287	1991	1,455,090
1973	451,774	1992	1,398,604
1974	299,756	1993	1,405,858
1975	363,879	1994	1,552,094
1976	521,128	1995	1,565,947
1977	581,525	1996	1,438,086
1978	667,319	1997	1,602,469
1979	649,707	1998	1,954,416
1980	468,415	1999	2,184,121
1981	506,819	2000	2,472,054
1982	518,013	2001	2,377,321
1983	528,532	2002	2,320,837
1984	576,394	2003	1,802,542
1985	638,941	2004	2,443,070
1986	791,011	2005	2,439,809
1987	896,701	2006	2,338,921

이처럼 해를 거듭할수록 한국을 향한 일본인 여행자의 수는 증가해 갔다. 「관광백서」에서는 해외나 국내 여행자의 여행 경향을 통해 일본인 생활의 중심이 레저나 여가생활에 놓여 있다고 보고한다. 2000년 이후의 「관광백서」는 일본인이 앞으로의 생활에 있어 가장 중심에 두는 요소가 레저나 여가생활에 있고, 그 다음으로 소득, 자기개발과 능력향상, 저축, 식생활, 주생활, 의생활의 순서를 보이고 있다. 그리고

여가생활의 잠재요소로서 1위를 차지하는 것이 해외여행이고, 그 다음이 국내여행, 운동이나 콘서트 등의 순서로 자리 잡혀 있다. 이처럼 해외여행은 그들의 인생의 여유를 상징하는 마크가 되고 있다.

일본인의 한국 여행자 수는 1997년 이후 계속 증가하고 있고, 국제통화위기에 상대적인 가격절감으로 지방공항에서의 직항이나 주말에 가볍게 다녀오는 여행지로서 선택되게 되었다.

과거 일본인이 여행지로서 한국을 방문하는 가장 큰 이유로는 가장 가까운 외국이기 때문이었다. 1964년 해외여행 자유화 이후, 일본 외의 다른 나라에서 '자기'를 발견하기 위한 개개인의 작업은 끊임없이 시도되었다. 현대이전, 개인의 가치나 권리 보다는 국가가 앞서 있었던 일본인에게 있어 개인의 자아와 가치발견을 돕는 요소로서 해외여행은 다분히 자극적인 것이었다. 그리고 그러한 상황에서 가장 가까운 한국이 큰 가능성으로 다가왔던 것이다. 한국 여행의 매력은 직장생활을 해야 하는 젊은이들에게 있어서 한정된 시간 안에서 최대한의 여유를 누릴 수 있다는 것이었다. 또한 비용은 시간의 단축과 함께 중요한 요소인데 비용면에 있어서도 한국은 소비용으로 큰 여유를 누릴 수 있는 적지였던 것이다. 그리고 외모상 일본인과 크게 차이가 나지 않는다는 측면은 낯가림이 있는 일본인에게 있어 안심감을 제공하기도 했으며, 아직 일본에 비해 덜 개발된 곳이 많았던 한국거리의 모습은 그들에게 향수를 느끼게 할 뿐 아니라 일종의 우월감을 자극하는 요소가 되었던 것이다. 지금도 그렇지만 60년대 이후 한국에 있어 외국인 관광객은 경제상, 국제적 관계상 매우 중요한 매개가 될 수 있었기 때문에 외국인 관광객에 대한 대우는 특별했고, 이는 여행자들이 자국에서 누릴 수 없는 일종의 사치와도 같은 것이었다. 국가적 주종관계의 사슬은 끊어졌기에 정치적

통치자나 국가적 관리시스템에 얽매이지 않게 되었으나, 패전 후 현대 관광지로서의 '한국'은 일본인의 우월감을 자극하기에 충분한 요소를 지니며 일본인 관광객을 유도했다.

그러나 이러한 일본인의 문화적 우월감에서 비롯되는 '여유'는 2000년을 넘어서면 새로운 국면을 맞이하게 된다. 한류 열풍에 의해 한국인에게 감성적인 영향을 받은 개개인이 스스로 이미지한 한국을 좇아가는 형태로 존재하는 것이다. 여행자는 여행지에 대한 정보를 미리 수집하고 이미지를 형성하여 이 이미지를 좇아 여행을 떠난다. 이는 그 나라 문화가 먼저 존재하고 그것을 추종하는 형태로 답습한다. 근대 일본인의 한국관광이 식민지, 조센진, 미개발국이라는 근대 담론의 홍수 속에 그 이미지를 형성하고 대륙으로의 확장을 기대한 것이었다면, 현대의 여행은 한국의 미디어를 통한 환상적인 이미지, 환상적인 한국인, 환상적인 요리 등 개인적이고도 감각적인 이미지를 품으며 한국을 여행지로 삼고 있다. 한국에 대한 새로운 이미지에 일본인이 매력을 느끼기 시작했다는 점이 2000년대의 일본인 한국관광의 큰 특징일 것이다.

그렇다면 이와 관련하여 현대 한국의 관광정책은 어떤 길을 걸어왔으며 현재의 일본인 관광유치정책과 어떤 부분이 맞물려 있는지 다음 절에서 살펴보고자 한다.

3. 현대 한국관광정책과 일본

여기에서 한국인의 일본 관광의 실태에 대하여도 살펴보도록 한다. 먼저 현대 한국관광정책의 추이를 살펴보면 다음 〈표 3〉[11]과 같다.

〈표 3〉

연도	현대 한국 관광 관련 사항
1954	처음으로 교통부 육운국에 관광과가 설치되어 관광 행정이 출발
1960	관광산업 진흥에 필요한 법제도를 정비
1961	8월 한국관광발전의 획기적인 계기가 된 「관광사업진흥법」을 제정하고 실시하여 관광발전에 필요한 제도적 장치를 정비
1962	「국제관광공사법」을 제정 국제관광공사를 설립
1963	특수법인 대한관광협회 중앙회가 설립 정부기구 개편과 관광과가 교통부 관광국으로 승격 대한 관광협회(현 한국관광협회의 전신) 설립 경기대학, 경희 초대 관광학과 신설
1965	국무총리를 위원장으로 하는 「관광정책심의위원회」 규정이 공포되어 관광정책을 범정부적으로 추진하게 된다. 한편, 같은 해에는 한일국교정상화에 수반하여 일본으로부터의 관광객이 크게 증가한다. 동시에 제14차 아시아 태평양관광협회(PATA) 총회가 서울에서 개최되어 대외 PR은 물론 국민의 관광에 대한 인식이 높아지게 됨. 국영호텔의 민영화 결정
1967	자연공원법을 제정, 공포, 지리산이 국립공원 제1호로서 지정
1970년대	관광산업 진흥을 경제개발 계획의 일환으로 포함시켜 국가의 전략적 산업의 하나로 적극적으로 육성한 시기 고도성장 소득의 상승과 함께 일반국민의 관광에 대한 관심이 높아짐. 국립공원과 도립공원 지정, 한미 합작투자로 조선호텔 개관, 경부고속도로 개통, 전국 관광지를 10대 관광권으로 설정, 관광지 조성사업을 본격적으로 추진, 청와대에 관광개발계획단 설치
1974	제1회 "세계관 광의 날" 기념식 개최

11 본 자료는 『21世紀観光とアジア・九州』, 駄田井正 編著(2001), 九州大學出版會, p.39~41. 제3장 「韓國観光政策の推移と観光動向」 및 홍경완(2007), 「한국 관광정책의 변화과정과 방향」, 『관광연구 저널』 24권4호, 한국관광연구학회를 참고로 하여 필자가 작성.

1975	관광진흥을 위하여 국가시책의 기본 방침을 정한 「관광기본법」을 제정 및 「관광단지개발촉진법」을 제정, 경주 보문관광단지를 건설
1978	외래관광객 100만명을 초과
1980년대	국제관광과 국민관광을 함께 발전시켜 균형발전을 꾀하는 시기
1981	국민복지관광정책의 일환으로 「국민관광지」의 개발을 시작
1983	50세 이상 국민에 대하여 부분적으로 해외여행이 자유화되고 1989년에 전면적으로 개방
1987~88	관광진흥법과 관광단지개발촉진법을 「관광진흥법」으로 일체화하고 법체계를 정비한다. 그 동안에 1986년 아시아 대회 1988년 서울 올림픽을 개최하고 관광산업 발전의 획기가 된다. 「복지관광정책」의 일환으로 「초청관광행사」의 기반정비를 확고히 하는 것 과 동시에 1987년부터 「障害자 초청관광」(사랑의 관광)
1989	이 시기부터 「근로자소년초청관광」등을 한국관광공사가 주관
1990년대	1995년 본격적으로 지방자치실시와 함께 지방정부도 적극적으로 관광진흥을 정책적으로 내세우게 된다. 또 컨벤션산업 육성을 위한 법제도를 정비하는 한편, 한국여행수지가 적자로 전환한 시기이다.
1991	외래관광객이 300만 명을 넘어선다. 10월 세계관광기구(WTO)에서 한국이 집행이사국으로 선출
1992	「94년 한국방문의 해」가 결정된다. 한편, 지금까지 관광산업을 소비성 서비스업이라고 취급해왔던 정책기조를 바꾸어 제조업과 마찬가지로 기간산업으로서 중시하게 된다. 관광호텔 건설의 규제를 완화한다. 「수출탑」과 마찬가지로 「관광진흥탑」제도를 도입
1993	관광산업의 국제 경쟁력의 강화를 주내용으로하는 「관광진흥종합대책(1996~2005)」를 확정. 또 국제회의 전용시설 건설의 추진, 대전 EXPO 개최
1994	「'94 한국방문의 해」12월 23일, 「교통부」가 담당해오던 관광 행정을 「문화체육부」로 이관. 관광산업에 대한 「산업은행」의 산업시설자금지원재개. 또 관광호텔에 대한 규칙의 대폭완화 등이 실시
1995	지방자치제의 본격적 실시에 의해 각 지방정부가 관광산업을 지역활성화의 요구로서 정책전개를 시작
1996	관광진흥을 위해 규제완화. 서비스를 개선하기 위해 「관광진흥법시행세칙」정정. 관광특구 지정요건의 완화와 특구증설. 12월 「국제회의산업육성에 관한 법률(컨벤션법)」 「관광숙박시설지원 등에 관한 특별법」의 제정, 4월 「한국관광연구원」을 개원
1998	관광에 관한 주무부서가 「문화체육부」에서 「문화관광부」로 개편된다. 이것은 나라가 관광을 국가 기반 전략산업으로 육성하려는 의지를 나타냄
1997~98년	통화위기에 의해 관광산업은 어떤 분야보다도 타격입음
2000년대	관광을 국가 전략사업으로 재인식하며 문화 관광부를 중심으로 국가적 진흥 노력한 시기. 신공항과 고속전철의 도입, 한일 월드컵 공동개최, WTO총회, ASEM정상회담 등 세계적인 행사를 개최.
2002년	한일 월드컵 공동개최

한국은 1954년 처음으로 교통부 육운국 관광과가 설치되어 현대 관광산업의 출발을 맞이한다.[12] 1960년대는 관광산업에 필요한 법제도를 정비했던 시기로, '국제관광공사법', '대한관광협회', '관광정책심의위원회규정' 등이 선포되어 범정부적으로 관광정책을 추진하게 된다. 1967년 자연공원법을 제정하여 지리산이 제1호로 지정되기도 한다.

1970년대는 관광산업 진흥을 경제개발계획의 일환으로 포함시켜 전략적 산업의 하나로 육성했으며, 고도성장에 따른 소득향상과 함께 일반국민의 관광에 대한 관심도 높아지던 시기이다. 1975년 제정한 '관광기본법', '관광단지개발촉진법'은 국가가 관광을 정책사업의 하나로 지원하겠다는 근거가 되는 법이기도 하다. 그리고 1978년 외래 관광객이 100만 명을 넘게 된다.

1980년대는 정치적 경제적으로 급속한 성장을 이루게 되어 현실에 맞는 여가 문화정책이 생겨나기 시작했고, 국민관광이 본격적으로 움트기 시작한 국민관광의 시대를 맞이한다. 1986년의 아시아 대회와 1988년 서울 올림픽 개최를 통하여 대외적으로 국가적 이미지를 만들어 나가며, 1989년 해외여행이 전면 자유화되면서 인바운드(Inbound) 여행정책에서 아웃바운드(Outbound) 여행정책으로 활성화되어 본격적으로 국민들이 즐길 수 있는 자원개발 모색이 이루어졌다.

1990년대에는 지방자치제 실시와 함께 지방정부도 적극적으로 관광진흥을 정책적으로 내세우게 된다. 또 컨벤션산업 육성을 위한 법제도를 정비하는 한편, 한국여행수지가 적자로 전환한 시기이다. 1991년 외래 관광객은 300만 명을 넘어서며 세계관광기구(WTO)에 한국이 집

12 駄田井正 編著, 『21世紀の観光とアジア・九州』, 2001, p.39.

행이사국으로 선출된다. 또한 1993년 관광산업의 국제 경쟁력 강화를 골자로 하는 10년간의 '관광진흥종합대책'을 확정하고, ''94 한국 방문의해'를 결정하여 외국인에게 관광의 문을 활짝 연다. 그리고 1995년 지역단체장을 지역 주민이 직접 선출하는 지방자치제가 실시되면서 지역 발전형 국내관광 전략이 이루어지기도 했다. 1996년 이후 관광특구를 지정하고, '국제회의산업육성에 관한 법률(컨벤션법)'과 '관광숙박시설지원 등에 관한 특별법'을 제정하며, 비영리 재단법인으로 정부의 관광활동과 관광업계의 육성을 효율적으로 지원할 수 있는 정책의 대안을 제시한다. 그리고 그와 관련한 조사연구를 주요 업무로 하는 한국관광연구원을 개원하여, 보다 객관적인 통계에 의한 관광정책마련에 힘쓴다. 이처럼 90년대에는 관광산업에 대한 관심 집중의 시기였으며 관광정책 목표가 대부분 관광산업 진흥 및 육성으로 설정되었다. 그리고 여러 국제 행사 개최를 통하여 관광 수용 태세 정비, 관광 안내체계 정비, 국가 이미지 재고 등이 추진되어 주요 시장별로 체계화된 마케팅이 추진되었다.

1991년의 방일 한국인 여행자는 86만 명에 달했고, 92년은 엔고로 1995년까지 80만 명에 그쳤다. 그 후 엔의 상대적 안가 안정기조와 한국에서의 외국여행 붐에 의해 방일 여행자도 증가하여 1996년에는 99만명, 1997년에는 101만 명으로 처음으로 100만 명대에 달했다. 1997년 이후 아시아 통화위기 때문에 관광자의 수가 격감하다가, 2000년에 다시 100만 명을 넘었다. 그리고 2004년 159만 명, 2005년 175만 명, 2006년 212만 명으로 처음으로 200만 명을 넘어섰다. 증가요인으로는 비자 없이도 일본으로 입국 가능한 것과 원화가치 상승을 들 수 있다.[13] 또한 한일 양국의 정부, 관광선전기관의 관계자는 양국이 협력하여 실시해야할 관광진흥시책에 대한 협의를 위하여 1986년부터 매년 한일관광진흥협회를 개최하고 있다.[14] 또한 여러 관광사업단체를 조성하여 관광산업의 활성화를 꾀하기도 한다.[15]

2000년도에는 관광 사업이 미래 국가 성장을 견인할 새로운 성장 동력으로 자리매김하고 있으며, 관광산업의 부가가치 및 고용 유발 효과가 타 산업에 비해 우수한 것으로 평가되면서 관광사업을 전략 산업으로 육성하고자 하는 다양한 노력들이 진행되고 있었다.[16]

2005년 한국인의 외국여행지는 1위가 중국, 2위 일본, 3위 타이였다. 일본은 1998년까지 1위를 차지했으나 1999년 이후부터는 중국이 1위를 차지한다.[17] 2006년 외국인 여행자수는 1,008만 명이고, 그 중 관광목적이 552만 명으로 전체여행객의 54.8%를 차지한다.[18]

한국은 1996년 OECD에 정식으로 가입했으며, 매년 주요국의 관광시장조사를 실시하는 한편, 외국인 관광객의 실태를 조사하여 마케팅 전략정책을 위한 기초자료로서 활용하고 있다. 2003년도 한국관광공사의 통계에 따르면, 방한외국인의 지역별 분포는 아시아 지역이 70% 이상 차지하고 아메리카, 유럽, 그 외 지역은 약 10% 전후를 차지해 지역 편중도가 높은 것을 알 수 있다. 국가별로 보면, 일본(43.4%), 중국

13 위의 책, p.182~183.

14 위의 책, p.200.

15 한국의 주요한 관광사업 단체로는 한국관광협회, 한국관광호텔업협회, 한국일반여행업협회, 한국특수관광업협회, 한국카지노업관광협회가 있다.

16 홍경완, 「한국 관광정책의 변화과정과 방향」, 『관광연구 저널』 24권4호, 한국관광연구학회, 2007, p.401.

17 獨立行政法人 國際觀光振興機構, 『JNTO 國際觀光白書 2007－世界と日本の交流の動向』, 財団法人國際觀光サービスセンター(第四章 我が國と外國・地域との國際觀光交流の狀況), 2007, p.180.

18 위의 책, p.182.

(10.4%), 아메리카(8.8%)의 3개국으로 시장 전체의 64.4%를 차지하고 있다. 또 1998~2002년의 평균 성장률을 보면, 중국은 평균 27%라는 고도성장을 기록하고, 러시아(20%), 프랑스(13.1%), 타이(10.2%)의 순이다.

연령별로 보면 20~40대가 66.2%이고, 20대 이하의 비율은 매년 감소하는 한편, 50~60대의 비율이 점차 증가하고 있다. 또 남녀의 비율은 6:4로 점차 여성의 비율이 증가하는 경향이 있다.[19] 한국정부는 외국인 관광객 유치를 개시한 이래, 과거 40년 동안 4회 마이너스 성장[20]을 제외하면 지속적으로 성장해 왔다. 1961년 연간 11,109인의 외국인 관광객의 규모로 시작한 한국의 관광산업은 1975년 정부가 국제 관광진흥을 위해 기본방침을 경제개발계획에 집어넣음과 함께 대량관광시대가 열렸다.[21] 2009년에는 700만 명의 수준에 이르렀는데, 방문 회수를 보면 아시아에서는 일본, 홍콩, 타이의 재방문객의 비율이 높은 것을 알 수 있다. 일본 이외의 대부분 나라의 재방문객은 비즈니스를 목적으로 하는 비지터의 비율이 높다.[22]

현대 한국관광사업에서 한국인의 외국인 유치, 특히 일본인을 비롯한 동양권 관광객 유치를 위한 주요한 선전 테마로는, ① 한류드라마, ② 에스테, ③ 맛집, ④ 한국문화역사, ⑤ 교육행정유치 등을 들 수 있으며 이러한 내용의 선전수단으로 각국어의 웹사이트를 운영하거나, TV 신문광고, 기자 및 취재관계자를 초청하는 장을 마련하고 있다. 문

19 小西康生・貴田野・乃武次 編著, 「「ツーリズム」關連統計一その現狀と問題」, 神戶大學経濟経營硏修所, 2004, p.190.

20 그 4회 마이너스 성장은 1974년(제1차 오일쇼크−23.8%), 1980년(광주민주화운동 등 국내정세불안−13.3%), 1996년(−1.8%), 2001년(9.11테러−3.3%)이다.

21 위의 글, p.189.

22 위의 글, p.191.

화체육관광부에서는 'TOUR.go'[23]라는 웹사이트를 통하여 관광에 대한 정보와 관광관련 제반 지식을 제공하고 있다.

한국관광공사는 드라마, 영화, 음악 등의 분야에서 활약하는 한국의 연예인을 기용하여, 아시아 지역에서 관광선전을 펼치고 있다. 특히 일본에서는 배용준, 최지우, 비, 보아 등을 중국에서는 드라마 〈대장금〉이 큰 인기를 얻은 것에서 이영애 등을 광고탑으로 기용하고 있다. 이런 선전의 효과로 2004, 2005년에는 일본을 포함한 아시아 각국에서 한류 드라마나 한국영화의 로케지를 돌아다니는 한국투어가 큰 인기를 얻어 많은 여행상품이 조성되었다.

그리고 음식에 있어서는 1990년대 초부터 '야끼니꾸', '삼계탕' 등 한국의 대중요리를 테마로 하여 선전을 해왔는데, 최근에는 드라마 〈대장금〉 효과를 활용하여 한국의 궁중요리에도 초점을 맞추고 있다.

교육행정 유치로는 일본의 고등학교 수학여행담당자를 연 1~2회, 한국 시찰여행에 초대하고 수학여행유치를 꾀하고 있다.[24] 또한 세계 각국 여행회사의 한국여행상품에 대한 광고지원이나 각국의 기자를 한국에 초청하여 취재를 지원하는 선전사업 등 외국인 여행자의 유치활동을 적극적으로 전개하고 있다. 유치활동 때에는 기회가 있을 때마다 한국의 연예인을 활용하고 있고, 이는 선전효과가 보다 크게 나타나고 있다. 한국문화체육관광부는 2006년과 2007년의 양년에 걸쳐 배우 류시원을 한국관광홍보대사로 임명하여 세계 각국의 여러 매체를 통하여 류씨를 활용한 관광선전을 했다. 또한 2008년 류시원의 뒤를 이어 배용준이 한국관광홍보대사로 임명된 이후 한류 팬들을 더욱 홍

23 문화관광부 관광지식정보시스템. http://www.tour.go.kr
24 獨立行政法人 國際觀光振興機構, 앞의 책, p.198~199.

분시키기며 한국으로의 적극적 이동이 이루어지는 것이다. 과거 식민지시대와는 다른 매력이 일본인 관광객을 사로잡는 것일 것이다.

4. 현대 일본의 한국 여행잡지

이와 같은 일본인의 한국관광 활성화의 저변에서 확인 할 수 있는 미디어로 여행관련 저작물을 들 수 있다. 현대 일본 여행안내서는 여행자의 욕구 변화에 대한 추이를 살피면서 꾸준히 출간되어 왔다. 근대에 접어들어 서양을 좇아가듯이 만들어 왔던 여행안내서가, 국가적 욕망을 개인에게 심어갔던 것이라면, 현대의 여행안내서는 여행자의 개인적 요구와 맞물리면서 만들어져 갔다. 여행에 대한 동기를 유발하는 자극제로 초 현대사회에서는 인터넷을 중심으로 한 광범위한 컨텐츠가 제시되고 있지만, 그에 앞서 가장 강력한 영향력을 미치는 것으로는 여전히 여행에 관한 저작물일 것이다. 다음 〈표 4〉는 현대 일본에서 발행된 여행관련 주요 서적이다.

〈표 4〉

연도	잡지명 및 가이드북	출판사	비고
1946	「다비(旅)」(復刊)	日本交通公社	이하, JTB표기
1952	『외국여행안내(外國旅行案內)』	JTB	
1959	「세계의여행, 일본의여행	修道社	

	(世界の旅・日本の旅)」		
1962	「세계의 비경(世界の秘境)」	双葉社	창간, 1973년 휴간
	『해외여행 에티켓집 (海外旅行エチケット集)』	JTB	고객을 상대로 배부한 매너집
1963	「태양(太陽)」	平凡社	창간
	「여성세븐(女性セブン)」	小學館	창간
	「영레이디(ヤングレディ)」	講談社	창간
	『알로하 하와이(アロハ・ハワイ)』	JTB	출판개시
	『동남아시아(東南アジア)』	JTB	출판개시
1964	「헤이본펀치(平凡パンチ)」	平凡出版	창간
	『동남아시아기행(東南アジア紀行)』	中央公論社	梅棹忠夫
1965	「블루 가이드 해외판 (ブルーガイド海外版)」	實業之日本社	출판개시
1966	「여행요미우리(旅行讀賣)」	讀賣新聞社	창간
	「다비(旅, 4月号)」	JTB	特集「海外旅行春の話題」전후 첫 해외여행 특집
	『동남아시아의 여행(東南アジアの旅)』	保育社カラーブックス	石井出雄
1968	「고루고13(ゴルゴ13)」	さとう・たかお	잡지「ビックコミック」연재 시작
1969	「판 트래블 가이드 (パン・トラベル・ガイド)」	パン・ニューズ・インターナショナル	시리즈 시작 1983년까지 32권 출판
	『동남아시아 / 한국』	日本交通公社	
1970	『세계모험여행가이드(世界冒險旅行ガイド)』	東京スポーツ新聞社	中岡俊哉
	「안안(アンアン)」	平凡出版	창간
	「다비(旅)」(11月号)	JTB	특집「실용특집 / 해외여행」
1971	「논노(ノンノ)」	集英社	창간
	「일본과 세계의 여행(日本と世界の旅)」	山と溪谷社	창간
	「해외가이드(海外ガイド)」	JTB	출판개시
	「다비(旅 10月号)」	JTB	「실용특집 / 유럽」
1972	「재미로(面白半分)」	面白半分	창간
	월드 핫 플레이스(ワールド・フォト・プレス)가 이드북이 이 시기부터 출판 개시 1976년까지 출판	『하와이』『말레이시아』『인도』『한국』『홍콩 / 마카오』『타이완』『유럽』『타이』『세계카지노 여행』『필리핀』등	23권 출판
1973	「Joyful」	近畿日本ツーリスト	창간
	「여행을떠나자(旅行に出ようよ)」	毎日新聞社	창간

	「루루부(るるぶ)」	JTB	창간, 당초는 「旅」의 별책으로 출간 후에 격월로 출간, 75년 이후 월간
	「다비(旅 8月号 特集)」	JTB	「이번 여름 해외 바캉스」
1974	『먹을거리 쇼핑 산보길 동남아시아, 한국, 하와이(食べ物・買い物・散歩道 東南アジア・韓國・ハワイ)』	白馬出版	水野潤一
	『유럽 먹을거리 쇼핑 산보길(ヨーロッパ食べ物・買い物・散歩道)』	白馬出版	水野潤一
	『스마트한 일본인(スマートな日本人)』	JTB	サトウサンペイ
	「다비(旅)」(臨時增刊)	JTB	'74해외여행 300코스의 매력도를 총점검 한다.
1975	월간 「플레이보이 일본판(プレイボーイ日本版)」	集英社	창간
1976	『여자 혼자서 여행 강좌 지구는 좁아(女ひとり旅講座 地球は狭いわよ)』	トラベルブティック747出版局	おそどまさこ
	「뽀빠이(ポパイ)」	平凡出版	창간,캘리포니아특집
	『해외PLAY정보(海外PLAY情報)』	KKワールドフォトプレス	山口浩
1977	『外國旅行案內』를 대폭 개정하여 『世界旅行案內』로 개칭	JTB	
	「쿠루와상(クロワッサン)」	平凡出版	창간
	「모아(モア)」	集英社	창간, 창간호의 여행기사는 「태양이 지는 나라 / 모로코여정」
1978	「다비(旅)」(8月特集)	JTB	세계철도여행
1979	「지구를 걷는법(地球の步き方)」 미국 유럽 동시발매	ダイヤモンド社	출판개시 이하, 86년초두까지 『인도』『호주』『하와이』『중국대륙자유여행』『동유럽』『멕시코 / 중미』『여행 6개국회화집』『유럽의 시골』『모로코 / 알제리아 / 튀니지』『동남아시아A 타이』『파리와 프랑스의 모든 것』『뉴질랜드』『한국』『아메리카 / 라이브편』을 간행
	「루루부」 해외여행판으로서 「마이 패스포트(マイ・パスポート)」 창간		
	「포켓가이드(ポケットガイド)」	JTB	출판개시
	「핫도그플레이스(ホットドッグ・プレス)」	講談社	
1980	「다비(旅)」(5月号特集)	JTB	「뉴욕」
	「다비(旅)」(10月号特集)	JTB	「아프리카」

	「다비(旅)」(12月号特集)	JTB	「동남아시아」
	「블루터스(ブルータス)」	平凡出版	창간
1981	「뽀빠이 증간호(ポパイ增刊号)」로 「올리브(オリーブ)」 출간	平凡出版	본격적인 창간은 82년
	輕裝版「블루가이드팩 (ブルーガイド・パック)」		시리즈발매개시
1982	『씨티워킹북(シティー・ウォーキング・ブック)』 시리즈	KKワールドフォトプレス	출판개시『거리를 읽다 런던』『파리』『서울』 등 5권
	「여행가이드 무크(旅ガイドムック)」 시리즈	近畿日本ツーリスト	창간
	「올리브(オリーブ)」	平凡出版	창간
1983	「다카라지마 슈퍼기아드, 아시아 (宝島スーパーガイド・アジア)」시리즈	JICC, 후에 宝島社	
	「LEE」「ViVi」「Free」「Say」 등 여성지가 이어서 창간		
1984	『인도를 걷다』(インドを步く)	YOU出版局	深井聰男
	「AB-ROAD」	リクルート	창간
	『서울의 연습문제(ソウルの練習問題)』	情報センター出版局	關川夏央
	리조트에 초점을 맞춘「블루가이드 퍼시픽(ブルーガイド・パシフィック)」		호주편부터 판매개시
1985	「맵월드(マップワールド)」	日地出版	창간
	무크(ムック)「논노 로맨틱한 여행의 책 해외편(non-no ロマンチックな旅の本 海外編)」	集英社	
1987	『트래블핸드북 (トラベル・ハンドブック)』	角川書店	창간, 개인여행객에 대응한 가이드북
1988	「Hanako」	マガジンハウス	창간
	「해외프리타임가이드 (海外フリーダムガイド)」	昭文社	간행시작
	『유럽자유자재(ヨーロッパ自遊自在)』등 「프리타임(フリーダム)」 시리즈	JTB	간행시작
1989	「지구를 걷는 법 프론티어 시리즈(地球の步き方 フロンティア・シリーズ)」	JTB	창간
	「세계일등여행(世界一等旅行)」	ザ・トラベル商會出版局	시리즈 간행 시작 버블경제시대의 가이드북
	여행잡지「걸리버(ガリバー)」	マガジンハウス	
	여성지「쿠이아(クイア)」	文芸春秋	창간

	「JAL씨티가이드(JALシティガイド)」	日本航空	간행시작
	「월드죠이(ワールドジョイ)」	山と溪谷社	간행시작
1990	「지구를 걷는 법 리조트 시리즈 (地球の歩き方 リゾート・シリーズ)」	JTB	
	「지구를 걷는 법 매거진(地球の歩き方 マガジン)」	JTB	창간
	「전일본시티가이드 (全日空シティガイド)」	講談社	간행시작
	『韓國の旅』	昭文社	宮原誠也
1991	「한디가이드(ハンディガイド)」	近畿日本ツーリスト	간행시작
1992	「지구를 걷는 법 쁘띠 호텔 시리즈 (地球の歩き方 プチ・ホテル・シリーズ)」	JTB	창간
1993	「맵가이드(マップガイド)」	JTB	창간
	「뉴가이드월드(ニューガイドワールド)」	弘濟出版	창간
1995	「지구의 생활 방식(地球の暮らし方)」		시리즈 창간
	「지구를 걷는 법 무크(地球の歩き方 ムック)」		창간
1997	「블루가이드 마음대로 걷기 (ブルーガイド わがまま歩き)」	實業之日本社	시리즈 창간
2001	『주간 아사히 세계의 100도시 (週刊朝日百科 世界の100都市)』		간행시작, 제5권에 『서울』있음

1920년대 "가자 만주로 조선으로!"라고 외쳤던 여행 잡지 「다비(旅)」는 일본교통공사에서 1946년 다시 발간되며 일본의 현대 여행의 새로운 출발을 알렸다. 패전 후 일본에서 세계여행의 자유화를 보기까지는 언 20년 가까운 세월을 기다려야 했지만 일본에서는 이미 50년대부터 해외 여행안내서를 발행하고 있었다. 1960년대 창간되는 각 종 잡지는 새롭게 열리는 일본인의 해외여행을 자극했다. 한국에 관한 여행관련 정보는 1964년 『동남아시아기행』이라는 책에서부터 살펴볼 수 있다. 여기에서는 한일 국교정상화에 따른 한국여행에 대한 소개도 함께하고 있다. 이 이후 한국은 일본의 현대 여행서에서 없어서는 안 될 외국

으로 자리매김한다. 이 시기의 여행안내서는 일제 시대와 여행의 관계를 어떻게 극복하느냐가 문제였다. 1969년의 『동남아시아 / 한국』에서는 1965년 한일조약이 맺어져 이제까지 부자연스러웠던 양국의 관계가 청산됨에 따라서 한국에 대한 각별한 인식이 필요하다며,[25] 그 때문에 한국의 역사를 미리 공부해야 할 필요가 있다고 하고, 고대사부터 60년대 당시까지의 역사를 기술하고 있다. 그런데 그 역사기술은 16세기의 조선시대를 기술하다가 갑자기 현대사회로 뛰어넘어 1960년대의 한국의 산업발달에 대해 이야기한다. 여기에는 일제 강점기의 역사는 소거되어 있다. 그리고 환전, 교통, 호텔, 우편 등의 편의시설과 고궁 사찰중심으로 한국을 소개하고 있으며, 한 가지 특징적인 면을 지적하자면 판문점에 대해 강조한다는 점이다. 이것은 1965년 박정희 정권이 한국 경제발전이라는 현실적인 논리로 일본과의 국교를 재개하고 불과 얼마 지나지 않은 터라, 일본에서 한국인의 반일감정을 우려하여 남북한의 대립을 강조하고 있는 것으로 여겨진다.

그리고 1972년에는 '월드 핫 플레스' 시리즈가 1976년까지 출판되면서 한국을 비롯한 여러 여행기가 단행본의 형태로 출판되었다. 이 이후 각 나라를 집중적으로 소개하는 형태의 시리즈가 출판되고 거기에 한국도 포함된다. JTB의 정통성을 잇는 계보적인 '여행안내서'로는 1973년 창간된 『루루부(るるぶ, JTB)』를 들 수가 있다. 『루루부』는 당초에 『다비』의 부록으로 격월로 출간되다가 1975년 이후 월간으로 바뀌게 된다.

1974년의 『먹을거리, 쇼핑, 산보장소』에는 동남아시아와 한국, 하와이가 소개되면서 일본인의 한국 관광의 틀이 잡히기도 했다. 즉 즐

25 小田乾三 編, 『東南アジア・韓國』, 日本交通公社, 1969.

기기 위한 관광지로서 규정되어 가는 것이다. 그리고 1979년 『지구를 걷는 법』(다이아몬드사)이라는 책이 미국편, 유럽편을 동시발매 하였다. 이 책은 1986년까지 세계 각지를 국가별로 때론 지역별로 소개하며 일본인에게 있어 여행을 위한 '철저 가이드'로서의 역할을 담당했다. 물론 한국편도 빠지지 않는데, 이 시리즈는 『지구를 걷는 법 프론티어 시리즈』(1989, JTB) 『지구를 걷는 법 리조트시리즈』(1990, JTB) 『지구를 걷는 법 쁘띠호텔 시리즈』(1992, JTB) 등 여행지와 여행목적에 따라 세분화하여 '기호'에 따라 여행할 수 있는 근거를 마련하기도 했다.[26] 이렇게 철저하게 가이드된 여행서를 손에 쥐고 미지의 세계에 대한 불안감을 떨치며 '나'를 발견한다는 목표 아래 여행을 떠나게 된다.

1980년대 들어서도 일본인의 해외여행 증가에 발맞추어 여행안내 잡지의 수도 증가하게 된다. 그리고 꼭 여행을 전면적으로 내세우지 않더라도 『안안(アンアン)』, 『LEE』, 『ViVi』, 『Free』, 『Say』, 『non-no』, 『쿠이아(クイア)』 등 같은 여성잡지도 다른 기사와 함께 당시 관심이 고조되는 여행에 대한 내용을 싣게 되면서, 여성 구독자들에게 여행에 대한 정보를 제공하고 여행지로 초대하기도 한다.[27] 그리고 여행을 문화적 사업으로서의 인식하고 추진하는 것을 통해 여성들의 여행에 대한 관심을 자극하기도 한다. 여성은 남성보다도 시간적인 여유나 경제적인 여유를 더 느끼는 경향이 있고, 주위의 환경에 대해 민감하게 반응하는 경향이 강하다. 또 즐기는 것에 목적을 둔 '유락성'도 높고 종합적인 여유를 느끼는 감각도 높다. 한편, 남성은 자기 주위의 사물을 효과적으로 처리할 수 있는 감각인 '유능성'이나 새로운 것에 도전하려

26 前川健一, 『異國憧憬一戰後海外旅行外史』, JTB, 2003.
27 위의 책.

는 '도전성' 등에 있어서 여성보다도 평균치가 높다.[28] 이와 같은 성향을 반영한 형태로 여행지에 대한 소개는 여행안내서라는 독립 공간에서 벗어나 다른 통로를 통해서도 진보하기도 한다.

그리고 국가 단위보다는 특색 있는 도시를 내세워 집중적으로 가이드하는 여행지의 세분화 현상도 함께 보이고 있다. 한국에 대한 소개도 '한국'이라는 국가적 패턴 보다는 '서울'이라는 지역적인 특색을 강조한 소개가 이루어지기 시작한다. 1982년 「시티 워킹 북」(KK월드 팟프레스)이 출간을 개시하는데 「런던」, 「파리」, 「서울」 등 5권을 발매한다. 1984년의 「서울 연습문제」와 같은 안내서에서도 특정 지역을 다른 각도로 소개하는 시도도 보인다.[29] 이처럼 1980년대 들어서는 한 나라를 '단일체'로서의 개념으로 취급하기보다는 '나'와 특정한 어느 '지역'을 연결해가는 식의 여행을 통해 여행자가 여행지의 특수성과 다양성을 확보해 갈 수 있도록 유도한다.

1990년대의 이후, 「이문화발견의 여행」에서는 한일 양국이 같은 불교, 유교, 한자문화권에 속해 있다고 하는 점에서, 이천 년에 이르는 오랜 역사를 공유하고, 한국이 일본의 국가형성의 모태[30]라고 소개하고 있다. 1990년대의 안내서는 한국과 일본과의 역사적 관련성에 대한 긍정적 인식이 종종 보인다. 그리고 한국의 풍토와 기후를 소개하는 중간에 한국의 온돌문화, 아리랑, 농악, 민속놀이, 김치 등에 관한 내용을 삽입하고 있다. 일본시장에서 특히 젊은 여성을 타깃으로 여행잡지나 여성지 등을 매개로 하여, 때밀이, 에스테, 한증막, 한방약 등의 테마를 전

28 山下京, 앞의 책, p.171.
29 前川健一, 앞의 책.
30 宮原誠也, 『韓國の旅』, 昭文社, 1990.

면에 내고 선전을 하기도 한다. 전체적으로 볼 때 현대의 여행이 여성을 향한 문화사업의 가능성을 크게 내포하고 있다는 것을 알 수 있다. '목적' 보다는 '여유'를 찾는다는 일본인의 현대 여행의 특징이 이를 강하게 반영한다. 때문에 가이드북의 역할은 그들이 여유를 만끽 할 수 있도록 최대한 심리적인 불편을 해소하가 위한 것으로 위치지어진다.

현대 여행은 여행자의 내부적 욕구에서 발신된다. 여행자가 요구하는 여행 내용은 일상이 주지 못하는 '여유'와 '만족'이다. 현대의 관광은 물건보다는 서비스, 정보, 엔터테인먼트가 중시되며, 정보 네트워크, 교류 등이 이루어진다. 따라서 관광에 관한 인식이 아름다움의 추구에서, 아름다움과 상량함을 겸비하는 것으로 변화되며 관광을 문화적 평화적 산업으로 인식해 간다.[31] 그리고 오늘날은 성장사회에서 성숙사회로 변화해 가면서 물질의 풍부함에서 마음의 풍부함으로 요구가 변해가는 특징을 보이고 있다. 따라서 최근 인기 있는 여행도 가까우면서 싼 짧은 여행과 치료와 안심을 주는 고급스러운 여행으로 양극화되고 있다. 여행의 형태도 변화하고 있어서 단체여행에서 가족여행으로, 보는 여행에서 체험하는 여행으로 바뀌어 가는 추세이다. 결과적으로 경제적 풍부함과 직결한 '관광'에서 사람들의 교류나 마을조성을 중시하는 투어리즘으로 향하여 달리고 있다.[32] 이러한 현대 투어리즘의 전략성은 실제 여행서를 통하여 어떻게 제시되고 있는 것일까를 다음 절에서 살펴보고자 한다.

31 駄田井正 編, 앞의 책, pp.6~9.
32 小西康生 編,「観光からツーリズムへ一多様なツーリズムの可能性を探る」, 神戸大學経濟経營研修所, 2005, p.6.

5. 「루루부」(1994-2009)를 통하여 본 한국여행 가이드

여기에서는 현대 일본의 대표적인 잡지라고 할 수 있는「루루부」를 대상으로 하여 잡지가 가지는 한국관광의 전략성에 대해 살펴보고자 한다.「루루부」는 일본 국내를 지역별로 설명할 뿐만 아니라 다른 나라에 대한 여행 가이드북으로서의 기능을 성실히 수행해가고 있는 JTB 발행의 잡지이다. 1973년 창간한 이 잡지는 당초「다비(旅)」의 별책으로 출간된 후에 1974년부터 한국에 대한 내용을 싣고 있다.

「루루부 한국」(るるぶ韓國, 이하,「루루부」라고 표기함)의 90년대 판은 현재와 같이 음식이나 연예인을 전면적으로 내세운 형태라기보다는 표지 장식으로 한국의 고대 건축물이 제시되는 경우가 많았다. 광고는 면세점 상품에 대한 것이 주류를 이룬다.[33] 그 특징을 살펴보면, 1994년 한국 방문의 해를 맞이하여, 표지는 풍물놀이를 하는 한국인과 음식, 제주도의 사진으로 장식된다. 대표적 관광지는 서울, 부산, 제주도이다. 흥미로운 것은 코리안 스마일 카탈로그 이다.[34] 거리에서 한국인들이 웃는 모습을 보여주는 밝은 이미지의 사진들이 제시되어 있다. 일본인에게 있어 한국인에 대한 이미지를 온화한 것으로 제시하려는 방편 중 하나로 여겨진다. 그리고 짧게 한국사도 싣고 있으며 한글 정보도 싣고 있다. 1995년 판도 한복을 입은 어린이들의 사진과 한국의 탈이 표지에 나오고 '새로움과 향수가 만나는 나라'라고 한국을 소개

33 『るるぶ韓國 '93~'94』,『るるぶ韓國 '94~'95』,『るるぶ韓國 '95~'96』,『るるぶ韓國 '96~'97』,『るるぶ韓國 '98~'99』,『るるぶ韓國 1999~2000』(JTBパブリッシング)을 참고하였다.

34 『るるぶ韓國 '93~'94』, JTBパブリッシング, 1993.

하고 있다. 여기에서는 '94 한국 방문의해 이벤트 캘린더를 제시하는데 주요행사는 한국의 전통적인 모습을 찾을 수 있는 것들로 구성되어 있다.[35] 표로 제시하는 행사는 월에 따른 행사명과 개최장소 및 주요한 내용을 싣고 있다. 제시된 내용을 보면,

> 5월 종묘대제, 진남제, 춘향제
>
> 6월 '94 한국 국제 요리 페스티벌, 단오제, 안동 민속제, 전주 풍남제, 전주 대사습놀이
>
> 7월 제주 국제 트라이애슬론 대회
>
> 8월 세계 우표전시회, 밀양 백중놀이
>
> 9월 금산 인삼제, 백제문화제
>
> 10월 설악제, 도자기축제, 한라문화제, 달구볼제, 세종대왕문화제, 신라문화제, 월미제, 개천예술제, 무등제 등[36]

이처럼 당시 소개된 한국의 축제는 대부분이 한국의 전통문화와 직접적으로 연계된다는 특성을 지닌다. 그리고 이 판에서는 서울, 부산, 제주도와 더불어 옛 수도의 여행, 예절 여행, 산악여행, 바다와 섬의 여행이라는 란을 마련하여 과거로의 여행을 소개하기도 한다.[37] 그리고 90년대의 관광 명소 중 강조되는 현대적 관광지로는 롯데월드가 있다. 1996년의 안내서는 롯데월드와 때밀이를 통한 미인 되기, 판문점 투어와 도예지에 대한 소개도 전면에 내세운다.[38] 서울의 고궁, 롯데월드, 민속촌 등과, 서울

35 『るるぶ韓國 '94~'95』, JTBパブリッシング, 1994.

36 위의 책, p.81.

37 서울 부산 제주도는 한국 관광지의 공식과 같이 「루루부」의 표지에 늘 등장한다.

에서 반드시 예뻐지자!는 문구를 내세우기도 하고,[39] 맛 집, 고대 한국을 방문하는 역사 여행(공주, 부여, 경주, 안동) 등의 내용이 실려있다.[40] 한국과의 관련 역사도 간단하게 제시하는데, 『루루부 '93~'94』판에서는 「알기 쉬운 한국사」라는 토막 코너를 마련한다. 근대사 관련 내용을 보면,

> 19세기 중국 청조에 복속해 있던 이씨조선은 쇄국정책을 취하고 있었는데, 열강제국은 반도에 있어서 권익을 앞 다투어 침략하고 청일 러일전쟁에서 승리한 일본이 1910년 조선을 병합하고 총독부를 두었다. 이후 35년간 조선은 일본의 식민지로서 고통을 당하고, 1941년 태평양전쟁이 발발하자 많은 조선인이 노동력으로서 일본에 강제 연행되는 사건도 일어났다.[41]

이는 근대의 여행안내서와 대조적이다. 현대 여행안내서의 귀퉁이에는 이렇게 역사기술이 존재하고 여행자에게 있어 노이즈로서 작용할지도 모르지만 제시되어 있다.

1998년도 판은 '쇼핑천국 서울을 겨냥하라', 롯데월드, 에버랜드, 맛 집, 한국식 에스테가 강조되었으며,[42] 1999년도 판도 '쇼핑 인 서울', '최신 한국식 에스테', '한국 맛 집 카탈로그'를 전면에 내세운다. 이 판은 한국의 역사에 대해서 다룬 것이 다른 해 여행서 보다 많은데, 구지 표지에서는 강조하고 있지 않으나 내용으로 들어가 보면 표지 소개에서 내세우지 않았던 한국에 있는 5개의 세계유산을 둘러보는 여행

38 『るるぶ韓國 '95~'96』, JTBパブリッシング, 1995.
39 『るるぶ韓國 '96~'97』, JTBパブリッシング, 1996.
40 『るるぶ韓國 '95~'96』, JTBパブリッシング, 1995.
41 『るるぶ韓國 '93~'94』, JTBパブリッシング, 1993, p.80.
42 『るるぶ韓國 '98~'99』, JTBパブリッシング, 1998.

특집이 마련되어 있다. 여기에서는 화성, 해인사, 창덕궁, 종묘, 불국사, 석굴암을 소개한다. 강조점은 5개의 문화유산에 일본과 한국의 '교류의 역사'가 숨겨져 있다고 하며 일본과의 관련성을 이야기하는 부분이다. 예를 들면,

> 1592년 임진의 난(일본에서 말하는 분록쿠의 역(文錄の役) 도요토미 히데요시(豊臣秀吉)에의한 제1회 출병)에서 15만명의 병사를 한국에 보낸 히데요시는 불국사와 창덕궁, 종묘의 대부분을 불태워 세계유산에 커다란 손실을 입혔다. 현재는 거의 재건되었는데, 마음 아픈 사건으로서 기억에 남는다. 또 해인사의 팔만대장경은 일본 불교의 전래 루트의 하나로서 중요한 역할을 달성했다. 우리가 석굴암의 석가여래상을 보고 편안한 마음을 느끼는 것은 일본불교와 통하는 무언가가 있기 때문일지도 모른다.[43]

이처럼 과거 근대 역사의 구축자로서 기술되었던 안내서의 모습은 자취를 감추고 여기에서는 한국문화재의 파괴자로서 기술한다. 이러한 내용에는 그들의 참회의 마음까지는 느껴지지 않지만 잘못이라는 점은 시인하는 듯하다. 그리고 일본에 불교를 전한 루트로서의 한국문화재의 인정 그리고 그것에서 동질성을 찾으려는 태도는 역시 현대 여행안내서가 가질 수 있는 근대와 다른 큰 특징일 것이다. 이처럼 90년대의 안내서는 즐거움을 추구하는 데에 있어서는 변함이 없으나 그 즐거움을 한국의 역사적 전통과 관련시키려는 의식이 강했다는 것을 알 수 있다. 즉 관광적 즐거움을 '외국'이라는 인식 하에 외국으로서의

---

43 「るるぶ韓國 1999~2000」, JTB, 1999, p.129.

특수성을 '역사적 문화'에 찾으려는 맥락이 존재 했다는 것이다. 당시 문화와 경제적 발전을 이루었던 일본인들이 한국을 향해, 전통문화 외에 어떤 특수성을 찾아내기 어려웠기 때문일 것이다.

2002년의 「루루부」에는 한일 월드컵이 개최되는 것을 계기로 월드컵 한국 일본이라는 문구 하에 '2002 FIFA 전 개최지 소개'와 한국의 약용음식에 대한 소개로 '건강'을 강조한다.[44] 역시 음식은 한국을 소개하는 현대 여행안내서에서 꾸준하게 중요한 위치를 차지하고 있었다. 이는 근대 여행안내서에서 볼 수 없는 점이라고 할 수 있다. 그리고 2003년판 「루루부」로 가면 이제 '한류'를 주제로 한 한국소개가 시작된다. 표지도 지금까지의 한국의 궁궐의 처마, 절, 농악놀이 등이 그 배경이 되었던 것이, 여기에서는 고추장, 고춧가루가 듬뿍 든 붉은 색이 돋보이는 한국 음식을 크게 확대한 사진이 배경이 된다. 전통적인 한국의 민족성보다는 오감을 자극하는 맛과 멋 그리고 현대 한국적 분위기를 전면에 내세우는 것이다. 이제 전통문화보다는 감각에 비중을 두어가는 기술이 많아진다. 그리고 광고도 그 이전 면세점 상품이 주류를 이루었던 것에 비해 한국의 난타 공연 같은 내용들이 삽입된다. 한국연예인을 중심으로 한 서울 등지의 맛집, 볼거리 소개가 주류를 이루며, 밤을 즐기는 엔터테인먼트, 한국 연예계에 대한 정보 등도 싣는다. 관광지에 대한 부분은 아주 적은 분량으로 서울의 5대 고궁을 소개하는 정도이다. 「루루부」 뿐만 아니라 다른 한국소개의 여행안내서에서도 한국의 연예인 사진을 비롯한 현대 한국의 시장이나 쇼핑거리 등을 전면에 내세우며 본격적인 '여유'로의 관광을 초대하고 있다.[45] 2003년 이전과 비교해 본다

44 『るるぶ韓國 '02~'03』, JTBパブリッシング, 2002.

45 『マップる』, 昭文社, 2007에서는 배용준, 최지우, 권상우 외 한국연예인의 사진을 전면

면 두드러지는 것은 '한국인'에 대한 관심의 증가이며, 현대인의 '감각'을 중시한 형태의 제시이다.

2009년 판 「루루부」에는 '책 속의 책'의 형태로 잡지 내에 3권의 책이 있다. 그것은 「한국요리」, 「한류」, 「지도」에 관한 것이며, 이 세 가지 책이 하나하나 분리되어 가볍게 소지할 수 있는 형태로 삽입되어 있다.[46] 먼저 한국 음식에 대한 설명에는 음식의 사진과 맵기의 정도, 재료와 조리하는 방법, 음식의 유래까지 구체적인 내용을 담아 음식에 대한 궁금증을 해소하는 등 지식적인 요구에도 응하고 있다. 그리고 「한류」 책에서는 한류스타 컬렉션으로 배용준을 비롯한, 장동건, 류시원, 권상우, 이병헌, 최지우 이영애, 손예진 등의 사진과 활동내용을 기술한다. 그리고 최근 명작 드라마 촬영지 소개와 관광 상품에도 한류스타의 얼굴이 곳곳에 들어가 있다. 또한 간편하고 가볍게 들고 다닐 수 있는 한국의 지도는 한국 여행에 대한 이해를 돕는데 매우 상세하게 제시되어 있고, 드라마 촬영지가 강조되어 표시되어 있다.

잡지의 내부로 들어가면 좀 더 일본인의 요구가 다양해진다. 첫머리부터 다이어트나 피부미용에 좋다는 한의원, 일본어가 가능하고 한국 연예인들이 찾는다는 성형외과 소개 등도 일본인이 한국을 방문하는 이유를 말해주기도 한다.

또 한국을 이해하기 위한 정보로, 연중 한국의 이벤트, 축제일, 계절에 따라 맛있는 식재료를 소개한다. 한국에 대한 상식으로서 '쇠고기보

에 내세우고 있고 남산타워, 쇼핑가 시장 등을 소개하며, 「한류엔터테인먼트가이드」라고 하며 한류스타를 중심으로 한국 드라마, 관련 맛집, 촬영지, 스타가 쇼핑하는 곳, 카페 등을 소개하고 있다.

46 『るるぶ韓國 '09』, JTBパブリッシング, 2008.

다 돼지고기가 더 대중적이다', '초대면인데 갑자기 나이를 물어 본다', '포장마차가 그렇게 싸지는 않다', '시장이나 노점상에서는 값을 깎는 것이다'라는 등의 한국인의 성정을 알 수 있는 정보를 제공하고 있다. 이처럼 한국인의 일상을 통하여 그 특성을 파악하려고하는 문구들이 눈에 띤다.[47]

근대의 여행은 식민지 여행이라는 측면이 컸기에 관찰자의 시점에서 한국과 한국인을 바라보고 평가했다. 해방 이후 현대적인 여행이 시작되면서부터는 일본인에게 있어서 한국은 자신이 먹고 즐기고 가장 가까운 '외국'을 방문했다는 자기만족에 머무는 형태였다. 즉 한국이어서가 아니라 '가장 가깝고 일본대비 물가가 싸기 때문에 손쉽게 방문할 수 있는 외국'이라는 가치에 집중되어 있었다. 그러나 2003년 이후의 여행안내서를 보면 '한국이 아니면 안 되는' 내지는 '볼 수 없는' 것들이 삽입되어 간다. 그리고 그 중심이 전통문화에서 현대 한국인에 관한 것들로 옮겨지는 현상도 볼 수 있다.

그것이 연예인으로 출발하지만 어쨌든 한국인에 관심을 가지게 되었고 이것이 관광 상품화로까지 연결되었다는 측면은 괄목할 만한 성장이라 볼 수 있다. 그리고 근대의 관찰자 평가자로서의 시점에서 벗어나 동경이나 선망의 대상, 떠올리면 즐거움이 배어나는 대상으로서의 '한국인' 이미지 형성이라는 것은 단순히 대표성을 띤 연예인에만 머무르지 않고 한국인 일반에 대한 관심으로도 이어질 수 있다는 가능성을 내포한다. 그러나 이에 따라 한국의 전통적 문화재의 가치나 그 의미에 대하여는 관심 밖의 일로 제쳐놓아질 가능성도 배제할 수 없다.

47 『るるぶ韓國 '09』, JTBパブリッシング, 2008.

6. 한국에서 한국인에 대한 관심으로

근대 일본인의 조선관광이 '차이'에 대한 소유를 권력시스템에 의한 상하관계의 규정, 위생문제, 건축 상의 기술적 문제, 문화의 잔존문제, 식목의 문제, 조선인 생활의 진부함 등을 표상하는 도구로 사용했다면, 현대 일본인의 한국관광을 통한 '차이'의 소유는 상기의 이러한 것과는 거리가 있는 동등한 레벨에서의 문화적인 차이, 즉 의식주과 관련한 생활문화, 고대유산, 사회구조에서 나오는 차이를 맛보는 것에 가까워졌다고 볼 수 있다.

그러나 한 가지 주의해야 할 점은, 여행은 '자유'와 맞물리는 개념인 것처럼 보이나 그 자유는 대부분이 외국여행일 경우 여행서 안에서의 자유라는 것이다. 여행자는 자신이 여행안내서에서 보여준 사진의 물건들을 직접 확인하는 과정을 통해 만족감을 느끼며, 거리를 누비며 '외국'을 만끽한다. 그러나 이는 '나'로부터 발신하는 자유라기보다는 철저하게 가이드된 자유를 통하여 상대 국가를 관망할 수 있다는 투어리즘 문화전략에 묻힐 수 있다. 때문에 현대의 투어리스트들은 투어 전략이 약하다.[48] 교통기관의 발달이 여행자를 폐쇄적 물리공간에 가둬놓는 것처럼 단체여행이라는 여행의 형태가 폐쇄적인 사회공간에 여

48 原田達, 「ツーリズム文化の現在」, 追手門學院大學 東洋文化硏究會 編, 『旅の文化史ー生きられたアジアの風景』, 1993, p.97. 여기에서 하라다는 "현대인에게는 아이덴티티, 이것이 그들이 사는 지침이다. '현대인'은 '나'를 쉴 새 없이 파악하지 않으면 불안해한다. 그들은 '나'를 강박관념으로서 산다. 때문에 철저하게 가이드 된 자유이건, 둘러쳐진 철책 안의 주체성이건 약간의 자유와 주체성의 실감을 자극받으면 그 자리에서 올가미에 걸려 버린다"라며 현대인의 투어 전략이 약함을 설명한다.

행자들을 가둬놓는다. 이는 한국인과 일본인을 포함한 현대의 투어리스트들의 큰 특징이다. 그러나 그 가운데 한 가지 주목할 만한 점은 근대에서 현대의 경계로 넘어가는 일본인의 한국 관광에는 '한국인'에 대한 관심이 커지고 있다는 것이다. 이는 '사람'을 통한 국가 간의 문화적 유대관계를 새로이 형성할 수 있다는 가능성을 내포하고 있다.

제12장

『아에라AERA』를 통해본 한국 '환상'

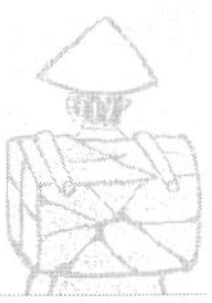

1. 한국에 대한 새로운 이미지와 '한류'

지금까지 '여행'이라는 코드를 가지고 설명해 왔다. 그들이 기술하며 지니고 다녔던 근대 여행안내서는 한국의 지리, 역사, 문학, 사회, 예술, 언어의 측면까지 망라하며 좀 더 대중을 끌어들이려고 한 매개체 중 하나였다. 이는 여행을 가든 안가든 한국을 아는데 유용한 자료로 사용되었음에 분명하다. 이처럼 여행안내서는 여행을 위한 도구로서의 기능을 가짐과 동시에 일본의 일반인들에게 당시의 한국에 대해서 알리기 위한 '문화지'로서의 역할을 감당했다. 그리고 식민지 '조선'에 대한 이미지 형성에 막대한 작용을 했다는 사실도 간과할 수 없다. 일본에 있어서의 근대 한국의 이미지는 빨래하는 조선여성, 양반, 지게꾼, 흙만두, 황폐, 조잡한 일본 시설이 담겨지는 장소 등으로 지배와 종속의 굴레에서 벗어날 수 없었다. 그리고 극히 소수의 일본인은 일본과는 다른 '문화'가 있다는 것을 발견하고 그 가치를 부각시키기도 했다. 그러나 이들이 '문화'적 시선으로 볼 때 '주–종'의 관계에서 벗어날 수 있었을 지도 모르나 그 문화를 테두리 짓는 '일본 제국'을 넘어설 수 없었다.

그러나 더 이상 한국문화의 발신자가 될 수 없게 된 현대 사회에서 과거 제국일본이 구축해 왔던 이미지를 소거하고 한국 자체에서 발신하는 문화적 메시지에 대해 일본이 관심을 가지게 되기까지는 반세기 가까운 시간이 소요 되었다. 여기에 한국 및 한국문화에 대한 생각의 전환을 제공했던 획기적인 계기라고 볼 수 있는 것이 '한류' 현상이다. 이를 통하여 문화가 양국의 벽을 허물 수 있는 실마리를 제공하며, 한국과 일본뿐만 아니라 다른 여러 나라와 소통할 수 있는 통로가 될 수 있었다. 과거 여행안내서가 한국의 문화를 소개하고 여행자들을 초대했던 것처럼 문화는 사람들을 이끄는 핵심에 자리하고 있다. 과거의 '문화'에는 제국주의적 야심, 즉 한국이라는 '공간'에 대한 야욕이 담겨있었다면, 현재의 문화는 발신 주체가 한국 자체이며 이것에 대해 일본인들이 '환상'을 품는다는 구조를 지닌다. 그리고 과거 여행에 대한 권장이 국가적 목표 하의 집단적 메시지였다면 현대의 여행은 개인적인 욕구를 반영해 간다.

때문에 '한류'를 통하여 일본인이 보고자 하는 한국인의 이미지가 어떤 것인가를 살펴보는 것은 여행문화 이해를 넘어 양국 문화의 소통의 거점을 알 수 있는 중요한 단서가 되리라 여겨진다. 따라서 이 장에서는 먼저 일본의 '한류'가 현재 어떤 의미를 띠는지 살펴보고자 한다. 또한 이런 한류가 가지고 오는 한국의 일본인 방문객에 대한 대응과 일본인이 생각하는 한국에 대해 일본의 대중 잡지 『아에라(AERA)』를 통해 재조명하고자 한다.

2. '한류'의 특수화에서 보편화로

한류에 관한 논의는 현재까지도 왕성하게 진행되고 있다. 이는 '한류열풍'에 의해 촉발된 한국의 방송 컨텐츠가 문화적으로 글로벌화 되어가는 현시점에서 그 파급효과가 큼을 인식한 결과라고 할 수 있다. 이에 따라 한류를 산업적 차원에서 적극 활용하려는 새로운 조류 및 풍조로서 한류 열풍을 적극적으로 활용하고 차원 높게 재가공하여 관광, 쇼핑, 패션 등 연관 산업 분야에서 실질적인 성과를 창출하려는 '신한류' 현상이 나타나기도 한다.[1]

한류는 1990년대 말부터 동남아시아와 중국 대륙에서 일기 시작한 한국대중문화의 유행이며, 특히 1996년 한국 텔레비전 드라마가 중국 대륙에 수출되고 이것이 가요 쪽으로 확대되면서 일기 시작했다.[2]

1 「한류의 단계별 확산 모델」(고정민, 삼성경제연구소, 2005)에서 제시한 모델에서는 외국인들이 한국의 대중문화 또는 인기 연예인 등 한류의 기본적인 구성요소에 매료되어 열광하는 1단계 → 인기연예인과 직접적으로 연계된 한류 파생 문화상품의 경제적 가치가 실현되는 2단계 → 이것이 다시 본래적인 의미의 한류와는 다른 다소 무관한 한국 소비재 상품의 경제적 가치까지 재고되는 3단계 → 한국의 문화나 생활양식 또는 한국인까지 포함해 한국과 관련되는 모든 것이 선호되고 동경되는 국가 이미지가 확립되는 최종단계로 구분하여 설명하고 있다.

한국의 방송 콘텐츠가 일본으로 진입한 것은 1990년대 초반 사극 〈임진왜란〉이 NHK 위성 채널을 통해 방영되면서부터이고, 그 후 후쿠오카 지역민방 TVQ를 통해 드라마 〈질투〉 〈화려한 휴가〉 〈파일럿〉 등이 소개되었다.[3] 이 이후 1990년대부터 2000년대 들어서 칸(올드보이), 베네치아(빈집), 베를린(사마리아)의 3대 국제 영화제를 비롯하여 동경이나 파리 런던 영화제에서도 수상이 전해지면서 세계적 평가를 받은 작품과 감독이 속출하게 되었고, 〈겨울연가〉의 유행이 이러한 문화 컨텐츠의 질적 향상의 행보에 맞추어 제시된 결과 한류의 유행을 볼 수 있었다.[4]

그러나 일본 한류를 분석하는 데에 있어서 일본인의 한류의 특성이 어떤 것인지에 대한 분석이 미비한 상태에 있다고 볼 수 있다. 이와부치 고이치는 부정적인 측면에서 일본인의 동남아시아 문화소비가 '자본주의적 향수'라는 측면에서 오리엔탈리즘적 향수를 그리워한다는 면을 설명하고 있다. 그리고 한류에 대하여는 '문화적 근접성'[5]이라는 용어를 가지고 일본인에게 있어 한류의 친근함을 설명하고 있다. 즉 미국 드라마에서는 주관적 혹은 객관적 리얼리즘을 얻기가 상당히 어렵다는 것이다. 이는 크게는 문화적 차이, 인종적 차이 등으로 설명할 수 있을 것인데, 한국인과 문화는 이런 경계를 뛰어넘을 수 있다는 특징이 있는 것이다. 한편 "아시아 지역의 한류 열풍을 이끄는 가장 호의적인 요소는

2 주영하 외 5인, 『일본과 한류, 한국과 일본에서 보다』, 한국학중앙연구원, 2007, p.15.
3 박재복, 『한류, 글로벌 시대의 문화경쟁력』, 삼성경제연구소, 2005, p.26.
4 「한류 확산을 위한 로드맵 구축 연구」, 방송통신위원회 2008 국민대산학협력단 류춘렬 외, p.83
5 이와부치 고이치, 하라다유키에 · 전오경 역, 『아시아를 잇는 대중문화—일본, 그 초국가적 욕망』, 또 하나의 문화, 2004, p.181.

인종적 유사성과 지리적 인접성 그리고 의식적이든 무의식적이든 내재화되어 있는 서구 오리엔탈리즘에 대항하는 정서적 연대"[6]라는 의견도 있다. 이처럼 과거 제국을 욕망하였던 일본인에게 있어서는 '오리엔탈리즘적 향수'든 '오리엔탈리즘에 대한 대항'이든 '동양'이라는 같은 영역 안에서 이들은 뭔가 새로움을 찾으려고 하는 시도[7]가 보인다. 또한 드라마의 시청자는 일시적인 즐거움에 대한 욕구와 동시에 자신의 삶에 이입하여 적용하고자 하는 욕구를 추구한다. 일본 드라마의 경향이 일시적인 즐거움에 대한 욕구를 반영하는 데에 중점을 둔 것이라면 한국드라마는 두 가지 요소를 동시에 추구한다는 특징을 가진다. 일본 드라마 속 인물의 성격이나 삶의 방법이 현장에서 현실성을 내세워 이를 세밀하게 봐가려는 특징을 강하게 품고 있다면 한국 드라마는 그렇지 않다. 때문에 일본 시청자의 한국 드라마에 대한 평가를 보면 현실적으로 이해되지 않는 부분이나 논리적이지 못한 내용을 언급하기도 한다. 한편 한류 약화에 대한 요인으로,[8] 과도한 스타 의존도와 콘텐츠의 질적 저하, 일부 스타로 집중, 스타 출연료의 과도한 상승(이 때문에 다른 요소들을 축소함으로써 콘텐츠의 질 하락), 공신력 있는 에이전트의 부족을 제시하기도 한다. 그러면서 한류 현상 지속을 위한 기본 방향으로는 민간주도의 양국간 교류의 활성화 지원, 양국 간 시장 정보 교류의 활성화를 위한 대책마련, 대중문화 외에 양국 간 다양한 분야에서의 교류의 활성화, 양국 간 문화 교류 시 규제완화 및 지원의 정부역할 강조, 한류 문화 컨텐츠

6 「한류 확산을 위한 로드맵 구축 연구」, p.39

7 위의 글, p.47. 2007년 방송영상물 수출은 아시아 지역이 94%에 달할 정도로 압도적으로, 일본 57% 대만 16% 중국 7.45% 순으로 세 나라가 81.2%를 차지하고 있다.

8 「한류 콘텐츠, TV애니매이션 국제 경쟁력 강화 방안 연구」, 방송위원회연구기관-한국방송 영상 산업 진흥원 김영덕 외 2인, 2006, p.24~29.

강화, 반한류 정서에 대한 대응, 대기업의 한류 동향에 대한 활용, 국가 차원에서의 한류 전문 인력 양성, 법제도 정비, 순수 예술 육성 등 한류 인프라 구축이 거론되고 있다.[9] 이와 같은 한류에 관한 연구는 한류를 지속시키기 위해 어떤 노력이 필요한지에 대하여 논하는 것이 골자이다. 무엇 때문에 지속되고 있는지에 대한 언급이 없다. 현실파악을 수출입의 액수로 한류의 열풍 / 저조를 판단하고 있는 것이다. 그러나 좀 더 역사적 상황을 바탕으로 한 이해를 통해 새로운 관점의 한류 연구가 절실하다.

과거 일본이 제국주의적인 야욕을 가지고 조선을 바라봤을 때 그들은 스스로를 서양화하기 위하여 '동양'을 '미개'라는 용어로 대표시켰다. 일본이라는 국가를 비추어내기 위해 아직 한국인을 만나보지도 않은 상황에서 조선의 겉모습만 보고 조선을 '악취' '미개발' '방종' '나태' '비과학' '비위생' 등의 용어로 '지(知)의 식민화'[10]를 형성해 갔다. 그들의 서양적 지는 한국의 사회현상을 바라보며 한국은 '불쌍해서' '우리가 가서' '도와줘야' 되는 곳으로 인식하게 했다. 이러한 '공간'으로서의 한국 인식은 그 안에 살고 있는 사람들을 무화시키는 작업을 가능하게 한 것이다. 한국은 근대 이후 중요한 '공간'이었으며 이 '공간'을 통해 욕망하는 자 스스로의 가능성을 확대했다는 점이 현대로 이어지는 한국에 대한 이해를 무디게 하는 요인이었다. 근대 일본인은 한국에서 한국인 그대로를 볼 수 없었다. 근대 '문명'의 기준으로 보았을 때 한국은 너무나도 미개한 곳이었기 때문이다. 일본의 제국주의적 주체

9 「방송'한류' 위기 극복을 위한 신시장 교류 확대와 네트워크 구축방안 연구 : 카스피해 연안국을 중심으로」, 한국방송광고공사 윤재식연구자, 2007, p.31.

10 中根隆行, 『〈朝鮮〉表象の文化誌』, 新曜社, 2004, p.35.

는 일본인에게 조선이라는 '식민지 공간'에 대한 '환상'을 품게 하고 그러면서 '식민'의 형태로 일본인을 한국으로 유도했다. 그러나 이러한 '욕망으로서의 공간' 인식에서 벗어난 현 시점에서는 '공간'의 의미보다는 그 안에 거주하고 있는 '사람'에 관심이 맞추어지게 되었다고 하는 것이 큰 변환점이다. 드라마와 같은 문화적 컨텐츠를 통한 한국문화의 소개는 '공간' 뿐 아니라 주인공을 주시하는 것을 통해 '사람'에 초점이 맞추어진다. 일본인의 해외드라마 시청 경험에 대한 조사에서 92%가 한국드라마 시청경험이 있다고 대답했다. 해외드라마 선호 이유에 대하여는 스토리전개 및 대사, 배우의 외모와 연기력, 친숙도와 이해도, 분위기, 흥미와 여가적 성격[11] 등을 들고 있다. 한 가지 주목할 것은 선호 이유에서 '현실성'은 전혀 고려대상이 아니라는 것이다. 이는 현실을 벗어나게 해줄 새로운 '인간상'을 찾는 것을 통해 그들의 삶의 돌파구를 마련한다는 것이다. 과거나 현재가 동일한 것은 '환상'을 품게 하는 곳으로서의 한국이 존재한다는 것이다. 물론 질적으로 다른 의미를 지니지만 일본에 없는 것에 대한 갈망이며 동경으로서 존재한다. 특히 〈겨울연가〉를 두고 이야기한다면, 초현대를 따라가지 못하는 자신, 무한경쟁 속에서 목표 설정이 불투명한 사회, 이에 따른 인간관계 형성에 있어서의 장애를 겪는 이들이 인간애라는 것에 주목하여 공감대를 형성하게 되는 것이다. 그들이 찾고자 하는 인간적 이상향이 한국 드라마의 등장인물들의 삶에 내재되어 있다는 사실은 '허구'라는 것을 누구보다도 잘 알면서 그 '허구' 속에 빠져들고자 하는 욕망을 자

11 국제문화산업교류재단 윤재식 외 7인, 「한류의 지속적인 발전을 위한 종합조사연구」, 2008, p.242. 여기에서는 일본인의 해외 드라마 선호 이유에 대한 설문 조사 중 현실성 때문이라는 답은 0%였다.

극하는 것이다.

이런 일본의 한국인에 대한 관심의 발로로서 한국 여행이 그 대표적인 '신한류' 현상이라고 볼 수 있다. '여행'이라는 행위 자체가 '현실'에서 잠시 벗어나 다른 세계를 경험하기 위함인데, 그들의 한국 여행에는 드라마가 제공하는 '환상적 이미지'를 재현하고자 하는 욕망이 부가된다. 한류에 관하여는 긍정적인 측면과 부정적 측면에 대한 담론이 맞서고 있다. 그러나 일본인의 '한국관광'에서는 긍정적으로 작용한다. 한국 관광의 '목적'의 측면에서 일본인들의 동기유발 요소들이 더 다양해졌기 때문이다. 그러므로 '관광'에 있어서 한류의 긍정적 부분의 적극적 수용과 반영은 무엇보다 중요한 요소가 아닐 수 없다. 그렇다면 한국관광을 위한 지침이 되는 기본적 텍스트로서 어떤 매개체를 떠올릴 수 있을까?

3. '한류'를 매개로한 한국관광 텍스트

2009년 12월 23일 『동아경제』에는 "올해 한국방문 외국인 780만 명 될 듯"이라며 한국을 향한 외국인 관광객의 증가에 대한 기사를 다루고 있다. 거기에서도 특히 "일본 관광객은 올해 처음으로 300만 명을 돌파하고 307만 명을 기록해 전체 외국인관광객의 39%에 이를 것으로 전망된다"[12]고 한다. 이처럼 한국을 찾는 일본인은 점차 늘어나고 있다.

그렇다면 한국은 외국인 특히 일본인들에게 무엇을 보여주고자 하는 것일까? 과거에는 관광안내 책자를 이용하여 홍보하는 것이 기본이었으나, 현재의 다양한 자료를 광범위하게 뛰어넘는 매체로서 인터넷의 보급은 관광 문화에 대한 접근 방법의 현대적 성향을 보여준다. 대표적으로는 문화체육관광부의 웹사이트와 한국관광공사의 공식 사이트를 통해 이를 알 수 있다.[13] 그리고 한국관광공사는 2007년 4월 '스파클링 코리아(Sparkling Korea)'라는 슬로건을 내걸었다.[14] 여기에서 한국 관광에 대한 표어로 '고코로(마음)' '히라메쿠(반짝이다)' '간코쿠(한국)'라는 일본어를 나란히 내세운다.

관광공사의 '스파클링 코리아'의 웹사이트 내부로 들어가 보면, 한국의 국기 · 국가 · 국화 소개와 기본적인 한국어 표현을 알 수 있도록 다양한 한국어 강좌까지 마련하여 흥미를 유발한다. 한국어 강좌(30과 기초부터 활용까지), 한국어로 하는 여행(한국의 명소를 독해 회화 게임의 장을 마련하여 학습 능률을 높임), 여행용 한국어(여행을 위한 간단한 한국어), 어학

12 『동아경제』 B2면, 2009.12.23(수).

13 일본의 관광객 유치 전략을 살펴보면, '요코소 재팬'(Yokoso Japan : 어서 오세요, 일본) 캠페인을 들 수 있다. 이 캠페인은 2002년 일본 정부의 관광산업 진흥 계획에 따라 출범했다. 2003년 당시 고이즈미(小泉) 일본 총리는 해외 관광객 유치를 위한 관광홍보 CF에 직접 출연했다. 이듬해에는 한국 중국 동남아시아 등 12개 주요시장 집중공략을 위해 홍보 예산을 연간 20억 엔에서 32억 엔으로 대폭 늘렸다. 이어 관광입국추진기본법 제정과 관광개발 5개년 계획을 수립하고 매년 2회 총리 이하 전 각료가 참석하는 관광진흥각료회의를 열어 '요코소 재팬'을 독려했다. 한 번 찾은 관광객들이 다시 찾도록 하기 위해 전 국민적인 서비스 개선운동도 전개했다. 특히 한국 관광객을 겨냥해 골프, 온천, 역사탐방 등 '원 포인트' 공략 작전을 펼친 결과 지난해 한국인 방일은 260만 명, 일본인 방한은 223만 명으로 사상 처음 한 · 일 간 역조가 나타났다. 민 · 관 혼연일체로 총력을 쏟은 덕분에 2008년 일본이 유치한 해외 관광객은 834만 명으로 2002년 520만 명에서 50% 가까이 늘었다.

14 『매일경제』, 2009.1.11(17;35), 요코소 재팬 VS 스파클링 코리아.
한국관광공사 일본어 공식 사이트(Korea Sparkling)
http://japanese.visitkorea.or.kr/jpn/index.kto

당 소개, 한국어 능력시험에 이르기까지 세세하게 분류하여 정보를 제공하고 있다. 그리고 역사와 종교에 대하여도 소개하고 있으며, 갤러리의 부분에서는 동영상으로 보는 한국, 한국관광 CM, 프래쉬로 보는 한국, 포스터 벽화, 전자서적 코너까지 마련하여 시각적인 효과를 크게 살려 한국적 색채가 강한 영상들을 제공한다.

한국음식도 일본인에게 관심이 많은 부분인데, 한국 음식은 각 지역별 향토요리에서 시작하여 궁중요리까지 다양한 종류를 선보인다. 세부적으로는 계절요리, 음식에 관한 일화, 추천음식점, 레시피까지 소개한다. 쇼핑코너에서는 탑 10항목으로 인삼, 김치, 김, 다기, 나전칠기, 수저세트, 한복, 전통주, 시장의류 등 한국의 전통적인 색이 짙은 물건들을 볼 수 있다. 숙박지는 전국의 호텔의 웹사이트를 제시하여 손쉽게 찾을 수 있도록 소개하고, 교통수단에 대한 소개도 자세한데, 각 교통수단별로 전국적인 교통망을 소개한다. 테마 여행의 코너에서는 각 지역을 도별로 나누어 지역별로 균등을 이루면서 한국 전체적인 관광지를 살펴볼 수 있도록 소개한다. 여기에서 추천하는 한국의 여행지는 지도를 통해 각 지역 웹사이트로 들어갈 수 있는 구조로 되어 있어 자신이 관심 있는 지역에 대해 단 시간에 정보를 얻을 수 있다.

그리고 커뮤니티의 항목에서는 일본인이 한국을 여행할 때 궁금한 사항에 대한 질문과 대답하는 장이 마련되어 있다. 이는 실제 한국을 여행했던 사람들 그리고 여행하고자 하는 사람들의 실질적인 의사소통의 공간이기도 하다. 이 공간은 실시간에서 한국과 일본 관련의 공연이나 문화행사 소개, 혹은 여러 가지 사정으로 인한 일정 취소, 여행에 있어 불편 사항과 문의사항에 대한 대응 등 정규 사이트 정보에서 다루지 못하는 실질적인 정보교환이 이루어지기도 한다.

그리고 '한류'에 관한 항목은 다른 나라의 관광 웹사이트에서 보기 어려운 장이다. '스파클링 코리아'에서는 '문화 엔터테인먼트'의 장에 한류의 란을 마련한다. '韓流'라고 제시된 항목을 클릭하면 200여 명 가까운 한국 남녀 연예인의 사진과 함께 그들의 약력을 소개하는 내용이 제시된다. 게다가 각 연예인의 개인 사이트로 들어갈 수 있는 시스템도 마련되어 관심 있는 연예인의 상세정보까지 단시간에 알 수 있다. 한국의 연예인에 관한 정보는 1990년대 이후 여행안내 책자에 꾸준히 나오고 있으나 이처럼 집약적이고 총괄적으로 한눈에 볼 수 있는 것도 드물다. 한류에 관심있는 일본인들은 한국 연예인들에 관한 정보를 빠르고 알기 쉽게 접할 수 있으며, 누군가를 '안다'라는 심리는 한국으로의 여행을 재촉하기도 한다. 이처럼 역시 관광의 끈을 두텁게 하는 것은 사람에 대한 관심이다. 유럽처럼 고대 문화유산이 곳곳에 남아있어 관광자의 흥미를 자연스럽게 유발하는 곳이 아니라면 더욱 그렇다. 유럽은 일본인들이 가장 선호하는 여행지 중 하나로 지금도 곳곳에 일본인 여행자들이 유럽의 이곳저곳을 여행하고 있다. 이러한 상황에서 유럽 웹사이트가 소개하는 유럽에 대한 일본어 여행안내는 "문화를 좋아하는 분은 꼭 유럽을 방문해야합니다. 현대 유럽은 수세기에 걸친 유럽의 풍부한 역사에 의해 훌륭한 유산을 이어오고 있습니다"[15]라며 유럽의 훌륭한 문화유산은 일본인 관광의 가장 큰 관광 요소임을 제시한다. 그리고 실지 유럽 등지를 여행했던 여행자들의 여행기를 살펴보면 역시 문화유산이나 경치에 그 초점이 맞추어져 있는 것을 알 수 있다. 이것이 한국을 여행하는 일본 여행자들과의 구별점이라고 볼 수 있다.

15 http://www.visiteurope.com/jp

한편 한류의 2006년 이후의 진행속도의 약화[16]는 그리 기이한 일도 아니다. 오히려 자연스럽게 안정화되고 있다고 해도 과언이 아니다. 잘 알려져 있듯이 일본 한류의 중심에는 경제적으로도 정신적으로도 비교적 기반이 안정된 중년여성이 그 핵심에 있다. 그녀들은 쉽게 무언가에 몰두하지 않으며, 한번 몰두하면 거기에 안주하여 쉽게 빠져나오려고 하지 않는 경향이 있다. 이들 지지층이 한류를 지속시키는 견고함을 가지고 있다고 볼 수 있다. 그녀들을 지속시키는 힘은 '상상된 한국인'의 내재 때문이다. 과거 일본인의 한국여행은 면세점 쇼핑을 할 수 있다는 이유, 가깝기 때문에 짧은 시간에 잠깐 이국문화 체험을 할 수 있다는 이유, 환차를 이용하여 싼값에 쇼핑을 할 수 있다는 이유 등으로 방문하는 것이 일반적이었다. '한국'을 제대로 바라보기 보다는 일본인으로서의 해외에서의 '군림'이 더 즐거운 지역으로서 존재했던 것이다. 그러나 한류의 중심에 있는 그녀들은 물가가치의 차등을

16 2007년도 인문정책연구 보고서에는 2005년을 기점으로 주춤하는 한류의 현상을 기술하고 있다. 그 원인으로 ① 영화와 방송 콘텐츠 산업의 부진, ② 한류 상품에 대한 소비자 호감도 급감, ③ 타국 상품과의 경쟁심화, ④ 한류 국가 내 불법 복제 및 브랜드 초상권 무단 도용의 성행, ⑤ 일본 중국을 중심으로 한국 내 공중파 방송에서 자국의 콘텐츠 수입 및 방영을 요구하는 등 쌍방향 교류를 점차 강도 높게 요구, ⑥ 일방적인 문화전파의 경향을 보이기 때문에 항한류 반한류가 생성 등을 예로 들고 있다. 한국소비자연구회나 해외여론을 통하여 수차례 지적된 한국의 문화상품의 결점이 보완되지 못한 상태로 계속 수출되고 있는 점이 지속성을 떨어트리는 것이며, 최근 일본에서의 중국문화상품에 대한 관심증가도 한 몫 할 것이다. 여기에다가 유통질서의 혼란, 저작권의 문제 등으로 지속적이고 탄탄한 기반을 구축하지 못했다는 것이 큰 이유일 것이다.
이 보고서에서는 대응방안으로서 ① 국가 정책의 방향성 설정과 문화산업은 민간주도로 민간시장이 주도, ② 국내 저작권 시스템 정립과 법 제도의 정비 문화산업의 기초정보 및 자료제공으로 국내 산업기반 구축, ③ 마켓 활성화와 신규시장 개척으로 수출의 활성화를 실천해야 한다는 방침을 내세우고 있다.(「2007년도 인문정책연구 정책보고서-06 '한류'에 있어서의 인문학의 활용방안」, 정정숙, 경제인문사회연구회, 2007.12-서론 부분, p.4~5)

이용하는 '군림'의 시선에서 벗어나게 하는 매개로 작용한다.

앞서의 여러 장에서 살펴 봐왔듯이 한국 근대 관광지 조성의 기초와 발전은 일본이라는 통로를 통해 이루어졌다. 때문에 한국 관광의 주체도 객체도 일본인이라는 상정 아래에서 관광이 실시되었고 새로운 일본의 발견에 초점이 맞춰진 채 진행되었다. 광복 이후 한국이 문화 발신의 주체가 되었으나 그곳이 피식민지였다는 기억, 그리고 떠올리고 싶지 않은 과거의 상징적 존재들로서의 재일조선인들의 존재는 일본인들에게 있어 결코 달가운 일만은 아니었다. 그리고 한국이 일본을 압도할 만큼의 매력적인 문화유산을 다량 보유하고 있지 않다는 사실도 그들이 발걸음을 재촉하지 못하는 이유로 들 수 있을 것이다. 해방 이후 여행안내서가 보여주는 내용이 이러한 현상을 반영한다. 그러나 한국의 연예계를 통한 문화적 접근은 일본인의 감수성을 자극하면서 상당한 관심을 불러 일으켰다. 1997년 김대중 대통령의 일본문화의 단계적 개방 표명 이후 일본의 영화가 한국에 소개되고, 1999년 일본영화 〈러브레터〉가 흥행을 기록하며, 2000년 〈쉬리〉가 일본에서 성공을 거두면서 양국 간의 문화적 교류의 가능성의 문이 열렸다고 볼 수 있다. 이는 2003년 〈겨울연가〉를 일본의 시청자가 관심을 가지게 된 계기가 되었다고 볼 수 있다. 이 이후 일본인은 '머리'로 이해하던 한국을 '마음'을 가지고 공감, 감동하고 소위 '동질감'을 느끼기까지 한다. 이런 현상은 지금까지의 단순한 관찰자의 입장에서 공감자의 입장으로의 전환되었음을 알리는 것이기도 하다.

따라서 이러한 입장 전환의 배경에는 어떤 내용들이 심겨져 있는지 살펴보기 위하여 잡지 『아에라』를 보고자 한다. 잡지 『아에라』를 소개하는 페이지에 의하면[17] 『아에라』는 '시대'를 민감하게 다루는 잡지로서의 입지를 표방하고 있다. 얇지만 기사가 가볍지 않고 시각적인 효과를 최대한 추구하면서도 시사 잡지로서의 무게를 잃지 않으려는 의지를 보인다.

2008년 창간 20주년을 맞이한 아에라. 국내외의 중대 뉴스에서 신변잡기 적인 일까지 「시대」를 민감하게 캐취하여 독자적인 시점을 파헤친 기사를 보내드립니다. 정치 경제 사건 스포츠 문화, 인물 등 장르를 가리지 않고 추구합니다. 고민 많은 현대인의 삶에 힌트가 되는 기사에도 힘을 싣고 있습니다. 「비주얼 중시」도 큰 장점입니다. 사진이나 일러스트 그래픽은 양과 질 모두 다른 잡지의 추종을 불허합니다. 養老孟司씨, 高村薰씨, 姜尙中씨 등 개성 넘치는 인물들의 칼럼도 즐겨보세요.[18]

이는 독자 리뷰에서는 모든 것이 완벽하지는 않지만 일상생활에서 '교양'을 잃지 않을 정도의 읽을거리를 제시해 준다는 내용이 대부분이다.[19] 이러한 균형감각을 유지하는 『아에라』에서 발신하는 한국과

17 http://www.liber-libri.com/25/2010년 2월 9일 오후 5시 35분 검색.

18 위의 사이트, 같은 곳.

19 『AERA』 독자 리뷰 2010년 1월 26: 이 한 권만 읽으면 영업하는 데에 화제거리에 곤란해지는 일 없어 매우 도움이 됩니다. 얇은데 비해 읽을 만하고 휴대하기도 편하고 매회 스트레스 없이 다음호가 나올 때까지 읽을 수 있습니다.

2009년 11월 30일 : 별로 안 되는 살아남은 뉴스계 잡지입니다. 경파(硬派)의 조사보도는 때로는 눈부신 것이 있으나 생활계의 기사는 별로입니다. 대상인 독자가 「한정된 일부 여성」이 되어있습니다. 또 유행 기사도 상당히 '만들어진' 감이 있습니다. 그렇다고는 하나 유사 잡지가 없기에 읽을 수밖에 없습니다.

2009년 11월 21일 : 정치 경제를 중심으로 사회의 이해에 매우 도움이 됩니다. 사회파의 어른으로서 필독서입니다.

2009년 11월 4일 : 세계에서 화제가 되고 있는 일 전반을 망라하고 있기에 이 한 권으로 세계를 따라잡을 수 있다. 경제적 내용보다는 시사적 내용을 각 세대의 "개인"을 중심으로 사회제도나 그것을 둘러싼 상황에 대해서 해설하고 취급한 기사가 많다.

한국인은 어떤 색깔을 지니는지 다음 장 을 통해 살펴본다. 결론 뒤에 수록한 〈표 1〉은 『아에라』에 실린 한국관련 기사이다. 거기에는 시기적으로 한국에 대한 접근법의 차이를 볼 수 있으며 '한류'라는 사항은 한국을 소개하는 중점요소인 것을 알 수 있다.

4. 일본인이 본 한국, 한국인 - 일본 잡지 『아에라』[20]를 통해

1) 한국문화에 대한 일본의 관심–2002년 한일 월드컵 전후를 중심으로

1988년 서울 올림픽 이후, 2002년 월드컵이 한국과 일본에서 공동으

2009년 10월 19일 : 항상 매일 매일의 화제가 만재해 있고, 또 흥미를 끄는 타이틀이 즐겁다.
2009년 9월 30일 : 여기는 중학 입시학원입니다. 수험생뿐만 아니라 모두가 시사문제에 관심을 가지게 하고 싶어서! 우리 학원에는 문고가 있어서 책을 대출하고 있습니다. 아에라는 엄청 인기 있습니다.(http://www.liber-libri.com/25/2010년 2월 9일 오후 5시 35분 검색)

20 창간은 1988년 5월. 「AERA」라는 것은 「시대」라는 의미의 라틴어. 「일본 최초 본격적인 뉴스 주간지」를 표방하는 잡지이다. 창간 이래 변함이 없는 것이 사진가 坂田榮一郎에 의한 표지사진이다. 각계를 대표하는 유명인을 초상이 촬영되는 경우가 많다. 지면의 포맷은 그 주의 뉴스 중에서 특히 인상적인 테마를 선택하여 컬러 사진을 집어넣어 게재하는 비주얼을 중시. 정치적으로는 기본적으로 친구미노선. 주간지에는 진기하게도 그다지 부정적인 논조의 기사는 기재하지 않는 것에 신선함이 있다. 그러나 바로 기본노선이 창간 당시와 약간 다르게 변화되었다. 결혼 후 잔업이나 전근이 불가능한 여성 기자들이 배속되는 부서가 되어 그녀들이 1인칭적인 기사를 쓰기 시작한 것에서부터 여성의 라이프스타일을 취급하는 기사가 많이 보인다. 고학력, 고소득의 커리어우먼의 시점으로 쓰인 기사는 「여성분들의 잡지」 「아에라 여자」라고 야유를 받은 적도 있다. (필자 역) 위키페디아사전 http://ja.wikipedia.org/wiki/, 검색일 : 2010.2.9.

로 개최되면서 세계의 관심이 한국으로 집중되었다. 이는 세계뿐만 아니라 공동개최국인 일본인들에게 있어서도 한국을 다시 보는 계기를 마련했다. 먼저 2000년부터 월드컵이 개최되기 전까지 『아에라』에서 보이는 한국관련 기사를 살펴보고자 한다.

2000년에는 1월과 6월, 당시 한국대통령 김대중의 대통령 지지율에 대한 기사[21]와 김대중 대통령의 김정일 총서기와의 만남의 내용을 세세히 소개하는 기사를 싣고 있다.[22] 한국의 남북 관계의 흐름은 일본에서의 중대한 관심사이기 때문에 이러한 뉴스는 당시 『아에라』 독자의 한국에 대한 관심의 형태를 드러내 주기도 한다. 그리고 같은 해 2월에는 2000년 「최강의 한국영화, 쉬리」라는 제목으로 한국영화의 위력을 소개하고 일본에서 상영됨을 알리고 있다.[23] 〈쉬리〉의 영향에 힘입어 같은 해 10월은 광주민중항쟁의 역사적 사건을 토대로 1980년대의 상을 그려낸 〈박하사탕〉에 대해 소개한다.[24] 일본에서 거의 매일같이 북한에 대한 뉴스가 나오는 것을 감안한다면 한국과 북한의 대치상황을 극적으로 표현하며 그 안에서 사랑을 그려낸 이야기는 가히 주목을 받을 만 했다. 또한 광주 민중항쟁의 모습에 대한 재현도 한국의 현대사를 조명하는데 그들에게 흥미로운 소재가 되었던 것이다. 영화 안에 가족애나 남녀 간의 사랑 등이 포함되어있기는 하나 역사적 상황이 영화의 전체를 주도하고 있는 것이 사실이고 그런 관점에서 한국영화에 대한 흥미를 자극할 수 있었던 것이다. 즉 일본에서 재현해내기

21 『AERA』, 2000.1.24, p.22.
22 위의 책, 2000.6.26, p.17.
23 위의 책, 2000.2.7, p.75.
24 위의 책, 2000.10.23, p.42.

어려운 현실적 국가적 상황이 그들의 흥미를 끌 것이라고 예견한 수출입인 것이다.

그리고 일본인에게 있어 한국하면 떠오르는 것 중 가장 강렬하고 생활에 밀착되어 있는 것으로서 김치를 들 수 있다. 이는 당시 한국하면 떠오르는 북한 그리고 대치상황 등의 무거운 주제를 잊게 해주는 중요한 요소였다. '맛있게' 긍정적으로 한국을 이해할 수 있는 유일한 수단이기 때문이다. 일본인들에게 그 맛에 있어서 매력이 있다는 점이 일본 국내 김치생산으로 이어지고 이것이 '기무치'가 되어 역수출되는 양상도 보였던 것이다. 『아에라』에서는 한국의 김치의 유래나 맛내는 방법, 다양한 김치의 종류를 소개하고,[25] 2001년의 한국의 김치냉장고와의 관련 기사도 살펴볼 수 있다.[26] 또한 여행에 관련된 기사도 볼 수 있는데 한국의 재벌 현대가 실시한 금강산 여행에 따라나선 일본인 기자의 간략한 북한 여행기가 실려 있다. 일정과 답사한 곳 자신의 눈에 비친 북한 사람들의 모습, 그리고 여행에 대한 북한 측의 제약이 많아 다소 불편했던 경험까지 토로하고 있다.[27]

이처럼 월드컵 이전의 기사들을 통해 볼 때 한국에 대한 관심은 역사적이고 정치적인 측면을 상당히 반영했다는 것을 알 수 있다. 그리고 이러한 기사들은 당시 『아에라』의 독자가 남성 중심의 지식인층이라는 것도 반영해 준다. 진지한 기사들도 문화면이라 볼 수 있는 영화도 역시 한국의 정치사회나 역사를 반영하는 것으로 이루어져있다는 것을 살펴볼 때 더욱 그렇다.

---

25 위의 책, 2000.10.16, p.48.
26 위의 책, 2001.3.19, p.100.
27 위의 책, 2000.10.16, p.74.

그리고 2002년 월드컵이 개최된 이후부터 〈겨울연가〉가 방영되기 이전의 기사를 살펴보면 다음과 같다.

특히 월드컵이 개최된 2002년에 한국관련 기사가 많은데, 월드컵 개최 이전 보다 한국문화에 대한 관심의 폭이 확대되는 현상을 보인다. 종류로서는 역시 〈쉬리〉를 중심으로 한 한국영화, 김대중 대통령,[28] 근엄한 표정의 한국의 여성 아나운서,[29] 한국인을 사귀는 기술, K-POP에 빠진 일본의 젊은 여성들, 재일 작가, 한국의 어린이교육 등이다. 그 내용을 살펴보면 먼저 영화 〈쉬리〉의 일본에서의 긍정적인 반응을 게재하며 날카로운 지적과 전망도 이야기한다.

> 〈쉬리〉를 기폭제로 하여 한국영화의 붐의 조짐이 일고 있다. 그러나 〈쉬리〉 〈JSA〉 영화로서 재미있는 것으로 '한국'이기 때문에 좋아하는 것은 아직 아니다. 눈에 띠는 스토리, 참신한 연출, 기발한 카메라 워크, 화려한 액션, 남북 관계의 대립 등이 아니어도 일본인에게 받아들여질 수 있는 한국영화가 준비될 것인가 아닌가라는 점이 기대점이다.[30]

위의 2002년 4월의 기사는 앞서 언급했던 것처럼 '한국'이기 때문에 좋아하기 보다는 뭔가 일본에 없는 역사나 정치적인 특이성이 흥미를 유발한다는 것이다. 그리고 이런 종류의 영화가 아니라도 일본인들에게 받아들여질 수 있을지가 앞으로의 가능성이라고 덧붙인다. 이후 '한국인'에게 관심을 기울이는 기사가 등장한다. 「한국인과 사귀는 기

28 위의 책, 2002.7.15, p.86에는 표지의 인물로 게재된 김대중 대통령을 소개한다.
29 위의 책, 2002.6.17, p.52.
30 위의 책, 2002.4.8, p.74.

술 '개인'의 감각의 차이가 오해의 씨」[31]라는 제목으로 한국인과 일본인의 차이점을 설명한다. 예를 들면 개인의 물건과 공동의 물건 사용하는 습관이 일본과 다르다던가, 한국에서 더치페이는 몰인정한 습관으로 여겨지기도 한다던가, 친구사이에 폐를 끼치는 것이 당연하며, 무슨 일이 있어도 "괜찮아요"라고 말한다는 점을 들고 있다. 그리고 일본인의 개인주의적인 습관이 한국인 친구를 사귈 때 오해를 사게 하는 점이라고 소개하고 있다. 아마도 한국인 친구를 사귀고자 하는 독자가 있다면 염두에 둘 것이며 그렇지 않더라도 한국인의 특성을 알 수 있도록 소개하고 있다.

여기에서 주목할 점은 한국인에 대한 긍정적 / 부정적인 평가를 떠나 '한국인'에 대한 관심이 생겼다는 점이다. 같은 해 기사에는 한국인 여자아나운서의 '표정'이 일본인 아나운서들과 다르게 근엄하다는 것에 착목하고 있다. 한국인의 표정을 읽기 시작한 것이다. 그리고 8월에는 재일작가 양석일을 표지의 인물로 게재하며 그의 드라마틱한 인생과 함께 작품을 소개하기도 한다.[32] 그리고 같은 해 9월은 특이한 현상으로서 일본 젊은 여성들이 한국의 아이돌 남성그룹의 열혈 팬이 되어 한국과 일본을 왕래하고 있다는 소식을 전한다.[33] 'K-POP에 빠져서 한국의 아이돌을 쫓는 여성들의 이야기'라는 주제로 22세의 일본 여성이 한국의 아이돌 그룹 멤버에게 반했다는 이야기와, 월드컵 개최 시기부터 한국에 대한 관심이 조금씩 높아져 K-POP 음반 판매량이 상승했다고 하는 소식도 함께 전하며 한국에 대한 일본 젊은이들의 관심

31 위의 책, 2002.6.17, p.54.
32 위의 책, 2002.8.5, p.86.
33 위의 책, 2002.9.16, p.37.

증대에 대해 이야기한다. 관심의 이유로는 한국 아이돌 그룹이 강한 남성성을 찾고 있는 데 반해 일본팬에게 친절하게 대해주어서 친밀감을 느끼게 한다며 이같은 "서민적인 느낌"이 좋다는 여성의 말을 인용하고 있다.[34] 한국인에 대한 관심은 이제 한국인을 관찰하는 단계에서 벗어나 특정 한국인의 팬이 되는 현상으로까지 확대 된 것이다.

월드컵을 경계로 하여 한국에 관한 관심의 양상이 틀에 박혀 있는 역사적 사건이나 사물에서 '사람'에게로 이동하고 있다는 점을 알 수 있다. 이러한 한국에 대한 '관심의 전환'은 2003년의 〈겨울연가〉의 붐과도 무관하지는 않을 것이다.

2) 삶에 대한 의미부여–배용준, 그가 나를 향해 웃었다.

2004년 7월 1일의 『아에라』에서는 욘사마 붐과 관련하여 한국드라마의 성격에 대해 다음과 같이 규정짓고 있다.

> 한국 드라마는 대부분 현실에서 있기 어려운 이야기가 나오는데, 제작자의 생각, 전하고 싶은 메시지가 강하고, 에너지가 충만해서 무슨 일이 있어도 끝까지 사랑을 지켜내는 모습이 마지막에 남으며, 사회현상을 빗대어 드라마에 접목시키거나 자아의 발견과 같은 드라마 종류는 아닙니다.[35]

이처럼 한국드라마는 사회현상이나 자아발견의 내용이 드물고 사

34 위의 책, 같은 곳.
35 위의 책, 2004.7.26, p.34.

랑으로 관철하는 주인공이 부각되는 것이 특징이라고 일본의 기자는 지적하고 있다. 그러나 이러한 한국드라마를 시청한 후 일본인에게 나타나는 현상은 아이러니컬하게도 '자기 찾기'가 그 중심에 있음을 알 수 있다.

같은 해 『아에라』 8월 16일 호에는 드라마 시청 이후 인생의 의미를 찾은 일본여성들에 대하여 소개하고 있다. 전직 비행기 승무원이었던 30대 여성이 〈겨울연가〉 시청 이후 "인생의 교과서를 발견한 기분이 들었다"며 결혼 후 아이가 없어 초조해 하던 마음을 정리하고 자신을 다시 한 번 발견하고 공부를 시작하며 새로운 도전을 하게 되었다는 고백을 한다. 그리고 남편의 외도를 알게 되어 몸도 마음도 피폐해졌던 50대의 여성이 27년간의 결혼 생활에 종지부를 찍고, 〈겨울연가〉 시청 이후 인생의 새로운 자신감을 회복했다는 고백도 게재한다. 그녀는 그동안 하지 못했던 취미활동을 시작하며 자신의 심신에 즐거움을 불어 넣게 되었다며 새로운 인생을 선언한다. 또 다른 여성은 남성들에게 배신당해 왔던 자신의 인생을 회고하며, 화면의 욘사마는 "실로 많은 여성의 마음을 녹였다"며, 이상 그 자체이고, 오랫동안 없었던 마음의 설레임을 느끼고, 자신을 다시 발견하고 소중하게 여기게 되었다고 한다. 어떤 70대 할머니는 한국이라는 나라를 두려워했으나 〈겨울연가〉를 보고 한국에 가서 한국인을 만날 용기가 생겼다고 하며 한국여행을 하게 되었다는 이야기도 실려 있다. 그리고 80대 할머니는 과거 자신이 젊었던 시절을 상기할 수 있는 드라마로서 〈겨울연가〉를 들며 젊은 시절 즐거운 추억을 회상한다고 한다.[36]

36 위의 책, 2004.8.16, p.12.

이들의 이야기는 거의 한 사람의 인생을 바꾸는 종교 수준이다. 비슷한 예는 수도 없이 많다. 장애아를 둔 중년여성의 자기 찾기 이야기로, 9년 만에 승진시험을 도전할 용기를 준 배용준, 메마른 마음을 적셔주어서 주변사람들에게 친절한 나로 바꾸어준 배용준, 남편에게 상냥한 내가 되게 해준 배용준, 한국 사회와 역사에 대해 관심을 갖게 해준 배용준 등[37] 드라마를 통해 그녀들의 인생은 주체로서의 자신을 발견하면서 새로운 인간으로 거듭나고 있음을 증명한다. 또한 얼어붙었던 부부관계의 해소 등 시청자의 심적인 변화는 다방면에서 드러난다. 물론 광팬 활동으로 부부관계가 소원해 지거나 이혼을 한 극단적인 예도 있기는 하지만, 욘사마를 좋아하는 부인을 보고 결과적으로 아내를 이해하는 통로를 마련하는 남편들도 존재하게 된다. "완전히 얼어붙었던 부부 사이가 조금씩 개선되기 시작했습니다. 이것도 욘사마 덕분입니다"[38]라는 고백도 들을 수 있다.

여기에서 배용준 팬의 중심인 중년여성, 그녀들의 남편은 어떻게 생각하는지에 대해 『아에라』에서는 인터넷 앙케이트 조사를 하고 있다. 결과로는 남편들의 70%가 호의적으로 생각하고 있다는 내용인데, 10퍼센트 이상이 부부관계가 좋아졌다고 한다. "어쨌든 평화다. 배용준 군 당신은 일본의 가정의 칸플(カンフル)제입니다. 아니 비타민제입니다"라고 고백한다. '삶에 대한 생각의 전환', 이것이 그녀(그)들이 〈겨울연가〉 관련 혹은 배용준 관련 아니 좀 더 확대되어 한국 드라마 관련 컨텐츠를 누리고 그 장소를 여행하며 높은 금액에도 기꺼이 자신의 지갑을 여는 원동력이 되기도 한다.

37 위의 책, 2005.9.12, p.14.
38 위의 책, 2005,9,26, p.35.

『아에라』에서는 한국과 일본을 비교하는 관점의 글을 거의 볼 수 없다. 그러나 직접적인 비교의 글을 통해서는 아니더라도 일본 기성세대가 무엇에 끌리는지에 대해 알 수 있다. 한국 드라마 팬들은 '예전 일본을 떠올리게 한다'며 '아름다운 말'이나 '부모를 생각하는 마음' '열심히 일하는 모습'이나 '사랑하는 이를 위해 관계를 끊고 맺는 당당함' 등을 들고 있다.[39] 이는 동시대 일본의 드라마에서 고갈되어 있는 측면이라는 것을 반증한다. 배용준의 캐릭터는 위인을 상기 시킬 정도의 수준이다.

> 지적인 외모, 상큼한 웃는 얼굴, 인터뷰 때마다 느껴지는 진지한 삶. 만들어진 이미지인지 모르지만 팬을 결코 배신하지 않는 것은 상당히 굳건한 의지가 없으면 무리라고 생각합니다.[40]

위의 예문은 욘사마의 팬 중에서는 우등생이 많다는 기사와 함께 실린 팬 인터뷰 내용이다. 그들이 배용준에게서 느끼는 것은 진지한 삶을 살고 있다는 '이미지'를 변함없이 제공하고 있다는 것이다. 그리고 〈겨울연가〉의 인기 키워드로 '청결함'을 들고 있다.[41] 같은 어른들의 연기이지만 어딘가 모르게 순수해 보인다는 말이다. 일본인들은 "일본에서는 보기 어려운 옛날을 그리워하게 하는 텔레비전드라마라는 것이 매력입니다"[42]라며 드라마의 긍정적 평가자들은 배용준의 용모,

39 위의 책, 2004.6.7, p.47.
40 위의 책, 2004.5.24, p.18.
41 위의 책, 2003.9.1, p.43.
42 위의 책, 2004.6.14, p.68.

옛 일본 드라마를 연상하게 하는 스토리, 시청자의 과거를 떠올리게 하는 스토리 등을 들고 있다. 2004년 기사에서 「「겨울연가」가 마음의 기본이 되는 이유」[43]라는 제목으로 한국 남성배우의 청결감과 한국사회의 건전함에 대한 추구를 들고 있다. 즉 〈건전한 정신〉이 드라마 속 인물들에게 깃들어 있다는 것이다. 연예인들에 대한 한국의 품행 방정상을 사회적 역할로 짊어진 것에 대해 이야기하면서 이런 태도가 그렇지 않은 일본인에게 한국인의 '겸손함' '예의바름' '청결감이 있음' '지적임' 등의 인상으로 비춰진다고 한다. 그러면서 일본인의 타락상에 대해 비판적으로 이야기한다.

한편 부정적인 의견으로, 스토리 설정의 '비현실적'인 측면을 들고 있다. 2005년 9월 860명의 '욘사마 아내'를 가진 남편들에게 대한 질문으로서 흥미로운 것이 있는데 이 앙케이트에서는 욘사마 팬인 아내에게 해서는 안 될 말로 나온 것들에 대해 보여준다.[44] 이는,

a. 욘사마의 어디가 좋다는 거야?

b. '배'나 '준상' 등은 이상한 이름 같아.

c. 나이 꽤나 먹어가지고 꼴불견이구만. 자기 나이를 생각하라고.

d. 욘사마에게 돈쓰는 것은 낭비야. 당신이 사줘도 욘사마는 별로 즐거워하지 않아.

e. 욘사마는 당신을 사랑하지 않아. 당신을 상대해 줄 리 없잖아.

f. 드라마 등의 스토리에 현실성이 없어.

g. 저런 대사가 현실에서 가능할 리 없잖아.

43 위의 책, 2004.12.27, p.77.
44 위의 책, 2005.9.26, p.35.

욘사마를 부정하는 사람들이 극명하게 말해주고 있는 것은 욘사마는 '환상'이며 '현실'에서 많이 벗어나 있다는 점이다. 욘사마 팬들이 이것을 몰랐을 거라고는 생각할 수 없다. 오히려 현실을 벗어났다는 점이 그녀들을 열광시키는 키포인트이다. 그녀들은 나이를 잊고 체면도 버리고 욘사마의 '환상'을 좇아간다. 이 환상은 그녀들이 평소에 하지 않던 욘사마 관련 '과소비'를 마다하지 않는 요인이 된다. 즉 좋아하는 측면도 싫어하는 측면도 공통된다는 것이다. 〈겨울연가〉를 지지하고 있는 큰 축이 '비현실성'이라는 결론에 이른다. 그 '비현실'을 사느냐 사지 않느냐에 따라서 입장이 다른 것이다.

이는 흥미로운 것으로, 일본인이 한국과 한국인을 바라볼 때 지금까지는 지극히 현실적인 표상, 즉 일본인 자신도 떠올리고 싶지 않은 일제 치하의 피식민지였다는 사실을 떠올리기가 쉬웠다. 그리고 일본에서는 북한에 관한 소식을 민감하게 다루고 있는데, 이는 일본인들이 가히 즐거워할 만한 내용이 아니다. 게다가 한국 관련 뉴스라면 종군위안부 문제, 독도 문제, 교과서문제 등 한국 근대의 가해자라는 의식을 상기시키는 뉴스가 그것이었다. 이러한 양국 간의 역사적이고 사회적인 현실 문제를 벗어나게 하기에는 '비현실'로서의 '환상적인 이미지'가 양국의 현실적인 문제를 잠시나마 잊게 할 수 있는 요소가 될 수 있는 것이다.

3) '환상'을 현실화하는 작업으로서의 '가족'

환상이 환상으로만 끝나 버린다면 그것은 지속되지 못한다는 사실은 자명하다. 이러한 환상을 현실화하는 작업, 비록 그것이 가장된 현실일지라도 현실화는 필요하다. 이러한 현실화 작업은 어떻게 진행되어 온 것일까? 다음 인용문은 파리에서도 배용준의 팬이 늘고 있다는 사실을 알리는 내용을 『아에라』에서 실은 것이다.

> 「가족」 여러분 「가족」은 점점 늘어가고 있습니다. 그의 아름다움과 상냥함에 매료되었다는 파리지엔느가 있습니다.[45]

위의 기사는 파리에서 배용준이 주인공인 영화 〈외출〉이 프랑스잡지 표지를 장식한 데에서 기인하여 욘사마 패밀리들에게 배용준의 파리에서의 인기를 이야기하는 내용이다.

이 파리의 여성은 "처음에는 배우 용준의 성실성과 행동의 온화함에 매료되었습니다. 그러나 그를 알수록 인간 용준의 성실성, 따뜻함, 인간성을 점점 좋아하게 되었습니다. 아시아에서는 슈퍼스타일텐데 거만하지 않고 항상 검허하고 예의바르고 상냥하고 팬을 '가족'이라고 말해 줍니다. 이렇게 유명인을 좋아하게 된 것은 태어나서 처음!"[46]이라고 이야기한다. 즉 동양인끼리의 희희락락에서 벗어나, 과거 일본인이 최고의 문화도시로 여겨왔던 파리의 여성들도 배용준을 좋아하며, 팬 활동이 탈동양하고 있다는 사실을 자랑스럽게 보고하는 것이다.

배용준이 일본에 입국하는 날이면 그의 팬이 줄을 서며 다른 외국연예인과 비교하여 수치적 통계도 빠지지 않는다.[47] 그리고 2005년 9월

45 위의 책, 2006.9.11, p.50.

46 위의 책, 2006.9.11, p.50.

47 위의 책, 2004.12.6, p.84. 뜨겁게 배용준을 환호하는 일본 팬들의 모습을 그리며 베컴과

의 「배용준은 나의 감옥, 열광 식지 않는 이유는 어디에」라는 기사를 통해 팬의 이야기를 살펴볼 수 있는데,

> "거만하지 않고 팬을 소중히 하겠다. 그런 모습을 끝까지 유지하겠다. 실패해도 투덜대지 않고 새로운 곳을 향하여 가겠다."라는 배용준의 말 하나하나에 감동을 받았다. 그리고 슈퍼마리나에서 만났을 때 "가족 여러분 항상 응원해 주셔서 감사드립니다"라는 말에 모두가 환호성을 질렀다.[48]

이처럼 2003년 〈겨울연가〉[49]에 등장했던 히어로 준상은 드라마의 히어로에서 벗어나 일상에서 자리 잡았다. 배용준을 중심으로 한 팬집단을 일본에서는 '욘사마패밀리'로 부른다. 내지는 '욘사마팬=가족'이라고 아예 '가족'을 고유명사처럼 이야기한다.[50] 여기에는 다층적인 의미가 포함되어 있을 것인데, 어떤 한국 드라마에서도 가족집단의 결속력이 빠지는 법이 없는 한국 사회의 이미지와 그 속에서 피어나는 밀착성과 애정은 일본인에게 새로운 환상을 심어주기에 적당했다. '욘사마파미리(가족)'는 현대 일본 사회의 가족개념과는 구별을 둔 개념의 가족집단을 의미하는 것이고, 이는 배용준이 일본에 있으나 없으나 가족으로서 결속되어 있다는 환상을 심기에 적당한 용어이기도 하다. 일본의 가족사회가 붕괴되기 이전의 가족애를 재현할 수 있는, 일본에서는 특

이병헌의 입국 때의 수치와 비교하여 팬들이 월등히 많음을 기술하고 있다.

48 위의 책, 2005.9.12, p.14.

49 겨울연가는 2003년 NHK의 BS2에서 방송된 이래로 NHK 지상파, 다시 BS2, CS 등의 방영을 거쳐 2007년 지상파 민방최초로 다시 TBS(관동지역한정)전파를 탔다.

50 『AERA』, 2007.1.22, p.25에서는 〈겨울연가〉 지상파 재방송을 기사로 다루며 욘사마팬=「가족」이라고 소개하며 재방송을 환영하는 「가족」들의 모습을 담고 있다.

수한 용어이고 이것이 상징적으로 따뜻한 미소의 한국인 연예인 욘사마와 결합할 때 더 실감나는 용어로 변환되어진다.

동경 거주의 60세의 주부는 "촬영현장에 가면 용준씨가 팬을 소중히 여기는 것을 느낄 수 있다. 우리들도 책임감이 있는 팬들로서 분별 있는 행동을 합니다. 한국의 용준씨 팬들과도 '가족'으로서 깊은 교류를 하고 있습니다"[51]라고 이야기한다. 욘사마패밀리는 한국의 배용준 팬과도 '가족'이라는 단어로 그 범위를 확대하고 있는 것을 볼 수 있다.

그들의 이러한 현상은 어디에서 비롯된 것일까? 비틀즈 이래 이런 감정이 처음이라고 이야기하는 일본 중년여성들의 고백은 일본 내에서는 찾기 어려운 '자신만의 우상'을 바라고 있는 것을 반영한다. 현실의 각박함을 잊게 해주는 존재, 언제나 그 자리에서 멋진 모습으로 자신을 바라봐 줄 것 같은 존재인 것이다. 그리고 자신만이 아니라 자기와 같은 자신과 동질의 많은 사람들이 같은 감정을 가지고 대하는 존재, 즉 영웅적 존재의 내부적 요구의 발현인 것이다. 지극히 선진화되어있고 개인적인 경향이 강한 일본인 끼리 '가족'이라는 느낌을 공유하면서 전국적으로 교류하는 특이한 현상은 현 일본사회의 일반을 뒤집는 것이기도 하다. 거기에서 오는 일종의 쾌감까지 공유하는 것이다.

한국 연예인에 대해 '유교국가로서 성형이 난무한다는 것은 이해하기 어렵다'는 비난을 던지기도 하나, 그들의 뛰어난 외모는 서양의 연예인과는 사뭇 다른 접근 가능한 아름다움이라는 특수성을 가지며 친밀감을 유발한다. 그리고 일본 내에서 소비되는 문화적 상품이 서양문화에만 집착하지 않는다는 것에 대한 철저한 반증이기도 한다. 아시아

51 위의 책, 2008.2.25, p.57.

최초로 근대 문화를 입수한 일본이, 한때 아시아를 '일본화'하려 했던 일본이 주종관계라는 틀을 넘어서 사고하고 행동할 수 있게 된 것이기도 하다.

이러한 현상이 그동안 일본사회의 마이너리티였던 재일교포들의 존재를 확인하는 의미있는 작업으로까지 이어지기도 했다. 한류의 붐은 재일사회에 있어서도 경쟁력을 가지게 하는 요인이 되기도 했다고 한다. 동경대 교수 강상중은『아에라』에 꾸준히 글을 기고하는데, 그는 예전에는 한국인인 것에 대해 항상 열등감을 느껴왔다고 한다.[52] 그러나 욘사마 열풍 이후 재일 사회에서도 경쟁력이 생기게 되었으며, K-POP 소개, TV리포터, 한국영화 선전 등의 일을 얻을 수 있게 되었다고 한다. 그리고 강상중은 "일본 신문은 저를 '도쿄대의 욘사마'라고 부릅니다" 라며 일본인의 한국에 대한 인식변화에 대해 이야기하고 있다.[53]

욘사마 열풍이 안정기에 접어들고 배용준의 새로운 드라마를 일본에 제시하는 시점에서 한국측 감독은 다음과 같이 이야기한다.

> "우리들은 내셔널리즘적 발상으로 만들려고 하지 않았습니다. 우리 역사를 강조하거나 상대의 역사를 부정하는 것이 아니라 궁극적으로 아시아는 하나라고 생각합니다. 그것을 전하고 싶었습니다. 판타지라는 수법을 사용한 것도 아시아 전체에서 공유할 수 있는 엔터테인먼트로서의 드라마를 만들고 싶었기 때문입니다."[54]

52 위의 책, 2005.9.30, p.38.
53 『동아일보』, 2010.3.10, 종합 A6면 국제교류재단 초청 포럼에 참가한 강상중의 말 인용.
54 『AERA』, 2008.6.30, p.49.

이상은 드라마 〈태왕사신기〉의 김종학 감독과 인터뷰 기사이다. 김 감독은 여기에서 드라마 구성의 배경에 대하여 이야기 하는데, 강조점은 공통된 세계를 공유할 수 있는 존재로서의 아시아이다. 이를 결속시킬 수 있는 요소를 '판타지'라고 설명하고 있다. 이는 과거 일제 강점기의 대동아공영권을 거론 하던 시기를 거친 세국가가 지배와 피지배라는 문제를 벗어나 (그러나 경제적으로는 식민의 관계가 존재할지라도) '판타지'적 요소로 동등한 입장에서 즐길 수 있는 엔터테인먼트의 공유인 것이다. 이제는 드라마의 흡인력 속에 아시아라는 공동체를 끌어들이는 형태로 한일 혹은 한중 그리고 동남아시아 등의 국가적 경계를 넘나들면서 친화력을 높이고 있다. 그러면서 그들은 한국을 실제로 확인하고 싶어하는 것이다. 『아에라』에는 「서울, 진한 2박 여행」이라는 제목으로 서울경로를 소개하는데,

> (첫째 날)하네다 공항 출발, 롯데 면세점, 도장가게, 염가 화장품, 칼국수 집, 카페, 배용준이 다니는 스포츠센터, 바, 민속주점, 클럽, 새벽 2:30분 호텔－(둘째 날)공원에서 김밥, 전통차, 한복가게, 욘사마 편지세트, 스타벅스, 삼계탕, 시장, 마로니에공원, 게장, 수박소주－(마지막 날)해장국, 에스테, 연예인이 잘 가는 고기 집, 선물사서 일본으로[55]

이처럼 여행의 경로가 도시 중심의 문화를 즐기는 것으로 짜여 있다.[56] 이는 구지 한국에서 무언가를 보겠다는 것보다는 한국의 일상을

55 위의 책, 2004.7.1, p.36.

56 위의 책, 2004.7.1, p.10에는 「〈겨울연가〉 기행－배용준의 마음을 여행하다」는 제목으로 〈겨울연가〉 촬영지를 따라 여행하며 한국의 모습을 살피고 있다.

체험하기 위한 경로라고 볼 수 있다. 한국의 대중이 잘 가는 곳, 싸고 맛있는 곳 등이 중심이다. 특별하게 의미가 부연된 장소가 아닌 것이다. 이들은 촬영지 투어를 비롯한 월경(越境)적 문화소비, 일본적인 로컬화를 통한 의미의 재구축 과정을 거쳐 한국, 한국사회, 한국인이라는 본래의 문맥에 변화를 주는 것이다.

5. 다음 세대로 가기 위하여

『아에라』에서는 구지 한국과 일본을 비교하여 설명하려고 하지 않고 한국을 객관적 대상으로 보려한다. 앞서 말했듯이 비교되는 항목이 있다면 한국문화가 가진 문화의 순수함 및 가정의 결속력 / 일본의 개인적 문화라든가, 가정의 해체적 현상 등이 비교되기 쉽다. 2008년 이 잡지에서는 동방신기를 "한국 최대의 대일본 수출품"[57]이라고 말한다. "최근 그들은 거점을 일본으로 옮겨 가사도 일본어. 한류다움을 억제하는 것으로 폭넓은 팬을 얻었다"[58]며 지금의 한류의 특징은 어떻게 하면 한국적인 것을 억제하고 일본에 적응해 나가느냐가 관건이라고 한다. 한국의 아이돌 가수들은 일본문화에 친숙해 있으면 있을수록 일

57 위의 책, 2008.12.22, p.38.
58 위의 책, 같은 곳.

본 팬들에게 영향을 미칠 가능성이 크다. 한국인인데도 일본어가 자유롭다. 한국인인데도 일본문화에 익숙하다는 것이 그들의 성공을 불러일으키는 키워드가 되어가고 있는 것이다. 그야말로 상징적 존재이면서도 '가족'과 같은 느낌을 줄 수 있는 존재가 된 것이다. 일본의 팬들은 일본어와 일본문화에 익숙한 '멋진 한국인'의 메타문화적인 환상을 사는 것이다. 친숙한 것과 이질적인 것의 공존, 너무나 아름다운 외모지만 강력한 힘이 넘치고, 한국인이지만 일본어로 들려오는 아름다운 노랫소리 등 한국의 가수들은 일본인이 추구하는 '환상'을 실현시켜주는 존재로서 위치한다.

근대 이후 일본이 추구해왔던 서양 추수주의는 서양=진보, 아시아=퇴보라는 인식을 낳아왔고 때문에 한국이 주요 관심의 대상되기에는 너무나도 가깝고 먼 존재였다. 그러나 물질과 문명의 풍요 속에서 잃어버렸던 인간적 가치에 대한 추구를 영상으로 실현해냈을 때 그들의 고갈되어 있는 부분이 충족되는 것이었다. 그들이 한국에서 추구하는 것은 유럽 관광지에서 볼 수 있는 고도의 문명도, 서구세계가 처음 가져다준 과학기술의 진보나 이성적 사고도 아니다. 현재를 살아가는 자신에게 현재 가장 고갈되어있는 '그것'이며 이는 그들의 감성을 자극하는 '무언가'인데 그것은 인간에 대한 그리움이고 개인주의적인 성향을 무너뜨릴 수 있는 단단한 결속력인 것이다. 현재의 한국의 대중문화는 '한류'라는 용어로 규정되기 어려울 정도로 다양한 각도에서 일본인에게 친숙하게 다가간다. 메이지 유신 이후 현재까지 이어지는 진보를 향한 열망, 그렇기에 '사람'보다 목적이 앞섰던 적이 많았던 기억들과 그와 관련해 입을 수밖에 없었던 상처들, 이런 것들의 치유가 필요한 것이다. 그리고 현재의 일본인에게 필요한 무언가가 신선하게 제공된 예로 한국의 대중문화가 존재하며 그 대중문화는 한국문화의 전반적인 내용을 포함하며 소개된다. 그러면서 한국이라는 일본과 '다른' 지역에 가보고자 열망하며, 거기에서 자신만의 기억과 추억을 소유하게 되는 것이다.

〈표 1〉

날짜	기사 제목	내용
2009.9.16	K-POP에 빠졌다 한국 아이돌을 좇는 여자들	K-POP에 빠진 여성들이 주말에 아이돌 스타를 만나기 위해 한국여행을 떠남. 한국어 자격시험도 패스 "한국 아이돌은 얼굴도 잘생기고 노래도 잘한다." "한국 이이돌은 몸 관리도 잘하고 있어요. 일본아이돌처럼 빼빼하지 않고 섹스어필을 아주 잘해요" "아이돌은 중성적인 이미지인데 한국에서는 남성적인 강함을 지닌 아이돌이 많아요. 여성을 지켜줄 수 있는 '남자다운 남자'에 대한 동경을 그들이 채워주는 것이겠지요." 그들이 친근하게 대해 주어 서민적인 느낌이 좋다는 내용
2009.6.22	이병헌「세밀하고 멋진 근육을 만들었습니다」	프랑스 영화에 도전하게 된 이병헌
2009.4.6	쇼핑투어도 이제 폐업	원화 변동과 면세점 쇼핑
2009.3.30	東方神起는 동방신기와는 다르다	이이돌 그룹 동방신기에 대한 소개
2009.1.26	미네르바를 알고 있는가	미네르바로 알려진 소위 인터넷 세계의 「경제대통령」의 연행
2008.11.17	배우 소지섭	배우 소지섭의 제대, 그의 약력 일본인들의 관심
2008.12.22	홍백전에 출연하는 한국 아이돌그룹 · 동방신기「유해(有害)」부분	일본에서 인기가 급상승하고 있는 동방신기. 일본 홍백전에도 출연. 한국에서는 가사가 너무 선정적이라고 청소년 유해물로 지정됨.
2008.7.28	이명박 정권 위기 북한 금강산에서 관광객 사살	그녀의 죽음 후 이명박 정권에 대한 비판
2008.1.14	강상중, 추억의 서울 「고향」의 모습은 사라지고 변용하는 마을	동경대 교수 강상중의 한국여행 옛 모습이 자취를 감춘 달라진 서울
2008.6.30	배용준과 둘이서 이야기했다 「태왕사신기」김종학 감독	아시아는 하나라는 생각을 배용준과 공유하면서 드라마 제작했다는 김감독의 이야기
2008.9.29	「태왕사신기」와 역사 미스테리 배용준의 드라마는 끝나지 않는다	태왕사신기의 배경이 되는 시대인 고구려와 연관이 있는 일본의 신사에 배용준 팬 여성들이 몰린다. 이 신사의 유래 한국과 일본의 고대사와 신화 소개
2008.2.25	팬도 진화한다 배용준 분신의 패션쇼	동경 시부야에서 열린 배용준이 출연했던 드라마에서 입은 옷들을 재현한 패션쇼 한국의 배용준 팬들과도 교류

2008.4.21	아버지 빠져들다. 한국시대극 연애물, 욘사마물만이 아니다	드라마「대장금」「허준」「장희빈」「상도」「주몽」의 인기 남성들에게 인기 있는 시대극
2008.6.23	젊은이를 타오르게 했다 미국쇠고기 수입 재개로 큰 타격의 이명박 정권 한국	미국산 쇠고기 수입 반대 시위에 관한 내용, 한국 TV MBC의「PD수첩」의 내용과 한국인의 반응 이명박 대통령 지지율 하락
2007.10.8	폭로된 허식의「미술계의 신데렐라」 한국을 뒤흔든「신정아 사건」	신정아에 대한 소개, 사건의 경위 「존경합니다」를 연발했던 그녀, 학력 중시 사회 한국
2007.10.8	황혼의 한국영화 한류 붐은 끝났는가	쉬리를 계기로 급속도로 인기를 얻어갔던 한국영화가 2007년에 접어들어 침체 한국 영화시장의 심각한 상태에 대한 내용
2007.9.3	아침은 배용준 TV드라마를 영화관으로	배용준의 TV드라마를 영화관에서 보려고 동경 록뽕기에 일본인들이 몰려듬
2007.8.6	크리스천 대국 한국의 아프칸 위기 3명 중 1명은 크리스천	한국의 기독교 젊은이들이 왜 그곳에 갔는지에 대해 설명 그들이 다니던 교회와 기독교계의 현실 한국 기독교 인구에 대해
2007.4.16	한국 최초 트랜스 젠더 탤런트 젠더를 넘어서	한국의 하리수에 대한 소개
2007.4.16	붐은「나의 왕자님」으로 「韓流는 寒流」정말로?	거품처럼 일었던 한국영화의 일본 수출이 정상화 DVD를 이용하여 집에서 한국드라마를 즐기는 진화하는 일본팬들
2007.4.2	욘사마의 섬은 계엄령하 북한의 축구 캠프	북한의 청소년 축구 대표팀의 제주에서의 훈련 소식
2007.3.19	한국남자는 성형으로 승부 주문은「장동건」	성형대국 한국, 남자들 사이에서도 인기 성형의 모델이 되는 남자 연예인을 시기별로 소개
2007.1.22	또다시 겨울연가 가족의 행복 TBS에서 재방송중입니다	TBS에서 지상파 민방 최초로 방송
2007.1.1	제대하여 재출발 욘사마를 뛰어넘었다? 승사마	제대하여 일본에서 활약하게 되는 송승헌에 관한 이야기
2007.1.1	진화하는 화류(華流)시대 아이돌계 잠자는 사자	눈물을 자아내는 한류 보다 화류의 이미지가 밝다 화류의 반격이 시작될 조짐 화류파들의 특징, 화류 스타 소개
2006.11.20	한국 로맨틱 코미디 역대 1위 사랑과 치유의 조폭영화	영화 〈가문의 위기〉 소개
2006.11.20	일하는 여성의 이상이 그 민정호님 드라마 〈대장금〉의 그 분	〈대장금〉에 대한 소개 남자 주인공 민정호에 초점을 맞추어 현대 일본여성과 관련하여 기술
2006.10.2	먼저 실례! 한류 스타 가장 빠른 최신 정보	현빈, 조승우, 김래원, 이준기 등을 소개
2006.10.2	배우 권상우	권상우의 약력
2006.9.11	욘사마 〈외출〉 프랑스에서도 좋아함 일본에서는「완전판」공개	유럽의 욘사마 팬에 대한 소식
2006.9.11	한국을 덮치는 애교있는 괴물 영화 〈괴물〉	영화 〈괴물〉에 대한 소개

2006.8.14	한국에서 영화데뷔 「한류」일본 남아의 역수입	한류가 융성하는 지금, 역으로 한국 연예계에 진출한 일본 남성과 그의 영화
2006.7.31	에로스를 그리는 한국영화 노년의 사랑 아름답게	김기덕 감독의 〈활〉 소개
2006.7.10	한국드라마를 바꾼 「노처녀」 최고시청률 50%를 넘어	〈내 이름은 김삼순〉에 대한 소개
2006.7.3	신 새로운 교과서, 탄생의 내막 「새로운 교과서를 만드는 모임」내분 막장	「새로운 교과서를 만드는 모임」의 내분(內紛)에 대한 이야기 이 모임의 멤버 명단
2006.6.19	한일 합작의 눈물을 자아내는 노래	〈겨울연가〉의 주제가가 될 뻔 했던 곡을 일본어로 부름
2006.6.5	첨단・한국의 영어교육 사정 초등학생은 6000명을 넘어	한국 초등학생 영어 연수 유학과 기러기 아빠에 대해
2006.5.15	"집단주의"의 내부로 들어가다 북한의 마스게임 영화〈현순의 방과후〉	건국 55주년 기념 마스게임에 참가한 소녀 2명을 밀착 취재한 영국인 감독의 다큐멘터리 영화
2006.3.20	청춘영화를 찍은 변영주 다큐멘탈리스트의 시점	종군위안부 문제를 밀착 취재한 다큐멘터리「나눔의 집」으로 알려진 변영주가 한류스타를 주연으로 한 오락 영화 제작
2006.3.20	4년 후의 「여왕」은 이 두사람의 대결? 한일「마오짱」대결 피겨	김연아와 아사다 마오를 비교 분석
2006.1.30	130만부 베스트셀러를 영화화 한류, 소년시대의 추억	윤인호 감독의 〈9살 인생〉 소개 일본에서 공개
2006.1.30	인간 데이터베이스화하는 한국 SNS 인간관계를 랭킹하여 새로운 격차도	한국의 젊은이 문화를 움직이는 원동력으로서의 싸이월드에 대한 분석
2005.9.30	소녀에서 어른 여성으로 손예진의 눈물	영화〈외출〉과 손예진
2005.9.30	손인, 강상중, 양석일, 이봉우가 이야기하다 재일사회의 한류 붐	한류붐으로 인해 재일교포들이 활약할 수 있는 기회가 만하졌다. 재일교포의 위상이 높아졌다.
2005.9.26	860명에게 물었습니다 「욘사마아내」의 남편들의 속마음	배용준을 좋아하는 중년 여성들의 남편들에게 앙케이트조사
2005.9.12	배용중은 내 감옥 식지 않는 열광의 이유는 어디에	배용준의 팬이 된 이후 적극적이고 긍정정인 삶을 살게 된 여인들의 이야기
2005.9.5	이병헌이 성우에 도전 한류 애니메이션의 서정	이성강 감독의 애니메이션 〈마리이야기〉 소개
2005.5.2	한류 커플 고뇌와 반일의 물결이 덮쳐온다	한일 간에 결혼을 하거나 사귀는 사람들이 겪는 마찰
2005.4.18	인기 「교수」의 수난 한국에서 가장 유명한 일본인의 간판이 나쁜 쪽으로	미즈노 슌페 강사의 이야기. 그의 한국에서의 생활과 현재 직장을 잃고 인터넷 상에서 강한 공격을 받음 한류 붐의 한계, 친일이란 무엇인가
2005.1.30	비, 가수로서 배우로서 인기 넘버 원의 노력파 한류 다음은	노력하는 한국 최고 스타 비 비의 약력
2005.1.17	〈겨울연가〉는 관서지방 부인들의 새로운 기본	전국적으로 〈겨울연가〉 붐이 안정세에 들어갔으나 오사카 부인들

	웃음과 날카롭게 파고드는 문화에 빠짐	에게는 아직도 뜨거움 오사카 문화와 〈겨울연가〉를 접목시킨 예능 프로그램
2005.1.3	거장이 본 한류 임권택 감독에게 듣는다 한류 그 다음은	한국 영화의 현재 일본의 한류 붐에 대한 놀라움 임권택 감독의 약력
2005.1.3	김선아 「망가진 미녀」 실은 3개 국어 가능 한류 그 다음은	유창한 일본어의 김선아 김선아의 약력
2004.12.27	〈겨울연가〉 마음의 기본이 되는 이유	도덕이 무너지고 있는 현대 일본의 현실
2004.12.6	한국 배우 배용준의 미학 일본방문으로 다시 열광	배용준의 일본방문으로 큰 소동이 나서 몇 명이 경상을 입음 배용준의 애정어린 인터뷰. 팬들의 반응 배용준의 일본에서 CM활동 소식
2004.9.6	박용하가 〈겨울연가〉의 주인공이었다면? 일편단심인 상혁으로 전향한 나	박용하의 팬미팅에 참가한 일본 여성들 일편단심 상혁의 매력에 대해 이야기
2004.8.16	〈겨울연가〉를 초월하여 살아간다 드라마에 매혹당한 여성들이 사는 새로운 인생	〈겨울연가〉를 계기로 인생이 바뀐 여성들의 일화를 다수 다루고 있음
2004.8.2	양다리를 걸친 여자 유진의 인기 비결〈겨울연가〉	〈겨울연가〉 속의 여성 등장인물을 분석
2004.7.26	포스트〈겨울연가〉 한국드라마의 볼만한 장면 눈물을 자아내는 장면	일본에서 한국드라마의 인기 〈천국의 계단〉 〈대장금〉 〈여름향기〉 외 다수 드라마에 대한 소개
2004.7.1	서울 진한 2박 여행	가까운 한국을 가볍고 즐겁게 다녀오는 코스 소개
2004.7.1	「붐으로부터 물결」바라다	배용준을 계기로 한국에 대한 붐에서 물결로 바뀌기를 바라는 내용
2004.7.1	한일문화 퓨전의 끝에 아시아 공동체가 보인다 후나하시 요이치	과거사라는 장애가 있으나 양국은 서로 호감을 갖고 있음 동아시아의 문화적 지역주의를 통해 서로의 감각을 공유하는 공동체 형성
2004.7.1	〈겨울연가〉기행 배용준의 마음을 여행하다	〈겨울연가〉의 내용을 더듬으며 촬영지에 대한 소개 한국의 과거 아름다운 추억을 상기하며 만들었다는 제작진의 이야기
2004.6.14	〈겨울연가〉를 본 적이 있습니까	〈겨울연가〉 시청에 관련한 조사 시청후 소감, 시청 연령대, 부정적 의견 등
2004.6.7	80년대의 향수 폴라리스의 세계관 「한류」융성의 원동력을 찾아서	학생시대에 한국일주 한 경험을 이야기함 1980년대 이후 고도 경제 성장 남북한의 분단 한국 드라마의 특징에 대한 분석 한국의 20대와 이야기 하면 일본의 80년대가 떠오른다.
2004.5.24	동경대 여자가 사랑하는 이유 배용준과 궁극의 우등생들	한국의 드라마촬영지를 여행하고 욘사마가 오면 호텔로 달려가는 여성들은 지금까지 연예인을 쫓아다니 적이 없는 우등생 주부들이었다. 그녀들은 자연스럽게 한글을 익히거나 여주인공과 같은 머리모양을 하기도 함
2003.9.1	〈겨울연가〉에 마음이 찡	〈겨울연가〉의 폭발적인 인기로 인해 여행사에 한국여행에 관한 문

	한국의 끈적끈적한 드라마	의 쇄도 한글강좌 인기, 겨울연가의 내용
2003.6.16	가수 김연자 「노래의 힘」은 국경을 넘어	북한에 초대되어 단독 콘서트를 한 김연자, 서울에도 초대되어 디너쇼 김연자의 약력
2002.4.8	직구영화로 점칠까? 「한국 붐」의 행방	한국영화 〈쉬리〉가 한국 붐의 기폭제가 됨. 과연 앞으로의 한국영화의 일본에 서의 행방을 어떨까? 특별히 눈에 띄는 소재가 아니어도 쉬리처럼 남북관계를 다루지 않아도, 화려한 액션이 없이도 일본에서 성공할 수 있을까?
2003.1.20	영어에 IT에 초등학생도 열을 올리고 자신을 얻은 한국의 '큰 도약	영어 공부에 대한 한국인의 열기. 서울의 초등학생의 공부열에 대한 내용. 서울 강남지역의 교육열과 부동산 가격 상승. 대졸자의 취업난
2002.6.17	용모가 수려하고 단정한 한국의 여자 아나운서	한국과 일본의 여자 아나운서에 대한 시각이 다르다. 한국아나운서는 TV앞에서 언제나 단정하고 훌륭해야만 한다. 이는 한국인들의 요구이다. "수백년 이어온 이씨 조선의 유교문화의 영향이 크다." 한국에서 배우는 무조건 예뻐야 한다는 의식이 있다. 그래서 성형외과가 많은지도 모르겠다.
2002.6.17	한국인과 사귀는 기술 「개인」의 감각의 차이가 오해의 근원?	한국은 물건을 공유하는 경향이 강하다. 더치페이는 한국에서 정이 없는 행동으로 여긴다. 상대방에게 신세를 져야 비로소 친구이다. 어떤 일이 있어도 '괜찮아요'라고 말한다. 역사의 골은 깊다.
2002.7.15	대한민국대통령 김대중씨	김대중 전 대통령의 정치 인생 일본 메스컴에서 아마도 외국정치가로서는 누구보다도 많이 다뤄지는 인물이라고 함.
2002.8.5	작가 양석일씨	양석일의 파란만장한 인생 『피와뼈』를 통해 재일문학이라는 틀을 넘어 아시아를 대표하는 작가로서의 자리를 확고히 했다. 양석일은 아에라의 독자를 2~30대 여성으로 보고 있다.
2001.3.19	고향 한국 어머니의 맛 김치냉장고	일본에서 김치를 먹는 인구가 늘었다. 김치냉장고 때문인가? 김치냉장고의 성능
2000.1.24	김대중, 한국국내불평의 이유 철인(哲人) 대통령의 지지율	남북의 평화 공존 열악한 경제 회복 등 국제적 평가는 높다. 그런 실적에도 국민들은 '노벨상 목적'이라는 등 차가운 반응이다.
2000.10.23	한국 40대의 자화상 영화「박하사탕」	동경에서 〈페페민트 캔디〉란 제목으로 개봉 1980년 5월의 광주민중항쟁에 대한 설명과 영화에 대한 내용.
2000.10.16	아름다운 금강산 불편한 여행 북한 명봉투어에 동행	1998년부터 현대를 통해 시작된 북한관광에 대한 소개. 일본인 기자가 북한관광을 하고 느낀 점 여러 가지 제약이 많았던 여행. 30년 전의 한국과 비슷
2000.10.16	한일 본가론 전쟁	김치에 대한 한국식 일본식 간의 논쟁이 국제 식품규격위원회에서

	발효식품 VS 조미절임	최근 몇 년간 진행되고 있다. 한국의 김치의 역사, 김장문화, 김치의 종류, 김치 숙성 방법 일본의 식문화연구가의 말 "기후와 풍토가 발효시키는 식문화 한국의 김치는 일본의 절임이 아무리 흉내 내려해도 어깨는 나란히 할 수 는 없다. 일찍이 일본은 1960년대에 화학조미료에 의한 맛의 균일화가 가속되었다. 일본 만의 식문화가 사라지고 본래의 절임이 지녔던 발효에 의한 맛이 잊혀졌다."
2000.6.26	서울・기차는 달리는가 김대중을 도려낸 김정일의 원맨쇼	김대중 대통령과 김정일 국방위원장의 만남을 상세히 기술
2000.2.7	최강 한국영화, 〈쉬리〉	영화에 제작에 관한 내용

| 글을 처음 실은 곳 | 목차순

제1장 관광의 역사와 한국 근대 관광의 위치
「관광의 역사와 문헌을 통한 한국 근대 관광 고찰」, 『Asia Diaspora』 2집, 건국대학교 아시아디아스포라연구소, 2008.5.

제3장 〈지도〉 소유와 한국 근대 '관광'
「〈지도〉 소유의 관점에서 본 한국 근대 '관광'의 의의」, 『일본어문학』 제38집, 한국일본어문학회, 2008.9.

제4장 일본 근대의 '외지' 여행안내서
「일본 근대 여행관련 미디어와 식민지 조선」, 『일본문화연구』 제14집, 동아시아일본학회, 2005.4.

제5장 새로운 일본을 바라보는 필터로서의 식민지
「일본 근대 「여행안내서」를 통해서 본 조선과 조선관광」, 『일본어문학』 제13집, 한국일본어문학회, 2002.3.

제6장 일본문학자 다카하마 교시의 '조선'
「高浜虚子의 『朝鮮』 연구」, 『일본어문학』 제16집, 한국일본어문학회, 2003.3.
「高浜虚子 『朝鮮』への試み－實踐す的旅行として」, 『名古屋大學國語國文學』 93, 2003.12.

제7장 전략으로서의 리얼리티와 '평양'
「전략으로서의 리얼리티－일본 근대 「여행안내서」를 통하여 본 '평양'」, 『比較文學』 제34집, 한국비교문학회, 2004.10.

제8장 금강산, 기이한 세계로의 초대
「기이한 세계로의 초대－근대 「여행안내서」를 통하여 본 금강산」, 『일본어문학』 제40집, 한국일본어문학회, 2009.3.

제9장 일본 지식인 아베 요시시게, 조선을 거닐다
「조선을 거닐었던 아베 요시시게」, 『Asia Diaspora』 6집, 건국대학교 아시아 디아스포라연구소, 2010.6.

제10장 근대 관광 잡지 『관광조선』의 탄생
「근대 관광잡지 『觀光朝鮮』의 탄생」, 『동아시아문화연구』 제46집, 한양대학교 동아시아문화연구소, 2009.11.
한양대동아시아문화연구소, 『여행의 발견, 타자의 표상』, 민속원, 2010.

| 사진 및 그림의 출처 |

『경성명소사진집』 日韓書房, 1909

『고요한 아침의 나라 조선』 새비지 랜도어, 1895, 신복룡·장우영 역주, 『한말외국인 기록 19』, 1999

『大陸修学旅行記』 廣島高等師範學校, 1915

『대한제국멸망사』 헐버트, 1906, 신복룡 역, 『한말외국인 기록 1』, 1999

『반도의 조선』 화가 : 細木原青起, 1929

『半島の印象』 조선총독부철도국 편 철도관광지도, 화가 : 宮尾しげを, 1939

『전환기의 조선』 게일, 1909, 신복룡 역주, 『한말외국인 기록 5』, 1999

『朝鮮滿州支那案内』 鐵道院, 1919

『조선 사진집』 만주철도주식회사 경성관리국 편, 1922

『조선풍물지』 칼스, 1888, 신복룡 역주, 『한말외국인 기록 16』, 1999

『韓國地圖의 歷史』 方東仁, 2001

『AN OFFICIAL GUIDE TO ASIA』 鐵道院, 1913

『PICTORIAL CHOSEN』 GOVERNMENT-GENERAL OF CHOSEN, 1921

『觀光朝鮮』 일본여행협회 조선지부, 1939, 1940

『金剛山百勝』 辻蒼石, 1928

| 찾아보기 |

ㄱ /

가라유끼상 186
가마쿠라시대 30
가와히가시 헤키고도 132
가케히 쇼타로 117
가토 고 298
『개조』 124
게이샤 183
〈겨울연가〉 381
경복궁 128
경부선 28, 59
경성 104
『경성과 금강산』 252
경성부교육회 121
경성부조선연구회 121
경성심상소학교 132
『경성안내』 121, 126
『경성안내기』 99
『경성용산시가전도』 99
경성우편전신국 132
경성혼마치 132
경인철도부설권 28
경편철도법 117
고가이도 30
『고려사 세가권 14』 24
고베애산협회 32
고슈도 30
『고요한 아침의 나라 조선』 61
고지마 우스이 97
고킨슈 29
고토 심페이 115
〈곤여만국전도〉 88, 91
관광기본법 346
관광단지개발촉진법 346
『관광동아』 300
『관광백서』 339
관광숙박시설지원 등에 관한 특별법 347
관광정책심의위원회규정 346
『관광조선』 295
관광학 18
관국지광 24
관부연락선 140
광화문 128
교양주의자 291
〈교키도〉 91
『구당서』 86
국립공원 32, 34, 249, 250, 260, 344
『국민문학』 302
국민여행회 32
국제관광공사법 346
국제회의산업육성에 관한 법률 347
군총독사령부 132
그리닛지 92
근대 25, 50, 91, 134, 198, 245, 294, 363, 400
근정전(경복궁) 131
금강산 231
『금강산』 253
『금강산유기』 234
『금강산탐승안내기』 249
『금강예찬』 231
기기국 28
기노시타 모쿠타로 124
기생 뱃놀이 195

기생 224
기자릉 210
기쿠치 유호 236
기헌카이 31
길 모어 56
김대중 381
김사량 317
김인승 307
김정호 87

ㄴ /

나츠메 소세키 173
나카자와 히로미쯔 161
남대문 131
남대문 정차장 131
남산 128
내선일체 194
닛코도 30

ㄷ /

다니자키 준이치로 123
『다비』 31, 112, 300, 301, 356
다카하마 교시 161
다카하시 가게야스 91
대동강 뱃놀이 195
대동문 210
〈대동여지도〉 89
대련 104
『대륙수학여행기』 166, 208
〈대일본전도〉 92
대한관광협회 346
『대한제국멸망사』 56
『대화만담 조선은 어떤 곳?』 215
데카세기 185
독립관 131
독립문 131
동경사범학교 31, 33, 166
동국여지승람식 지도 87
『동남아시아/한국』 356
〈동대사영근강국수연촌간전도〉 91
『동문선』 87
『동방견문록』 21, 88
동아여행사 32
동청철도 114

ㄹ /

로카산악회 32
『루루부』 356
리츠 23

ㅁ /

마르코 폴로 88
마에다 히로시 253
마코토(斎藤実)가 101
마테오리치 91
『만국지리』 99
만국측지회의 92
만국침대차공사 105
만주철도주식회사 114
『만철안내소』 205
『만한 이곳저곳』 173
『만한의실업』 219
『먼 나라 꼬레』 48, 49
메이지 시대 30, 141
『모던일본 조선판』 303
목단대 210
『문교의 조선』 302
『문화조선』 298
미츠코시 296
민속놀이 358

ㅂ /

배용준 350

본원사 132
〈봉역도〉 86
봉천 104
부벽루 210
부산 27, 60, 77, 94, 104, 139, 182, 242, 361
북경 104
북한산 128
『분단 50년, 북한을 가다1 평양』 207
비원 128

ㅅ /

『사계의 조선』 121
사무엘 페기 22
사생문 176
『삼국사기』 86
상민수륙무역장정 28
상해 104
『서울 풍물지』 48, 56
『선만지소견』 202, 220
세계관광기구 337
『세계의 무대』 88
『세계일람』 99
세계일주 여행 31
『세계적명산금강산탐승안내』 244
세네갈 옴니버스사 22
「소주기행」 123
『수양론』 257
수학여행 31, 116, 165, 208, 254, 350
숭례문 128
〈쉬리〉 381
『스웨덴 기자 아손, 100년 전 한국을 걷다』 48
스턱톤 달알링 22
스테레오타입 157
스파클링 코리아 377
시가 시게다카 97
시각성 333
시라카바파 124
시마무라 호게쓰 159
신내지 117, 141
『신선경성안내』 121
『신선측량학』 99
『신일본구경』 159
〈신정만국전도〉 91
『신중국지도총람』 89
신한류 371
『실측답사최근한국전도』 99
『실측상밀한국전도』 99

ㅇ /

아리랑 358
아리시마 다케오 124
아베 요시시게 205, 266
아사카와 노리타카 277
아사카와 다쿠미 275
『아에라』 371
아즈치 모모야마시대 30
알렌 48, 60, 61, 70
『암야행로』 125
야나기 무네요시 124
야나기다 구니오 154
양성지 87
에도 30, 33, 91, 92, 141
에스테 358
여순 104
여행 19, 59, 113, 162, 198, 303, 351, 398
여행알선업 31, 338
『여행예찬』 117, 127
『역경』 24
역마제도 30
연광정 210
영명사 210
오락성 333
오르텔리우스 88
오마치 게게츠 247
오카모토 교수이 252

오쿠슈도 30
온돌문화 358
『와유금강』 99
와카야마 보쿠스이 124
외지 111
요코하마 33, 55, 60, 99
용산인쇄소 132
용산철도관리국관사 132
우체국 128
운양호 사건 27
유아사 가츠에 317
을밀대 210
이광수 234
〈이노도〉 92
이노우에 테츠지로 258
『이방인이 본 조선 다시읽기』 48, 49
이사벨라 버드 비숍 48, 55, 56
이세마이리 30
이세진구 30
이와야 사자나미 163
『인격과 수양』 258
인격수양서 256
인격주의자 291
일본교통공사 32
일본국유철도법 141
『일본알프스』 97
『일본풍경론』 97
임시군용철도감부 114

ㅈ /

자연공원법 346
장춘 104
재팬투어리스트뷰로 31
정상기 87
정척 87
정한론 140
『조선』 161, 302
『조선견학여행예비조사』 166
『조선 및 만주』 302
『조선공론』 302
조선공진협회 157
〈조선교통전도〉 94
〈조선국세도〉 93
『조선만주지나안내』 101, 121
『조선명승시선』 154
『조선순유잡기』 223
〈조선여지전도〉 93
『조선유기』 212
조선은행 128
〈조선전도〉 89, 93
『조선제국기』 119, 216
『조선지리』 99
조선척식자료조사회 121
『조선철도여행안내』 101
『조선철도여행안내 부 금강산탐승안내』 240
『조선철도여행편람』 102, 121
조선총독부 102
『조선팔도지』 100
조선호텔 128
존 머레이 23
종로 131
지(知)의 식민화 374
〈지구전도〉 91
『지리학』 88
『지리학회보』 89

ㅊ /

창덕궁 128, 131
『철도연선유람안내』 118
철도원 115
『청구잡기』 205, 267
〈청일한삼국신지도 부 시가 및 각 항도〉 93
『초등대한지리』 99
총독부관련 건물 128
『최근조선요람』 99

최남선 232
『춘향전』 54, 100, 140, 163, 204
측량식 지도 87
칠성문 210

ㅋ /

칼 베덱카 23
컨벤션산업 346
크류겔 238
『킹』 302

ㅌ /

『태양』 120
토마스 쿡사 23, 104, 166, 242, 322, 367
통감부 131
통감저택 131
통신관리국 132
트레첼 88
특집클럽 326

ㅍ /

파고다공원 131
『파란 눈에 비친 하얀 조선』 48
〈8도도〉 88
〈8도지리지〉 87
평양기생 226
『평양안내』 214
피서지 여행 30

ㅎ /

『하멜표류기』 48, 51
하얼빈 104
하이진 174
한국 방문의해 347
『한국과 그 이웃나라들』 48, 56
한국관광공사 377
한국관광홍보대사 350
『한국사』 67
『한국사진집』 131
『한국풍속풍경사진집』 130
한류 17, 44, 364, 400
한미수호통상조약 28
해수욕 여행 30
헤게모니 147
현무문 210
호즈미 시게토오 212
〈혼일강리역대국지도〉 86
홍콩 104
『황금의 체르소니즈와 그곳에 이르는 길』 55
후쿠자와 유키치 295
휴가활동 30